황정견시집주 11

黃庭堅詩集注

Anotations of Hwang Jeong-gyeon's Poems

옮긴이

박종훈 朴鍾勳 Park Chong-hoon
지곡서당(芝谷書堂)에서 한학(漢學)을 연수했으며, 조선대학교 국어국문학부(고전번역전공)에 재직 중이다.

박민정 朴玟貞 Park Min-jung
고려대학교에서 중국고전시 박사학위를, 중국저장대학(浙江大學)에서 대외한어교학 박사학위를 취득했다. 현재 세종사이버대학교 국제학과 교수로 재직 중이다.

이관성 李灌成 Lee Kwan-sung
곡부서당에서 서암 김희진 선생에게 한문을 배웠다. 현재 퇴계학연구원에 재직 중이다.

황정견시집주 11

초판발행 2024년 8월 15일

지은이 황정견
옮긴이 박종훈·박민정·이관성

펴낸이 박성모
펴낸곳 소명출판
출판등록 제1998-000017호
주소 06641 서울시 서초구 사임당로14길 15 서광빌딩 2층
전화 02-585-7840
팩스 02-585-7848
이메일 somyungbooks@daum.net
홈페이지 www.somyong.co.kr

ISBN 979-11-5905-925-4 94820
979-11-5905-914-8 (전14권)
정가 34,000원

이 저서는 2019년 대한민국 교육부와 한국연구재단의 지원을 받아 수행된 연구임 (NRF-2019S1A5A7069036).
This work was supported by the Ministry of Education of the Republic of Korea and the National Research Foundation of Korea (NRF-2019S1A5A7069036).

한국연구재단
학술명저번역총서

황정견시집주 11

黃庭堅詩集注

Anotations of Hwang Jeong-gyeon's Poems

황정견 저

박종훈 · 박민정 · 이관성 역

일러두기

1. 본 번역은 『黃庭堅詩集注』(전5책)(北京 : 中華書局, 2007)를 저본으로 삼았다.

2. 위 저본에 있는 '교감기'는 해당 구절의 원문에 각주로 붙였고 [교감기]'라고 표시해 두어, 번역자
   가 붙인 각주와 구별했다.

3. 서명과 작품명이 동시에 나올 때는 '『 』'로 모았고, 작품명만 나올 때는 '「 」'로 처리했다.

4. 번역문과 원문 중에 나오는 소자(小字)는 【 】'로 표시해 묶어 두었다.

5. 번역문과 원문 중에 나오는 'ㅇ'는 저본에 있는 것을 그대로 옮겨온 것으로, 주석 부분에 추가로
   주석을 붙인 부분이다.

6. 번역문에는 1차 인용, 2차 인용, 3차 인용까지 된 경우가 있는데, 모두 큰따옴표("")로 처리했다.

1. 황정견은 누구인가?

황정견黃庭堅, 1045~1105은 북송北宋의 대표 시인으로, 자는 노직魯直, 호는 산곡山谷 또는 부옹涪翁이며 홍주洪州 분녕分寧, 지금의 장시江西성 슈수이修水 사람이다. 소식蘇軾, 1036~1101의 문하생 중 가장 핵심적인 인물로, 장뢰張耒·조보지晁補之·진관秦觀 등과 함께 '소문사학사蘇門四學士'로 불린다. 어릴 때부터 총명했던 황정견은 23세에 진사에 급제하여 국사편수관까지 역임했으나 이후 여러 지방관과 유배지를 전전하는 등 벼슬길이 순탄치 않았다. 두보杜甫, 712~770를 존경했고 소식의 시학詩學을 계승했으며, 소식과 함께 소·황蘇·黃으로 불린다.

중국시가의 최고 전성기라 할 수 있는 당대唐代를 뒤이어 등장한 북송의 시인들에게는 당시에서 벗어난 송시만의 특징을 만들어 내야 하는 일종의 숙명이 있었다. 이러한 숙명은 북송 초 서곤체에 의해 시도되었으며 북송 중기에 이르러 비로소 송시다운 시가 시대를 풍미하기에 이르렀다. 황정견이 그 중심에 있었으며 그를 중심으로 진사도陳師道 등 25명의 시인이 황정견의 문학을 계승하며 하나의 유파로 활동했다. 이들을 일컬어 '강서시파江西詩派'라 했는데, 이 명칭은 남송 여본중呂本中, 1084~1145의 『강서시사종파도江西詩社宗派圖』에서 비롯되었다. 25인 모두 강서江西 출신은 아니지만, 여본중은 유파의 시조인 황정견이 강서출신이라는 점에서 강서시파로 붙인 것이다. 시파의 성원들은 모두 두보를 배웠기에 송대 방회方回, 1227~1305는 두보와 황정견, 진사도, 진여의陳與義를 강서시파의 일조삼종一朝三宗이라 칭하였다.

여본중이 『강서종파시집江西宗派詩集』 115권을 편찬했으며, 뒤이어 증굉曾紘, 1022~1068이 『강서속종파시江西續宗派詩』 2권을 편찬했다. 송대 시단에 있어서 황정견의 영향력은 남송南宋에까지도 미쳤는데, 우무尤袤, 양만리楊萬里, 범성대范成大, 육유陸游, 소덕조蕭德藻 같은 남송의 대가들도 모두 그 풍조에 영향을 받았다. 황정견강서시파의 시풍詩風은 송대 뿐만 아니라 원대元代 및 조선의 시단에도 적지 않은 영향을 미쳤다.

2. 북송의 시대 배경과 문학풍조

송나라는 개국開國 왕조인 태조부터 인종조仁宗朝를 거치면서 만당晚唐·오대五代의 장기간 혼란했던 국면이 어느 정도 정리되어 나라가 안정되고 백성들의 생활환경 또한 비교적 안정을 찾게 되었다. 전대前代의 가혹했던 정세가 완화됨에 따라 농업이 급속도로 발달하였고 안정된 농업의 경제적 기초 위에서 상공업이 번창하고 번화한 도시가 등장하는 등 사회 전반에 걸쳐 전대에 비해 상당한 풍요를 구가하게 되었다. 이처럼 사회 전체가 안정되고 발전함에 따라 일반 백성들은 점차 단조로운 것보다는 복잡하고 화려한 것을 추구하게 되었다. 시대적·사회적 환경은 곧 문학 출현의 배경이고, 문학은 사회생활이 반영된 예술이라고 할 만큼 불가분의 관계에 있다. 유협劉勰이 "문학의 변천은 사회 정황에 따르다文變染乎世情, 興廢繫乎時序"고 한 것처럼, 사회의 각종 요인은 문학적 현상을 결정하기 때문에 이러한 요소의 변화는 필연적으로 문학 풍조의 변혁을 동반한다. 송초 시체詩體의 변천은 이러한 사실을 보여주는 객관적인 증거이다. 특히 송대에는 일찍부터 학문이 중시되었다. 이는 주로 군주들의 독서열과 학문 제창으로 하나의 사회적 풍조로 자리잡게 되어 송대의 중문중학重文重學적 분위기가 마련되었다.

중국 시가의 전성기라 할 수 있는 당대唐代가 마무리되고 뒤이어 등장한 북송 초는 중국시가발전사 측면에서 보면 일종의 '답습의 시기'이면서 '개혁의 시기'였다고 할 수 있다. 이 시기 시단에서는 백체白體, 만당체晚唐體, 서곤체西崑體 등 세 시풍이 크게 유행했다. 이중 개국 초 성세기상盛世氣象 및 시대 분위기와 사람들이 추구하던 심미취향에 매우 적합했던 서곤체가 시간상 가장 늦게, 가장 긴 기간 동안 성행했고 결과적으로 이러한 시대적 문학적 요구는 황정견 시를 통해 꽃을 피우며 북송 시단 및 송대 시단을 대표하게 되었다.

3. 황정견 시의 특징과 시사적 위상

황정견은 시를 지을 때 힘써 시의 표현을 다지고 시법을 엄격히 지켜 한 마디 한 글자도 가벼이 쓰지 않았다. 황정견은 수많은 대가들을 본받으려고 했지만, 그중에서도 두보杜甫를 가장 존중했다. 황정견은 두보 시의 예술적인 성취나 사회시社會詩 같은 내용 측면에서의 계승보다는, 엄정한 시율과 교묘巧妙한 표현 등 시의 형식적 측면을 본받으려 했다. 『창랑시화滄浪詩話』·『시인옥설詩人玉屑』·『허언주시화許彦周詩話』·『후산 시화后山詩話』·『왕직방시화王直方詩話』·『초계어은총화苕溪漁隱叢話』 등에 보이는 황정견 시론의 요점을 정리하면 대략 다음과 같다.

첫째, 시의 조구법造句法으로서의 환골법換骨法과 탈태법奪胎法이다. 이에 대해 황정견은 "시의 의미는 무궁한데 사람의 재주는 한계가 있다. 한계가 있는 재주로 무궁한 의미를 좇으려고 하니, 비록 도잠과 두보라고 하더라도 공교롭기 어렵다. 원시의 의미를 바꾸지 않고 그 시어를 짓는 것을 환골법이라고 하고, 원시의 의미를 본떠서 형용하는 것을 탈태법이라고 한다[詩意無窮, 而人才有限. 以有限之才, 追無窮之意, 雖淵明少陵, 不得工也. 不易其意而造其語, 謂之換骨法. 規摹其意而形容之, 謂之奪胎法]"라고 한 바 있다『시인옥설(詩人玉屑)』에보인다. 이로 보건대, 황정견이 언급한 환골법은 의경을 유사하게 하면서 어휘만 조금 바꾼 것을 일컫고, 탈태법은 의경을 변형하여 사용하는 방법이라고 할 수 있다.

예를 들면, 당대唐代 유우석劉禹錫의 "멀리 동정호의 수면을 바라보니, 흰 은쟁반 속에 하나의 푸른 고동 있는 듯[遙望洞庭湖水面, 白銀盤里一靑螺]"를 근거로 황정견이 "아쉬워라, 호수의 수면에 가지 못해, 은빛 물결 속에서 푸른 산을 보지 못한 것[可惜不當湖水面, 銀山堆裏看靑山]"이라 읊은 것은 환골법이고 백거이白居易의 "사람의 한평생 밤이 절반이고, 한 해의 봄철은 많지 않다오[百年夜分半, 一歲春無多]"라 한 것을 기반으로 황정견이 "한평생 절반은 밤으로 나눠 흘러가고, 한 해에도 많지 않노니 봄 잠시 오네[百年中去夜分半, 一歲無多春再來]"라고 읊은 것은 탈태법이다. 황정견이 환골법과 탈태법을 활용한 작품에 대해서는 『시인옥설詩人玉屑』에서 언급한 바 있다.

둘째, 요체拗體의 추구이다. 요체란 근체시의 평측平仄 격식을 반드시 엄정하게 따르지는 않은 것을 말한다. 이를테면, 평성이 들어가야 할 자리에 측성을 두거나 측성의 위치에 평성을 두어 율격적 참신성을 획득하는 방식으로 두보와 한유韓愈도 추구했던 것이다. 황정견은 더욱 특이한 표현을 추구하기 위해 시율에 어긋나는 기자奇字를 자주 사용하면서 강서시파 특징 중 하나가 되었다. 이와 관련하여, 송대 위경지魏慶之가 찬술한 『시인옥설詩人玉屑』에 '촉구환운법促句換韻法'과 '환자대구법換字對句法' 등을 소개하면서, "기세를 떨쳐 평범하지 않으려는 의도에서 비롯되었다. 이전에는 이러한 체제로 시를 지은 사람은 없었는데, 오직 황정견이 그것을 바꾸었다[欲其氣挺然不群, 前此未有人作此體, 獨魯直變之]"라는 평어가 보인다.

　셋째, 진부한 표현이나 속된 말을 배척하고 특이한 말과 기이한 표현을 추구했다. 구체적으로는 술어를 중심으로 평이한 글자를 기이하게 단련鍛錬시켰고 조자助字의 사용에 힘을 특히 기울였으며, 매우 궁벽하고 어려운 글자를 사용했고 기이한 풍격을 형성하기 위해 전대前代 시에서 잘 쓰지 않던 비속非俗한 표현을 시어로 구사하여 참신한 의경을 만들어내곤 했다. 이와 관련해 황정견은 "차라리 음률이 조화롭지 않을지언정 구句를 약하게 만들지 말아야 하며, 차라리 글자 구사가 공교롭지 않을지언정 시어를 속되게 만들어서는 안 된다[寧律不諧, 而不使句弱. 寧用字不工, 不使語俗]"라고 했으며『시인옥설(詩人玉屑)』, 황정견의 시구 중에는 "다른 사람을 따라 계획을 세우는 것은 결국 사람에게 뒤지게 된다[隨人作計終後時]"라는 구절과 "문장에게 가장 피해야 할 것은 다른 사람을 따라 짓는 것이다[文章最忌隨人後]"라는 구절도 있다.

　또한 엄우嚴尤는『창랑시화滄浪詩話』에서 "소식과 황정견에 이르러 비로소 자신의 기법에서 나온 것을 시로 여기며, 당대 시인들의 시풍에서 벗어난 것이다. 황정견은 공교로운 말을 쓰는 것이 더욱 심해졌고, 그 후로 시를 짓는 자리에서 황정견의 시풍이 성행했는데 세상에서는 '강서종파'라 불렀다[至東坡山谷始自出己法以爲詩, 唐人之風變矣. 山谷用工尤深刻, 其後法席盛行, 海內稱爲江西宗派]"라고 했다. 송대 허의許顗의『허언주시화許彦周詩話』에 "시를 지을 때 평이하고 비루한 기운을 제거하지 않으면 매우 잘못된 작품이 된다. 객이 묻기를 "어떻게 하면 그런 것을 제거할 수 있습니까" 라 하였다. 이에 내가 "당의 의산 이상은의 시와 본조 황정견의 시를 숙독하여 깊이 생각하면 제거할 수 있다"라고 대답했다作詩淺易鄙陋之氣不除, 大可惡. 客問, 何從去之. 僕曰, 熟讀唐李義山詩與本朝黃魯直詩而深思之, 則去也"라는 구절이 보인다. 이밖에 『후산시화后山詩話』이나 『왕직방시화王直方詩話』 및 『초계어은총화苕溪漁隱叢話』 등에도 황정견이 시어 사용에 있어서의 기이한 측면에 대한 언급이 보인다.

넷째, 전고典故의 정밀한 사용을 추구했다. 이는 황정견 시론의 "한 글자도 유래가 없는 것은 없다[無一字無來處]"와 연관된다. 강서시파는 독서를 중시했는데, 이것은 구법의 차원에서 전대 시의 장점을 수용하기 위한 것이지만, 이는 전고의 교묘巧妙한 활용이라는 결과로 표현되기도 했다. 그러면서 전인의 전고를 그대로 답습하지 않고 자신의 의도에 맞게 변용했다.

이와 같은 황정견의 환골탈태법과 요체와 기이한 표현 및 전고의 활용이라는 창작법에 대해 부정적 평가도 적지 않다. 『예원치언』에서는 "시격이 소식과 황정견으로부터 변했다고 한 논의는 옳다. 황정견의 뜻은 소식이 불만스러워 곧바로 능가하려 했는데도 소식보다 못하다. 어째서인가? 교묘하게 하려고 하면 할수록 졸렬해지고 새롭게 하려고 하면 할수록 진부해지며, 가까워지려고 하면 할수록 멀어지기 때문이다[詩格變自蘇黃, 固也. 黃意不滿蘇, 直欲凌其上, 然故不如蘇也. 何者. 愈巧愈拙, 愈新愈陳, 愈近愈遠]", "노직 황정견은 소승이 되기에는 부족하고 다만 외도일 따름이며, 이미 방생 가운데 빠져 있었다[魯直不足小乘, 直是外道耳, 已墮傍生趣中]", "노직 황정견은 생경生硬한 기법을 구사했는데 어떤 경우는 졸렬하고 어떤 경우는 공교로우니, 두보의 가행체에서 본받았다[魯直用生拗句法, 或拙或巧, 從老杜歌行中來]"라고 평가했다. 이러한 부정적 평가는 황정견 시의 파급력에 대한 반증이기도 하다. 황정견을 중심으로 한 강서시파가 당대當代는 물론 후대 및 조선의 문인들에도 적지 않은 영향을 미쳤다.

한국 한시는 중종中宗 연간에 큰 성과를 이루어 이행李荇, 1478~1534, 박상朴祥, 1474~1530, 신광한申光漢, 1484~1555, 김정金淨, 1486~1521, 정사룡鄭士龍, 1491~1570, 박은朴誾, 1479~1504 등의 시인을 배출했고 선조宣祖 연간에는 이를 이어 노수신盧守愼, 1515~1590, 황정욱黃廷彧, 1532~1607, 최경창崔慶昌, 1539~1583, 백광훈白光勳, 1537~1582, 이달李達, 1539~1612 등 걸출한 시인을 배출했다. 이때 우리 한시의 흐름은 고려 이래 지속되어 온 소식을 위주로 한 송시풍宋詩風의 연장선상에 있다가, 황정견과 진사도를 배우게 되었으며, 다시 변해 당시唐詩를 배우게 되었다. 이에 따라 이 시기 시인은 송시를 모범으로 삼는 부류와 당시를 모범으로 삼는 경우로 대별된다. 또한 송시를 모범으로 삼는 경우도 다시 소식을 배우고자 했던 인물과 황정견이나 진사도를 배우고자 했던 인물로 나눌 수 있다. 그만큼 황정견의 영향력이 컸다는 것을 알 수 있다.

황정견과 진사도를 배웠다고 언급되는 시인으로는 박은, 이행, 박상, 정사룡, 노수신, 황정욱 등을 들 수 있다. 이들은 각기 한 시대를 대표하는 시인으로, 우리 한시사韓詩史에서 심도 있게 다루어지고 있다. 이들 시인을 '해동강서시파海東江西詩派'라고 규정하고 있는데, 그 이유는 황정견과 진사도로 대표되는 '강서시파'의 영향력 아래에서 찾아볼 수 있다.

이인로李仁老, 1152~1220는 『보한집補閑集』에서 "소식과 황정견의 문집을 읽는 것이 좋은 시를 짓는 방법이다"라고 했으니, 고려 중기에 황정견의 문집이 유통되고 있었음을 확인할 수 있다. 이후 공민왕恭愍王 때에는 『산곡시집주山谷詩集註』가 간행되었고 조선조에는 황정견을 중심으로 한 강서시파 시인의 작품을 뽑은 시선집이나 문집이 여러 차례 간행되었다. 안평대군安平大君도 황정견 등을 포함한 『팔가시선八家詩選』을 엮었고 황정견 시를 가려 뽑아 『산곡정수山谷精粹』를 엮은 바 있다. 성종成宗 때에도 한 차례 황정견 시집을 간행했고 성종의 명으로 언해諺解를 시도했지만 실행되지는 못했다. 이후 유호인俞好仁, 1445~1494이 『황산곡집黃山谷集』을 발간하였고 중종에서 명종 연간에 황정견의 문집이 인간印刊되었다. 황정견 시문집에 대한 잇닿은 간행은 고려와 조선의 시인들이 지속적으로 강서시파를 배우고자 했다는 당대當代 시단의 흐름을 반영한 것이다.

고려시대부터 조선 초기까지 강서시파의 영향을 확인할 수 있는 시인으로 이인로李仁老, 임춘林椿, ?~?, 이담李湛, ?~?, 이색李穡, 1328~1396, 신숙주申叔舟, 1417~1475, 성삼문成三問, 1418~1456, 조수趙須, ?~?, 김종직金宗直,

1431~1492, 홍귀달洪貴達, 1438~1504, 권오복權五福, 1467~1498, 김극성金克成, 1474~1540, 조신曺伸,1454~1529 등 셀 수 없을 정도이다. 이러한 흐름은 두보의 시를 배우고자 한 것으로 파악되는데, 앞서 보았듯이 황정견이 두시杜詩를 가장 잘 배웠다고 칭송되고 있었기에, 황정견을 통해 두보의 시에 접근해 보려는 노력도 깔려있었다고 할 수 있다. 정사룡도 이달에게 두시를 가르쳤고 노수신은 그의 시가 두시의 법도를 얻은 것으로 평가되고 있으며, 황정욱도 두보의 시를 엿보고 있다는 지적을 받고 있다. 그 밖에 박은, 이행, 박상의 시가 두시의 숙독에서 나온 것을 작품의 도처에서 확인할 수 있다. 이러한 경향으로 볼 때, 두보의 시를 배우는 한 일환으로 강서시파의 핵심인 황정견에 관심을 기울인 것으로 보인다. 이 밖에도 조선 초 화려한 대각臺閣의 시풍에 대한 반발도 강서시파의 작품을 배우고자 하는 한 배경으로 작용했다.

지속적인 강서시파 관련 서적의 수입과 인간印刊을 바탕으로 강서시파에 대한 학습이 고려에서부터 조선 초까지 지속되었고 이를 배경으로 강서시파를 배우고자하는 움직임이 성종 연간에 집중적으로 나타났으며, 한시사에게 거론되는 주요 시인들이 등장하게 되었다. 이러한 연장선상에서 소위 '해동강서시파'가 출현하게 된다.

해동강서시파는 강서시파의 영향을 받고 이에 따라 유사한 시풍을 견지했던 일군의 시인을 지칭하는 개념이다. 이 점에서 해동강서시파는 강서시파의 시풍이나 창작방법론을 대거 수용하고 이에서 한 걸음 더 나아가 자신만의 변용을 꾀한 시인들이라 평가할 수 있다. 황정견을 위주로 한 강서시파를 배웠다고 언급되는 해동강서시파의 시인으로는 박은, 이행, 박상, 정사룡, 노수신, 황정욱 등을 들 수 있다. 이들 시인들이 강서시파의 배웠다는 구체적인 기록도 남아 있다.

해동강서시파의 시가 중국 강서시파의 작법을 수용했다는 것은 단순히 자구를 모방하는 차원의 것이 아니라, 시를 쓰는 법을 배워 우리의 정서와 실정에 맞는 시를 쓰기 위해 노력한 것이다. 결국 해동강서시파의 작품에 대한 올바른 접근은 강서시파에 대한 접근에서부터 비롯되어야 한다. 시작법을 어떻게 수용하고 있는지, 또 어떠한 변용이 이루어진 것인지에 대한 입체적인 접근이 있어야만 해동강서시파에 대한 올바른 평가를 내릴 수 있다. 그 출발점이 바로 해동강서시파에 지대한 영향을 미쳤던 황정견 문집에 대한 완역이다.

4.『황정견시집주黃庭堅詩集注』는?

『황정견시집주』는 북경北京 중화서국中華書局에서 2007년에 출간한 책이다. 전5책으로『산곡시집주山谷詩集注』권1~20,『산곡외집시주山谷外集詩注』권1~17,『산곡별집시주山谷別集詩注』상·하,『산곡시외집보山谷詩外集補』권1~4,『산곡시별집보山谷集別集補』권1로 구성되어 있다.

『산곡시집주』권1~20은 송宋 임연任淵이,『산곡외집시주』권1~17

은 송宋 사용史容이, 『산곡별집시주』 상·하는 송宋 사계온史季溫이 각각 주석을 붙여놓은 것이다. 『산곡시외집보』 권1~4와 『산곡시별집보』 권1은 청淸 사계곤謝啓崑이 엮은 것이다.

『황정견시집주』의 체계와 구성을 정리하면 다음 표와 같다.

책	권	비고
제1책	집주(集注) 권1~9	임연(任淵) 주(注)
제2책	집주(集注) 권10~20	
제3책	외집시주(外集詩注) 권1~8	사용(史容) 주(注)
제4책	외집시주(外集詩注) 권9~17	사용(史容) 주(注)
제5책	별집시주(別集詩注) 上·下	사계온(史季溫) 주(注)
	외보유(外補遺) 권1~4	사계곤(謝啓崑) 주(注)
	별집보(別集補)	

각 권에 수록된 시작품 수를 일람하면 다음 표와 같다.

권 수	수록 작품 수	권 수	수록 작품 수
山谷詩集注卷第一	22제(題) 30수(首)	山谷外集詩注卷第三	23제(題) 61수(首)
山谷詩集注卷第二	14제(題) 18수(首)	山谷外集詩注卷第四	18제(題) 31수(首)
山谷詩集注卷第三	19제(題) 30수(首)	山谷外集詩注卷第五	13제(題) 43수(首)
山谷詩集注卷第四	8제(題) 30수(首)	山谷外集詩注卷第六	20제(題) 25수(首)
山谷詩集注卷第五	9제(題) 29수(首)	山谷外集詩注卷第七	27제(題) 31수(首)
山谷詩集注卷第六	28제(題) 29수(首)	山谷外集詩注卷第八	27제(題) 40수(首)
山谷詩集注卷第七	25제(題) 40수(首)	山谷外集詩注卷第九	35제(題) 39수(首)
山谷詩集注卷第八	21제(題) 28수(首)	山谷外集詩注卷第十	30제(題) 33수(首)
山谷詩集注卷第九	28제(題) 44수(首)	山谷外集詩注卷第十一	29제(題) 45수(首)
山谷詩集注卷第十	17제(題) 23수(首)	山谷外集詩注卷第十二	28제(題) 50수(首)
山谷詩集注卷第十一	23제(題) 47수(首)	山谷外集詩注卷第十三	34제(題) 48수(首)
山谷詩集注卷第十二	28제(題) 50수(首)	山谷外集詩注卷第十四	23제(題) 46수(首)
山谷詩集注卷第十三	27제(題) 41수(首)	山谷外集詩注卷第十五	34제(題) 40수(首)

권 수	수록 작품 수	권 수	수록 작품 수
山谷詩集注卷第十四	14제(題) 43수(首)	山谷外集詩注卷第十六	35제(題) 47수(首)
山谷詩集注卷第十五	29제(題) 54수(首)	山谷外集詩注卷第十七	27제(題) 44수(首)
山谷詩集注卷第十六	18제(題) 42수(首)	山谷別集詩注卷上	36제(題) 37수(首)
山谷詩集注卷第十七	25제(題) 29수(首)	山谷別集詩注卷下	25제(題) 46수(首)
山谷詩集注卷第十八	17제(題) 27수(首)	山谷詩外集補卷第一	50제(題) 58수(首)
山谷詩集注卷第十九	28제(題) 45수(首)	山谷詩外集補卷第二	70제(題) 93수(首)
山谷詩集注卷第二十	19제(題) 27수(首)	山谷詩外集補卷第三	91제(題) 138수(首)
山谷外集詩注卷第一	24제(題) 29수(首)	山谷詩外集補卷第四	95제(題) 128수(首)
山谷外集詩注卷第二	22제(題) 30수(首)	山谷詩別集補	25제(題) 28수(首)

총 1,260제(題) 1,916수(首)

『황정견시집주』에는 총 1,260제題 1,916수首의 시작품이 수록되어 있다. 이 거질의 서적에 임연任淵·사용史容·사계온史季溫·사계곤謝啓崑이 주석을 부기했는데, 이를 통해서도 황정견의 박학다식함을 재삼 확인할 수도 있다.

임연·사용·사계온·사계곤은 주석에서 시구의 전체적인 표현이나 단어 및 고사와 관련해 『시경』·『논어』·『장자』·『초사』·『문선』·『한서』·『사기』·『이아』·『좌전』·『세설신어』·『본초강목』·『회남자』·『포박자』·『국어』·『서경잡기』·『전국책』·『법언』·『옥대신영』·『풍토기』·『초학기』·『한시외전』·『모시정의』·『원각경』·『노자』·『명황잡록』·『이원』·『진서』·『제민요술』·『오초춘추』·『신서』·『이문집』·『촉지』·『통전』·『남사』·『전등록』·『초목소』·『당본초』·『왕자년습유기』·『도경본초』·『유마경』·『춘추고이우』·『초일경』·『전심법요』·『여씨춘추』·『부자』·『수훤록』·『박물지』·『당서』·『신어』·『적곡자』·『순자』·『삼보결록』·『담원』·『한서음의』·『공자가어』·『당척언』·『극담록』·『유양잡조』·『운서』·『묘법연화경』·『지도론』·『육도삼략』·『금강경』·『양양기』·『관자』·『보적경』 등의 용례를 들어 자세하게 구절의 의미를 부연 설명했다. 또한 두보를 필두로 ·도잠·소식·한유·백거이·유종원·이백·유몽득·소무·이하·좌사·안연년·송옥·장적·맹교·유신·왕안석·구양수·반악·전기·하손·송기·범중엄·혜강·예형·왕직방·사령운·권덕여·사마상여·매요신·유우석·노동·구준·조하·강엄·장졸 등의 작품에 보이는 구절을 주석으로 부연하여 작품의 전례前例와 전체적인 의미를 상세하게 서술했다. 이밖에도 여타의 시화집에 보이는 황정견의 작품과 관련된 시화를 주석으로 부기하여, 작품의 창작배경이나 자신의 상황 및 의미를 자세하게 설명한 있다.

이처럼 『황정견시집주』 전5책은 황정견 작품의 구절 및 시어詩語 하나하나가 갖는 전례와 창작배경 그리고 구절의 의미 및 전체적인 의미를 상세하게 주석을 통해 소개해 주어, 황정견 작품의 세밀한 이해를 돕고 있다.

5. 향후 연구 전망

황정견과 강서시파에 대한 연구는 지금까지 꾸준히 진행되어 왔다. 그러나 아직까지 황정견 시작품에 대한 전체적인 번역이 이루어지지 않았기에, 구체적인 실상의 일면만을 위주로 하거나 혹은 피상적으로 연구가 진행되었다는 점에서 아쉬움이 남는다. 이에 상세한 주석을 통해 작품에 대한 이해를 돕는 『황정견시집주』에 대한 완역은, 부족하나마 후학들에게 실질적으로 황정견 시를 이해하기 위한 토대 내지는 발판의 역할 정도는 할 수 있을 것으로 판단되며, 이를 계기로 유관 연구가 활발하게 진행되기를 기대하는 바이다.

첫째, 중국 문학 연구의 측면에서도 황정견을 중심으로 한 강서시파에 대한 연구가 활발하게 진행 될 것으로 기대한다. 강서시파 시론의 핵심이라고 할 수 있는 시의 조구법造句法으로서의 환골법換骨法과 탈태법奪胎法, 요체拗體의 추구, 진부한 표현이나 속된 말을 배척하고 특이한 말과 기이한 표현을 추구, 전고의 정밀한 사용 등에 대한 실제적인 접근이 이루어질 수 있는 계기가 될 것이며, 이로 인해 황정견뿐만 아니라 강서시파, 그리고 강서시파의 영향을 받았던 원대 시인에 대한 연구가 활발하게 진행 될 것이다.

둘째, 조선 문단에 대한 연구도 활발해질 것으로 기대한다. 고려 이

후 지속적인 강서시파 관련 서적의 수입과 인간印刊을 바탕으로 강서시파에 대한 학습이 고려에서부터 조선 초까지 지속되었고 이를 배경으로 강서시파를 배우고자하는 움직임이 성종 연간에 집중적으로 나타났으며, 한시사에게 거론되는 주요 시인들이 등장하게 되었다. 이러한 연장선상에서 소위 '해동강서시파'가 출현했다.

해동강서시파로 지목된 박은朴闇, 이행李荇, 박상朴祥, 정사룡鄭士龍, 노수신盧守愼, 황정욱黃廷彧 등 이외에도 이인로李仁老, 임춘林椿, 이담李湛, 이색李穡, 신숙주申叔舟, 성삼문成三問, 조수趙須, 김종직金宗直, 홍귀달洪貴達, 권오복權五福, 김극성金克成, 조신曺伸 등도 모두 황정견이 주축이 된 강서시파의 영향 하에 있다는 연구 성과도 보고된 바 있다.

이로 보건대, 『황정견시집주』 전5권의 완역은 강서시파의 영향을 받았던, 소위 해동강서시파의 실체를 밝히는데 적지 않은 도움이 될 것으로 보인다. 또한 어떠한 부분에서 적극적으로 수용하려고 했는지, 그 목적이 무엇이었는지에 대한 연구의 초석이 될 것이다. 더불어, 강서시파의 영향 하에서 해동강서시파는 어떠한 변용을 통해, 각 개인의 특장을 살려 나갔는지에 대한 연구도 활발하게 진행될 것이다. 시인 개개인에 대한 접근을 통해, 해동강서시파의 특장을 밝히는데 있어 출발점이 될 것으로 기대한다.

황정견시집의 완역은 황정견 시작품과 중국 강서시파의 실체를 밝힐 수 있는 계기가 될 것이며, 동시에 지속적인 관심을 쏟았던 조선의 해동강서시파의 영향 관계 및 변용에 대한 연구가 본격적으로 진행될 수 있는 초석이 되리라 기대한다.

　　대저 시로써 세상에 이름을 날린 자는 한 글자 한 구절을 반드시 달로 분기로 단련하여 일찍이 함부로 드러내지 않고서 반드시 심사숙고한 바가 있다. 옛날 중산中山 의 유우석劉禹錫이 일찍이 말하기를 '시에 벽자僻字를 사용할 때는 반드시 근거한 바가 있어야 한다'라고 했다. 공考功 송지문宋之問의 「도중한식塗中寒食」에서 "말 위에서 한식을 맞으니, 봄이 와도 당락을 보지 못하네[馬上逢寒食, 春來不見餳]"라고 하였다. 일찍이 '당餳'이란 글자가 벽자임을 의아하게 생각하였는데, 이윽고 『모시毛詩』의 고주舊注를 읽고 나서 이에 육경 가운데 오직 이 주에서 이 '당餳'자에 대한 설명이 있는 것을 알게 되었다. 경문공景文公 송기宋祁 또한 이르기를 "몽득夢得 유우석이 일찍이 「구일九日」이란 시를 지으면서 '고餻'자를 쓰려고 하였는데 생각해보니 육경에 이 글자가 없어서 결국 쓰지 못하였다"라고 했다. 그러므로 경문공 송기의 「구일식고九日食餻」에서 "유랑은 기꺼이 '고餻'자를 쓰지 않았으니, 세상 당대의 호걸을 헛되이 저버렸어라[劉郞不肯題餻字, 虛負人間一世豪]"라고 했다. 이처럼 전배들의 글자 사용은 엄밀하였으니 이 시주詩注를 짓게 된 까닭이다.

　　본조 산곡山谷 노인의 시는 『이소離騷』와 『시경·아雅』의 변체變體를 다하였으며 후산後山 진사도陳師道가 그 뒤를 이어 더욱 그 결정을 맺었다. 그러므로 두 사람의 시는 한 구절 한 글자가 고인古人 예닐곱 명을 합쳐 놓은 것과 같다. 대개 그 학문은 유儒, 불佛, 노老, 장莊의 깊은 이치를 통달하였으며, 아래로 의서醫術, 복서卜筮, 백가百家의 학설에 이르기까지 그 정수를 모두 캐어내어 시로 발하지 않음이 없다.

처음 산곡이 우리 고을에 와서 암곡 사이를 소요할 때 나는 경전經典을 배웠다. 한가한 날에는 인하여 두 사람의 시를 가지고 조금씩 주를 달았는데, 과문하여 그 깊은 의미를 자세히 파악하기 어려운 것이 한스러웠다. 일단 집에 보관하고서 훗날 나와 기호가 같은 군자를 기다려 서로 그 의미를 넓혀 나갔으면 한다.

정화政和 신묘년辛卯年, 1111 중양절重陽節에 쓰다.

大凡以詩名世者, 一字一句, 必月鍛季鍊, 未嘗輕發, 必有所考. 昔中山劉禹錫嘗云, 詩用僻字, 須要有來去處. 宋考功詩云, 馬上逢寒食, 春來不見餳. 嘗疑此字僻, 因讀毛詩有瞽注, 乃知六經中唯此注有此餳字, 而宋景文公亦云, 夢得嘗作九日詩, 欲用餻字. 思六經中無此字, 不復爲. 故景文九日食餻詩云, 劉郞不肯題餻字, 虛負人間一世豪. 前輩用字嚴密如此, 此詩注之所以作也. 本朝山谷老人之詩, 盡極騷雅之變, 後山從其游, 將寒冰焉. 故二家之詩, 一句一字有歷古人六七作者. 蓋其學該通乎儒釋老莊之奧, 下至於醫卜百家之説, 莫不盡摘其英華, 以發之於詩. 始山谷來吾鄕, 徜徉於巖谷之間, 余得以執經焉. 暇日因取二家之詩, 略注其一二. 第恨寡陋, 弗詳其祕. 姑藏於家, 以待後之君子有同好者, 相與廣之. 政和辛卯重陽日書.[1]

---

1   [교감기] 근래 사람 모회신(冒懷辛)이 상단의 문자를 고정(考訂)하면서 "이 편의 서문은 광서(光緒) 26년(1900)에 의녕(義寧) 진씨(陳氏)가 복각(復刻)한 『산곡시집주(山谷詩集注)』의 권 머리에 실려 있다. 원문(原文)과 파양(鄱陽) 허윤(許尹)의 서문은 함께 이어져 허윤 서문의 제1단락이 되어버렸다. 현재는 내용에

육경六經은 도道를 실어서 후세에 전해주는 것인데, 『시경』은 예의禮 義에 멈추니 도가 존재하는 바이다. 『주시周詩』 305편 가운데 그 뜻은 남아 있지만 그 가사가 없어진 것은 6편이다. 크게는 천지와 해와 별 의 변화에서부터 작게는 충조초목蟲鳥草木의 변화까지, 엄한 군신과 부 자, 분별이 있는 부부와 남녀, 온순한 형제, 무리의 붕우, 기뻐도 더러 움에 이르지 않고 원망하여도 어지러움에 이르지 않으며 간하여도 고 자질에 이르지 않고 화를 내어도 사람을 끊지 않으니, 이것이 『시 경』의 대략이다. 옛날 청묘淸廟에 올라 노래하며 제후들과 회맹할 때, 계지季子가 본 것과 정인鄭人이 노래한 것, 사대부들이 서로 상대할 때 이것을 제쳐두고 서로 마음을 통할 것이 없다. 공자孔子가 "이 시를 지 은 자는 그 도를 아는구나"라고 했으며, 또한 "시를 배우지 말았으면 말을 할 수 없다"라고 했으니, 대개 세상에서 시를 사용하는 것이 이와 같다. 周나라가 쇠하여 관원이 제 임무를 못하고 학교가 폐하여 대아大雅 가 지어지지 못한 지 오래되었다. 한나라 이후로 시도詩道가 침체되고 무너져서 진晉, 송宋, 제齊, 양에 이르러서는 음란한 소리가 극심해졌다. 조식, 유정劉楨, 심전기沈佺期, 사령운謝靈運의 시는 공교롭지 않은 것은 아니지만 화려한 비단에 아름답게 장식한 것 같아 귀공자에게 베풀 수 는 있지만 백성들에게 쓸 수는 없다. 연명淵明 도잠陶潛과 소주蘇州 위응

근거하여 이것이 임연(任淵)이 손수 쓴 서문임을 확정하고서 인하여 허윤의 서 문에서 뽑아내어 기록한다"라고 하였으니 이 말을 『후산시주보전(後山詩注補 箋)·부록(附錄)』과 참고하여 볼 것이다.

물위應物의 시는 적막하고 고고枯槁하여 마치 깊은 계수나무 아래 난초 떨기 같아 산림에는 어울리지만 조정에 놓을 수는 없다. 태백太白 이백李白과 마힐摩詰 왕유王維의 시는 어지러운 구름이 허공에 펼쳐지고 차가운 달이 물에 비친 것 같아 비록 천만으로 변화하지만 사물에 미치는 곳은 또한 적었다. 맹교孟郊와 가도賈島의 시는 산한酸寒하고 험루儉陋하여 새우와 조개를 한 번 먹으면 곧 마치니 비록 하루 종일 씹어도 배가 부르지 않는 것과 같다. 다만 두보杜甫의 시는 고금을 드나들어 천하에 두루 퍼져 충의忠義의 기기氣가 성대하니 이를 능가하는 후대의 작자는 없다.

송宋나라가 일어나고 이백 년이 흘러 문장의 성대함은 삼대三代를 뒤좇을만한데, 시로 세상에 이름을 날린 자로 예장豫章의 노직魯直 황정견黃庭堅이 있으며 그 후로는 황정견을 배웠으나 그에 약간 미치지 못한 자로 후산後山 무기無己 진사도陳師道가 있다. 두 공의 시는 모두 노두老杜에서 근본 하였으나 그를 직접적으로 따라 하진 않았다. 용사用事는 대단히 치밀한데다 유가와 불가를 두루 섭렵하였으며, 우초虞初의 패관소설稗官小說과 『준영雋永』·『홍보鴻寶』 등의 책에다가 일상생활의 수렵까지 모두 망라하였다. 후대의 학자들이 이 시의 비밀을 보지 못하여 이따금 알기 어려움에 어려움을 느낀다. 삼강三江의 군자 임연任淵은 군서群書에 박학하고 옛사람을 거슬러 올라가 벗하였는데, 한가한 날에 드디어 두 사람의 시에 주해를 내었으며 또한 시를 지은 본의의 시말에 대해 깊이 따져 학자들에게 알려주었다. 그러나 세상의 전주箋注와 같지 않고 다만 출처만을 드러내었을 뿐이다. 이윽고 완성되자 나에게 주면서 그 서문을 지어달라고 하였다.

내가 일찍이 두 시인의 시흥詩興이 고원高遠함에 의탁하여 읽어도 무슨 의미인지 알 수 없는 것을 걱정하였다. 임연 군의 풀이를 얻고서 여러 날에 걸쳐 음미해 보니 마치 꿈에서 깬 것 같고 술에 취했다가 깬 것 같으며, 앉은뱅이가 일어서게 된 것과 같으니 어찌 통쾌하지 않으랴. 비록 그러나 그림을 논하는 자는 형체는 비슷하게 할 수는 있지만 그림을 그려낸 심정을 포착하여 말로 표현하기 어렵고, 거문고 소리를 들은 자는 몇 번째 줄인 줄은 알지만 그 음은 설명하기 어렵다. 천하의 이치 가운데 형명도수形名度數에 관련된 것은 전할 수 있지만, 형명도수를 넘어서는 것은 전할 수 없다. 옛날 후산 진사도가 소장少章 진구秦覯에게 답하기를 "나의 시는 예장豫章의 시이다. 그러나 내가 예장에게 들은 것은 그 자상한 것을 말하고 싶지만, 예장이 나에게 말해주지 않았고 나 또한 그대를 위해 말하고 싶어도 못한다"라고 했다. 오호라, 후산의 말은 아마도 이를 가리킬 것이다. 지금 자연子淵 임연이 이미 두 공에게서 얻은 것을 글로 드러내었다. 정미하여 오묘한 이치는 옛말에 이른바 '맛 너머의 맛'이란 것에 해당한다. 비록 황정견과 진사도가 다시 태어난다 해도 서로 전할 수 없으니, 자연이 어찌 말해줄 수 있으랴. 학자들은 마땅히 스스로 얻는 것이 옳을 것이다.

자연子淵의 이름은 연淵으로 일찍이 문예류시유사文藝類試有司로써 사천四川의 제일이 되었다. 대개 금일의 국중의 선비이며 천하의 선비이다.

소흥紹興 을해년乙亥年, 1155 12월 파양鄱陽 허윤許尹은 삼가 서문을 쓰다.

六經所以載道而之後世,[2] 而詩者, 止乎禮義, 道之所存也. 周詩三百五篇,

有其義而亡其辭者, 六篇而已. 大而天地日星之變, 小而蟲鳥草木之化, 嚴而君

臣父子, 別而夫婦男女, 順而兄弟, 羣而朋友, 喜不至瀆, 怨不至亂, 諫不至訐,

怒不至絶, 此詩之大略也. 古者登歌淸廟, 會盟諸侯, 季子之所觀, 鄭人之所

賦, 與夫士大夫交接之際, 未有舍此而能達者. 孔子曰, 爲此詩者, 其知道乎!

又曰, 不學詩, 無以言. 蓋詩之用於世如此.

周衰, 官失學廢, 大雅不作久矣. 由漢以來, 詩道浸微陵夷, 至於晉宋齊梁

之間, 哇淫甚矣. 曹劉沈謝之詩, 非不工也, 如刻繪染穀, 可施之貴介公子, 而

不可用之黎庶. 陶淵明韋蘇州之詩, 寂寞枯槁, 如叢蘭幽桂, 可宜於山林, 而不

可置於朝廷之上. 李太白王摩詰之詩, 如亂雲敷空, 寒月照水, 雖千變萬化, 而

及物之功亦少. 孟郊賈島之詩, 酸寒儉陋, 如蝦蟖蜆蛤, 一啖便了, 雖咀嚼終

日, 而不能飽人. 唯杜少陵之詩, 出入今古, 衣被天下, 藹然有忠義之氣, 後之

作者, 未有加焉.

宋興二百年, 文章之盛, 追還三代. 而以詩名世者, 豫章黃庭堅魯直, 其後學

黃而不至者, 後山陳師道無已. 二公之詩皆本於老杜而不爲者也. 其用事深密,

雜以儒佛. 虞初稗官之說, 雋永鴻寶之書, 牢籠漁獵, 取諸左右. 後生晚學, 此

祕未覩者, 往往苦其難知. 三江任君子淵, 博極羣書, 尙友古人. 暇日遂以二家

詩爲之注解, 且爲原本立意始末, 以曉學者. 非若世之箋訓, 但能標題出處而

已也. 既成, 以授僕, 欲以言冠其首.

予嘗患二家詩興寄高遠, 讀之有不可曉者. 得君之解, 玩味累日, 如夢而窹,

2　[교감기] '而'는 전본에는 '傳'으로 되어 있는데, 의미가 더 분명하다.

如醉而醒, 如痿人之獲起也, 豈不快哉. 雖然論畫者可以形似, 而捧心者難言, 聞絃者可以數知, 而至音者難說. 天下之理涉於形名度數者可傳也, 其出於刑名度數之表者, 不可得而傳也. 昔後山答秦少章云, 僕之詩, 豫章之詩也. 然僕所聞於豫章, 願言其詳, 豫章不以語僕, 僕亦不能爲足下道也. 鳴乎, 後山之言, 殆謂是耶, 今子淵既以所得於二公者筆之乎. 若乃精微要妙, 如古所謂味外味者, 雖使黃陳復生, 不能以相授, 子淵相得而言乎. 學者宜自得之可也.

子淵名淵, 嘗以文藝類試有司, 爲四川第一, 蓋今日之國士天下士也.

紹興乙亥冬十二月, 鄱陽許尹謹叙.

황정견시집주 전체 차례

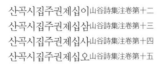

1. 유곤중 군을 삼가 전송하며

奉送劉君昆仲

遊子歸心日夜流	나그네 돌아갈 마음으로 밤낮 떠도니
南陔香草可晨羞	남쪽 언덕 향기로운 풀 반찬으로 할 만 하지.
平原曉雨半槐夏	평원의 새벽 비에 홰나무는 한여름 맞이했고
汾上午風初麥秋	분수 가 한낮 바람에 보리는 비로소 익어가네.
鴻鴈要須翔集早	기러기는 일찍 날아 모여들어야 하니
脊鴒無憾急難求	어려움 구원하는 척령에겐 한스러움 없으리라.
欲因行李傳家信	그대 편에 내 집에 소식 전하고자 하니
姑射山前是晉州	고야산 앞이 바로 진주라오.

【주석】

遊子歸心日夜流 : 『한서 · 고조기高祖紀』에서 "고조가 패현沛縣의 부형父兄들에게 "나그네는 고향 그리움에 서글픈 법이네"라 했다"라고 했다.

漢高祖紀, 謂沛父兄曰, 遊子悲故鄉.

南陔香草可晨羞 : 광미廣微 속석束晳의 「보망시補亡詩」에서 "저 남쪽 언

덕을 돌아다니며, 난초를 캐노라"라고 했다. 또한 "너의 저녁 반찬 향기롭고, 너의 아침 반찬 정갈하여라"라고 했다.

束廣微補亡詩云, 循彼南陔, 言採其蘭, 又云, 馨爾夕膳, 潔爾晨羞.

平原曉雨半槐夏 汾上午風初麥秋 : 두보의 「맥숙추麥熟秋」에서 "보리 익는 새벽 기운은 젖어있고, 홰나무 여름에 한낮 바람 시원해라"라고 했다. 『구양공시화』에서 "학사學士 조사민趙師民은 시사詩思에 대단히 정밀했다. 예를 들면 "보리 계절의 새벽 기운은 젖어있고, 홰나무 여름의 오후 그늘은 시원해라"라는 구절은 이전 시대의 이름난 시인들도 모두 이러한 경지에는 이르지 못했었다"라고 했다.

杜詩, 麥秋晨氣潤, 槐夏午風凉. 歐陽公詩話[1]云, 趙學士師民, 詩思尤精, 如麥天晨氣潤, 槐夏午陰清, 前世名流皆所未到也.

鴻鴈要須翔集早 脊鴒無憾急難求 : 『시경 · 홍안鴻鴈』에서 "기러기 날아들어, 연못에 모였네"라고 했고 「상체常棣」에서 "척령이 언덕이 있노니, 형제가 어려움을 도와주누나"라고 했다. 『논어 · 향당鄕黨』에서 "빙빙 날아 살펴보고 내려앉는다"라고 했다.

詩鴻鴈云, 鴻鴈于飛, 集于中澤. 常棣云, 鶺鴒在原, 兄弟急難. 論語, 翔而後集.

1　[교감기] '詩話'가 본래 '詩註'로 되어 있는데, 지금 영원본 · 전본을 따르며 더불어 『歐陽修全集』 권128 『詩話』에 의거하여 교정한다.

姑射山前是晉州 : 유군의 형제가 덕주德州로부터 진주晉州로 돌아가기에 '평원平原'과 '분상汾上'이라고 말한 것이며, 이때에 산곡 황정견은 덕주德州 덕평德平에 있었다. 살펴보건대, 『환우기』에서 "진주晉州의 치소治臨 중 분현汾縣과 인접한 곳에 평산平山이 있는데, 호구壺口라고도 한다"라고 했다. 『서경·우공禹貢』에서 말한 "이미 처음 호구壺口를 다스리시어 양산梁山과 기신岐山을 다스렸다"라는 것으로, 지금은 고야산姑射山이라고 부르는데 고을 서쪽 8리에 있다. 『장자』에서 "막고야산藐姑射山에 신인神人이 있다"라고 했는데, 바로 이 산을 말한다.

劉君兄弟當自德州歸晉, 故稱平原汾上, 時山谷在德州德平也. 按寰宇記, 晉州所治臨汾縣, 有平山, 一名壺口. 禹貢所謂壺口, 治梁及岐也, 今名姑射山, 在縣西八里. 莊子, 藐姑射之山, 有神人焉, 卽此.

2. 신노가 보내온 작품에 화답하여 답하다

和答莘老見贈

往歲在辛丑	지난 해 신축년에
從師海瀕州	스승 따라 바닷가에 갔었지.
外家有行役	외가에 갈 일이 있어
拜公古邗溝	옛 한구에서 공에게 절 올렸네.
兒曹被鑒賞	아이들에게 알아줌을 입어
許以綜九流	구류가 모이는 것을 허락했었지.
仍許歸息女	이에 내게 딸자식을 시집보내어
采蘋助春秋	봄가을 제사를 돕게 하였네.
斯文開津梁	사문에 다리를 열어 놓았으며
盛德見虛舟	성대한 덕의 빈 배를 보았다네.
離合略十年	헤어지고 만난 지 대략 10여 년
每見仰淸脩	늘 만나면 청수함을 우러러 보았지.
久次不進遷	오래 있으면서 다른 곳으로 가지 못한 채
天祿勤校讎	천록각에서 교정하느라[2] 수고로웠네.
文武脩袞職	문무 갖춰 곤직을 닦으니

---

2 교정하느라 : '교수(校讎)'는 교정하는 일을 말한다. 교(校)는 한 사람이 독자적으로 교정을 보는 것을 말하고, 수(讎)는 두 사람이 돌려가며 교정을 보는 것을 말한다.

諫垣始登收	간원에서 비로소 거두어 들였다네.
身趣³鄴公城	나는 업공의 성에 갔었지만
逐臣旣南浮	쫓겨난 신하 되어 이미 남쪽에 배 띄웠네.
孌彼丞中饋	어여뻐라, 저 안에서 음식 올린 것이여
家庭供百羞	가정에서 온갖 음식을 준비하였다네.
堂堂來問寢	당당히 와서 안부를 물었는데
忽爲雲霧休	갑자기 운무 사이에서 쉬게 되었네.
遺玩猶在篋	남긴 노리개 오히려 상자에 있는데
汝水遶墳丘	여수가 봉분 주위를 휘감아 도네.
南箕與北斗	남기와 북두
日月行置郵	해와 달이 빨리도 흘러갔네.
相逢輦轂下	서로 연곡 아래에서 만났는데
存沒可言愁	살고 죽음에 근심이 일었다오.
當年小兒女	그 당시 어린 딸아이는
生子欲勝裘	자식 낳았는데 갖옷 감당할 수 있다네.
甌越委琴瑟	구월에 금과 슬을 버려두었는데
江湖拱松楸	강호에는 송추의 나무가 한 아름이네.
持節轉七郡	벼슬하며 일곱 고을 돌아다니었는데
治功無全牛	다스리는 공에 온전한 소가 없었다네.
還朝蒙唉識	조정으로 돌아와 알아줌을 입었노니

---

3 [교감기] '趣'가 영원본에는 '趨'로 되어 있다.

明月豈暗投	밝은 달이 어찌 어둠 속에 버려지랴.
抱被直延閣	이불 안고 연각에서 숙직을 했으며
疏簾近奎鉤	성긴 주렴에서 규구를 가까이 했었지.
三生石上夢	삼생석 위에서의 꿈
記⁴是復疑不	그 기록을 다시 의심하랴.
隱几付天籟	안석에 기대 천뢰를 들었으며
閱人如海鷗	사람 살피기는 마치 바다 갈매기 같았지.
襟懷俯萬物	회포 품은 채 만물을 내려다보았고
顔鬢與百憂	얼굴과 머리칼로 온갖 근심 함께 했지.
長歌可當泣	긴 노래로 울음을 대신할 만하고
短生等蜉蝣	짧은 생애는 하루살이와 같다오.
悲歡令人老	슬픔 기쁨이 사람을 늙게 만드니
萬世略同流	만세토록 그 흐름은 같다오.
軒冕來逼身	헌면이 와서 내 몸에 닥치는데
白蘋晚滄洲	흰마름풀에 창주에는 해가 지누나.
履拂知道肥	신 끌면서도 도로 살찜을 알았었고
淨室見天游	깨끗한 집에서 자유 자적함을 보았었지.
小人樂蛙井	소인은 우물 안 개구리처럼 즐기지만
癡甚顧虎頭	치절함은 호두 고개지보다 심했다오.
世緣眞嚼蠟	세상 인연은 진실로 밀랍 씹는 듯 했고

---

4 **[교감기]** '記'가 건륭본에는 '旣'로 되어 있다.

骨相謝封侯　　　골상은 참으로 제후에 봉해질 듯 했지.

松根養茯苓　　　솔뿌리에서 복령이 생겨나니

歲晏望華輈　　　늘그막에 화려한 수레 오길 바라네.

【주석】

往歲在辛丑 : 가우嘉祐 6년 신축에 산곡 황정견은 나이 열일곱이었다.
이때 「계상음溪上吟」과 「청강인淸江引」 두 작품을 지었다.

嘉祐六年辛丑, 山谷時年十七, 有溪上吟淸[5]江引二詩.

外家有行役 : '외가外家'는 모가母家를 말하는데, 『한서』에 보인다.

外家謂母家, 見漢書.

拜公古邗溝 : '한구邗溝'는 양주揚州를 말하는데, 당唐나라 때에는 한주
邗州라고 불렀다. 『좌전』에서 "오성吳城의 한구邗溝에서 강회江淮로 통한
다"라고 했는데, 이 의미를 취한 것이다.

邗溝謂揚州也, 唐曰邗州. 左傳, 吳城邗溝, 以通江淮. 取此義也.

兒曹被鑒賞 : 『진서·왕융전王戎傳』에서 "미리 알아보는 식견이 이와
같았다"라고 했다.

5　　[교감기] '淸'이 본래 '春'으로 되어 있는데, 지금 전본을 따르고 『山谷外集詩注』
　　권1에 실린 제목에 따라 고친다.

晉王戎傳, 鑒賞先見如此.

許以綜九流 : '구류九流'[6]는 위에 보인다.
見上.

仍許歸息女 采蘋助春秋 : 후집後集의 「황씨이실묘명黃氏二室墓銘」에서 "황
정견의 첫 아내는 난계현군蘭溪縣君 손씨孫氏로 고故 용도각龍圖閣 직학사直
學士 공각公覺 신노莘老 손각孫覺 공의 따님이다. 이보다 앞서 황정견이 나
이 열일곱이 되었을 때, 구씨舅氏 이택학李擇學 공을 따라 회남淮南에 갔
다가 처음 손공을 알게 되었다. 손공은 황정견이 어린 나이에도 뜻을
세운 것을 가상하게 여겨 난계를 그에게 시집보냈다"라고 했다. '식녀
息女'[7]는 『한서·고조기高祖紀』에 보인다. '채빈采蘋'[8]은 『시경』에 보인다.

---

6   구류(九流) : 『좌전』에서 "회성의 아홉 종족[懷姓九宗]"이라고 했는데, 주(注)에
    서 "회성은 당나라의 유민이다. 구종은 한 성의 아홉 종족이다[懷姓, 唐之餘民.
    九宗, 一姓爲九族]"라고 했다. 『태현경·취수(聚首)』에서 또한 "구종이 좋아한다
    [九宗之好]"라고 했다. 『장자』에서 "나라의 임금과 먹는 음식과 같은 음식을 먹
    는 신분이 되면 그 은택이 온 집안에 미칠 것이다[澤及三族]"라고 한 뜻을 취하였
    다. 또 살펴보건대 『습유기』에서 "한왕 부가 십 유의 곡식을 쌓아놓으니 구족의
    종친이 모두 그 의식을 의지하였다[漢王溥積粟十庾, 九族宗親皆仰其衣食]"라고
    했다.
7   식녀(息女) : 『한서·고제기(高帝紀)』에서 "여공이 "신에게 여식이 있으니, 원컨
    대 키와 비를 잡는 부인으로 삼아 주십시오[呂公曰, 臣有息女, 願爲箕帚妾]"라 했
    다"라고 했다.
8   채빈(采蘋) : 『시경·채빈(采蘋)』의 서(序)에서 "대부의 아내가 법도를 따랐음을
    읊은 것이다[大夫妻能循法度也]"라고 했고 그 시에서 "부평초 따기를 남쪽 시냇
    가에서. 마름 풀 따기는 저 도랑에서[于以采蘋, 南澗之濱. 于以采藻, 于彼行潦]"라

後集黃氏二室墓銘云, 庭堅之初室曰蘭溪縣君孫氏, 故龍圖閣直學士孫公覺莘老之女. 初庭堅年十七, 從舅氏李公擇學於淮南, 始識孫公. 孫公憐其少立, 以蘭溪歸之. 息女見漢高祖紀. 采蘋見詩.

斯文開津梁 : 『세설신어』에서 "유량庾亮이 일찍이 불사佛寺에 들어갔다가 누워 있는 부처를 보고 "이 분은 세상의 대중을 구제하느라 피곤하다"라 했다"라고 했다. 장담張湛이 『열자列子』에 주를 내면서 "으뜸가는 도를 체득하여 세상의 다리가 되리"라고 했다. 문통文通 강엄江淹의 「잡체시雜體詩」에서 "도를 잃은 지 천 년이 지났으니, 찾아갈 다리를 누가 알랴"라고 했다.

世說, 庾公見臥佛曰, 此子疲於津梁. 列子, 體道窮宗, 爲世津梁. 江文通詩, 道喪涉千載, 津梁誰能了.

盛德見虛舟 : '허주虛舟'[9]는 위에 보인다. 두보의 「제장씨은거題張氏隱居」에서 "그대 만나니 마치 빈 배를 띄워놓은 듯"이라고 했다.

虛舟見上. 杜詩, 對君疑是泛虛舟.

離合略十年 : 『문선』에 실린 사형 육기의 「위고언선증부爲顧彦先贈婦」

고 했다.

9   허주(虛舟) : 『장자·산목(山木)』에서 "바야흐로 배를 띄워 강을 건널 때, 빈 배가 와서 자신의 배에 부딪히면 비록 속 좁은 사람이라도 화를 내지 않는다"라고 했다.

에서 "헤어지고 만나는 일이 늘 있는 것 아니니, 비유하자면 저 활시위와 도지개 같다네"라고 했다. 두보의 「수노별垂老別」에서 "살다보면 헤어지고 만나는 법이니, 어찌 귀하고 천함을 가리겠는가"라고 했다.

文選陸士衡詩, 離合非有常, 譬彼弦與桰. 杜詩, 人生有離合, 豈擇貴賤端.

每見仰淸脩:『위지』에서 "진등陳登이 "청수하고 악을 미워하며 식견도 있고 의리도 있노니, 나는 조원달趙元達을 공경한다"라 했다"라고 했다.

魏志, 陳登曰, 淸脩疾惡, 有識有義, 吾敬趙元達.

久次不進遷:『한서·양웅찬楊雄贊』에서 "양웅은 기로耆老로 오랫동안 있어서, 바꾸어 대부大夫가 되었다"라고 했다. 여기에서는 신노를 가리킨다.

楊雄贊, 以耆老久次轉爲大夫. 此言莘老.

天祿勤校讎 文武脩衮職 諫垣始登收:『실록』에서 "치평治平 4년 정월 병자丙子에, 비서승서각교감秘書丞書閣校勘 손각孫覺이 직집현원창왕부直集賢院昌王府의 기실記室이 되었다. 희녕熙寧 원년 4월 계해癸亥에, 태상박사太常博士 직집현원直集賢院 손각孫覺이 우정언右正言이 되었다"라고 했다.『한서·양웅찬楊雄贊』에서 "천록각天祿閣의 교서校書가 되었다"라고 했다.『시경·증민烝民』에서 "임금님의 의복에 터진 곳이 있으면, 우리 중산보가 꿰매어 드린다네"라고 했다.

實錄, 治平四年正月丙子, 祕書丞館閣校勘孫覺, 直集賢院昌王府記室. 熙寧元年四月癸亥, 太常博士直集賢院孫覺, 爲右正言. 楊雄贊, 校書天祿閣上. 詩, 袞職有闕, 維仲山甫補之.

身趨鄴公城 : '업鄴'은 마땅히 '섭葉'이 되어야 하니, 잘못 옮겨 적었다. 산곡 황정견이 처음에 벼슬자리에 나와 여주汝州 섭현위葉縣尉가 되었다. 섭현은 본래 초楚나라 땅으로, 초 혜왕惠王이 심제량沈諸梁을 섭 땅에 봉하고서는 섭공葉公이라고 불렀다.

鄴當作葉, 傳寫誤耳. 山谷初仕爲汝州葉縣尉, 葉本楚地, 楚惠王以封沈諸梁, 謂之葉公.

逐臣旣南浮 : 『실록』에서 "희녕熙寧 원년 8월 계묘癸卯에 태자중윤太子中允 직집현원直集賢院 동지간원同知諫院 손각孫覺이 월주越州의 통판通判이 되었는데, 간한 말 때문에 죄를 얻은 것이었다"라고 했다. 이 구절의 의미는 자신은 바야흐로 섭현이라고 말했지만, 신노는 이미 쫓겨난 신하가 되어 남쪽으로 갔다는 것이다. 관에 이르러 신노와 더불어 쫓겨난 것이 모두 원년이었다. 『한서·고조기高祖紀』에서 "남쪽으로 강한江漢에 배를 띄워 내려가서"라고 했다.

實錄, 熙寧元年八月癸卯, 以太子中允直集賢院同知諫院孫覺, 通判越州, 以言事得罪也. 詩意自言方之葉縣, 而莘老已爲逐臣南往矣. 到官與莘老竄逐, 同是元年. 漢高祖紀云, 南浮江漢以下.

變彼丞中饋：『시경·천수泉水』에서 "어여쁜 여러 동생들과"라고 했다. 『주역·가인家人』에서 "이루는 바 없이, 안에 있으면서 음식을 주관한다"라고 했다.

詩泉水云, 變彼諸姬. 易家人, 無攸遂在中饋.

家庭供百羞：『주례·천관天官·내옹內饔』에서 "여러 가지 반찬이나 장물醬物 그리고 진기한 음식들을 선택에서 왕에서 올릴 준비를 하고 기다린다"라고 했다.

周禮天官內饔, 選百羞醬物珍物以俟饋.

遺玩猶在篋 汝水遠墳丘：「이실묘지二室墓誌」에서 "손씨孫氏는 나이 스물에 죽었고 섭현에 염한 것이 22년이었다"라고 했다. 『문선』에 실린 안인 반악의 「도망悼亡」에서 "감도는 향기 아직 사라지지 않았고 남긴 그림도 여전히 벽에 걸려 있네"라고 했다.

二室墓誌云, 孫氏年二十而卒, 殯於葉縣者二十二年. 文選潘安仁悼亡云, 流芳未及歇, 遺掛猶在壁.

日月行置郵：『맹자·공손추公孫丑』 상上에서 "덕의 유행이 역마보다 빠르다"라고 했다.

速於置郵見孟子.

相逢輦轂下 存没可言愁 : 원풍元豐 8년 4월, 산곡 황정견이 교서랑校書郎
으로 부름을 받았는데, 이때 신노는 비감秘監이 되었다.

元豐八年四月, 山谷以校書郎召, 時莘老爲秘監.

當年小兒女 : 두보의 「월야月夜」에서 "멀리서 어린 딸을 그리워하는
데, 장안의 아비는 기억도 못하겠지"라고 했다.

杜詩, 遙憐小兒女, 未解憶長安.

生子欲勝衣 : '승구勝衣'[10]는 위에 보인다.

勝衣見上.

甌越委琴瑟 江湖拱松楸 : 『문선』에 실린 사령운의 「유방산遊方山」에서
"구월甌越에서 서로 쉬기로 약속했네"라고 했다. 월주越州는 춘추시대에
월나라가 도읍한 곳이다. 『사기』에서 "동구왕東甌王 서광徐廣이 "지금의
영녕永寧이다"라 했다"라고 했다. 이때에 신노가 월주에 있으면서 아내
를 잃었고 강남으로 돌아와 매장했었는데, 묘 주변의 나무가 한아름이
되었기에 '존몰가언수存没可言愁'라는 구절이 있게 된 것이다. 『시경·상
체常棣』에서 "처자들이 잘 지내니, 마치 금과 슬이 화합하듯"이라고 했

---

10   승구(勝衣) : 『예기·단궁(檀弓)』에서 "조문자(趙文子)는 그 마음이 겸손하여 옷
     을 이기지 못할 듯하고 말이 어눌하여 마치 입에서 내지 못할 것 같았다[趙文子其
     中退然, 如不勝衣, 其言吶吶, 然如不出諸其口]"라고 했다.

다. 살펴보건대『진소유집』에 실린 「여참료간與參寥簡」에서 "신노莘老 수안군壽安君이 결국 일어나지 못했고 아들 실實이 마침내 상을 치르는데, 먼 지방에서 이러한 재앙을 만났기에 자못 아파할 만하다"라고 했다. 신노가 아내를 잃은 것을 여기에서도 확인할 수 있다. 월주가 지금은 소흥부紹興府가 되었다.

文選謝靈運遊方山詩云, 相[11]期憩甌越. 越州春秋時爲越國所都. 史記東甌王徐廣曰, 今之永寧也. 當是莘老在越州悼亡, 返葬于江南, 墓木拱矣, 故有存沒可言愁之句. 詩云, 妻子好合, 如鼓瑟琴. 按秦少游集中與參寥簡云, 莘老壽安君竟不起, 子實遂丁憂, 遠方罹此禍, 故殊可傷也. 莘老悼亡, 於此可見. 越州今爲紹興府.

持節轉七郡 : 신노가 월주의 수령으로 있다가 지통주知通州로 옮겼다가 부름을 받고 돌아와 수기거주修起居注가 되었다. 또한 간하는 말로 인해 지광덕군知廣德軍으로 쫓겨났으며, 해를 넘기고 호주湖州로 옮겼다가 또 여주廬州로 옮겼었다. 조모祖母의 상喪을 만나 삼년상을 마치고 지소주知蘇州가 되었다가 복주福州와 서주徐州로 옮겨졌다가 또 남경南京으로 옮겨졌는데, 부름을 받고 태상소경太常少卿이 되었다가 비서소감秘書少監으로 바뀌었었다. 철종哲宗이 즉위하자, 시강侍講을 겸했었고 우간의대부右諫議大夫로 옮겨졌기에 '칠군七郡'이라고 한 것이다.

莘老自越倅徙知通州, 召還, 修起居注. 又以言事黜知廣德軍, 踰年徙湖州,

---

11 相 : 중화서국본에는 '指'로 되어 있으나, '相'의 오자이다.

又徙廬州. 持祖母喪, 服除, 知蘇州, 徙福州, 徐州, 又南京, 召爲太常少卿, 易秘書少監. 哲宗卽位, 兼侍講, 遷右諫議大夫, 故言七郡.

治功無全牛 : '무전우無全牛'[12]는 위에 보인다.

見上.

還朝蒙嗟識 明月豈暗投 : '암투暗投'[13]는 위에 보인다.

見上.

抱被直延閣 : 유흠劉歆의 『칠략七略』에서 "문제武帝가 크게 헌서獻書의 길을 열어두었는데, 책이 산처럼 쌓이었었다. 밖에서 태상박사太常博士가 보관하는 것이 있었고 안에서 연각廣延閣廣 내비실內秘室의 창고가 있었다"라고 했다. 퇴지 한유의 「송은유서送殷侑序」에서 "이불을 가지고 삼성三省에 숙직만 들어가도"라고 했다.

劉歆七略云, 武帝廣獻書之路, 書積如丘山. 外有太常博士之藏, 內則延閣

---

12 무전우(無全牛) : 『장자』에서 "포정(庖丁)이 문혜군(文惠君)을 위해서 소를 잡았다. 문혜군이 "기술이 어떻게 이런 지경까지 이를 수 있는가"라 묻자, 포정이 "처음 제가 소를 해체할 때에는 보이는 게 모두 소이더니 3년이 지난 후에는 소의 온 모습이 보이지 않게 되었습니다[始臣之解牛之時, 所見無非全牛者. 三年之後, 未嘗見全牛也]"라 했다"라고 했다.

13 암투(暗投) : 『한서·추양전(鄒陽傳)』에서 "명월주와 야광벽을 어두운 밤에 길가에서 사람에게 던지면 모두들 칼을 어루만지면서 서로를 흘겨봅니다. 왜 그렇겠습니까. 아무런 까닭 없이 앞에 나타났기 때문입니다[明月之珠, 夜光之璧, 以闇投人於道, 衆莫不按劍相眄者, 何則, 無因而至前也]"라고 했다.

廣內秘室之府. 退之送殷侑序云, 持被入直三省丁寧.

疏簾近奎鉤 : 당唐나라 장회관張懷瓘의 『서단書斷』에서 "창힐蒼頡이 규성
奎星의 둥글고 굽은 형세를 올려다보고 이에 부합하여 글자를 만들었
다"라고 했다. 『효경원신계孝經援神契』에서 "규성奎星은 문장을 주관한다.
창힐이 이를 보고 문자를 만들었는데, 문자라는 것은 합치면 말이 된
다"라고 했다. 『진서 · 천문지天文志』에서 "구진鈎陳은 후궁後宮으로, 대제
大帝의 정비正妃이다"라고 했다. 이때에 선인후宣仁后가 주렴을 내리고 다
스림을 했었다.

書斷曰, 蒼頡仰觀奎星圓曲之勢, 合而爲字. 孝經援神契云, 奎主文章, 蒼
頡文字, 總而爲言. 晉天文志, 鈎陳後宮也, 大帝之正妃也. 時宣仁后御簾.

三生石上夢 : 갈홍천葛洪川 가에서 한 목동牧童이 소뿔을 두드리며 노래
하기를 "나는 삼생석[14] 위의 그 옛날 정혼이거니, 음풍농월하는 건 굳
이 논할 것도 없네. 친한 벗이 멀리 찾아 주매 진정 부끄럽지만, 이 몸
은 달라졌으나 본성은 그대로 있다오"라고 했다. 이것은 승僧 원택圓澤

---

14 삼생석(三生石) : 당(唐)나라 이원(李源)이 혜림사(惠林寺)의 중 원관(源觀)과
　　친했는데, 함께 삼협(三峽)으로 놀러가다가 물을 긷는 여인을 보고 원관이 말하
　　기를, "내가 저 부인의 아들로 태어날 것이니 12년 뒤에 항주(杭州) 천축사(天竺
　　寺) 밖에서 서로 만나자"라고 했다. 그 시기가 되어 이원이 천축사로 갔더니, 한
　　목동(牧童)이 있는데 곧 원관이었다. 노래 부르기를 "삼생석 위 옛 정혼(精魂)
　　이"라고 하였다. 천축사 뒷산에 삼생석이 있는데, 두 사람이 서로 만났던 곳이라
　　한다.

과 관련된 일로,「감택요甘澤謠」에 보인다. 동파 소식이 산삭刪削하고 고쳐서「원택전圓澤傳」을 지었는데,『유문遺文』에 보인다.

葛洪州畔, 牧童叩牛角而歌曰, 三生石上舊精魂, 賞月吟風不要論. 慙愧情人遠相訪, 此身雖異性常存. 此乃僧圓澤事, 見於甘澤謠. 東坡刪改作圓澤傳, 見遺文.

隱几付天籟：『장자·제물편齊物篇』에서 "남곽자기南郭子綦가 안석에 기대앉아서 하늘을 우러러보고 탄식했다"라고 했다. 또한 "너는 땅의 피리 소리는 들었을지라도 하늘의 피리 소리는 듣지 못했을 것이다"라고 했다.

莊子齊物篇, 南郭子綦隱几而坐, 仰天而噓云云. 又曰, 汝聞地籟, 而未聞天籟.

閱人如海鷗：『열자』에서 "바닷가에 사는 사람으로 갈매기를 좋아하는 이가 있었다. 그는 매일 아침 바닷가에 나가서 갈매기와 놀다 보니, 그곳으로 날아오는 갈매기가 백 마리도 더 되었다. 그의 아비가 "내가 듣건대 갈매기가 모두 너를 따라 노닌다 하니, 네가 갈매기를 잡아오너라. 내가 데리고 놀련다"라고 했다. 다음 날 그가 다시 바닷가에 나가니, 갈매기들이 공중에서 춤을 추며 내려오지 않았다"라고 했다.

列子云, 海上之人, 有好鷗鳥者. 每旦之海上, 從鷗鳥游, 鷗鳥之至者, 以百數而不止. 其父曰, 吾聞鷗鳥從汝游, 取來吾玩之. 明日之海上, 鷗鳥舞而不下.

長歌可當泣 短生等蜉蝣：고악부古樂府의 「왕융비가王融悲歌」에서 "슬픈 노래로 우는 것을 대신하고, 아득히 바라보는 것으로 돌아가는 것을 대신하누나"라고 했다. '단생短生'[15]은 위의 주注에 보인다. 『시경·부유蜉蝣』에서 "부유의 깃이여"라고 했는데, 모전毛傳에서 "부유는 거략渠略, 하루살이으로, 아침에 태어나 저녁에 죽는다"라고 했다. 곽박의 「유선시遊仙詩」에서 "묻노니, 부유의 무리들이여, 어찌 거북 학의 수명을 알랴"라고 했다. 낙천 백거이의 「효도잠체시效陶潛體詩」에서 "오래 사는 사람이 있지 않노니, 온 세상 모두가 하루살이 같다네"라고 했다.

古樂府王融悲歌云, 悲歌可以當泣, 遠望可以當歸. 短生見上注. 詩, 蜉蝣之羽. 毛云, 渠略也, 朝生夕死. 郭璞詩, 借問蜉蝣輩, 寧知龜鶴年. 白樂天詩, 長生無得者, 擧世如蜉蝣.

悲歡令人老：『문선』에 실린 언승彦昇 임방任昉의 「주구지곽생방지舟久之郭生方至」에서 "슬픔과 기쁨을 스스로 지탱하지 못하네"라고 했다.

文選任彦昇詩, 悲歡不自持.

萬世略同流：『서경·필명畢命』에서 "만세토록 흐름을 같이 한다"라고 했다.

15　단생(短生)：사령운의 「예장행(豫章行)」에서 "짧은 인생으로 긴 세상 살아가니, 항상 태양이 기우는 것 느끼네[短生旅長世, 恒覺白日欹]"라고 했다. 손작의 「천태부(天台賦)」에서 "아, 인생은 짧노니, 누가 오래 살아갈 수 있으리오[嗟人生之短期, 孰長年之能執]"라고 했다.

書畢命, 萬世同流.

軒冕來逼身 : '헌면軒冕'[16]은 위에 보인다.

軒冕見上.

白蘋晩滄洲 : 유혼柳惲의 「강남곡江南曲」에서 "정주汀洲에서 백빈을 캐
노니, 강남의 봄날에 해가 지누나"라고 했다.

柳惲[17]江南曲云, 汀洲采白蘋, 日落江南春.

履拂知道肥 : 두보의 「억석행憶昔行」에서 "수건에는 약 찧던 향기가 남
아 있고, 섬돌에는 단약 끓이던 재가 식었어라"라고 했다. 이 구절의
의미는 도학道學이 소산蕭散해짐을 말한 것이다. "자하子夏가 싸움에서
이겼기에 살이 쪘다[子夏戰勝故肥]"[18]는 것은 위에 보인다. 연명 도잠의
「영빈사詠貧士」에서 "빈부가 늘 서로 싸우지만, 도가 이기니 슬픈 안색

---

16 헌면(軒冕) : 『장자·선성편(繕性篇)』에서 "수레를 타고 면류관을 쓰고 다니는
    높은 벼슬아치가 됨을 말하는 것이 아니다[非軒冕之謂也]"라고 했다.
17 [교감기] '柳惲'이 본래 '許惲'으로 되어 있는데, 지금 전본에 따르며 더불어 『樂府
    詩集』권26에 실린 柳惲의 「江南詞」에 의거하여 교정한다.
18 자하(子夏)가 (…중략…) 쪘다 : 『한비자』에서 "자하(子夏)가 증자(曾子)를 만났
    는데, 증자가 "어째서 살이 쪘는가"라 묻자, 대답하기를 "싸움에서 이겼기 때문
    에 살이 쪘네. 내가 집에서 책을 보며 선왕의 도를 배울 때는 그것을 부러워하였
    고, 집에서 나와 부귀한 이들의 환락을 보면 또 부러워하였네. 두 가지가 흉중에
    서 다퉈는데 어느 쪽이 이길지 알지 못하였기에 파리해졌다가 지금 선왕의 의리
    가 이겼기 때문에 살이 쪘네[戰勝故肥也. 吾入見先王之義, 則榮之 出見富貴之樂,
    又榮之. 兩者戰於胸中, 未知勝負, 故癯. 今先王之義勝, 故肥]"라 했다'라고 했다.

없어라"라고 했다.

杜詩, 巾拂香餘搗藥塵, 階除灰死燒丹火. 詩意言道學蕭散也. 子夏戰勝故肥, 見上. 淵明詩, 貧富常交戰, 道勝無戚顔.

淨室見天游：『장자・외물편外物篇』에서 "방 안에 공간이 없으면 며느리와 시어미가 서로 다투게 되듯이, 마음속에 자유 자적함이 없으면 육착이 서로 다투게 된다"라고 했다.

莊子外物篇. 室無空虛. 則婦姑勃谿. 心無天游. 則六鑿相攘.

小人樂蛙井：『장자・추수秋水』에서 "우물 안 개구리에게는 도에 대해서 말해 줄 수가 없다"라고 했다.

莊子, 井蛙不可以語於道.

癡甚顧虎頭：『진서』에서 "고개지顧愷之는 치절癡絶, 재절才絶, 화절畫絶했는데, 어떤 이는 "소자小字가 호두虎頭이다"라고 했고 어떤 이는 "호두장군虎頭將軍"이라 했다"라고 했다.

晉書, 顧愷之癡絶才絶畫絶. 或曰, 小字虎頭, 或曰, 虎頭將軍.

世緣眞嚼蠟：『능엄경』에서 "횡진橫陳을 당하면 밀을 씹듯 하라"[19]라

---

19 횡진(橫陳)을 (…중략…) 하라 : 횡진은 미색이 옆으로 눕는다는 뜻이며, 밀은 꿀에 비하여 아무런 맛도 없으므로 무미(無味)한 것을 가리킨다.

고 했다.

楞嚴經, 於橫陳時, 味如嚼蠟.

骨相謝封侯 :『후한서·반초전班超傳』에서 "관상을 보는 사람이 "이는 만 리 제후의 관상이다"라 했다"라고 했다.

後漢班超傳, 相者曰, 此萬里侯相也.

松根養茯苓 : 두보의 「엄씨계방가행嚴氏溪放歌行」에서 "그대의 소나무 뿌리에 큰 복령[20]이 있으니, 늘그막에 같이 달여 먹을 생각이 있으신지"라고 했다.

杜詩, 知子松根養茯苓, 遲暮有意來同煮.

歲晏望華輈 :『고공기』에서 "주인輈人은 수레의 끌채인 주輈를 만든다"라고 했는데, 그 주注에서 "주는 수레의 끌채이다"라고 했다. 현휘 사조의 「고취곡鼓吹曲」에서 "웅장한 북소리 화려한 수레 보내오는 듯"이라고 했다.

考工記, 輈人爲輈, 注, 車轅也. 謝玄暉詩, 疊鼓送華輈.

---

20   복령(茯苓) :『본초(本草)』에서 "복령은 천년 묵은 송진이다. 환(丸)으로 만들어 복용하면 곡식을 먹지 않아도 배가 고프지 않다"라고 했다.

3. 노공이 은혜롭게 간아[21]를 공택에게 보내주었기에, 옛 작품의 운자에 차운하다

以潞公所惠揀芽送公擇次舊韻

『전집前集』에 「사공택분사차삼절구謝公擇分賜茶三絶句」라는 작품이 있는 데, 지금 그 작품의 운자에 차운했다.

前集有謝公擇分賜茶三絶句, 今次前韻.

慶雲十六升龍樣	경운 열여섯은 솟아오르는 용 모양이요
國老元年密賜來	국로들에게 원년에 밀운용차를 하사했지.
技拂龍紋射牛斗[22]	재주 떨친 용문차는 두우성 쏘았으니
外家英鑒似張雷	외가의 뛰어난 감식은 장뢰와 같아라.

【주석】

慶雲十六升龍樣 : 『전한서·지志』에서 "연기 같으면서도 연기도 아니고 구름 같으면서도 구름도 아닌 것이 뭉게뭉게 솟아서 흩어졌다가 엉겼다가 하는 것을 경운慶雲이라고 한다"라고 했다.

---

21 간아(揀芽) : 차의 일종이다. 송(宋)나라 월길(越佶)의 『대관다론(大觀茶論)·채택(采擇)』에서 "무릇 찻잎이 참새의 혀나 곡식의 낱알만 한 것은 투품이 되고, 일창일기인 것은 간아가 되며, 일창이기인 것은 그 다음이고, 나머지는 하품이 된다[凡牙如雀舌穀粒者爲鬪品, 一槍一旗爲揀芽, 一槍二旗爲次之, 餘斯爲下]"라고 했다.

22 [교감기] '牛斗'가 건륭본에는 '斗牛'로 되어 있다.

前漢志, 若煙非煙, 若雲非雲. 郁郁紛紛, 蕭索輪囷. 是謂慶雲.

國老元年密賜來 : 『좌전』에서 "국로國老가 모두 자문子文에게 축하했다"라고 했다. 『북원공다록北苑貢茶錄』에서 "경력慶歷 연간에 채군모蔡君謨가 소봉단小鳳團을 만들었고 소봉단차가 나옴으로부터 용봉차가 마침내 다음으로 밀려났다. 원풍元豐 연간에 교지敎旨가 있어 밀운룡密雲龍을 만들었는데, 그 품질이 소봉단차보다 웃질이었다"라고 했다.

左傳, 國老皆賀子文. 北苑貢茶錄云, 慶歷中, 蔡君謨造小鳳團, 自小團出, 而龍鳳遂爲次. 元豐, 有旨造密雲龍, 其品又加於小團之上.

外家英鑒似張雷 : '장뢰張雷'는 장화張華와 뇌환雷煥을 말한다.

謂張華雷煥也.

4. 이부 소상서와 우선 호시랑이 모두 보잘것없는 내 작품에 화운하기에, 차운하여 감사의 말을 전한다
吏部23蘇尙書右選胡侍郎皆和鄙句, 次韻道謝

不待烹茶喚睡回	차 끓지도 않았는데 불러 잠에서 깨어나니
天官兩宰和詩來	천관 두 재상의 화답한 시 보내왔네.
淸如接筧24通春溜	맑기는 대통에 봄 낙숫물이 담겨 있는 듯
快似揮刀斫怒雷	시원하기가 칼 휘둘러 번개 쪼갠 듯.

【주석】

天官兩宰和詩來 : '천관天官'은 이부吏部이다. 총재冢宰로 상서尙書와 시랑侍郎을 비유했는데, 그 관속官屬에 태재경太宰卿 한 사람이 있기에, 시랑에 견준 것이다.

天官, 吏部也, 冢宰以喩尙書侍郎, 其屬有太宰卿一人, 比侍郎.25

---

23 [교감기] '吏部' 위에 고본에는 '承'자가 더 있다.
24 筧 : '筧'자 뒤에 【以竹通水】라는 주석이 있다.
25 [교감기] '冢宰 (…중략…) 侍郎'이란 구절이 전본에는 없었는데, '周禮治官之屬, 有太宰小宰, 以喩尙書侍郎'이라고 개작(改作)했다.

5. 삼가 공택과 함께 간아를 읊는 노래를 짓다
奉同公擇作揀芽詠

『공다록貢茶錄』에서 "차싹이 최상인 것을 소아小芽라고 하는데 마치 참새의 혀나 매의 발톱 같다. 그 다음의 것을 중아中芽라고 하고 하나의 싹에 하나의 잎이 있는 것을 일창일기一槍一旗라고 부른다. 일창일기를 간아揀芽라고 하는데, 가장 최상품으로 삼는다"라고 했다.

貢茶錄云, 茶芽最上曰小芽, 如雀舌鷹爪, 次曰中芽, 乃一芽帶一葉者, 號一槍一旗. 一槍一旗號揀芽, 最爲挺特.

赤囊歲上雙龍璧[26]	적낭은 해마다 쌍용벽을 바치는데
曾見前朝盛事來	일찍이 전조에서 성대하게 전해진 일 보았지.
想得天香隨御所	상상해 보니, 천향은 황제 처소 따를 것이요
延春閣道轉輕雷	연춘각 복도에는 가벼운 우레 맴돌리라.

【주석】

赤囊歲上雙龍璧 : 원주元注에서 "낭공囊貢은 소단小團 또한 단첩單疊인데, 오직 간아만이 쌍첩雙疊이다"라고 했다.

元注云, 囊貢小團亦單疊, 唯揀芽雙疊.

26　[교감기] '璧'이 원본(原本)에는 '壁'으로 잘못되어 있는데, 전본·건륭본에 의거하여 고친다.

延春閣道轉輕雷 : 원주元注에서 "원풍元豐 말에 연춘각延春閣을 지었다"라고 했다. ○ 평자 장형張衡의 「서경부西京賦」에서 "복륙複陸의 중각重閣은 돌을 둘러 우레를 만들었네"라고 했는데, 설종薛綜의 주注에서 "복륙은 복도각複道閣인데, 그 위를 돌로 둘러 우레 소리를 형상화했다"라고 했다.

元注云, 元豐末作延春閣. ○ 張平子西京賦, 複陸重閣, 轉石成雷. 複陸, 複道閣[27]也, 於上轉石, 以象雷聲.

---

27 道閣 : 중화서국본에는 '閣道'로 되어 있지만, '道閣'의 오류이다.

6. 올해 관차는 매우 오묘하여 맛을 표현하기가 매우 어려웠다. 장난삼아 두 편의 작품을 지었는데, 앞 작품의 운자를 이용했다

今歲官茶極妙而難爲賞音者, 戲作兩詩, 用前韻

첫 번째 수 其一

雞蘇狗蝨難同味	계소와 구슬을 모두 맛보기는 어려운데
懷取君恩歸去來	임금 은혜로 이를 얻어 돌아왔다네.
靑箬湖邊尋顧陸	푸른 약호의 주변에서 고륙을 찾고
白蓮社裏覓宗雷	백련사 가운데에서 종뢰를 구하누나.

【주석】

雞蘇狗蝨難同味 : 「전다부煎茶賦」에서 "간혹 소금에 절이면, 도적을 끌려 들여 집안을 망치는 것과 같이, 매끄러운 구멍으로 물이 내달리니, 또한 하물며 계소와 구슬을 함께 함에랴"라고 했다. '계소雞蘇'는 세상에서 '자소紫蘇'라고 부르며, '호마胡麻'의 다른 이름은 '구슬狗蝨'인데, 모두 『본초강목』에 보인다.

煎茶賦云, 或濟以鹽, 勾賊破家, 滑竅走水, 又況雞蘇之與胡麻. 雞蘇俗呼紫蘇, 胡麻一名狗蝨, 皆見本草.

靑箬湖邊尋顧陸 : '약계箬溪'는 호주湖州에 있다. '고륙顧陸'은 고야왕顧野

王과 육우陸羽를 말한다. 살펴보건대, 『환우기』에서 "호주湖州에 장흥현長興縣이 있는데, 약계는 장흥현 남쪽에 있고 다른 이름은 고저顧渚이다"라고 했다. 고야왕顧野王의 『여지지輿地志』에서 "협계夾溪에는 모두 전약箭箬이 자라고 있는데, 남쪽 언덕을 상약上箬이라고 하고 북쪽 언덕을 하약下箬이라고 한다. 마을 사람들이 하약의 물을 가져다가 술을 빚는데 맛이 좋다. 세상에서는 이 술을 약하주箬下酒라고 한다"라고 했다. 육홍점陸鴻漸의 이름은 우羽로 「고저산기顧渚山記」 두 편을 지어, 고저차顧渚茶의 아름다움을 극찬하면서 강좌江左의 최고로 삼았다. 육구몽陸龜蒙은 차를 좋아하여 고저산顧渚山 아래에 정원을 마련해두고 해마다 차조茶租를 취하면서 스스로 품질을 판별했다. 장언원의 『명화기名畫記』에서 고顧・육陸・장張・오吳의 용필用筆을 논한 한 편이 있는데, 거기에서는 고顧는 고개지顧愷之, 육陸은 육탐미陸探微를 말하나, 이 시에서는 장언원의 『명화기』를 인용한 것은 아니다.

箬溪在湖州. 顧陸謂顧野王陸羽. 按寰宇記, 湖州長興縣, 箬溪在縣南, 一名顧渚. 顧野王輿地志云, 夾溪悉生箭箬, 南岸曰上箬, 北岸曰下箬, 村人取下箬水釀酒醇美, 俗稱箬下酒. 陸鴻漸名羽, 有顧渚山記二篇, 盛言顧渚茶之美, 爲江左第一. 陸龜蒙嗜茶, 置園顧渚山下, 歲取茶租, 自判品第. 張彦遠名畫記有論顧陸張吳用筆一篇, 謂顧愷之陸探微, 非此詩所引.[28]

28　[교감기] '非此詩所引'이 영원본에는 '與此詩不相涉, 山谷特借使顧陸二字. 顧野王有傳'으로 되어 있다.

白蓮社裏覓宗雷 : 백련사白蓮社는 강주江州 여산廬山에 있는데, 진晉나라 혜원법사慧遠法師의 고사故事가 있다. 백련사 시사詩社에 함께 했던 이는 18인이다. 종병宗炳의 자는 소문少文이고 뇌차종雷次宗의 자는 장륜仲倫으로, 이들과 함께 했었다.

白蓮社在江州廬山, 晉慧遠法師故事也. 同社十八人, 宗炳字少文雷次宗字仲倫與焉.

두 번째 수其二

乳花翻椀正眉開	흰 포말 찻잔에서 일렁이니 얼굴 펴지고
時苦渴羌衝熱來	때때로 고달픈 갈강이 더위 속에 오누나.
知味[29]者誰心已許	맛을 아는 자는 누구인들 이미 허여했노니
維摩雖黙語如雷	유마힐이 비록 말없지만 말은 우레 같다오.

【주석】

時苦渴羌衝熱來 : 『습유기』에서 "진晉나라에 강족羌族 사람 요복姚馥이 있었다. 그는 다만 술에 목이 말랐으니 여러 사람들이 그를 술에 목마른 강족이라 불렀다"라고 했다. 『초학기』에서 "정효程曉의 「복일시伏日詩」에서 "지금 세상의 내대자襜襦子, 더위 속에서 남의 집을 찾아가네. 부채를 흔드니 어깨가 아프고, 땀이 주르륵 흐르네"라 했다"라고 했다.

---

29 [교감기] '知味'가 고본에는 '知音'으로 되어 있다.

'내대穊襖'는 사람을 모시는 것에 밝지 않음을 말하는데, '갈강渴羌' 또한 이러한 부류이다.

拾遺記, 晉有羌人姚馥, 但言渴於酒, 羣輩呼爲渴羌. 初學記, 程曉伏日詩云, 今世穊襖子, 觸熱到人家. 搖扇髀中疼, 流汗正滂沱. 穊襖謂不曉事, 渴羌亦此流也.

維摩雖默語如雷 : 『유마힐경』에서 "그때에 유마힐이 조용히 말이 없자, 문수사리文殊師利가 찬탄하며 "훌륭하고 훌륭하십니다. 문자와 언어가 없는 것이, 참으로 둘이 아닌 법문法門에 들어가는 것입니다"라 했다"라고 했다. 『장자·재유在宥』에서 "못처럼 잠잠하여도 우레처럼 울린다"라고 했다.

維摩詰經,[30] 時維摩詰默然無言, 文殊師利歎曰, 善哉, 善哉, 乃至無有文字言語, 是眞入不二法門. 莊子, 淵默而雷聲.

---

30 [교감기] '維摩詰經' 4자가 원래 빠져 있었는데, 전본에 의거하여 보충한다. 이 일은 『不入二法門品』에 갖추어져 있다.

7. 공택이 앞 작품의 운자를 사용해 작품을 지었기에, 웃으며 쌍정을 희롱하다

公擇用前韻, 嘲戲31雙井

萬仞峰前雙井塢	만인봉 앞의 쌍정 언덕
婆娑曾占早春來	일찍이 이른 봄에 와서 노닐었지.
如今摸索蒼龍璧	지금 창룡벽을 손으로 만지노니
沉井銅餠漫學雷	깊은 우물 속 동병이 부질없이 우레 배웠네.

【주석】

萬仞峰前雙井塢 : 산곡 황정견이 거처했던 쌍정은 홍주洪州 분녕현分寧縣에 예속되어 있다.

山谷所居雙井, 隸洪州分寧縣.

如今摸索蒼龍璧 : 허경종許敬宗이 "만약 조曹 · 유劉 · 심沈 · 사謝를 만나면, 어둠 속에서 손을 더듬어 찾더라도 확실히 또한 알아낼 수 있다네"라고 했다. 이 글자를 차용한 것이다.

許敬宗曰, 若遇曹劉沈謝, 暗中摸索著亦可識. 借用其字.32

---

31 [교감기] '戲'가 고본에는 '笑'로 되어 있다.
32 [교감기] '許敬 (…중략…) 其字'라는 구절이 영원본에는 없다.

沉井銅缾漫學雷 : 두보의 「동병銅缾」에서 "난리 뒤에 푸른 우물에 버려졌지만, 태평한 시절엔 궁궐 깊이 보관되었네. 동병이 아직 물에 버려지지 않았을 때, 두레박줄은 삐걱거리며 슬픈 소리 내었네"라고 했다.

老杜銅缾詩, 亂後碧井廢, 時淸瑤殿深. 銅缾未失水, 百丈有哀音.

8. 거듭 장난삼아 쌍정의 조롱을 해명하는 시를 짓다

又戲爲雙井解嘲

山芽落磑風回雪	산아차 맷돌에서 눈보라처럼 쏟아지니
曾爲尙書破睡來	일찍이 상서가 잠 깬 후에 왔다오.
勿以姬姜棄顦顇[33]	희강 때문에 초췌한 이 버리지 말라
逢時瓦釜亦鳴雷	때 만나면 질그릇 또한 우레처럼 울리리.

【주석】

勿以姬姜棄顦顇 逢時瓦釜亦鳴雷 : "비록 희씨姬氏와 강씨姜氏가 있더라도, 초췌한 여자를 버리지 말라"라는 구절이 『좌전』에 보인다. 『문선』에 실린 굴원의 「복거卜居」에서 "웅장한 소리를 내는 황종黃鐘은 버림을 받고, 질그릇 두드리는 소리만이 요란하게 울려 퍼진다"라고 했다.

雖有姬姜, 無棄蕉萃, 見左傳. 文選屈平卜居云, 黃鐘毁棄, 瓦釜雷鳴.

---

33 [교감기] '顦顇'가 영원본에는 '顚頷'로 되어 있고 전본에는 '蕉萃'로 되어 있다. 살펴보건대, 모두 통용되는 글자이다. 아래 다시 나와도 교정하지 않겠다.

9. 삼가 육구상서와 함께 차를 가는 맷돌과 차 끓이는 것을 읊조리다. 3수

奉同六舅尚書, 詠茶碾煎烹. 三首

첫 번째 수其一

要及新香碾一盃	새로운 차 가져다가 한 잔을 맷돌에 가니
不應傳寶到雲來	보석을 전해준 것 아니지만 구름이 몰려드네.
碎身粉骨[34]方餘味	분골쇄신하여 바야흐로 남은 맛 있노니
莫厭聲喧萬壑雷	우레처럼 온갖 골짜기 울리는 소리 싫어 마오.

【주석】

要及新香碾一盃 不應傳寶到雲來 : '운래雲來'[35]는 앞에 보인다.

見上.

碎身粉骨方餘味 莫厭聲喧萬壑雷 : 이백의 「촉도난蜀道難」에서 "벼랑에 돌이 굴러드는 골짝이 우레 소리라오"라고 했다. '쇄신분골碎身粉骨'은 두보가 「영정향詠丁香」에서 "늘그막에 난사 가운데 떨어지더라도, 분골

34　[교감기] '碎身粉骨'이 고본에는 '碎骨粉身'으로 되어 있다. 고본의 의미가 비록 자연스럽지만 평측이 맞지 않는다.

35　운래(雲來) : 태백 이백의 「자극궁(紫極宮)」에서 "흰 구름 남산에서 와서, 내 처마에 들어 잠을 자네[白雲南山來, 就我簷下宿]"라고 했다. 퇴지 한유의 「도원도(桃源圖)」에서 "텅 빈 옥당에서 달빛 벗 삼아 잠을 잤네[月明伴宿玉堂空]"라고 했다.

쇄신하는 마음을 품지 말라"라고 한 것과 같다.

李白蜀道難, 砯崖轉石萬壑雷. 碎身粉骨, 如老杜詠丁香云, 晩墮蘭麝中, 休懷粉身念也.

두 번째 수其二

風爐小鼎不須催	풍로 위의 작은 솥 끓기를 재촉하지 않아도
魚眼長隨蟹眼來	물고기 눈이 시간이 지나 게의 눈 되었네.
深注寒泉收第一	깊은 찬 우물물이 가장 좋으니
亦防枵腹爆乾雷	꼬르륵 거리는 빈 배를 달래준다네.

【주석】

風爐小鼎不須催 魚眼長隨蟹眼來 深注寒泉收第一 亦防枵腹爆乾雷 : 혜강의 「양생론養生論」에서 "아침나절 먹지 못하면 꼬르륵 먹을 생각이 인다"라고 했다. 효枵와 효囂는 모두 배가 비었다는 말이다. '해안蟹眼'[36]은 위에 보인다.

嵇康養生論, 終朝未餐, 則囂然思食. 枵囂皆言空腹也. 蟹眼, 見上.

---

36 해안(蟹眼) : 채군모(蔡君謨)의 『다록(茶錄)』에서 "차 끓이는 것을 살펴보는 것이 대단히 어렵다. 익지 않으면 거품이 뜨고, 지나치게 익어버리면 차가 가라앉는다. 이전에 '해안(蟹眼)'이라 한 것은 지나치게 끓인 것이다[候湯最難, 未熟則沫浮, 過熟則茶沈. 前世謂之蟹眼者, 過熟湯也]"라고 했다.

세 번째 수其三

乳粥瓊糜霧脚回	우유죽과 옥가루가 자욱하게 퍼져
色香味觸映根來	색 향 미 촉의 육근을 비추누나.
睡魔有耳不及掩	수마에게 귀 있어도 덮지 못하리니
直拂繩床過疾雷	곧바로 책상 스치며 빠른 우레 지나누나.

【주석】

乳粥瓊糜霧脚回 色香味觸映根來 : 육근六根은 안眼 · 이耳 · 비鼻 · 설舌 · 신身 · 의意로 색色 · 성聲 · 향香 · 미味 · 촉觸 · 법法이다. 『능엄경』에 보인다. 『다록茶錄』에서 "색色과 향香과 미味가 있다"라고 했다. '경미瓊糜'[37]는 위에 보인다.

六根, 眼耳鼻舌身意, 卽色聲香味觸法. 見楞嚴經. 茶錄, 有色香味. 瓊糜見上.

睡魔有耳不及掩 : 만경 석연년石延年의 시구에서 "다시 시원한 그늘 밑에 있어 졸음이 몰려오네"라고 했다. 『당서 · 이정전李靖傳』에서 "전쟁의 비밀스러운 일은 귀신처럼 빠르게 해야 하니, 천둥소리 같아서는 귀를 가릴 수가 없습니다"라고 했다.

石曼卿詩, 更被陰晴長睡魔. 唐李靖傳, 兵機事以速爲神, 震霆不及掩耳.

37　경미(瓊糜) : 『이소경』에서 "경옥 가루를 빻아 양식을 만들리라[精瓊糜以爲粻]"라고 했다. '미(糜)'의 음은 '미(糜)'이다.

10. 이공택과 더불어 길을 가다가 두 길손이 베옷을 입고 마주앉아 바둑 두고 있는 것을 보고 그로 인해 칠언절구 한 수를 짓다

與李公擇, 道中見兩客布衣班荊而坐對戲奕秋, 因作一絶

兩客班荊覆局圖	두 길손 마주앉아 바둑판 들여다보는데
看人車馬溷泥塗	구경하는 사람과 거마가 가득 채웠네.
文昌八座鄰樞極	문창의 팔좌가 추극을 이웃하노니
天上歸來愧不如	하늘로 돌아감만 못해 부끄럽네.

【주석】

兩客班荊覆局圖 :『좌전』 양공襄公 36년조에서 "초楚나라 오거伍擧가 정鄭나라로 도망갔다가 다시 진晉나라로 도망가던 도중, 그의 친구인 채蔡나라의 성자聲子 또한 진나라에 가던 길에 정나라의 교외에서 서로 만나 형荊나무를 깔고 앉아서[班荊] 함께 밥을 먹으면서 오거의 초나라 복귀에 대한 이야기를 나누었다"라고 했다. 연명 도잠의 「음주飮酒」에서 "소나무 아래에 마주 앉아, 몇 잔에 이미 다시 취했네"라고 했다.『위지·왕찬전王粲傳』에서 "왕찬이 다른 사람들과 바둑 두는 것을 보고 있었는데, 바둑판이 흐트러졌다. 그러자 왕찬이 전에 둔 것을 그대로 놓아두면서 한 수도 틀리지 않았다"라고 했다.

左傳襄三十六年, 楚伍擧奔鄭, 將遂奔晉. 聲子將如晉, 遇之於鄭郊, 班荊

相與食, 而言復故. 陶淵明詩, 班荆坐松下, 數斟已復醉. 魏志王粲傳, 觀人圍
棊, 局壞, 粲爲覆之, 不誤一道.

　　文昌八座鄰樞極 : 당唐나라 유계劉洎의 소疏에서 "팔좌八座는 문창성文昌
星에 견주어진다"라고 했다. 육조六曹의 상서尚書와 영복令僕 두 사람이
팔좌가 되는데, 『진서·직관지職官志』에 보인다. 『후한서·양통전梁統
傳』의 논論에서 "재상이 추극樞極을 운용한다"라고 했다.
　　唐劉洎疏云, 八座此於文昌. 六曹尚書及令僕爲八座, 見晉職官志. 後漢梁
統傳論, 宰相運動樞極.

11. 육구가 시를 보내와 동서를 구하기에 장구를 써서 구씨에게 보내다. 옛 것을 배운 이후에 다시 선열을 맛보았기에【『유마경』에서 "비록 음식을 먹지만 선열로써 그 맛을 삼는다"라고 했다】작품의 끝에서 이를 언급한 것이다

六舅以詩來, 覓銅犀, 用長句持送舅氏. 學古之餘, 復味禪悅,【維摩經曰, 雖復飮食, 而以禪悅爲味】故篇末及之

海牛壓紙寫銀鉤	해우 뿔로 종이 눌러 은빛으로 글씨 쓴 것을
阿雅³⁸守之索自收	아아가 이를 지키며 찾아 거둬들였네.
長防玩物敗兒性	완물하여 아성 잃는 것을 오래도록 막았고
得歸老成散百憂	노성하여 온갖 근심 사라지게 하였다네.
先生古心冶金鐵	선생은 고인의 쇠 같은 마음 길렀으니
堂堂一角誰能折	당당한 한 뿔을 그 누가 꺾으리오.
兒言觳觫³⁹持贈誰	아이들은 동서를 누구에게 줄까라 하지만
外家子雲乃翁師	외가의 자운이 이에 늙은이의 스승이라오.
不着鼻繩袖兩手	코뚜레를 소매의 두 손으로 잡지 않아도 되니
古犀牛兒好看取	옛 물소들의 새끼를 잘 돌봐주시게나.

38　阿雅 : 이 구절 아래 '元注, 師妙僧號'라는 주석이 있다.
39　觳觫 : 이 구절 아래 '見孟子'라는 주석이 있다.

【주석】

海牛壓紙寫銀鉤 : '해우압렴海牛壓簾'[40]과 '은구銀鉤'[41]는 모두 위에 보인다.

海牛壓簾銀鉤竝見上.

長防玩物敗兒性 : 『서경 · 여오旅獒』에서 "사물을 희롱하면 뜻을 잃는다"라고 했다.

書云, 玩物喪志.

先生古心冶金鐵 : 위魏나라 무제武帝가 "영장사領長史 왕필王必은 충성스럽고 부지런하여 마음이 철이나 바위와 같이 굳세었다"라고 했다. 퇴지 한유의 「맹선생시孟先生詩」에서 "맹선생은 강해에서 태어난 선비로, 고인의 모습에다 고인의 마음이 있었네"라고 했다. 피일휴의 「도화부桃花賦」에서 "나는 늘 송광평宋廣平의 철이나 돌 같은 마음을 사모했었네"라고 했다.

魏武帝令, 領長史王必,[42] 忠能勤事, 心如鐵石. 退之孟先生詩云, 孟生江海

---

40   해우압렴(海牛壓簾) : 목지 두목의 「두추낭(杜秋娘)」에서 "금색 쟁반에 무소뿔로 휘장 사방을 누르고[金盤犀鎭帷]"라고 했다.

41   은구(銀鉤) : 『법서원(法書苑)』에서 "삭정(索靖)의 초서는 당대 제일로, "은 갈고리 전갈 꼬리[銀鉤蠆尾]"라고 불리었다"라고 했다.

42   [교감기] '領長史王必'이라는 구절에 원래 '領'자는 있지 않았고 또한 '必'자 아래 '曰'자가 있었다. 『三國志 · 魏武帝紀』建安 22년 주(注)에서 인용한 『魏武故事』에 의거하여 보충했다. 『太平御覽』 권248에서 이 구절을 인용했는데, '領'이 '府'로 되어 있다. 요컨대, '忠能勤事, 心如鐵石'이란 구절은 조조(曹操)가 '令'이라는 글자로 왕필(王必)을 평가한 것이기에 왕필의 말은 아니다. 그래서 '曰'이란 글자

土, 古貌又古心. 皮日休云, 余常慕宋廣平鐵腸石心.

堂堂一角誰能折 : 무소는 대개 뿌리 하나인 짐승이다. 『한서·주운전
朱雲傳』에서 "오록五鹿의 뿔은 크고 우람하였으나, 주운이 그 뿔을 꺾었
다"라고 했다.

　犀蓋一角獸也. 漢朱雲傳云, 五鹿嶽嶽, 朱雲折其角.

外家子雲乃翁師 : '자운子雲'이라고 한 것은 대개 양웅揚雄에게 견준 것
이다.

　子雲蓋比之揚雄也.

不着鼻繩袖兩手 古犀牛兒好看取 : 『전등록』에서 "무주撫州의 석공선사
石鞏禪師가 하루는 부엌에서 일을 하고 있었다. 그러자 마조선사馬祖先師
가 "무엇 하고 있느냐"라고 물었다. 석공이 ""소를 키우고 있습니다"라
고 했다. 만조선사가 "어떻게 키우느냐"라고 묻자, 석공이 "한 번 풀밭
으로 들어가면 곧바로 고삐를 당겨 끌어냅니다"라고 했다. 복주福州의
대안선사大安禪師가 "내가 규산潙山에서 30년 동안 지내면서 다만 한 마
리 물소를 보았을 뿐이다. 그 놈이 풀밭으로 들어가면 곧 끌어냈고, 남
의 밭에 침범하면 즉시 채찍으로 길들였는데, 이것이 오래되자 물소가
사람의 말을 잘 들어서 지금은 맨땅의 흰소로 변했다. 항상 눈앞에 있

───────────────────────

가 연문(衍文)인 것을 알 수 있다.

으면서 종일토록 훤하게 드러나 있어서 쫓아도 가지 않는다"라 했다"
라고 했다.

傳燈錄, 撫州石鞏慧藏禪師, 一日在厨下作務, 馬祖問曰, 作什麼. 曰牧牛, 祖曰作麼生牧. 曰一回入草去, 便把鼻孔拽來. 福州大安禪師曰, 安在潙山三十年, 只看一頭水牯牛, 若落路入草便牽出, 若犯人苗稼卽鞭撻. 調伏旣久, 可憐生受人言語,[43] 如今變作露地白牛, 常在人面前終日[44]露逈逈地, 遂亦不去也.

---

43 [교감기] '受人言語'가 원문에는 빠져 있었는데, 『景德傳燈錄』 권9의 「福州大安禪師」에 의거하여 보충한다.

44 [교감기] '終日'이 원문에는 빠져 있었는데, 『景德傳燈錄』 권9의 「福州大安禪師」에 의거하여 보충한다.

12. 삼가 공택 구씨가 여도인에게 벼루를 보내주며 쓴 장편의 작품에 화운하다

奉和公擇舅氏送呂道人硏長韻

奉身玉壺氷	몸 받들기는 옥병의 얼음 같고
立朝朱絲絃	조정에선 붉은 줄의 거문고 줄 같았네.
妙質寄郢匠	오묘한 재질은 영 땅의 장인과 같아
素心乃林泉	평소 마음은 이에 임천에 있었다오.
力⁴⁵耕不罪歲	힘써 밭 갈며 세월 탓하지 않았기에
嘉穀有逢年	좋은 곡식들이 풍년을 만나게 되었지.
校書天祿閣	천록각에서 교서 벼슬했는데
蓺竹老風煙	대나무 심으며 풍연 속에 늙어가네.
携提⁴⁶寒泉泓	한천에 벼루를 가지고 가서는
松煤厭磨硏	솔 그을려 물리도록 벼루 갈았지.
藉甚在臺省	대성에 있으면서 명성 대단했었고
六經勤傳箋	전傳과 전箋 육경 공부 열심히 했지.
諫草蠹穿穴	간하는 소장을 굼벵이가 구멍 뚫어
江湖渺歸船	강호 멀리 배를 타고 떠나갔다네.
春官酌典禮	춘관에서 전례를 준수하니

---

45 **[교감기]** '力'이 고본에는 '刀'로 되어 있다.
46 **[교감기]** '携提'가 고본에는 '提携'로 되어 있다.

日月麗秋天	해와 달이 가을 하늘에 걸리었지.
少也長母家	어릴 적에 외가에서 자랐으며
學海頗尋沿	바다를 배우면서 자못 연원을 찾았었지.
諸公許似舅	제공들이 외숙과 비슷함을 인정해주었지만
賤子豈能賢	천한 내가 어찌 능력 있고 어질겠는가.
轅駒蒙推挽	멍에 아래 망아지인데 밀어줌을 입어
官次奉丹鉛	벼슬길에서 단연을 받들게 되었지.
新詩先舊物	새로 지은 시를 구물보다 먼저 하며
包送比靑氈	싸서 보내니 푸른 담요라 여기소서.
繆傳黃梅鉢	황매의 바리때를 잘못 전하여
未印少林禪	소림의 선을 인가 받지 못했다오.
汲井滌敗墨	우물물 길어 해진 묵을 씻고
蒼珪謝磨鐫	푸른 옥으로 보내온 작품에 사례하네.
玉蟾瀉明滴	옥 두꺼비가 맑은 물방울 쏟아내니
要須筆如椽	필요한 것은 서까래 같은 붓이라오.
眷求盡耆德	기덕 갖춘 이를 구하였기에
舅氏且進遷	구씨 또한 벼슬에 나아갔다네.
山龍用補袞	산과 용으로 곤직을 보좌했었고
舟楫功濟川	배와 노로 냇물 건너게 하는 공로 있었지.
當身任百世	온 몸으로 백세의 임무를 맡으면서
舊學不虛捐	옛 배움을 허투루 버리지 않았지.

私持殺靑簡	사사로이 살청간을 가지고서는
緝綴報餐錢	문장 엮어 찬전에 보답한다오.
屢書願無愧	여러 번 써도 부끄럼이 없고
儻繼麟趾篇	인지편 이어가길 바란다오.

【주석】

奉身玉壺氷 立朝朱絲絃:『문선』에 실린 포조의 「백두음白頭吟」에서 "곧기가 마치 붉은 거문고 줄 같고, 맑기가 마치 옥병의 얼음 같아라"라고 했다.

文選白頭吟云, 直如朱絲絃, 清如玉壺氷.

妙質寄郢匠:『장자』에서 "영 땅 사람 중에 자기 코끝에다 백토를 바르고 장석匠石에게 그것을 깎아 내게 했다"라고 했는데, 이미 위의 주注에 보인다.

郢人堊漫其鼻端, 使匠石斲之, 見莊子, 已見上注.

力耕不罪歲:『맹자』에서 "왕께서는 흉년에 죄를 돌리지 마십시오"라고 했다.

孟子, 王無罪歲.

嘉穀有逢年:『사기・영행전佞幸傳』에서 "힘써 농사지어도 풍년을 만

난 것만 못하고, 벼슬살이를 잘해도 군주의 뜻과 맞는 것만 못하다"라
고 했다.

史記佞幸傳, 力田不如逢年, 善仕不如遇合.

校書天祿閣 : '천록각天祿閣'[47]은 『한서 · 양웅전』에 보인다.

見揚雄傳.

携提寒泉泓 : 퇴지 한유의 「모영전毛穎傳」에서 벼루를 도홍陶泓이라고
했다.

退之毛穎傳, 謂硯爲陶泓.

松煤厭磨硏 : 『후한서 · 소경전蘇竟傳』에서 "목간木簡, 削을 엮는 재주를
연마했다"라고 했다.

後漢蘇竟傳, 以磨硏編削之才.

六經勤傳箋 : 모씨毛氏가 『시경』에 주석을 낸 것은 『훈고전訓詁傳』이고
정씨鄭氏가 『시경』에 주석을 낸 것은 『전箋』이다. 공택이 『시전詩傳』 10
권을 지었었다.

毛氏注詩曰訓詁傳, 鄭氏曰箋. 公擇有詩傳十卷.

47　천록각(天祿閣) : 『한서 · 양웅찬(揚雄贊)』에서 "천록각(天祿閣)의 교서(校書)가
　　되었다"라고 했다.

諫草蠹穿穴 江湖渺歸船 : 공택은 희녕熙寧 초년 우정언右正言이 되어 신법新法을 논하다가 활주滑州 통판通判으로 폄직되었다. 원풍元豊 6년, 조정으로 불려들어와 태상소경太常少卿이 되었다가 예주시랑禮部侍郎으로 옮겨졌다. 철종哲宗이 즉위하자 이시吏侍에 올랐다.

公擇熙寧初爲右正言, 論新法, 謫通判滑州. 元豊六年, 召爲太常少卿, 遷禮部侍郎. 哲宗立, 進吏侍.

春官酌典禮 : 태충 좌사의 「위도부魏都賦」에서 "홍범洪範을 따르고 전헌典憲을 준수하네"라고 했다.

左太冲魏都賦, 斟洪範, 酌典憲.

日月麗秋天 : 『주역·이괘離卦』에서 "해와 달이 하늘에 걸리었다"라고 했다. 살펴보건대, 『실록』에서 "원풍元豊 8년 4월에 황정견이 비서성교서랑秘書省校書郎이 되었다. 이해 12월에 예부시랑禮部侍郎 이상李常이 이부시랑吏部侍郎이 되었다"라고 했으니, 이때에는 아직 이부시랑으로 옮겨지지 않았었다.

易離卦, 日月麗乎天. 按實錄, 元豊八年四月, 黃庭堅爲秘書省校書郎. 是年十二月, 禮部侍郎李常爲吏部侍郎. 此時未遷吏侍也.

學海頗尋沿 : 양웅의 『법언·학행편學行篇』에서 "모든 냇물은 바다를 배워 바다에 이르지만 구릉이 산을 배워도 산이 되지 못한다. 이러한

이유로 한계 짓는 것을 싫어하는 것이다"라고 했다.

揚子學行篇, 百川學海而至于海, 丘陵學山而不至于山, 是故惡夫畫也.

諸公許似舅 : '사구似舅'[48]는 위에 보인다.

似舅見上.

賤子豈能賢 : 두보의 「봉증위좌승장이십이운奉贈韋左丞丈二十二韻」에서 "천한 놈이 삼가 아룁니다"라고 했다. 『좌전』에서 "어찌 능력 있고 어질다고 할 수 있겠는가"라고 했다.

杜詩, 賤子請具陳. 左傳云, 豈曰能賢.

轅駒蒙推挽 : 『한서·두영전분전竇嬰田蚡傳』에서 "오늘의 논의에서 수레 끌채 아래에 매인 망아지처럼 움츠리고 있는가"라고 했다. 산곡 황정견이 교서랑校書郎에 제수되었는데, 이때에 손신노孫莘老와 이공택李公擇이 모두 조정에 있었다. 그래서 가장 먼저 여러 공들을 불러 모았는데, 이 두 공이 추천해주는 것에 힘입었었다. 원우元祐 5년 2월 정유丁酉에 이르러 공택이 죽었고 무술戊戌에 신노가 죽었다. 6년 3월에 산곡 황정견은 우사중서사인右史中書舍人에 제수되었다. 한천韓川은 "6월에 이

---

48 사구(似舅) : 『진서·하무기전(何無忌傳)』에서 "환온(桓溫)이 "하무기는 유뢰지
    (劉牢之)의 외질인데, 그 외숙과 대단히 비슷하다[何無忌, 劉牢之之甥, 酷似其
    舅]"라 했다"라고 했다.

르러 마침내 어머니 상을 당했는데, 이때부터 다시 떨쳐 일어나지 않았다"라 했다. 『산곡유문山谷遺文』에 실린 「제신노문祭莘老文」에서 "2월 정유에 공택이 돌아가시었다. 다음해인 무술에 공 또한 돌아가시었다"라고 했다.

漢寶嬰田蚡傳云, 今日延論, 局趣若轅下駒. 山谷除校書郞, 時孫莘老李公擇皆在朝, 故最先諸公收召, 信推挽之力也. 及元祐五年二月丁酉, 公擇卒, 戊戌, 莘老卒. 六年三月, 山谷除右史中書舍人. 韓川有言, 至六月遂居母憂, 自此不復振矣. 山谷遺文有祭莘老文云, 二月丁酉, 公擇去化. 厥明戊戌, 公亦命駕.

官次奉丹鉛 : 퇴지 한유의 「추회秋懷」에서 "단연[49]으로 하나하나 점검해 나갔네"라고 했으니, 교서校書가 된 것을 말한다. 『좌전 · 양공襄公 22년』 조에서 "민자마閔子馬가 공서公鉏에게 "만약 효도하고 공경하면 계 씨季氏보다 갑절의 부유함을 가질 수도 있습니다"라 했다. 공서가 그 말이 옳다고 여겨 밤낮으로 공경하고 벼슬살이를 신중하게 했다"라고 했다.

退之秋懷詩, 丹鉛事點勘. 言作校書也. 左傳襄二十三年, 閔子馬[50]謂公鉏曰, 若能孝敬, 富倍季氏可也. 公鉏然之, 敬共朝夕, 恪居官次.

新詩先舊物 包送比靑氊 : 『진서 · 왕헌지전王獻之傳』에서 "푸른 담요는

---

49 단연(丹鉛) : 단사(丹砂)와 연분(鉛粉)이다. 모두 문자의 교정(校訂)에 쓰이므로, 전(轉)하여 교정의 뜻으로 쓰인다.
50 [교감기] '馬'가 본래 '騫'으로 되어 있는데, 지금 영원본 · 전본에 따르고 더불어 『左傳』의 원문에 의거하여 보충한다.

우리 집안의 옛 물건이다"라고 했는데, 시에 앞서 먼저 벼루를 준다는 말이다. 『좌전』 희공僖公 말년에서 "현고弦高가 먼저 네 개의 부드러운 가죽을 바치고 이어서 소 12마리를 보내어 군대를 먹이게 했다"라고 했는데, 그 주注에서 "옛날에 남에게 물건을 줄 때에는 반드시 작은 물건부터 먼저 주었다"라고 했다. 『좌전·양공襄公 19년』에 "양공이 포포蒲圃에서 진晉나라 육경六卿을 접대하며 순언荀偃에게는 속금束錦·가벽加璧·승마乘馬를 먼저 주고 이어 오吳나라 수몽壽夢의 정鼎을 주었다"라고 했는데, 그 주注에서 "옛날에 남에게 물건을 바칠 때 반드시 중重한 것을 바치기에 앞서 가벼운 것을 먼저 바쳤다"라고 했다. 자후 유종원의 「송준상인서送濬上人序」에서 "옛날에 예물을 줄 적에는 반드시 중한 물건에 앞서서 가벼운 물건을 먼저 주곤 하였다. 그래서 정나라 상인도 군사들을 먹일 때에 승위를 먼저 하였으며, 노나라 제후가 선물을 줄 때에도 오정은 뒤로 돌렸던 것이었다"라고 했다.

晉王獻之傳, 靑氊我家舊物. 言以詩先研也. 左傳僖末年, 弦高以乘韋先牛十二犒師. 注云, 古者將獻遺於人, 必有以先之. 襄十九年, 享晉六卿于蒲圃. 贈荀偃束錦加璧乘馬,[51] 先吳壽夢之鼎. 注, 古之獻物, 必有以先之. 柳子厚送濬上人序云, 古之贈禮, 必以輕先重, 故鄭商之犒先乘韋, 魯侯之贈後吳鼎.

繆傳黃梅鉢 未印少林禪 : '소림少林'은 달미達磨를 말한다. 달마는 남쪽

---

51 [교감기] '乘馬' 두 글자가 원래 빠져 있는데, 『左傳』 襄公 19년의 원문에 의거하여 보충한다.

의 천축국天竺國에서 와 숭산嵩山의 소림사少林寺에 우거寓居했다. 면벽面壁을 하고 앉아 종일토록 묵언默言 수행을 했다. 뒷날 혜가慧可에게 그 법을 전수했고 또한 가사袈裟을 주었었다. 혜가는 승僧 찬璨에게 전수했으며, 승 찬은 홍인弘忍에게 전수했다. 홍인대사弘忍大師는 기주蘄州 황매黃梅 사람이다. 황매는 노행자盧行者 혜능慧能에게 전수했고 도명道明이란 사람이 있었는데, 오조五祖가 의법衣法을 노행자에게 준 것을 듣고 곧바로 뜻을 함께하는 수십 명의 사람을 이끌고 좇아와 대유령大庾嶺에 이르렀다. 노행자는 반석에 옷과 바리때를 던져놓고 "이 의발衣鉢은 믿음을 표하는 것인데, 힘으로 다툴 것인가, 그대가 가져가려면 가져가보아라"라고 했다. 도명이 이를 들려고 했는데, 태산처럼 움직이지 않았다. 이에 "내가 법을 구하려고 온 것이지, 의발 때문에 온 것은 아닙니다. 원하건대 행자여 내게 법을 가르쳐 주십시오"라고 했다. 오조가 "선도 생각지 말고 악도 생각지 말라. 바로 이때에 어떤 것이 명상좌明上座의 본래면목인가"라고 했다. 도명이 이 말에 크게 깨닫고는 전신에 땀을 흘렸다. 『유마경』에서 "이렇게 좌선坐禪하는 이라야 부처님이 인가印可하시는 것이다"라고 했다.

少林謂達磨也. 自南天竺國來, 寓止于嵩山少林寺. 面壁而坐, 終日默然. 後傳法與慧可, 且付袈裟. 慧可傳僧璨, 僧璨傳弘忍. 弘忍大師, 蘄州黃梅人也. 黃梅傳盧行者慧能, 有道明者, 聞五祖密付衣法與盧行者, 卽率同意數十人, 追逐至大庾嶺. 盧行者擲衣鉢於盤石曰, 此衣表信, 可力爭耶, 任君將去. 道明擧之, 如山不動, 乃曰, 我來求法, 非爲衣也. 願行者開示. 祖曰, 不思善,不思惡, 正恁麼時, 阿那箇是明上座本來面目. 明當下大悟, 徧體汗流. 維摩經言, 若能如是坐者, 佛所印可.

汲井滌敗墨 : 사령운의 「전남수원격류식원田南樹園激流植援」에서 "거센 냇물로 우물물 긷는 것 대신하네"라고 했다.

謝靈運詩, 激澗代52汲井.

蒼珪謝磨鐫 : 대개 보낸 벼루를 의본衣鉢에, 묵을 창규蒼珪에 견준 것이다.

蓋以所送硏比衣鉢, 以墨比蒼珪也.

玉蟾瀉明滴 : 『서경잡기』에서 "진晉 영공靈公의 옛 무덤 가운데 오직 옥 두꺼비53 하나가 있는데 크기는 주먹만 했다"라고 했다.

西京雜記, 晉靈公舊冢竅中, 有玉蟾蜍一枚, 大如拳.

要須筆如椽 : '필여연筆如椽'54은 위에 보인다.

見上.

---

52 代 : '代'가 중화서국본에는 '待'로 되어 있으나, '代'의 오자이다.
53 옥 두꺼비 : 연적(硯滴)을 가리킨다.
54 필여연(筆如椽) : 『진서·왕순전(王恂傳)』에서 "꿈에 어떤 사람이 서까래와 같은 큰 붓을 주었다[夢人以大筆如椽與之] 꿈에서 깨어나 사람들에게 말하기를, "이 는 반드시 큰 붓으로 글 쓸 일이 있을 것이다"라 했다"라고 했다.

眷求盡耆德 : 원우元祐 초에 고로故老를 등용한 일이 많았다.

元祐初多用故老.

山龍用補袞 : 『서경·익직益稷』에서 "제帝가 말하길 "내가 옛 사람들의 상象을 보아서, 일日, 월月, 성신星辰, 산산山, 용룡龍, 화충華蟲을 물감으로 그릴 때에"라 했다"라고 했다. '보곤補袞'[55]은 『모시』에 보인다.

書益稷, 帝曰, 予欲觀古人之象, 日月星辰, 山龍華蟲作會. 補袞見毛詩.

舟楫功濟川 : 『서경·열명說命』에서 "만약 큰 내를 건너면 너를 배와 노로 삼겠다"라고 했다.

說命云, 若濟巨川, 用汝作舟楫.

當身任百世 : '당當'[56]자는 거성去聲으로, 위의 주注에 보인다.

當字去聲, 見上注.

私持殺靑簡 : '살청간殺靑簡'[57]은 위에 보인다.

---

55 보곤(補袞) : 곤직(袞職)의 궐실을 보완해 준다는 뜻인데, 임금의 허물을 직간하여 바로잡는다는 말이다. 『시경·증민(烝民)』에서 "군왕에게 궐실이 있으면 중산보가 바로잡았네[袞職有闕, 維仲山甫補之]"라고 한 데에서 나왔다.

56 당(當) : 태백 이백의 「소년행(少年行)」에서 "친인척이 서울 안에 연대어 있다 해도, 당대에 자신이 벼슬함만 못하다오[遮莫姻親連帝城, 不如當身自纂纓]"라고 했다. '당(當)'자는 '해당하다'는 의미의 거성(去聲)으로 읽어야 한다.

57 살청간(殺靑簡) : 『후한서·오우전(吳祐傳)』의 주(注)에서 "살청(殺靑)이란 불

見上.

絹綴報餐錢 : 『한서·고후기高后紀』에서 "열후列侯들이 황제가 찬전餐錢[58]과 봉읍奉邑을 하사하는 행운을 입었다"라고 했다.

漢高后紀, 列侯幸得賜餐錢奉邑.

屢書願無愧 儻繼麟之趾篇 : 『시경』에서 "인지지麟之趾는 곧 관저關雎의 응험이다"라고 했다. 퇴지 한유의 「답원진서答元稹書」에서 "덕을 이어 계승하시면 장차 대서특필하여 여러 번 기록하지 한 번만 기록하지는 않을 것입니다"라고 했는데, 절로 백세의 임무를 맡게 될 것이라는 의미이다. 작품의 끝에 이르러서는 모두 사관史官이 되어 글이 백세에 전해질 것이라고 말했다. '살청殺青'과 '누서屢書'는 모두 사관의 일이고 「관저」의 응험은 선인후宣仁后를 말한다. 『후한서·곽태전郭太傳』에서 "임종林宗이 죽자, 그와 뜻이 같은 사람들은 이에 힘을 모아 비석을 세웠다. 채옹蔡邕이 그 글에서 "내가 비명을 써준 경우가 많았는데 모두 부끄러움을 느꼈지만, 유독 곽태의 비문을 쓸 때만은 부끄러운 기색이 없었다"라 했다"라고 했다.

詩, 麟之趾, 關雎之應也. 退之答元稹書云, 嗣德有繼, 將大書持書, 屢書不

로 대쪽을 쪼여 진액을 빼낸 다음 푸른 살을 취하여 글을 쓰면 후에 좀을 먹지 않으니 그것을 살청이라 이른다. 달리 한간(汗簡)이라고도 한다[殺青者, 以火炙簡令汗, 取其青易書, 後不蠹, 謂之殺青, 亦謂之汗簡]"라고 했다.
58 찬전(餐錢) : 반식전(飯食錢)과 같은 뜻으로, 식읍(食邑)을 말한다.

一書而已也, 自當身任百世. 至篇末, 皆言身爲史官, 書傳百世. 殺靑屢書, 皆史官事, 而關雎之應, 言宣仁后也. 後漢郭太傅, 林宗卒, 同志者, 共刻石立碑. 蔡邕爲其文曰, 吾爲碑銘多矣, 皆有慙德. 惟郭有道無愧耳.

13. 거듭 공택 구씨의 「잡언」이라는 작품에 화운하다

再和公擇舅氏雜言

外家有金玉	외가에 금옥의 바탕 있어서
我躬之道術	내가 도술을 체험했다오.
有衣食我家之德心	의식에 우리 집안의 덕심이 있어
使我蟬蛻俗學之市	나로 하여금 속학의 저자에서 벗어나게 했고
烏哺仁人之林	어진이의 숲에서 까마귀 먹이 먹여주었지.
養生事親汔師古	양생과 부모 섬김 옛 일을 스승으로 삼았고
炊玉爨桂能至今	옥과 계수나무 때며 지금에 이르렀다오.
歲暮三十裘	세모에 서른에 갖옷 있었고
食口三百指	식구는 삼백 손가락이나 되었지.
寒不緝江南之落毛	추위에도 강남의 떨어진 털로
	옷 만들지 않았고
饑不拾狙公之橡子	굶주림에도 저공의 도토리를 줍지 않았다오.
平生荆雞化黄鵠	한평생 형계로 황곡의 알 품고 있었지만
今日江鷗作樊雉	지금은 강 갈매기가 새장 속 꿩이 되었네.
人言無忌似牢之	하무기는 유뢰지와 비슷하다 사람들 말하며
挽入書林覰文字	서림으로 끌고 들어가 문자를 보게 했지.
更蒙著鞭翰墨場	게다가 한묵의 장에서 이끌어줌을 입었고
贈硏水蒼珪玉方	수창옥 갈아 네모란 규옥을 주시었지.

蓬門繫馬晩色淨　　　　　저물녘 깨끗할 때 봉문에 말 매어두었고

茅簷垂虹秋氣涼　　　　　가을 기운 청량할 때 처마엔 무지개 걸렸었지.

湔拂⁵⁹垢面生寒光　　　먼지 낀 표면 쓸어내자 찬 빛이 빛나고

漢隸書呂規其陽　　　　　한나라 예서로 '여'자 써 구양수 본받았지.

呂翁之冶與天通　　　　　여옹이 다듬은 것은 하늘과 통하였으니

不但澄泥燒鉛黃　　　　　증니연을 연황으로 구운 것 보다 나았네.

初疑蠻溪水中骨　　　　　처음에는 만계의 물 속 돌인 듯 생각했는데

不見鸜鵒目突兀　　　　　툭 뛰어나온 구욕의 눈은 보이지 않았지.

但見受墨無聲松花發　　　묵에서 소리 없이 송화가 피어남이 보이나니

頗似龍尾琢紫煙　　　　　자못 용미연에서 자색 이내 일어나는 것 같네.

不見羅縠紋縬縬　　　　　나문석의 물결무늬는 보이지 않지만

但見含墨⁶⁰不泄如寒淵　묵 속에 찬 못처럼 새지 않음이 보일 뿐.

往在海瀕時　　　　　　　예전 바닷가 고을에 갔을 때

晨夕親几杖　　　　　　　아침저녁으로 궤안과 지팡이 가까이 했지.

恪居有官次　　　　　　　신중하게 벼슬살이를 하면서

遣吏問無恙　　　　　　　아전 보내어 안부를 물었다네.

撫摩寶泓置道山　　　　　보홍을 어루만지며 도산에 두니

爵爵秀氣似舅眉宇間　　　꽉 찬 빼어난 기운이 구씨의 눈썹 사이 같았네.

其重可以回進躁之首　　　그 중후함이 조급한 마음을

59　[교감기] '湔拂' 아래 【見上】이라는 주석이 있다.
60　[교감기] '含墨'이 영원본에는 '含羅'로 되어 있다.

	돌릴 수 있을 정도였고
其溫可以解橫逆之顔	그 온화함이 횡역의 얼굴도
	풀리게 할 정도였네.
烏序端是萬乘器	아, 참으로 만승천자의 물건이노니
紅絲潭石之際知才難	홍사와 담석 사이에서도 재난임을 알겠어라.

【주석】

外家有金玉:『시경·역복棫樸』에서 "잘 다듬은 그 문장이요, 금옥 같은 그 바탕이로다"라고 했다.

詩棫樸, 追琢其章, 金玉其相

我躬之道術:『장자·천하편天下篇』에서 "도술이 천하의 학자들에 의해 분열되려고 하고 있다"라고 했다. 또한 "옛적의 도술 중에 그런 학문이 있었다"라고 했다.

莊子天下篇, 道術將爲天下裂. 又云, 古之道術, 有在於是者.

有衣食我家之德心:『서경·주관周官』에서 "덕을 행하면 마음이 편안하여 날로 아름다워진다"라고 했다.

書, 作德心逸日休.

使我蟬蛻俗學之市:『후한서·두융전竇融傳』 논論에서 "왕후의 존귀함에서 벗어났도다"라고 했다. 『장자·선성편繕性篇』에서 "세속에 살면서 본성을 닦아 학문으로 원초原初의 모습으로 돌아가기를 구한다"라고 했다.

後漢竇融傳論, 蟬蛻王侯之尊. 莊子繕性篇, 俗學而求復其初.

烏哺仁人之林 : 『이아』에서 "완전히 검으면서 반포하는 것은 까마귀이다"라고 했다. 『문선』에 실린 「보망시補亡詩」에서 "깍깍 우는 숲속의 까마귀, 그 자식에게 먹이를 받아먹노라"라고 했다. 산곡 황정견의 모친이 살아계실 때이다.

爾雅, 純黑而反哺者, 烏也. 文選補亡詩, 嗷嗷林烏, 受哺於子. 山谷有母在也.

炊玉爨桂能至今 : '취옥찬계炊玉爨桂'[61]는 위에 보인다.

見上.

寒不緝江南之落毛 : '집락모緝落毛'[62]는 위에 보인다.

61　취옥찬계(炊玉爨桂) : 『전국책』에서 "소진(蘇秦)이 초(楚)나라에 온 지 3일이 되어 왕을 만날 수 있었다. "초나라의 음식은 옥보다 귀하고 땔나무는 계수나무보다 귀한데, 지금 신은 옥을 먹고 계수나무를 때고 있습니다[楚國之食貴於玉, 薪貴於桂, 今使臣食玉炊桂]"라 했다"라고 했다.

62　집락모(緝落毛) : 소명태자(昭明太子)가 지은 「연명집서(淵明集序)」에서 "은자 가운데 어떤 이는 해동(海東)의 약초를 매매하였고 어떤 이는 강남의 낙모(落毛)로 실을 짰다[或貨海東之藥草, 或紡江南之落毛]"라고 했다. 이 구는 『열녀전』의 고사를 인용했는데, 즉 "초(楚)나라 노래자(老萊子)의 처(妻)가 "조수의 떨어진 털을 모아 꿰매어 옷을 만들어 입고 흘린 곡식을 먹을 수 있다[鳥獸之解毛, 可緝

緝落毛見上.

餓不拾狙公之橡子 : 『장자·제물편齊物篇』에서 "저공이 도토리를 주다"
라고 했다. 『음의音義』에서 "'저芧'의 음은 '서序'로 도토리이다"라고 했
다. 두보의 「건원중우거동곡현작기乾元中寓居同谷縣作歌」에서 "나그네여,
자미라는 나그네여, 세모에 저공 따라 상수리 줍네"라고 했다.

莊子齊物篇, 狙公賦芧. 音義云, 芧音序, 橡子也. 杜詩, 有客有客字子美,
歲拾橡栗從狙公.

平生荊雞化黃鵠 : '형계복곡란荊雞伏鵠卵'은 위에 보인다.

荊雞伏鵠卵, 見上.

今日江鷗作樊雉 : '강구江鷗'[63]는 위에 보인다. 『장자·양생주편養生主篇』에
서 "못에 사는 꿩은 열 걸음 걷고 나서 한 번 쪼아 먹고 백 걸음 걷고 나서

而衣之, 其遺粒可食也]"라 했다"라고 했다. 유신(庾信)의 「화배의동추일(和裵儀
同秋日)」에서 "장자는 가을 물을 보았고, 노래자의 처는 떨어진 털로 옷을 만들
었네[蒙吏觀秋水, 萊妻緝落毛]"라고 했다.

63 강구(江鷗) : 『열자』에서 "바닷가에 사는 사람으로 갈매기를 좋아하는 이가 있었
다. 그는 매일 아침 바닷가에 나가서 갈매기와 놀다 보니, 그곳으로 날아오는 갈
매기가 백 마리도 더 되었다. 그의 아비가 "내가 듣건대 갈매기가 모두 너를 따라
노닌다 하니, 네가 갈매기를 잡아오너라. 내가 데리고 놀련다"라고 했다. 다음
날 그가 다시 바닷가에 나가니, 갈매기들이 공중에서 춤을 추며 내려오지 않았다
[海上之人, 有好鷗鳥者. 每旦之海上, 從鷗鳥游, 鷗鳥之至者, 以百數而不止. 其父曰,
吾聞鷗鳥從汝游, 取來吾玩之. 明日之海上, 鷗鳥舞而不下]"라고 했다.

한 번 물을 마시지만, 새장 속에서 길러지는 것을 원하지는 않는다"라고
했다.

江鷗見上. 莊子養生主篇, 澤雉十步一啄, 百步一飲, 不蘄畜乎樊中.

人言無忌似牢之 : '무기사뢰지無忌似牢之'[64]는 위에 보인다.

見上.

挽入書林覷文字 : 양웅의 「장양부長楊賦」에서 "아울러 많은 문인들을
아우르고 있다"라고 했다. 퇴지 한유의 「답맹교答孟郊」에서 "문자로 하
늘의 오묘함 엿보았지"라고 했으며, 또한 「추회秋懷」에서 "글을 보는
것보다 나은 것이 없어"라고 했다.

長楊賦, 幷包書林. 退之詩, 文字覷天巧. 又云, 不如覷文字.

更蒙著鞭翰墨場 : 『문선』에 실린 사첨謝瞻의 「장자방시張子房詩」에서 "찬
연히 빛나는 한묵의 마당"이라고 했다.

選詩, 粲粲翰墨場.

贈硏水蒼珪玉方 : 『옥조』에서 "대부는 수창옥水蒼玉을 찬다"라고 했다.

---

64 무기사뢰지(無忌似牢之) : 『진서·하무기전(何無忌傳)』에서 "환온(桓溫)이 "하
    무기는 유뢰지(劉牢之)의 외질인데, 그 외숙과 대단히 비슷하다[何無忌, 劉牢之
    之甥, 酷似其舅]"라 했다"라고 했다.

玉藻云, 大夫佩水蒼玉.

蓬門繫馬晚色淨 : 두보의 「하일이공견방夏日李公見訪」에서 "저물녘 깨끗한 연꽃"[65]이라고 했다.

杜詩, 水花晚色淨.

漢隸書呂規其陽 : 동파 소식의 「서연書硯」에서 "여도인의 침니연沈泥硯의 머리맡에는 '여呂'라는 글자가 있는데, 새기거나 쓴 것이 아니었으나 견고하고 치밀하여 시금석試金石이었다"라고 했다.

東坡云, 呂道人沉泥硯, 其首有呂字, 非刻非畫, 堅緻可以試金.

初疑蠻溪水中骨 : 산곡 황정견의 첩帖에서 "가주嘉州 아미현峩眉縣 가운데 정채正寨의 만계蠻溪에서 벼루를 만드는 돌이 생산되는데, 청록빛이 조밀하게 얽혀 있어 벼루를 만드는데 적합하다"라고 했다.

山谷有帖云, 嘉州峩眉縣中正寨之蠻溪, 出研石, 青綠密緻, 而宜筆墨.

不見鸜鵒目突兀 : 단계의 돌 중에 구욕안鸜鵒眼[66]이 있다.

端石有鸜鵒眼.

---

65 연꽃 : '수화(水花)'는 연꽃이다.
66 구욕안(鸜鵒眼) : 벼룻돌 안에 구욕(鸜鵒)이라는 새의 눈알 모양의 무늬가 박혀 있는 것을 말하는데, 이것이 있으면 벼루 중에 최고의 명품이라고 한다.

頗似龍尾琢紫煙 : 구양공歐陽公의 『연보硯譜』에서 "흡석歙石은 용미계龍尾溪에서 생산된다. 단계는 북암北巖의 돌을 최고로 삼고 용미는 심계深溪의 돌을 최고로 삼는다"라고 했다. 동파 소식의 「용미연가龍尾硯歌」에서 "그대 보시게, 용미의 돌은 단순한 돌이 아니니, 옥덕과 금성이 그 돌에 깃들어 있네"라고 했다.

歐陽公硯譜, 歙石出龍尾溪, 端溪以北巖[67]爲上, 龍尾以深溪爲上. 東坡龍尾硯歌, 君看龍尾豈石材, 玉德金聲寓於石.

不見羅縠紋犀《溪 : 당적唐積의 『흡연도보歙硯圖譜』에서 "나문석羅紋石이 있는데, 나문산羅紋山에서 생산된다"라고 했다.

唐積歙硯圖譜, 有羅紋石, 出羅紋山.

往在海瀕時 : 앞 작품에서 "스승 따라 바닷가 고을에 갔네"라고 했다.

前篇云, 從師海瀕州.

恪居有官次 : '각거관차恪居官次'[68]는 앞의 작품에 보인다.

恪居官次見前篇.

---

67 [교감기] '北巖'이 본래 '北品'으로 되어 있는데, 지금 전본을 따르고 더불어 『居士外集』 권25의 『硯譜』에 의거하여 '北巖'으로 고친다.
68 각거관차(恪居官次) : 『좌전 양공(襄公) 22년』 조에서 "민자마(閔子馬)가 공서(公鉏)에게 "만약 효도하고 공경하면 계 씨(季氏)보다 갑절의 부유함을 가질 수도 있습니다"라 했다. 공서가 그 말이 옳다고 여겨 밤낮으로 공경하고 벼슬살이를 신중하게 했다[公鉏然之, 敬共朝夕, 恪居官次]"라고 했다.

遣吏問無恙:『전국책 · 제어齊語』에서 "제齊나라 왕이 조趙나라의 위태후威太后에게 사신使臣을 보내 문안問安인사를 전하도록 했다. 사신을 맞이한 위태후는 왕의 서신書信을 보기도 전에 제나라 사신에게 "해도 무양無恙한가, 백성들도 무양한가, 왕도 무양하신가"라 했다"라고 했다.

戰國策齊語, 齊王使使者問趙威后, 書未發, 問使者, 歲無恙耶, 民無恙耶, 王無恙耶.

撫摩寶泓置道山: '보홍寶泓'[69]은 도홍陶泓을 말하는데, 앞 작품의 주석에 보인다.『후한서 · 두장전寶章傳』에서 "이때에 학자들이 동관東觀을 노씨장실老氏藏室, 도가봉래산道家蓬萊山으로 일컬었는데, 등강鄧康이 이내 두장을 추천하여 동관의 교서랑校書郎이 되었다"라고 했다.

寶泓謂陶泓也, 見前篇注. 後漢寶章傳, 是時學者稱東觀爲老氏藏室, 道家蓬萊山, 遂薦章入東觀, 爲校書郎.

巀巀秀氣似舅眉宇間:『당서 · 원덕수전元德秀傳』에서 "자지紫芝 원덕수의 용모를 보면 그 모습이 사람으로 하여금 명리를 꾀하는 마음이 모두 사라지게 한다"라고 했다.

唐元德秀傳, 見紫芝眉宇, 使人名利之心都盡.

69　보홍(寶泓) : 퇴지 한유의 「모영전(毛穎傳)」에서 벼루[瓦硯]를 홍농(弘農) 사람 도홍(陶泓)에 견주었다.

其溫可以解橫逆之顏 : '횡역橫逆'[70]은『맹자』에 보인다.

橫逆見孟子.

烏虖端是萬乘器 : '만승기萬乘器'[71]는「감춘시感春詩」의 '윤균輪困'의 주注
에 보인다.

萬乘器見感春詩輪困注.

紅絲潭石之際知才難 :『연록硯錄』에서 "홍사석紅絲石은 청주靑州 흑산黑山
에서 생산되는데, 그 무늬에 붉은빛과 누런빛이 섞여 있지만, 두 색깔
모두 진하지 않다. 누런빛을 다듬으면 사홍絲紅이 되고 붉은빛은 다듬
으면 사황絲黃이 된다"라고 했다. 구양수의『연보硯譜』에서 "홍사석紅絲石
의 벼루를 군모君謨가 나에게 주면서 "이것은 청주靑州의 벼루로, 당언

---

70 횡역(橫逆) : 횡포하여 이치가 없는 행동을 말한다.『맹자·이루 하(離婁下)』에
    "어떤 사람이 횡역으로 대할 때 군자는 반드시 스스로 반성하여 "내가 어질지 못
    하였거나 예가 없었나보다. 일이 어찌하여 이렇게 되는가"라 한다. 스스로 반성
    하여 어질며 또 예가 있었는데도 그 횡역함이 전과 같으면 군자는 다시 반성하여
    "내가 충실치 못하였나보다"라 한다. 또다시 반성하여 충실하였는데도 그 횡역
    함이 전과 같으면 군자는 "저 사람은 망령된 사람일 뿐이다"라 한다. 그런 사람은
    금수와 무엇이 다르랴. 금수와 무엇을 힐난하겠는가[有人於此, 其待我以橫逆, 則
    君子必自反也, 我必不仁矣, 必無禮也. 此物奚宜至哉. 其自反而仁矣, 自反而有禮矣,
    其橫逆猶是也, 君子必自反也, 我必不忠. 自反而忠矣, 其橫逆由是也, 君子曰, 此亦妄
    人也已矣. 如此則與禽獸奚擇哉, 於禽獸, 又何難焉]"라는 구절이 보인다.
71 만승기(萬乘器) :『한서·추양전(鄒陽傳)』에서 "뿌리와 가지가 구불구불 휘어진
    나무도 만승 천자의 그릇이 될 수 있는데, 그 이유는 좌우에서 모시는 신하가 먼
    저 그 나무를 아름답게 꾸며 주기 때문이다[蟠木根柢, 輪困離奇, 而爲萬乘器者,
    以左右先爲之容也]"라고 했다.

유_{唐彥猷}에게 얻은 것이네"라 했고 또 "모름지기 물을 마시는데도 사용하기 적합하여 쓸 만하다오"라 했다"라고 했다.

硯錄云, 紅絲石出靑州黑山, 其理紅黃相參, 二色皆不深, 理黃者其絲紅, 理紅者其絲黃. 歐陽硯譜云, 紅絲石硯, 君謨贈余, 云, 此靑州石也, 得之唐彥猷. 云, 須飮以水, 使足, 乃可用.

14. 차운하여 사왕에게 답하다

次韻答王四

病懶百事廢	병과 게으름으로 온갖 일 그만 두니
不惟書問疎	안부 묻는 편지도 드물어졌다네.
新詩苦招喚	시 지어 고달프게 부르노니
是日鎖直廬	이날은 직려에 갇혀 있다오.
潢汙深一尺	구덩이 물은 한 척이나 되어
大道覆行車	큰 길에선 수레가 전복되네.
晴夜遙相似	개인 밤은 멀리서도 비슷하리니
秋堂對望舒	추당에서 밝은 달 바라보노라.

【주석】

是日鎖直廬 : 『문선』에 실린 사형 육기의 「증상서랑고언선贈尙書郎顧彦先」에서 "아침에 증성에 놀러갔다가, 저녁에 직려에 돌아와 쉬리라"라고 했다.

文選陸士衡詩, 朝遊遊曾城, 夕息旋直廬.

潢汙深一尺 : 『좌전』에서 "물구덩이에 잠겨 있는 물이나 길에 고인 빗물"이라고 했다.

左傳, 潢汙行潦之水.

大道覆行車 : 가의의 글에서 "앞 수레 엎어진 자취를 뒤 수레가 경계로 삼는다"라고 했다. 매승의 「칠발七發」에서 "수레 뒤집혀도 능히 바로 세울 수 있네"라고 했다.

賈誼書, 前車覆, 後車戒. 枚乘七發, 車覆能起之.

秋堂對望舒 : 『이소』에서 "앞에는 망서望舒[72]가 먼저 달리게 하네"라고 했는데, 그 주注에서 "'망서'는 달을 거느린다"라고 했다. 현휘 사조의 「선성군내등망宣城郡內登望」에서 "수레에서 내린 날을 묻노니, 망서가 둥글게 되지 않았다네"라고 했다.

離騷, 前望舒使先驅兮. 注, 月御也. 謝玄暉詩, 借問下車日, 匪直望舒圓.

---

72 망서(望舒) : 달을 위해 수레를 모는 신이다.

15. 구몽이 승제함을 얻었기에 장난삼아 답하다

戲答仇夢得承制

仇侯能騎矍鑠馬	구후는 능히 씩씩하게 말 탈 수 있고
席上亦賦競病詩	자리에서 또한 경병시 읊조린다네.
玄冬未雷蒼蛇臥	한겨울이 혹독하지 않아 창와가 누워있고
玉山無年[73]天馬饑	옥산에 옥화가 없어 천마가 굶주렸다오.
三年荷戈對搖落	삼년 동안 창 매고 쓸쓸히 있었지만
十倍乞弟亦可縛	걸제보다 열 배 악한 이도 또한
	붙잡을 수 있네.
何如萬騎出河西	어찌하여 만기를 서하에 출동시켜
捕取弄兵黃口兒	병사 놀이하는 황구아를 잡으랴.

【주석】

仇侯能騎矍鑠馬 : 『후한서·마원전馬援傳』에서 "무릉장군武威將軍 유항劉尙이 무릉武陵 오계五溪 오랑캐를 격파하려고 깊이 들어갔다가 군대가 몰살당했다. 이에 마원은 다시 병사를 출동시키기를 청하였다. 이때 나이가 62세였는데, 광무제光武帝가 마원이 늙은 것을 염려하며 허락하지 않았다. 마원이 스스로 청하기를 "신은 여전히 갑옷을 입고 말에 오를 수 있습니다"라 했다. 광무제가 이를 시험하라고 명을 내렸다. 이에

---

73 [교감기] '無年'이 고본에는 '無禾'로 되어 있는데, 의미가 더 낫다.

마원이 말안장에 올라 좌우를 둘러보면서 쓸 만함을 보였다. 광무제가 웃으며 "씩씩하기도 해라, 이 노인네여"라 했다'라고 했다.

後漢馬援傳, 武威將軍劉尚繫武陵五溪蠻夷, 深入, 軍没, 援因請行. 時年六十二, 帝愍其老, 未許. 援自請曰, 臣尚能被甲上馬. 帝令試之. 援據鞍顧眄, 以示可用. 帝笑曰, 矍鑠哉是翁也.

席上亦賦競病詩:『남사·조경종전曹景宗傳』에서 "양무제梁武帝가 잔치를 열어 시를 짓도록 했다. 심약沈約은 시를 지었지만, 오직 조경종만이 무장武將이기에 시를 지을 수 없었다. 그래서 조경종의 마음이 편치 못했다. 양무제는 심약에게 명하여 조경종에게 운자를 주라고 했는데, 이 때 오직 '경競'과 '병病' 2글자만 남아있었다. 이에 조경종은 붓을 들고 곧바로 "갈 때에는 아녀들 슬퍼하더니, 돌아올 때는 피리 북이 다투어 울리누나. 길 가는 사람에게 물어 보자, 한漢나라 대장으로 흉노凶奴를 치고 온 곽거병과 비교하여 어떠한가"라는 시를 지었다'라고 했다.

南史曹景宗傳, 梁武帝宴連句令. 沈約賦韻, 惟景宗不得韻, 意色不平. 詔約與韻, 時韻已盡, 唯有競病二字. 景宗操筆便成曰, 去時兒女悲, 歸來笳鼓競. 借問行路人, 何如霍去病.

玉山無年天馬饑:『산해경』에서 "곤륜산의 또 다른 이름은 옥산玉山이고 옥산 위에 옥화玉禾가 있는데, 그 길이가 백심百尋이나 된다"라고 했다. 퇴지 한유가 준마를 칭송한 「노기駑驥」에서 "굶주리면 옥산의 벼를

먹는다네"라고 했다. 명원 포조의 「대공성작代空城雀」에서 "진실로 청조에는 미치지 못하지만, 멀리서 옥산의 벼 먹는다오"라고 했다.

山海經, 崑崙亦名玉山, 上有玉禾, 其脩百尋. 退之詩稱騏驥云, 饑食玉山禾. 鮑明遠詩, 誠不及靑鳥, 遠食玉山禾.

十倍乞弟亦可縛 : '걸제乞弟'의 일은 진소유秦少游가 지은 「임사중묘표任師中墓表」에 자세히 보인다. 그 대략은 "원풍 연간에 조정에서 서남쪽의 걸제乞弟의 죄를 다스리면서 장수를 목 베었고 감사를 물리쳤다. 이에 양촉兩蜀이 소란스럽게 되었지만 4년이 지난 뒤에 안정되었다. 진실로 부사部使가 후예가 되었으니, 이夷를 어찌 책망하겠는가"라고 했다. 유비劉備가 제갈량諸葛亮에게 "그대의 재능이 조비曹丕보다 10배는 뛰어나다"라고 했다.

乞弟事, 見秦少游所作任師中墓表, 甚詳. 其大畧云, 元豊中, 朝廷治西南乞弟之罪, 至於斬將帥, 絀監司. 兩蜀騷然, 四年而後定. 實部使者爲之裔, 夷何足責也. 劉備謂諸葛亮曰, 君才十倍曹丕.

捕取弄兵黃口兒 : 서하西夏가 영락성永樂城을 함락한 이후에 변방의 근심이 되었다. 병상秉常이 죽자 그의 아들 건순乾順이 등극했다. 원우元祐 2년, 건순을 책봉하는 일로 인해 사신을 보냈는데, 서하는 지계地界를 구실로 삼아 들어와 사례하지 않았다. 또한 경원진涇原鎭을 침범하였고 융군戎軍이 또한 덕정채德靖砦를 침범했으며 또한 색문채塞門砦를 침범했

었다. '황구아黃口兒'는 건순乾順을 말한다. 『공자가어』에서 "공자가 그
물로 참새 잡는 사람을 보았는데, 잡은 참새는 모두 부리가 노란 참새
였다"라고 했다. '농병황지弄兵潢池'[74]는 『한서 · 공수전龔遂傳』에 보인다.

　西夏自陷永樂城後, 爲邊患. 及秉常卒, 子乾順立. 元祐二年, 遣使冊乾順,
夏人以地界爲詞, 不入謝. 且犯涇原鎭, 戎軍又侵德靖砦, 又犯塞門砦. 黃口兒
謂乾順也. 家語, 孔子見羅雀者, 所得皆黃口小雀. 弄兵潢池, 見龔遂傳.

74　농병황지(弄兵潢池) : 한 선제(漢宣帝) 때 발해군(渤海郡)에서 봉기하자 공수(龔
　　遂)가 "이는 무지한 아이가 웅덩이에서 병장기로 장난치는 것 같다[弄兵潢池]"
　　라고 한 데서 나온 말이다.

16. 구몽이 승제함을 얻었기에 장난삼아 답하다. 2수

戲答仇夢得承制. 二首

첫 번째 수其一

結髮從征聽鼓鼙	성년 되어 전쟁 나가 고비 소리 들었지만
未曾一展胸中奇	한 번도 마음 속 기이함 펼치지 못했어라.
彎弓如月落霜鴈	만월처럼 활 당기면
	서리 맞은 기러기 떨어지니
誰道將軍能賦詩	누가 장군이 시에만 능하다고 말하는가.

【주석】

結髮從征聽鼓鼙 : 『한서·이광전李廣傳』에서 "이광이 자신의 부하들에게 "나는 성년成年이 되고서 흉노와 크고 작은 전쟁을 70여 차례나 치렀다"라 했다"라고 했다. 『예기』에서 "군자는 큰북 작은북 소리를 들으면 장수를 생각한다"라고 했다.

李廣傳, 謂其麾下曰, 廣結髮與匈奴大小七十餘戰. 禮記, 君子聽鼓鼙之聲, 則思將帥.

未曾一展胸中奇 : 퇴지 한유의 「대장적서代張籍書」에서 "입을 열어 마음속의 기이함 한 번 토로했네"라고 했다.

退之代張籍書, 開口一吐胷中之奇.

彎弓如月落霜鴈 誰道將軍能賦詩 : 이백의 「유주호마객가幽州胡馬客歌」에서 "만월彎月처럼 시위를 한껏 당기면, 흰 기러기 구름 가에 떨어진다네"라고 했다.

李白幽州胡馬客歌, 彎弓若轉月, 白鴈落雲端.

두 번째 수其二

橫槊不爲萬騎先	창 휘두르는 것 만기보다 앞서지 못한 채
傳杯把筆過年年	술 마시고 붓 잡으며 몇 년을 보냈다네.
懷中黃石閑[75]三略	황석공의 삼략을 마음속으로 익혔으며
道上靑旗謾[76]百篇	길 위에서 지은 시가 백편이나 된다오.

【주석】

橫槊不爲萬騎先 : 『남사·원영조전垣榮祖傳』에서 "영조가 "조조曹操와 조비曹丕는 말을 타고서는 창을 휘두르고 말에서 내려서는 담론하였으니, 이 정도는 되어야 천하에서 음식을 헛되이 먹지 않았다고 할 수 있다"라 했다"라고 했다. 원진이 지은 「노두묘지老杜墓誌」에서 "조 씨 부자는 종종 창을 휘두르고 시를 읊조렸다"라고 했다.

南史垣榮祖傳, 榮祖曰, 曹操曹丕, 上馬橫槊, 下馬談論, 此可不負飮食矣.

75　[교감기] '閑'이 전본에는 '開'로 되어 있다.
76　[교감기] '謾'이 전본·건륭본에는 '漫'으로 되어 있다.

元稹作老杜墓誌云, 曹氏父子, 往往橫槊賦詩.

傳杯把筆過年年 : 두보의 「구일九日」에서 "잔 돌리며 잔을 손에서 놓지 않았네"라고 했다. 목지 두목의 「정관협률鄭瓘協律」에서 "강호에서 나가지 않겠다고 말하면서, 바람에 막혀 술 속에서 몇 년을 보냈다오"라고 했다.

杜詩, 傳杯不放杯. 杜牧之詩, 自說江湖不歸去, 阻風中酒過年年.

懷中黃石閑三略 : 병서兵書에 『황석공삼략黃石公三略』3권이 있다.

兵書有黃石公三略三卷.

道上靑旗謾百篇 : '청기靑旗'는 시통詩筒 위에 설치한 깃발을 말한다. 원백元白의 호가 시통詩筒이다.

靑旗謂置筒上加旗也. 元白號詩筒.

17. 임부인의 「오도」라는 작품에 화답하다

和任夫人悟道

夫亡子幼如月魄	남편 죽고 자식 어려 월백과 같노니
摧盡蛾眉作詩客	아름다움 꺾인 채 시객이 되었어라.
二十餘年刮地寒	이십여 년 동안 어려운 삶에 힘들었지만
見兒成人乃[77]禪寂	아이가 성인되어 도를 깨달았구나.
萬事新新不留故	온갖 일 새롭게 하며 옛 것에 머물지 않았고
瘦藤六尺持門戶	육척의 마른 등나무처럼 문에 기대 있네.
煩惱林中卽是禪	번뇌의 숲 속에서 이처럼 해탈을 하니
更向何門覓重悟	다시 어느 문에서 거듭 깨달음 구하랴.

【주석】

夫亡子幼如月魄 : 『서경·무성武成』에서 "방사·백旁死魄, 매월 초이튿날을 말함"이라고 했는데, 소疏에서 "'백魄'이라는 것은 모양形이니 달의 둥그런 부분 중에 빛이 없는 곳이다. 초하루[朔]가 지나서 명明이 나면 백이 죽고, 보름[望]이 지나서 명이 죽으면 백이 생긴다"라고 했다. 퇴지 한유의 「차일족가석此日足可惜」에서 "때는 달이 지고, 겨울 해가 아침에 방안에 있네"라고 했다.

書武成, 旁死魄. 疏云, 魄, 形也, 月之輪郭無光之處, 朔後明生而魄死, 望

---

77 [교감기] '乃'가 전본에는 '力'으로 되어 있는데, 의미가 '乃'에 비해 좋지 않다.

後明死而魄生. 退之詩, 維時月魄死, 冬日朝在房.

見兒成人乃禪寂 : 두보의 「야청허십일송시애이유작夜聽許十一誦詩愛而有作」
에서 "나도 찬璨과 혜가慧可[78]를 스승 삼았으나, 아직도 도를 깨우치지 못
하였네"[79]라고 했다.

杜詩, 予亦師粲可, 身猶縛禪寂.

瘦藤六尺持門戶 : 『옥대신영』에서 "굳센 여인 문짝 지키고 섰으니, 또
한 웬만한 장부보다 낫다네"라고 했다.

玉臺新詠, 健婦持門戶, 亦勝一丈夫.

---

78 찬(璨)과 혜가(慧可) : 고승의 이름이다. 『당서』에서 "달마(達摩)가 혜가(慧可)
   에게 의발을 전하였다. 혜가는 일찍이 자신의 왼쪽 팔을 자르면서 불법을 구하였
   다. 혜가는 찬(璨)에게 전하고, 찬은 도신(道信)에게 전하고, 도신은 굉인(宏仁)
   에게 전했다"라고 했다.
79 아직도 (…중략…) 못하였네 : 『유마경(維摩經)』에서 "방편 있는 지혜는 해탈이
   고 방편 없는 지혜는 속박이다[有方便慧解, 無方便慧縛]"라고 했다. 이 구는 아직
   도 깨우치지 못한 것을 말한다.

18. 저물녘 장씨의 정원에 도착하여 벽 사이에 적힌 옛 시에 화창하다

暮到張氏園, 和壁間舊題

邵平不見見園瓜	소평 못 보았지만 정원 오이는 보았고
三徑還尋二仲家	삼경으로 다시금 이중의 집을 찾았네.
莫道暫來無所得	잠시 왔기에 얻은 것 없다고 말하지 말게
未秋先見碧蓮華	가을 오기 전에 푸른 연꽃을 보았다네.

【주석】

邵平不見見園瓜 三徑還尋二仲家 莫道暫來無所得 未秋先見碧蓮華 : '소
평邵平'[80]과 '이중二仲'[81]은 위에 보인다. 『고승전』에서 "구나발마求那跋摩
가 별실에서 선정禪定에 들었는데, 여러 날이 지나도록 나오지 않았다.
절의 승려가 사미沙彌를 보내어 살펴보게 했는데, 방 가득 푸른 연꽃이

---

80 소평(邵平) : 『한서·소하전(蕭何傳)』에서 "소평(邵平)이란 자는 옛날 진나라의
　　동릉후(東陵侯)였다. 진(秦)나라가 무너진 뒤 포의로 지냈는데, 가난하여 장안
　　성 동쪽에서 오이를 심었다. 오이가 맛있어서 세상에서 동릉의 오이라고 칭하였
　　다[邵平者, 故秦東陵侯. 秦破, 爲布衣, 貧, 種瓜長安城東, 瓜美, 故世稱東陵瓜]"라고
　　했다.
81 이중(二仲) : 혜강(嵇康)의 『고사전』에서 "장원경(蔣元卿)은 연주(兗州)를 떠나
　　두릉(杜陵)으로 돌아와 가시나무로 대문을 막았다. 집 가운데 세 오솔길이 있었
　　는데, 오직 구중(求仲)과 양중(羊仲) 두 사람과만 노닐었다. 당시 사람들이 이를
　　'이중(二仲)'이라 불렀다[蔣元卿之去兗州, 還杜陵, 荊棘塞門. 舍中有三徑, 惟二人
　　從之遊, 時人謂之二仲]"라고 했다.

널리 퍼져 있었다"라고 했다.

邵平二仲見上. 高僧傳, 求那跋摩於別室, 入禪累日不出, 寺僧遣沙彌候之,
亘室彌漫生靑蓮花.

19. 사람 좇아 꽃을 구하다
從人求花

舍南舍北勃姑啼	집의 남과 북에서 비둘기 울어대니
體中不佳陰雨垂	마음속 불편하게 음우가 내리는구나.
欲向黃梅問消息	황매의 소식을 묻고자 한다면
背陰合有兩三枝	그늘 진 곳에 두세 가지 있을 것이네.

【주석】

舍南舍北勃姑啼 : 자후 유종원의 「문황리聞黃鸝」에서 "이때 개인 이내 가장 깊은 곳, 집 남쪽 골목 북쪽에서 멀리 서로 지저귀네"라고 했다. 두보의 「객지客至」에서 "집의 남과 북에 모두 봄물이 넘치네"라고 했다. '발고勃姑'[82]는 위에 보인다.

柳子厚聞黃鸝詩, 此時晴煙最深處, 舍南巷北遙相語. 杜詩, 舍南舍北皆春水. 勃姑見上.

體中不佳陰雨垂 : 『진서·왕담전王湛傳』에서 "형의 아들 왕제王濟가 일

---

[82] 발고(勃姑) : 구양수의 「화성유춘우(和聖俞春雨)」에서 "병들었어도 흐리고 갬이 마치 발고(勃姑) 같음 알겠어라[病識陰晴似勃姑]"라고 했고 또한 「명구(鳴鳩)」에서 "하늘 비 그치자 비둘기 울고, 아낙네 돌아오자 지저귀며 기뻐하네[天雨止 鳩呼, 婦還鳴且喜]"라고 했다. '발고(勃姑)'와 '복고(僕姑)'는 모두 비둘기이다. 원장(元章) 미불(米芾)의 『화사(畫史)』에서도 또한 '발구(勃鳩)'라고 했다.

찍이 왕담의 집에 이르렀는데, 책상머리에 『주역』이 있었다. 이에 왕제가 "이것을 무엇에 쓰시나요"라 물었다. 왕담이 "마음속이 좋지 않을 때, 혹 다시 보는 것이다"라 대답했다"라고 했다.

晉王湛傳, 兄子濟嘗詣湛, 見牀頭有周易, 問何用此爲. 湛曰, 體中不佳, 脫復看耳.

欲向黃梅問消息 背陰合有兩三枝 : 『전등록 · 혜능대사전慧能大師傳』에서 "지원선사智遠禪師가 "서역西域에서 온 보제달마菩提達磨가 황매黃梅에게 심인心印을 전했다고 하니, 그대는 마땅히 그곳에 가서 의심을 풀라"라 했다. 이에 혜능대사가 하직하고 길을 나와 곧바로 황매의 동선東禪으로 나아갔다"라고 했다. 이 구절의 의미는 이 의미를 담고 있다. 이백의 「조춘기왕한양早春寄王漢陽」에서 "봄이 왔다는 소식을 듣긴 했으나 아직 몰라서, 찬 매화 곁으로 달려가 소식을 찾아보네"라고 했다. 『조정사원祖庭事苑』에서 『경률이상經律異相』에서 "사람을 씹어 먹는 귀신이 한 사람을 잡았다. 그러나 해가 막 솟아오르려고 하자, 그 사람이 귀신에게 "그대는 무슨 까닭으로 얼굴은 희고 등은 검은가"라 했다. 귀신은 "우리 귀신의 성질은 해를 두려워한다"라고 대답했다. 그러자 그 사람이 해를 향해 내달려 마침내 귀신에게서 벗어났다. 이 일로 인해 지은 게송偈頌에서 "부지런히 배움이 제일의 도道이며, 부지런히 물음이 제일의 방법이로다. 길에서 나찰羅刹의 어려움을 만나거든, 그늘을 지고 태양을 향하라"고 했다"라 했다"라고 했다. 낙천 백거이의 「충주도화忠

^{州桃花」}에서 "작은 누대에 바람 불고 달 뜬 밤 길이 기억하노니, 붉은 난간 위에 두세 송이 피었었지"라고 했다.

傳燈錄慧能大師傳, 智遠禪師謂曰, 西域菩提達磨傳心印於黃梅, 汝當往彼參決. 師辭決, 直造黃梅之東禪. 詩含此意. 李白詩, 聞道春還未相識, 走傍寒梅問消息. 祖庭事苑曰, 經律異相云, 有噉人鬼捉得一人, 日方欲出, 人謂鬼曰, 君何以面白背黑. 曰, 我鬼性, 畏日也. 其人向日而走, 旣得脫. 因說偈言, 勤學第一道, 勤問第一方. 道逢羅刹難, 背陰向太陽. 白樂天忠州桃花詩, 長憶小樓風月夜, 紅欄干上兩三枝.

20. 진사도에게 주다
贈陳師道

    원우元祐 원년元年과 2년에 진무기陳無己는 경사京師에 있으면서 진주문陳州門에 우거하고 있었다. 『실록』을 살펴보건대, 2년 4월 을사에 서주徐州의 포의布衣인 진사도陳師道는 서주徐州의 주학교수州學教授로 충원되었다. 이 시를 주었을 때에는 아직 관직에 있지 않았다. 살펴보건대, 황순黃䶮이 지은 황정견의 『연보年譜』에서 "왕경문王景文이 영무세榮茂世가 황정견의 시를 논평하면서 "전배의 수준에 들었다"라고 한 것을 들었다. 이것은 산곡 황정견과 후산後山 진무기가 영창穎昌에서 서로 만나 두보 「모귀暮歸」의 "나그네 문에 들어서니 달빛 휘영청 밝은데, 어느 집의 능숙한 다듬이질에 싸늘한 바람 쓸쓸하네"라는 구절을 언급함에 미쳐 황정견이 "서리 달빛 방에 들어 차갑게 빛나네. 만사람 모인 가운데 한 사람만 깨닫네"라고 한 구절을 지은 것에 대한 평가이다"라고 했다.

    元祐元年二年,[83] 陳無己在京師, 寓居陳州門. 按實錄, 二年四月乙巳, 徐州布衣陳師道充徐州州學教授. 贈此詩時, 未得官也. 按黃䶮年譜, 王景文質聞之榮茂世云, 得之前輩. 言山谷與後山相遇於穎昌, 因及. 杜詩, 客子入門月皎皎, 誰家搗練風凄凄. 故此詩有云, 霜月入戶寒皎皎, 萬人叢中一人曉.

---

83 [교감기] '二年'이 전본에는 '是年'으로 되어 있고 건륭본에는 '二月'로 되어 있다.

陳侯學詩如學道	진후는 시 배운 것이 도 배운 것 같고
又似秋蟲噫寒草	또한 가을벌레가 찬 풀 속에서 우는 듯하네.
日晏腸鳴不俛眉	날 저물어 굶주리더라도 눈썹 숙이지 않고
得意古人便忘老	고인의 마음 얻어 늙어감도 잊었구나.
君不見	그대 보지 못했나
向來河伯負兩河	이전까지 하백이 양하를 지고 있다가
觀海乃知身一蠡	바다 보고서 자신이 하나의 바가지임 알았음을.
旅牀爭席方歸去	여관에서 자리 다투다 바야흐로 돌아가며
秋水黏天不自多	가을 물 하늘에 닿아 있어도 절로 많은 것 아니네.
春風吹園動花鳥	봄바람 정원에 불어와 꽃 피고 새 노래하며
霜月入戶寒皎皎	서리 달빛 방에 들어 차갑게 빛나네.
十度欲言九度休	열 번 말하고자 하다가 아홉 번 그만두니
萬人叢中一人曉	만사람 모인 가운데 한 사람만 깨닫네.
貧無置錐人所憐	송곳 꽂을 땅 없이 가난해 사람들 불쌍히 여겼는데
窮到無錐不屬天	송곳도 없는 궁핍함에 이르렀으니 천명이 아닌가.
呻吟成聲可管絃	읊조리면 음조 이루어 음악 연주와 같으니
能與不能安足言	능하고 능하지 못함을 어찌 족히 따지랴.

【주석】

陳侯學詩如學道 : 『왕립지시화』에서 빈노邠老 반대림潘大臨을 칭송하면서 "진무기의 시에 "시를 배우는 것은 선을 배우는 것과 같아, 때로 환골탈태하게 되네"라는 구절이 있는데, 자신도 이 말이 득의한 것이라고 했다. 그러나 산곡 황정견도 "시를 배우는 것은 도를 배우는 것과 같네"라는 구를 남겼다. 진무기가 얻은 구절은 아마도 황정견의 묘예苗裔일 것이다. 지금 살펴보건대, 『한서 · 장량전張良傳』에서 "이에 도를 배워 가볍게 날고자 했다"라고 했는데, 이때 '학도學道'가 바로 '학선學仙'이다. 진무기의 이 말은 곧 산곡 황정견의 말을 그대로 받아온 것이다"라고 했다. 이 편에서 시를 논한 것에 대해서는 진실로 왕립지가 미칠 바가 아니다. 진실로 진무기가 아니었다면, 황정견 또한 일찍이 다른 사람에게 이 말을 하지 못했을 것이다. 그래서 "열 번 말하고자 하다가 아홉 번 그만두니, 만사람 모인 가운데 한 사람만 깨닫네"라고 한 것이다.

王立之詩話稱潘邠老云, 陳三學詩如學仙, 時至骨自換. 自謂此語得意. 然山谷有學詩如學道之句. 陳三所得, 豈其苗裔耶. 今按張良傳, 乃學道, 欲輕擧. 學道卽學仙也. 陳無己此語, 乃印山谷之言. 此篇論詩, 固非王立之所及. 苟非陳無己, 山谷亦未嘗向人說此也. 故云, 十度欲言九度休, 萬人叢中一人曉.

又似秋蟲噫寒草 : "귀뚜라미가 가을을 기다려 우네"라는 구절과 같으니, 위에 보인다. 구양수의 「독이백집讀李白集」에서 "하계를 내려다보니 들판과 섬뿐이요, 반딧불이 이슬에 젖어 가을 풀에서 노래하네"라고

했다.

如蟋蟀俟秋吟也噫, 見上. 歐陽詩, 下視區區郊與島, 螢飛露濕吟秋草.

日晏腸鳴不俛眉 : 노동의 「월식月蝕」에서 "굶주림에 죽더라도 울지 않는구나"라고 했다. 양웅의 「해조解嘲」에서 "뭇 경들도 길손에게 읍하지 않고 장상들도 눈썹 숙이지 않네"라고 했다.

盧仝月蝕詩, 飢腸徹死無由鳴. 揚雄解嘲云, 羣卿不揖客, 將相不俛眉.

君不見向來河伯負兩河 觀海乃知身一蠡 : '하백관해河伯觀海'[84]는 「봉답자고견증奉答子高見贈」이란 작품의 주注에 보인다. 살펴보건대, 『한서·동방삭전東方朔傳』에서 "동방삭이 "대롱 구멍으로 하늘을 엿보고, 바가지로 물을 퍼서 바닷물을 재는 격이다"라 했다"라고 했는데, 그 주注에서 "'여蠡'는 바가지로, '내來'와 '해奚'의 반절법인데, 지금은 '하河'로 쓴다"라고 했다. 『자운』에서 "'여蠡'는 고동 껍질이다"라고 했다. 생각건대 따로 그 출처가 있을 것이다. 그러나 『산곡집』 가운데 또한 "공관에 있으면 늘 돌아갈 생각 들었지만, 어찌 명타를 빌릴 수 있었으랴. 길 잃어 고향 못

---

84 하백관해(河伯觀海) : 『장자』에서 "가을이 되면 물이 불어나 양쪽 물가에서 서로 소인지 말인지 구별할 수 없을 정도이다. 이에 하백(河伯)은 혼연히 스스로 기뻐하면서, 물 흐름을 따라 갔다. 북해에 이르러 동쪽을 바라보니 물의 끝이 보이지 않았다. 이에 하백은 탄식하며 "시골말에 "백 번쯤 도를 들은 이가 자신만 한 사람이 없다"라고 하더니 나를 두고 한 말인 듯하오"라 했다[秋水時至, 兩涘渚涯之間, 不辨牛馬. 河伯欣然自喜, 順流而行, 至于北海. 東面而望, 不見水端. 河伯歎曰, 野語有之, 聞道百, 以爲莫己若者, 我之謂也]"라고 했다.

갈까 두려우니, 바닷물 재려고 바가지 갖고 있는 꼴이네"라고 했는데, 이것은 동방삭의 말을 활용한 것이다. 대개 『문선』에서는 "이려측해以蠡測海"라고 했는데, 이때 '여蠡'의 음은 '역力'과 '회禾'의 반절법이다. 두보의 「증특진여양왕이십운贈特進汝陽王二十韻」에서 "또한 바가지로 바다를 헤아리며, 더구나 승수灅水 같은 술을 마심에랴"라고 했다.

河伯觀海, 見奉答子高見贈詩注. 按東方朔傳, 語曰, 以管窺天, 以蠡測海. 注云, 蠡, 瓠瓢也, 來奚切, 今作河. 字韻, 乃蚌屬也. 疑別有所出. 然山谷集中又有詩云, 在公每懷歸, 安得借明駝. 畏塗失無郷, 酌海持有蠡. 則是用東方朔語也. 蓋文選以蠡測海, 音力禾切. 杜詩, 且持蠡測海, 況把酒如灅.

旅狀爭席方歸去 : '쟁석爭席'[85]은 위에 보인다.

爭席見上.

秋水黏天不自多 : 퇴지 한유의 「제하남장원외문祭河南張員外文」에서 "동정호 가득 넘쳐, 하늘과 맞닿았네"라고 했다. 『장자·추수편秋水篇』에서 또한 "북해약北海若이 "천하의 물은 바다보다 넓은 것이 없다. 나는 이것을 가지고 스스로 많다고 일찍이 여기지 않았다"라 했다"라고 했다.

---

85 쟁석(爭席): 『후한서·대빙전(戴憑傳)』에서, "광무제(光武帝)가 정단(正旦)에 조회를 마치고, 신하들 중 경서에 능한 자로 하여금 바꿔가며 서로 논박하게 했는데, 뜻이 통하지 않으면, 곧 그 자리를 빼앗아[輒奪其席], 더 잘 해석한 자에게 주었다. 대빙은 마침내 50여 자리를 겹쳐 앉게 되었다"라고 했다. 『장자』에서, "함께 묵은 나그네들이 그와 자리를 다툴 정도가 되었다[舍者與之爭席矣]"라고 했다.

형공 왕안석의 「주환강남저풍유회백형舟還江南阻風有懷伯兄」에서 "흰 물결 하늘에 맞닿아 틈이 없어라"라고 했다.

退之祭文, 洞庭汗漫, 粘天無壁. 秋水篇又云, 北海若曰, 天下之水, 莫大於海, 吾未嘗以此自多. 王荊公詩, 白浪黏天無限斷.

十度欲言九度休 : 운거도응雲居道膺이 시중示衆하며 "앎이 다른 사람보다 낮다는 것을 알면 끝내 경솔하게 굴지 않으며, 열 번 말을 하려고 하다가 아홉 번 도리어 그만둔다"라고 했다. 『조정사원』에 보인다.

雲居膺示衆云, 知有底人, 終不取次, 十度擬發言, 九度却休去. 見祖庭事苑.

貧無置錐人所憐 窮到無錐不屬天 : 『장자』에서 "요 임금과 순 임금은 천하를 소유하였지만, 자손들은 송곳 꽂을 땅도 없었다"라고 했다. 『한서·장량전張良傳』에서 "송곳을 꽂을 땅도 없다"라고 했다. 『전등록·위산전潙山傳』에서 "향엄송香嚴頌에서 "작년 가난은 가난이 아니요, 금년 가난이 비로소 가난이네. 작년 가난엔 오히려 송곳 꽂을 땅은 있었으나, 금년엔 땅에 꽂을 송곳조차 없다네"라 했다"라고 했다.

莊子云, 堯舜有天下, 子孫無置錐之地. 張良傳, 無立錐之地. 傳燈錄潙山傳, 香嚴頌曰, 去年貧, 未是貧. 今年貧, 始是貧. 去年貧, 尙有卓錐之地, 今年錐也無.

呻吟成聲可管絃 能與不能安足言 : 『장자』에서 "구 씨龔氏라는 땅에서

열심히 책을 독송했다"라고 했다. 『예기·단궁檀弓』에서 "거문고를 탔으나 소리를 이루지 못했다"라고 했다. 『공자가어』에서 "『시경』의 305편을 공자께서 모두 거문고를 뜯으며 노래하여 소韶·무武·아雅·송頌의 음악에 맞추고자 하였다"라고 했다. 이 구절의 의미는 읊조리는 사이에 절로 성음을 이루니, 음악을 연주하는 것 같아 다시 좋은지 나쁜지에 대한 생각이 없다는 말이다. 마치 동파 소식이 「남행집서南行集敍」에서 말한 "옛적에 글을 짓는 사람은 잘 짓는 것을 '좋은 글'로 여기지 않고, 짓지 않을 수 없어 짓는 것을 '좋은 글'로 여겼다"라고 한 것과 같은 경우이다.

莊子, 呻吟裘氏之地. 檀弓云, 彈琴而不成聲. 孔子世家, 詩三百五篇, 皆絃歌之, 以求合韶武雅頌之音. 詩意謂吟咏之際, 而自成聲音, 可被之管絃, 不復有能否之念. 如東坡南行集敍, 夫昔之爲文者, 非能爲之爲工, 乃不能不爲之爲工也.

21. 육십오 번째 동생인 분이 남쪽으로 돌아가기에 전송하다
送六十五弟貴南歸

風驚鴻鴈行	세찬 바람에 기러기 날다가
吹落秋江上	가을 강가로 떨어지누나.
爲掃碧巖邊	푸른 바위 주변 청소하고
問叔今無恙	지금 숙부 무고하지 물어보라.

【주석】

問叔今無恙 : 『사기 · 범수전范雎傳』에서 "수가須賈가 "범숙은 진실로 무고하신가"라 했다"라고 했다.

史記范雎傳, 須賈曰, 范叔固無恙乎.

22. 오도사에게 주다

贈吳道士

吳仙十二棊	오선의 십이기
一擊玄關應	한 번 침에 현관에 응한다네.
探人懷中事	사람의 속 마음 아는 것이
如月入淸鏡	마치 달이 밝은 거울에 비치는 듯.

【주석】

吳仙十二棊　一擊玄關應　探人懷中事　如月入淸鏡 : 유존劉存의 『사시事始』에서 "『세본世本』에서 "오조烏曹가 육박六博을 만들었다"라 했다"라고 했다. 『설문해자』에서 "십이기十二棊이다"라고 했다. 『어람御覽 · 방술부方術部』에서 "『이원異苑』에서 "십이기로 점치는 것은 장문성張文成에서 비롯되었고 황석공黃石公에게 그 방법을 전수받았는데, 군대를 부리고 병사를 쓰는 데 있어 만에 하나도 잘못됨이 없었다. 동방삭에 이르러 더욱 정밀해져 모든 일을 이로써 점을 쳤는데, 그 뒤에 비법이 전해지지 않았었다. 진晉 영강寧康 연중에 양성사襄城寺의 법미도인法味道人이 한 늙은이를 만났는데, 누런 가죽 옷을 입고 있었고 대나무 통에 이 책이 담겨 있었다. 그리고는 이 책을 법미에게 주었다. 그러나 얼마 지나지 않아 이 노인은 사라졌고 마침내 다시 세상에 전해지게 되었다"라 했다"라고 했다. 산곡 황정견이 말한 '십이기'는 대개 『이원』에서 말한 것으

로, '육박'은 아니다. 장문성은 장량張良이고 시호는 문성후文成侯이다. 『문선』에 실린 「왕간서비王簡栖碑」에서 "현관玄關은 유건幽鍵하다"라고 했다. 육구몽의 「촌야村夜」에서 "그윽한 근심에 긴 칼 휘두르나, 초췌함에 맑은 거울 부끄럽네"라고 했다.

劉存事始云, 世本曰, 烏曹作六博. 說文曰, 十二棊也. 御覽方術部, 異苑曰, 十二棊卜出自張文成, 受法於黃石公. 行師用兵, 萬不失一. 至東方朔, 密以占衆事, 後秘不傳. 晉寧康中, 襄城寺法味道人遇一老公, 著黃皮衣, 竹筒盛此, 以授法味. 無何, 失所在, 遂復傳於世. 山谷稱十二棊, 蓋異苑所言者, 非六博也. 張文成, 蓋張良, 諡文成侯. 文選王簡栖碑云, 玄關幽鍵. 陸龜蒙詩, 幽憂拂長劍, 憔悴慙淸鏡.

23. 사공정과 함께 책을 가지고 욕실원에 갔는데, 문사가 밥을 차려 주기에 이 시를 짓다

同謝公定攜書浴室院,[86] 汶師置飯作此

竹林風與日俱斜　　대숲에 바람 그치고 해 기우는데

細草猶開一兩花　　가는 풀 속엔 오히려 한두 송이 꽃 피었네.

天上歸來對書客　　천상에서 돌아와 책 보는 길손 대하고선

愧勤僧飯更煎茶　　스님 밥 짓고 다시 차 끓이니 부끄럽네.

【주석】

天上歸來對書客 : '객客'이 다른 판본에는 '권卷'으로 되어 있다. 두보의 「증한림장사학사기贈翰林張四學士垍」에서 "하늘의 장공자이네"라고 했다. 한유의 「제백엽도화題百葉桃花」에서 "응당 시사가 천상으로 돌아감을 알겠어라"라고 했다.

一作卷. 杜詩, 天上張公子. 韓詩, 應知侍史歸天上.

86　[교감기] '院'이 고본에는 없다.

24. 은혜롭게 차를 보내온 것에 사례하다

謝人惠茶

一規蒼玉琢[87]蜿蜒	한 조각 푸른 옥을 잘게 부수었으니
藉有佳人錦段鮮	마치 가인의 고운 비단 조각 같아라.
莫笑持歸淮海去	가지고 회해로 돌아감을 비웃지 마소
爲君重試大明泉	그대 위해 거듭 대명의 샘물 시험해 보리.

【주석】

一規蒼玉琢蜿蜒 : 이것은 용단龍團을 말한 것이다. 퇴지 한유의 「남해신비南海神碑」에서 "꿈틀 꿈틀거리며, 와서 음식을 흠향하는 듯 했다"라고 했다.

此言龍團.[88] 退之南海神碑云, 蜿蜿蜒蜒, 來慕[89]飮食.

藉有佳人錦段鮮 : 평자 장형의 「사수四愁」에서 "미인이 나에게 금착도金錯刀를 주네"라고 했다.

---

87 [교감기] '琢'이 영원본에는 '作'으로 되어 있다.
88 [교감기] '團'이 저본에는 '圖'로 잘못되어 있다. 지금 영원본·전본·건륭본에 따라 고친다. 살펴보건대, '龍團'은 송대(宋代)에 공물로 바치던 차 이름으로, 장순민(張舜民)의 『화만록(畫墁錄)』에 보인다.
89 [교감기] '慕'가 영원본에는 '享'으로 되어 있다. 살펴보건대, 동제덕(童第德)이 "'慕'는 마땅히 '饗'을 잘못 쓴 것으로, '饗'은 '享'과 의미가 같다"라고 했다. 『한집교전(韓集校詮)』 권31에 보인다.

張平子四愁詩云, 美人贈我錦繡段.

爲君重試大明泉 : 당唐나라 장우신張又新의 『수기水記』에서 "물과 차가
잘 어울리는 것으로, 일곱 개의 등급이 있는데, 회남로淮南路 양주揚州
대명사大明寺의 물이 다섯 번째 등급이다"라고 했다.

唐張又新水記云, 水之與茶宜者凡七品, 淮南路揚州大明寺水第五.

25. 무종 봉의가 지은 좋은 시 중에 「영냉정수야거」라는
작품이 있다. 정견은 정수와 18년이나 벗으로 지냈기에,
차운하여 보낸다【정수에게는 아름다운 시녀가 있었는데, 이른
아침에 달아나 버렸다. 그 뒤에 산초나무로 울타리는 만들었는데,
대단히 엄밀했다】

懋宗奉議有佳句詠冷庭叟野居, 庭堅於庭叟有十八年之舊, 故次韻贈之【庭
叟有佳侍兒, 因早朝而逸去, 乃揷90椒91藩甚嚴密】92

城西冷叟半忙閑	성 서쪽 냉수는 바쁘기도 한가하기도
人道王陽得早還	사람들 왕양이 일찍 돌아왔다 말했었지.
四望樓臺皆我有	사방의 누대가 모두 그대의 소유였고
一原花竹住中間	한 언덕의 꽃 대나무 사이에서 지내네.
初無狗盜窺93籬落	애초에 울타리 엿볼 도둑도 없었는데
底事蛾眉失鎖關	무슨 일로 그 모습 쇄관에 감추셨나.
每爲朝天三十里	늘 삼십 리 길을 가 조회를 하노니
時時驚枕夢催班	때때로 궁전 조회 재촉하느라 꿈을 깬다네.

---

90 [교감기] '乃揷' 2글자 앞에 전본·건륭본에는 '其後'라는 2글자가 있다.
91 [교감기] '椒'가 영원본에는 없다.
92 [교감기] '【庭叟有佳侍兒, 因早朝而逸去, 乃揷椒藩甚嚴密】'가 고본에는 작품의 제
　　목으로 되어 있다.
93 [교감기] '窺'가 영원본에는 '偸'로 되어 있다.

【주석】

城西冷叟半忙閒 : 『상산야록湘山野錄』에서 "양대년이 「한망령閒忙令」이란 작품을 지었는데, 그 작품에서 "세상에서 어떤 사람을 가장 한가롭다 하던가, 세상에서 어떤 사람을 가장 바쁘다고 하던가"라 했다"라고 했다.

湘山野錄云, 楊大年爲閒忙令, 世上何人最號閒, 世上何人最號忙.

人道王陽得早還 : 한漢나라 왕길王吉의 자는 자양子陽으로, 간대부諫大夫가 되었지만 병으로 사양하고 낭야琅耶로 돌아왔다.

漢王吉, 字子陽, 爲諫大夫, 謝病歸琅耶.

初無狗盜窺籬落 : 『사기』에서 "맹상군의 객 중, 가장 아래 자리에 있는 사람 중에 개 흉내를 잘 내어 도둑질 하는 이가 있었다. 그 사람이 밤에 진나라 궁궐에 들어가 호백구狐白裘를 훔쳐 왔다"라고 했다.

史記, 孟嘗君客最下坐, 有能爲狗盜者, 入秦宮藏中取狐白裘.

每爲朝天三十里 時時驚枕夢催班 : 두보의 「음중팔선가飮中八仙歌」에서 "여양왕汝陽王은 술 서 말은 마셔야 조회에 나갔네"라고 했다. 황정견이 동파 소식에게 차운한 「재차전운再次前韻」에서 "새벽바람에 꿈에서도 궁전 조회 재촉하네"라고 했다.

杜詩, 汝陽三斗始朝天. 坡詩, 曉風宮殿夢催班.

26. 고의로 팔음가를 지어 정언능에게 주다

古意贈鄭彦能八音歌[94]

『전집』에 「송정언능送鄭彦能」이라는 작품이 있는데 선덕宣德 연간에 복창현福昌縣을 다스릴 때 지은 것이다. 이 작품에 대한 황정견의 진적眞蹟이 있고 그 발문에서 "내 벗 정언능은 지금 현령縣令의 스승이 될 만하다. 그러나 내가 한향사寒鄕士이기에 조정에 천거할 수가 없기에 이 작품을 지어 보내주노니, 내 부끄러움을 알 것이다. 원우元祐 원년元年 병인丙寅에 황정견 쓰다"라고 했다. 언능의 이름은 근僅이다. 지금 이 작품을 원우元祐 시기의 쓴 작품에 붙인다.

前集有送鄭彦能, 宣德知福昌縣, 山谷有此詩眞蹟, 跋云, 吾友鄭彦能, 今可爲縣令師也, 以予寒鄕士, 不能重之於朝, 故作詩贈行, 以識吾愧. 元祐元年丙寅,[95] 黃庭堅題. 彦能名僅, 今附此詩於元祐時.[96]

金欲百鍊剛	쇠를 백번 단련해 강하게 하려 하지
不欲繞指柔	손에 휘감기도록 유약하게 되는 건 바라지 않네.
石羊臥荒草	석양에 황폐한 풀 더미 속에 누워 있노니

---

94 [교감기] '八音歌' 3글자가 영원본·고본에는 없다.
95 [교감기] '丙寅'이 저본에는 '壬寅'으로 되어 있는데, 지금 전본을 따른다.
96 [교감기] '前集 (…중략…) 祐時'라는 구절이 영원본·고본에는 없다.

一世如蜉蝣	일세가 마치 하루살이 같아라.
絲成蠶自縛	실이 생기면 누에가 스스로 휘감고
智成龜自囚	지혜 생기면 거북 스스로 감춘다네.
竹箭天與美	죽전은 하늘이 준 아름다움이니
豈願作嚆矢	어찌 효시가 되는 것을 원했으랴.
匏枯中笙竽	바가지 말리면 생황처럼 연주할 수 있지만
不用繫牆隅	쓰이지 못한 채 담장에 묶여 있네.
土偶與木偶	흙인형과 나무인형 중에
未用相賢愚	누가 어질고 어리석은 지 따질 필요 없네.
革轍要合道	수레바퀴 바꾸면 길에 잘 맞아야 하는데
覆車還不好	수레 뒤집히면 오히려 좋지 않다네.
木訥赤子心	질박하고 어눌한 적자의 마음이
百巧令人老	온갖 생각으로 사람 늙게 만드네.

【주석】

金欲百鍊剛 : 자후 유종원의 「홍농공이석덕위재운운弘農公以碩德偉材云云」
에서 "몸에는 천 길의 신중함 있고, 정신은 백번 단련한 강인함 있다
들었네"라고 했다.

柳子厚詩, 幹有千尋竦, 精聞百鍊剛.

不欲繞指柔 : 월석 유곤劉琨의 「중증로심重贈盧諶」에서 "어찌 생각했으

라 백 번 단련된 강철, 손에 휘감기도록 유약하게 변할 줄을"이라고 했다.

劉越石詩, 何意百鍊剛, 化爲繞指柔.

石羊臥荒草 一世如蜉蝣 : '석양石羊'은 무덤 사이에 있는 석물石物이다.
왕건의 「북망행北邙行」에서 "시냇물 아래의 반석이 점차 사라지니, 모
두 무덤 앞의 양과 범 되었네"라고 했다. '부유蜉蝣'는 아침에 태어났다
고 저녁에 죽는다. 『시경』에서 "부유의 날개여"라고 했는데, 그 주注에
서 "부유는 거략渠略이다"라고 했다.

石羊, 塚間物也. 王建詩, 澗底盤陀石漸稀, 盡向墳前作羊虎. 蜉蝣, 朝生夕
死. 詩云, 蜉蝣之羽. 注, 渠略也.

絲成繭自縛 : 낙천 백거이의 「강주부충주지강릉운운江州赴忠州至江陵云云」
에서 "누에고치가 스스로를 휘감네"라고 했다.

白樂天詩, 蠶繭自纏縈.

智成龜自囚 : 『장자』에서 "초나라에 신령스런 거북이 있다는데, 죽은
지 이미 삼천 년이나 되었다고 합니다. 왕이 수건을 싸서 함속에 넣어
보관한다고 하는데, 이 거북은 차라리 죽어서 뼈를 남긴 채 소중하게
받들어지기를 바랐을까요, 아니면 오히려 살아서 진흙 속을 꼬리 끌며
다니기를 바랐을까요"라고 했다.

莊子曰, 楚有神龜, 死已三千年. 王巾笥而藏之. 此龜者, 寧其死爲留骨而

貴乎. 寧其生而曳尾於塗中乎.

竹箭天與美 : 『이아』에서 "동남쪽에 있는 아름다운 것으로는 회계會稽
의 죽전竹箭이 있다"라고 했다.

爾雅, 東南之美者, 有會稽之竹箭焉.

豈願作嚆矢 : 『장자・재유편在宥篇』에서 "걸桀이나 도척盜跖의 효시嚆矢[97]
가 되지 않겠는가"라고 했다.

莊子在宥篇, 不爲桀跖嚆[98]矢.

匏枯中笙竽 不用繫牆隅 : '포과계이불식匏瓜繫而不食'[99]은 『논어』에 보인다.

匏瓜繫而不食, 見論語.

土偶與木偶 未用相賢愚 : 『사기・맹상군전孟嘗君傳』에서 "맹상군이 장
차 진나라로 들어가려고 했다. 이에 소대蘇代가 "오늘 아침 제가 밖에서
오다가 나무인형[木偶]과 흙인형[土偶]이 말하는 것을 들었습니다. 나
무인형이 말하기를 "하늘에서 비가 내리면 너는 허물어질 것이다"라

---

97 효시(嚆矢) : 사물의 시작을 비유한 말이다.
98 [교감기] '嚆'가 원래 '嵩'로 잘못되어 있는데, 지금 전본에 따르고 더불어 『莊子・
     在宥』의 원문에 의거하여 교정한다.
99 포과계이불식(匏瓜繫而不食) : 『논어・양화(陽貨)』에 "내가 어찌 뒤웅박처럼 한
     곳에 매달린 채 먹지도 못하는 그런 사람이 되어야 하겠는가[吾豈匏瓜也哉, 焉能
     繫而不食]"라는 공자의 말이 나온다.

하니, 흙인형이 말하기를 "나는 흙에서 났으니 허물어지면 흙으로 돌아갈 뿐이다. 이제 하늘에서 비가 내리면 그대를 흘려보내 머물 곳이 어딘지 알지 못할 것이다"라 하였습니다. 지금 진나라는 호랑이나 승냥이 같은 나라인데 그대가 가려고 하니 돌아오지 못한다면 그대는 흙인형의 웃음거리가 되지 않겠습니까"라 했다. 이에 맹상군이 그만두었다'라고 했다. '미용상현우未用相賢愚'[100]는 퇴지 한유의 말이다.

孟嘗君傳, 孟嘗君將入秦, 蘇代謂曰, 今旦代從外來, 見木偶人與土偶人相與語. 木偶人曰, 天雨, 子將敗矣. 土偶人曰, 我生於上, 敗則歸土. 今天雨, 流子而行, 未知所止息也. 今秦, 虎狼之國, 而君欲往, 有如不得還, 君得無爲土偶人所笑乎. 乃止. 未用相賢愚, 退之語也.

木訥赤子心 百巧令人老 : 『논어・자로子路』에서 "강하고 굳세고 질박하고 어눌한 것이 인에 가깝다"라고 했다. 『맹자』에서 "대인大人은 적자赤子의 마음을 잃지 않은 사람이다"라고 했는데, 그 주注에서 "사람이 어릴 때의 마음을 잃지 않는다면, 정대貞正한 대인이 된다"라고 했다.

論語, 剛毅木訥近仁. 孟子曰, 大人者, 不失其赤子之心者也. 注謂, 人能不失其赤子時心, 則爲貞正大人.

---

100 미용상현우(未用相賢愚) : 한유의 「별조자(別趙子)」에서 "마땅히 각자 힘쓸 바를 좇아서, 누가 어질고 어리석다 따지지 마세[宜各從所務, 未用相賢愚]"라고 했다.

27. 자첨이 적인이 바친 설림석병에 시를 쓰고 나에게 함께 쓰자고 요청했다

子瞻題狄引進雪林石屏, 要同作

『동파집』에 「적영석병狄詠石屏」이란 작품이 있는데, 이 작품을 지은 때를 고구해보면 대개 원우元祐 원년元年에 지은 것이고 이때 산곡 황정견은 관중館中에 있었다.

東坡集有狄詠石屏, 考其歲月, 蓋元祐元年作, 時山谷在館中.

翠屛臨硏滴	푸른 석병에 연적을 가지고
明窓翫寸陰	밝은 창에서 잠시 잠깐 노닐었다네.
意境可千里	마음만은 천리를 이를 만한데
搖落江上林	강가의 숲은 쓸쓸하기만 해라.
百醉歌舞罷	맘껏 취해 노래하고 춤추는 것 마치니
四郊風雪深	사방 들판에는 눈보라가 거세구나.
將軍貂狐暖	장군은 담비 옷 입고 따뜻하겠지만
士卒多苦心	사졸들은 고단한 마음 많으리라.

【주석】

翠屛臨硏滴 : 『서경잡기』에서 "광천왕廣川王이 진 영공晉靈公의 무덤을 도굴하여, 옥 두꺼비 하나는 얻었는데, 배는 텅 비어서 5홉의 물을 담

을 수 있었다. 광천왕이 이것을 가져다가 연적硯滴으로 사용하였다"라
고 했다.

西京雜記, 廣川王發晉靈公冢, 惟玉蟾蜍腹空, 容五合水, 取以成書滴.

明窗漱寸陰:『제왕세기』에서 "우禹는 직경 한 자 되는 벽옥은 중하게
여기지 않고, 날마다 촌음을 애석하게 여겼다"라고 했다. 태충 좌사의
「오도부吳都賦」에서 "천리를 짧은 시간에 지났네"라고 했다.

帝王世紀, 禹不重徑尺之璧, 而愛日之寸陰. 吳都賦, 責千里於寸陰.

意境可千里: '의경意境'은 유몽득이 「만자가蠻子歌」에서 "허리에 도끼
차고 높은 산에 오르고, 옛길 따르지 않고 마음대로 가네"라고 한 것과
같다.

意境如劉夢得詩, 腰斧上高山, 意行無舊路也.

將軍貂狐暖: '초호난貂狐暖'[101]은 위에 보인다.

見上.

士卒多苦心:『문선』에 실린 사형 육기의 「증풍문웅贈馮文熊」에서 "뜻

---

101 초호(貂狐): 왕포(王褒)의 「성주득현신송(聖主得賢臣頌)」에서 "담비의 따뜻한
옷을 입은 사람은 너무도 추운 서글픔을 걱정하지 않는다[襲狐貉之煖者, 不憂至
寒之悽愴]"라고 했다.『법언(法言)』에서 "온 세상이 다 춥더라도 담비 옷은 또한
따뜻하지 않겠는가[擧世寒, 貂狐不亦煖乎]"라고 했다.

있는 선비 고단한 마음 많다오"라고 했다.

選詩, 志士多苦心.

28. 장재옹이 진첨으로 가기에 전송하다

送張材102翁赴秦簽

金沙酴醾春縱橫	금사와 도미가 봄 맞아 활짝 피었고
提壺栗留催酒行	제호와 율류가 술 마시기를 재촉하네.
公家諸父酌我醉	공가의 여러 부로들 술 따라 날 취하게 하고
橫笛送晩延月明	젓대 불며 저물녘 지나 밝은 달을 맞이했네.
此時諸兒皆秀發	이때 모든 아이들 모두 시 빼어나게 지어냈고
酒闌103乞書藤紙滑	술 사이에게 매끈한 종이에 써 달라하네.
北門相見後十年	북문에서 서로 만난 지 십 년이 지났으니
醉語十不省七八	술 취해 한 말 열에 일곱 여덟은 두서없어라.
吏事袞袞談趙張	조장의 벼슬살이에 대한 말 끝없이 이어지니
乃是樽前綠髮郎	이에 술동이 앞의 녹발랑이라네.
風悲松丘忽三歲	선영에서 풍수지탄으로 홀연 삼 년 보내면서
更覺綠竹能風霜	더욱 푸른 대나무가 풍상 견딤을 깨달았다오.
去作將軍幕下士	지난 해 장군 막하의 선비가 되었는데
猶聞防秋屯虎兒	오히려 방추되어 호시처럼 주둔한다고 들었네.
只今陛下思保民	지금 폐하께서는 백성 보호를 생각하시니

---

102 [교감기] '材'가 본래 '林'으로 되어 있는데, 지금 고본·영원본·전본·건륭본에 따른다.

103 [교감기] '闌'이 원본에는 본래 '門'으로 되어 있고 전본·건륭본에는 본래 '間'으로 되어 있다.

所要邊頭不生事	핵심은 변방에서 일 생기지 않는 것이네.
短長不登四萬日	길든 짧든 사만 일은 채우지 못 하겠지만
愚智相去三十里	어리석고 지혜로움은 삼십 리 차이라네.
百分擧酒更若爲	백 번 술 들어 마시들 또한 어떠하리
千戶封侯儻來爾	천호의 후에 봉해지는 것이 앞으로 올 텐데.

【주석】

金沙酴釄春縱橫 : 형공 왕안석의 「지상간금사화수지과도미가성개池上看金沙花數枝過酴釄架盛開」에서 "도미화[104]가 시렁에 가장 먼저 피었고, 물 끼고 금사화가 차례대로 심어져 있네"라고 했다. 또한 왕안석의 「지상간금사화수지과도미가성개池上看金沙花數枝過酴釄架盛開」에서 "일부러 도미화의 시렁 만들었고, 금사화를 맘껏 심어 놓았네. 마치 예쁜 얼굴 뽐내는 것처럼, 휘날리는 눈발 앞에 피었어라"라고 했다.

荆公詩云, 酴釄一架最先來, 夾水金沙次第栽. 又有詩云, 故作酴釄架, 金沙祇謾栽. 似矜顏色好, 飛度雪前開.

提壺栗留催酒行 : 구양수의 「제조啼鳥」에서 "꽃 위에 홀로 제호로[105]가 있어서, 술 사서 꽃그늘 앞에서 취하라고 권하누나"라고 했다. 『시

---

104 도미화(酴釄花) : 꽃 이름이다. 도미(酴釄)는 원래 술 이름인데 꽃이 그 술 빛처럼 하얗다고 해서 붙여진 이름이다.
105 제호로(提壺蘆) : 새 이름인데, 그 울음소리가 한문으로 '술병을 들어'라는 뜻이 된다.

경・갈담葛覃』의 정의正義에서 육기陸機의 소疏를 인용하면서 "황조黃鳥는
황리류黃鸝留인데, 어떤 사람들은 황률류黃栗留라고도 한다"라고 했다.

歐陽公啼鳥詩云, 獨有花上提壺蘆, 勸我酤酒花前傾. 詩葛覃正義引[106]陸
機疏云, 黃鳥, 黃鸝留也, 或謂之黃栗留.

此時諸兒皆秀發 : 두보의 「석연石硯」에서 "평공平公은 지금 시의 종장
으로, 내가 부러워하는 작품을 빼어나게 지어냈네"라고 했다.

杜詩, 平公今詩伯, 秀發吾所羨.

北門相見後十年 : 북경교수北京教授로 있었을 때를 말한다.

謂北京教授時.

吏事袞袞談趙張 : '조장趙張'은 조광한趙廣漢과 장창張敞을 말한다. 장화
張華가 『한서』에 대해 말하는 것은 기세가 도도하여 들을 만했다.

廣漢敞. 張華說漢書袞袞可聽.

乃是樽前綠髮郎 : '녹발綠髮'[107]은 위에 보인다.

---

106 [교감기] '詩葛覃正義引'에서 원래 '葛覃'과 '引'이 빠져 있어서 글의 의미가 분명
하지 않았다. 지금 전본에 따르고 더불어 『毛詩注疏』권1 「葛覃」 주(注)의 글에
의거하여 교정했다.
107 녹발(綠髮) : 맹교의 「제원한식(濟源寒食)」에서 "술 취한 이들 모두 봄날 머리 푸
른데, 병든 늙은이 홀로 흰 가을 터럭일세[酒人皆倚春髮綠, 病叟獨藏秋髮白]"라
고 했다.

綠髮見上.

風悲松丘忽三歲 : 상喪을 당했다는 말이다.
言其居憂也.

更覺綠竹能風霜 :『전한서·엄조전嚴助傳』에서 "그 수토水土를 감당 못
했다"라고 했는데, 안사고는 "'능能'은 '감堪'이다"라고 했다.
前漢嚴助傳, 不能其水土. 師古曰, 能, 堪也.

去作將軍幕下士 : 퇴지 한유의 「증옥천贈玉川」에서 "수북의 산 사람이
성명을 얻어, 지난해 떠나가 막하의 선비 되었네"라고 했다.
退之云, 水北山人得聲名, 去年去作幕下士.

猶聞防秋屯虎兒 :『당서·육지전陸贊傳』에서 "서북쪽의 변방에서 해마
다 하남河南과 강회江淮의 병사를 조련했는데, 이를 '방추防秋'라고 한다"
라고 했다. 두보의 「기동경가영십운寄董卿嘉榮十韻」에서 "들으니, 그대의
아장 깃발은, 방추로 붉은 하늘에 가깝다고 하네"라고 했다. '호시출어
갑虎兒出於柙'[108]은『논어』에 보인다.

---

108 호시출어갑(虎兒出於柙) :『논어·계씨(季氏)』에서 "범과 들소가 우리에서 뛰어
     나오고, 거북과 옥이 함 속에서 훼손됨은 누구의 잘못인가[虎兒出於柙, 龜玉毀於
     櫝中, 是誰之過與]"라고 했다.

唐陸贄傳, 西北邊歲調河南江淮兵, 謂之防秋. 杜詩, 聞道君牙帳, 防秋近赤霄. 虎兕出於柙, 見論語.

只今陛下思保民 所要邊頭不生事 : 이 말로 원우元祐 초에 지은 작품임을 알 수 있다.

此語可見元祐初作.

短長不登四萬日 : 태백 이백이 「양양가襄陽歌」에서 "백 년은 삼만육천 일이네"라고 말한 것과 같은 것이다. 사람이 오래 살든 일찍 죽든 이 숫자에는 대부분 미치지 못한다. 『남사 · 원준전袁峻傳』에서 "글씨 쓰는 것을 스스로 과제로 삼아, 날마다 오십 장의 종이에 글씨를 썼다. 종이의 숫자가 오십에 차지 않으면 그만두지 않았다"라고 했는데, 여기에서 '등登'자를 가져왔다.

如太白云, 百年三萬六千日. 人壽短長多不及此數也. 南史袁峻傳, 抄書自課, 日五十紙, 紙數不登則不止. 此摘其字.

愚智相去三十里 : 『세설신어』에서 "위무魏武가 조아비曹娥碑 아래를 지나다가, 양수楊脩가 비석의 뒷면에 후한後漢의 채옹蔡邕이 "황견유부외손제구黃絹幼婦外孫韲臼"라고 쓴 여덟 글자를 보았다. 무제가 양수에게 "알겠는가"라 하자, 양수가 "알겠습니다"라 했고 무제가 "그대는 아직 그것에 대해 말을 하면 안 되네. 내가 생각해 낼 때까지 기다려야 하네"

라 했다. 30리 쯤 갔을 때, 무제가 "나도 알았네"라 하고서는 양수에게 따로 해답을 쓰게 했다. 양수는 "황견黃絹은 색사色糸인데 문자로 만들면 절絶이고 유부幼婦는 소녀少女가 되는데 문자로 만들면 묘妙이며, 외손外孫은 딸女의 자子이고 제구齏臼는 매운[辛] 양념을 받아들이니[受] 글자로는 사辭가 되므로, 즉 절묘호사絶妙好辭라는 의미입니다"라 했다. 위무가 써놓은 것도 양수와 같았다. 이에 위무는 감탄하면서 "내 재능은 그대에 미치지 못하니, 삼십 리의 차이가 있구나"라 했다"라고 했다.

世說云, 魏武過曹娥碑下, 楊脩見碑背上題作黃絹幼婦外孫齏臼八字. 魏武謂脩曰, 解否. 答曰, 解. 魏武曰, 卿未可言, 待我思之. 行三十里, 曰, 吾已得之. 令脩別記所知. 脩曰, 黃絹, 色絲也, 於字爲絶. 幼婦, 少女也, 於字爲妙. 外孫, 女子也, 於字爲好. 齏臼, 受辛也, 於字爲辭. 所謂絶妙好辭也. 魏武亦記之, 與脩同. 乃歎曰, 我才不及卿, 乃較三十里.

百分擧酒更若爲 : 『고악부·격곡가隔谷歌』에서 "식량이 다하면 어떻게 살 것인가"라고 했다. 태백 이백의 「기원십寄遠十」에서 "복숭아꽃 오얏꽃은 지금 어떠할까, 창가에서 빛을 내고 있을 텐데"라고 했다.

古樂府隔谷歌, 食糧乏盡若爲活. 太白詩, 桃李今若爲, 當窓發光采.

千戶封侯儻來爾 : 『장자·선성편繕性篇』에서 "높은 벼슬이 내 몸에 미쳤다 해도 그것은 하늘로부터 부여받은 본성이 아니고 외물이 우연히 밖에서 들어와 내 몸에 붙은 것일 뿐이다. 외물이 밖에서 들어와 기생

하는 경우에는 오는 것을 막을 수도, 가는 것을 붙들 수도 없다"라고
했다.

莊子繕性篇, 軒冕在身, 非性命也, 物之儻來, 寄也. 寄之, 其來不可圉, 其
去不可止.

29. 『양관도』에 쓰다. 2수

題陽關圖. 二首

첫 번째 수其一

斷腸聲裏無形影	단장의 소리 속에 형체 그림자 없고
畫出無聲亦斷腸	그림은 소리 없지만 또한 애간장 끊어지네.
想得陽關更西路	생각해보건대,
	양관에서 다시 서쪽으로 길 나서면
北風低草見牛羊	북풍에 풀 눕자 소와 양이 보이리라.

【주석】

斷腸聲裏無形影 畫出無聲亦斷腸 : 낙천 백거이의 「제주가가자題周家歌者」에서 "한 소리에 애간장 한 번 끊어지니, 능히 얼마나 많은 애간장 있어야 하나"라고 했다.

白樂天詩, 一聲腸一斷, 能有幾多腸.

想得陽關更西路 北風低草見牛羊 : 고환高歡이 옥벽玉壁의 싸움에서 패하고서 곡률금斛律金으로 하여금 「칙륵가敕勒歌」를 만들게 했는데, 그 가사에 "하늘은 창창하고, 들판은 망망한데, 바람 불어 풀이 눕자 소와 양이 보인다"라는 것이 있었다. 고환이 스스로 이에 화답하면서 슬픔에 복받쳐 눈물을 흘렸다.

高歡玉壁之敗, 使斛律金作敕勒歌, 其詞曰, 山蒼蒼, 天茫茫, 風吹草低見牛羊. 歡自和之, 哀感流涕.

두 번째 수其二

人事好乖當語離	인사는 잘 어그러져 헤어짐을 말하노니
龍眠貌[109]出斷腸詩[110]	용면의 그림과 단장의 시가 나온 것이네.
渭城柳色關何事	위성의 버들 빛이 어찌 인사와 관련 있겠냐만
自是離人作許悲	절로 이별하는 사람들을 슬프게 만드누나.

【주석】

人事好乖當語離 : 연명 도잠의 「답방참군시서答龐參軍詩序」에서 "사람의 일이란 어그러지기를 잘하기에 곧바로 헤어진다는 말을 하게 된다"라고 했다.

淵明答龐參軍詩序云, 人事好乖, 便當語離.

龍眠貌出斷腸詩 : 이시백李伯時의 그림을 말한다. 두보의 「봉선유소부신화산수장가奉先劉少府新畫山水障歌」에서 "산승과 동자를 잘 그려냈네"라고 했다. 동파 소식의 「서림차중소득이백시운운書林次中所得李伯時云云」에

---

109 [교감기] '貌'가 고본에는 '見'으로 되어 있다.
110 [교감기] '詩'가 영원본에는 '時'로 되어 있다.

서 "용면이 홀로 은근한 뜻을 알아서, 양관 뜻 밖의 소리를 그림으로 그렸네"라고 했다.

李伯時畫也. 杜詩, 貌得山僧及童子. 坡詩, 龍眠獨識慇懃意, 畫作陽關意外聲.

渭城柳色關何事 自是離人作許悲 : '위성유색渭城柳色'[111]은 위에 보인다. 『한서』에서 "양관은 장안과의 거리가 1,500리이다"라고 했다. 당唐나라 사람이 나그네를 보낼 때, 서쪽으로 도성의 문을 나와 삼십 리에서 송별했는데, 이곳이 위성이다. 지금도 위성관渭城館이 있다. 몽득 유우석의 「여가자하감與歌者何戡」에서 "옛 친구 중에 오직 하감만이 남아 있어, 다시 정성스레 위성곡 불러 주네"라고 했다.

渭城柳色見上. 漢書, 陽關去長安二千五百里. 唐人送客, 西出都門三十里曰渭城, 今有渭城館. 劉夢得詩, 舊人惟有何戡在, 更與慇懃唱渭城.

---

111 위성유색(渭城柳色) : 왕유(王維)의 「송원이사안서(送元二使安西)」에서 "위성의 아침 비가 가벼운 먼지를 적시니, 객사는 푸르고 푸르러 버들빛이 새롭구나. 한 잔 술 더 기울이라 그대에게 권한 까닭은, 서쪽으로 양관 나가면 친구가 없기 때문일세[渭城朝雨浥輕塵, 客舍靑靑柳色新. 勸君更盡一杯酒, 西出陽關無故人]"라고 했다.

30. 『귀거래도』에 쓰다. 2수

題歸去來圖. 二首

첫 번째 수其一

日日言歸眞得歸	날마다 돌아간다 말 하더니 정말 돌아가
迎門兒女笑牽衣	문에서 맞아주는 딸 아이 웃으며 옷깃 당기네.
宅邊猶有[112]舊時柳	집 주변에는 여전히 옛적의 버드나무 있고
漫向世人言昨非	멋대로 세상사람 향해
	어제까진 잘못되었다 하네.

【주석】

迎門兒女笑牽衣 : 태백 이백의 「남릉별아동입경南陵別兒童入京」에서 "어린 딸 노래하고 웃으며 옷깃 끌어당기네"라고 했다.

太白詩, 兒女歌笑牽人衣.

宅邊猶有舊時柳 : 도잠의 집 주변에는 다섯 그루 버드나무가 있었다.

陶潛宅邊有五柳樹.

漫向世人言昨非 : 도잠의 「귀거래사歸去來辭」에서 "지금이 옳고 어제가 잘못된 것 깨달았네"라고 했다.

---

112 [교감기] '有'가 영원본에는 '是'로 되어 있다.

詞云, 覺今是而昨非.

두 번째 수其二

人間¹¹³處處猶崔子	인간세상 곳곳에 오히려 최자 있노니
豈忍更令三徑荒	어찌 차마 삼경을 다시 황폐하게 하랴.
誰與老翁同避世	누가 노옹과 함께 세상을 피하여
桃花源裏捕魚郎	도화원 속에서 물고기 잡을거나.

【주석】

人間處處猶崔子 : 『논어·공야장公冶長』에서 "최자崔子가 제齊나라 임금을 시해弑害하자, 진문자陳文子는 가지고 있던 말 10승乘을 버리고 그곳을 떠나 다른 나라로 갔으나, 거기서도 역시 "우리나라 대부 최자와 같다"라고 했다"라고 했다. '최자'로 진晉나라를 찬탈한 유유劉裕를 비유했다.

論語, 崔子弑齊君. 陳文子有馬十乘, 棄而違之, 至於他邦, 則曰, 猶吾大夫崔子. 以崔子以比劉裕纂晉也.

豈忍更令三徑荒 : 도잠의 「귀거래사歸去來辭」에서 "삼경의 길 황폐해졌네"라고 했다.

歸去來辭, 三徑就荒.

---

113 間 : 중화서국본에는 '閒'으로 되어 있으나, '間'의 오자이다.

桃花源裏捕魚郎 : '도화원桃花源'114은 앞의 주注에 보인다. 형공 왕안석의 「도원행桃源行」에서 "어부의 고기잡이배의 물결에 원근이 어지럽네"라고 했다.

桃花源見上注. 荊公詩, 漁郎漾舟迷遠近.

---

114 도화원(桃花源) : 동진(東晉) 태강(太康) 연간에, 무림(武林)의 물고기 잡는 사람이 계곡을 따라 올라갔었다. 그러다 홀연 복사꽃 숲을 낀 언덕을 만났고 다시 더 길을 가서 물줄기가 시작되는 곳에 이르렀다. 하나의 작은 입구가 있었는데, 그 속으로 들어가 보니 앞이 환하게 탁 트여 있었다. 노인이나 어린아이들이 와서 "우리 선조가 진(秦)나라를 피해 이곳으로 왔다"라 했다. 그리고는 그 집에 이르렀는데, 술과 먹을 것을 대접해 주었다. 수일을 머문 후에, 헤어져 돌아왔다. 돌아와서는 고을에 이르러 태수에게 갔다. 태수는 사람을 시켜 어부가 간 곳을 따라 그 곳을 찾게 했지만 결국 그 길을 찾지 못했다. 이와 관련해 자세한 것은 『도연명집』에 실린 「도화원기(桃花源記)」에 보인다.

31. 거위와 기러기의 그림에 쓰다

題畫鵝鴈[115]

駕鵝引頸回	거위가 목을 빼고 돌아보니
似我胸中字	마치 내 마음 속의 글자 같네.
右軍數能來	우군이 자주 찾아온 것은
不爲口腹事	구복의 일 때문 아니었네.
水國鴻鴈秋	물나라에 기러기 날아드는 가을
煙沙風日麗	이내 낀 물, 바람 부는 날 아름답구나.
莫遣弓角[116]鳴	악기 가져다가 연주하지 말게나
驚飛不成字	놀라 날아가면 글자 이루지 못하리니.

【주석】

駕鵝引頸回 : 사마상여의 「자허부子虛賦」에서 "주살로 흰 고니 맞히고 잇달아 오리를 쏘네"라고 했다.

子虛賦, 弋白鵠, 連駕鵝.

右軍數能來 : 두보의 「춘일강촌春日江村」에서 "이웃집에서 생선과 자

---

115 [교감기] 영원본·건륭본에는 작품의 제목 아래 '二首'라는 2글자 있다. '水國鴻鴈秋'라는 구절부터 제2수로 삼았다.
116 [교감기] '弓角'이 영원본·고본·전본에는 '角弓'으로 되어 있다.

라 보내며, 나에게 자주 찾아와도 되냐고 묻네"라고 했다.

　　杜詩, 鄰家送魚鼈, 問我數能來.

不爲口腹事 :『왕립지시화王立之詩話』에서 "옛 사람의 시 중에 "거위가
목을 빼고 돌아보니, 마치 내 마음 속의 글자 같네. 우군이 자주 찾아
온 것은, 구복의 일 때문 아니었네"라 했다. 어떤 사람은 "산곡 황정견
의 시가 아니다"라 했다"라고 했다.『진서・왕희지전王羲之傳』에서 "성
품이 거위를 좋아했다. 회계會稽에서 홀로 사는 노파가 한 마리 거위를
기르는데, 잘 운다고 한다. 이를 듣고 친구와 함께 거위를 보기 위해
갔다. 그러나 그 노파는 왕희지가 온다는 것을 듣고서는 거위를 삶아
대접했다. 이에 왕희지는 며칠 동안 탄식했다"라고 했다.『후한서』에
서 "민중숙閔仲叔이 어찌 먹는 것 때문에 안읍에 누를 끼치겠는가"라고
했다.

　　王立之詩話云, 古人有詩, 駕鵝引頸回, 似我胷中字. 右軍數能來, 不爲口
腹事. 或曰, 山谷詩, 非也. 王羲之傳, 性愛鵝, 會稽有孤居姥養一鵝, 善鳴. 携
親舊就觀. 姥聞羲之將至, 烹以待之. 羲之歎息彌日. 後漢書, 閔仲叔豈以口腹
累安邑哉.

32. 노학만리심이라는 구절에 쓰다【두보의 「견흥」에서 "용은 한겨울에 칩거하며 누워 있고, 늙은 학은 만 리 날아갈 마음일세"라고 했다】

題老鶴萬里心【老杜遺興云, 蟄龍三冬臥, 老鶴萬里心】

仙人駕飛騎	선인은 나는 말 타고
朝會白雲衢	백운에 올라 조회를 하고
老驥不伏[117]乘	늙은 말은 마굿간에 엎드려 있어도
淸唳徹九虛	맑은 울음 구허까지 통한다오.
野田篁竹底	들판에 황죽이 깔려 있는데
㩧㩻伴雞鳧	날개 펼치며 닭오리와 짝 하누나.
時因長風起	때때로 긴 바람에 날아올라
猶[118]欲試南圖	오히려 남도를 시험하고자 하네.

【주석】

仙人駕飛騎 朝會白雲衢 : 『문선』에 실린 강엄의 「별부別賦」에서 "학을 타고 하늘에 오른다"라고 했다. 『장자』에서 "저 흰 구름을 타고 제향에 이른다"라고 했다.

文選別賦, 駕鶴上漢. 莊子, 乘彼白雲, 至于帝鄕.

---

117 [교감기] '伏'이 영원본·고본·건륭본에는 '服'으로 되어 있다. 살펴보건대, 이 두 글자는 통용되니, 다시 나와도 교정하지 않겠다.
118 [교감기] '猶'가 영원본에는 '尤'로 되어 있다.

老驥不伏乘 : 맹덕 조조의 「악부樂府」에서 "늙은 천리마는 구유에 엎드려 있어도 뜻은 천리에 있다"라고 했다. 『주역·계사繫辭』에서 "소를 부리고 말을 타, 무거운 짐을 끌어오고 멀리 이른다"라고 했다.

曹孟德樂府云, 老驥伏櫪, 志在千里. 繫辭, 服牛乘馬, 引重致遠.

淸唳徹九虛 : 태백 이백의 「증선성우문태수겸정최시어贈宣城宇文太守兼呈崔侍御」에서 "맑기가 맑게 우는 매미 같구나"라고 했다.

太白詩, 淸如淸[119]唳蟬.

野田篁竹底 : 회남왕淮南王의 서書에서 "월越나라는 계곡과 황죽篁竹 사이에 있다"라고 했다.

淮南王書云, 越處溪谷之間, 篁竹之中.

毰毸伴雞鶩 : 『문선』에 실린 반악의 「사치부射雉賦」에서 "아름다운 깃털의 날개 펼쳐져 있네"라고 했다. '배시毰毸'는 봉황이 춤추면서 날개를 펼친 모양이다.

文選射雉賦, 敷藻翰之陪鰓. 毰毸, 鳳舞張羽貌.

猶欲試南圖 : 『장자』에서 "뒤에 비로소 남쪽으로 날아가는 것을 도모

---

119 淸如淸 : 중화서국본에는 '淸淸如'로 되어 있으나, 『李太白文集』에는 '淸如淸'으로 되어 있다.

하려고 한다"라고 했다.

　莊子, 而後乃今將圖南.

33. 위언의 말 그림에 쓰다
題韋偃馬

韋侯常喜作羣馬	위후는 늘 군마 그림 그리는 것 좋아하니
杜陵詩中如見畫	두릉의 시 속의 그림을 보는 듯 했네.
忽開短卷六馬圖	갑자기 작은 책 펼쳐보니 육마도가 보여
想見詩老醉騎驢	시노가 취해 나귀 타는 것 상상해 보네.
龍眠作馬晩更妙	용면의 말 그림 늙을수록 더 오묘해졌지만
至今似覺韋偃少	지금 위언은 젊다는 걸 깨닫네.
一洗萬古凡馬空	만고의 평범한 말 모습 다 씻어 없애니
句法如此今誰工	이 같은 구법에 지금은 누가 능하던가.

【주석】

韋侯常喜作羣馬 杜陵詩中如見畫 : 두보의 「희위벽화마가戲爲壁畫馬歌」라는 작품의 자주自注에서 "위언의 그림이다"라고 했다.

老杜戲爲壁畫馬歌自注云, 韋偃畫.

想見詩老醉騎驢 : 두보의 「봉증위좌승장이십이운奉贈韋左丞丈二十二韻」에서 "삼십 년을 나귀 타고 떠돌았네"라고 했다.

杜詩, 騎驢三十載.

龍眠作馬晩更妙 : '용면龍眠'은 이시백李伯時을 말한다.
謂李伯時.

至今似覺韋偃少 : 두보의 「쌍송도가雙松圖歌」에서 "천하의 몇 사람이
고송을 그렸나, 필굉은 이미 늙었으나 위언은 젊구나"라고 했다. 만년
에 그림이 더욱 노련해질 것이니, 젊은 시절의 위언에 비견해 본다는
말이다.
老杜雙松圖歌, 天下幾人畫古松, 畢宏已老韋偃少. 言晚歲筆畫老蒼, 視韋
偃如少年也.

一洗萬古凡馬空 句法如此今誰工 : 두보의 「단청인丹靑引」에서 "잠깐 사
이에 구중궁궐에 참 용마가 나오니, 만고의 평범한 말 모습 다 씻어 없
앴네"라고 했다.
老杜丹靑引, 須臾九重眞龍出, 一洗萬古凡馬空.

34. 시승 왕도제가 허도녕의 산수 그림을 보고 쓴 작품에 답하다
答王道濟寺丞觀許道寧山水圖

살펴보건대, 『외집』12권에 또한 한 편이 수록되어 있는데, 다음과
같다.

往逢醉許在長安	취한 허도녕이 장안에 있을 때 찾아갔는데
蠻溪大硯磨松煙	만계의 큰 벼루에 솔 그을음 갈고 있었지.
忽呼絹素翻硯水	갑자기 비단 가져오라고 해 먹물 엎지른 채
久不下筆或經年	오랫동안 쓰지 않았는데 간혹 해를 넘겼지.
一日踏門撼門鈕	하루는 문을 나서며 문 열쇠를 흔들고
巾帽欹斜猶索酒	두건과 갓 비뚤한 채 오히려 술 찾았네.
擧盃意氣欲翻盆	술잔 드니 의기는 술동이 뒤집을 듯
倒臥虛樽將八九	취해 누우니 빈 술동이 여덟아홉.
醉拈枯筆嘗墨色	취해 마른 붓 잡고 먹물에 적시어
勢若山崩不停手	기세가 산 무너질 듯 손 그치지 않았네.
數尺江山萬里遙	지척의 강산이 만 리나 멀게 느껴지고
滿堂風物冷蕭蕭	온 집의 풍물이 싸늘하고 쓸쓸해졌네.
山僧歸寺童子後	산승이 절로 돌아가자 동자가 뒤따르고
漁伯欲渡行人招	어백이 물 건너려다 행인을 불렀네.
先君笑指溪上宅	선군이 웃으며 물가 집을 가리키노니

鸕鶿白鷺如相識　　　가마우치 흰 백로와 마치 서로 아는 듯.

許生再拜謝不能　　　허생이 재배하고 능하지 않다고 했지만

迺是天機非筆力　　　이에 천기이지 필력으로 인한 것 아니라오.

自陳精力初未衰　　　스스로 말했네, 정력이 시들지 않았을 때엔

八幅生絹作四時　　　팔 폭의 생명주에 사계절 그렸네.

蚤師李成最得意　　　일찍이 이성을 스승 삼아 득의했었고

十襲自藏人已知　　　열 겹으로 싸 보관했지만 사람들
　　　　　　　　　　이미 알았었지.

貴人取去棄牆角　　　귀인들이 챙겨가서 담장 모퉁이에 버렸고

流落幾姓知今誰　　　유락한 채 있으니 몇 사람이나 지금 알아주나.

大梁畫肆閱水墨　　　대량의 그림 가게에서 수묵화를 보니

四圖宛然當物色　　　네 그림 완연하게 풍물을 담고 있어라.

自言早過許史門　　　스스로 말했네, 일찍이 허사의 문 지날 때

常賣一聲儻120然得　　　늘 한마디 말로 파는 것을 우연히 얻었네.

雨雪121涔涔滿寺庭　　　비와 눈 쏟아져 절 뜨락에 가득한데

四圖冷落讓丹靑　　　네 그림 쓸쓸하게 단청이 벗겨졌구나.

往來睥睨誰比數　　　오가며 살펴보니 누구와 견줄 수 있을까

十萬酬之觀者驚　　　십만 전으로 사니 보는 자들이 놀랐다네.

客還次第閱春夏　　　길손으로 세월 보내면서 봄여름 지났고

---

120 [교감기] '儻'이 전본·건륭본에는 '偶'로 되어 있다.
121 [교감기] '雪'이 전본·건륭본에는 '洗'로 되어 있다.

坐更歲序寒崢嶸	자리에는 다시 계절 돌아 추위 혹독해졌네.
王丞來觀歎唧唧[122]	왕승이 와서 보고는 탄식하며 놀랐으며
亦如我昔初見日	또한 내가 예전 처음 해를 본 것과 같았네.
新詩雌黃多得實	새로운 시와 그림에 실제적인 것 많아
信知君家有摩詰	진실로 그대 집에 마힐 있음 알겠어라.
我持此圖二十年	내가 이 그림 간직한 것 이십 년이니
眼見綠髮皆華顚	눈에 비친 녹발이 모두 흰머리 되었다네.
許生縮手入黃泉	허생은 손 감춘 채 황천으로 들어갔고
衆史弄筆摩靑天	뭇 화공들 붓 놀리며 푸른 하늘 만지려 하네.
君家枯松出老翟	그대 집의 고송은 늙은 탁원심보다 뛰어나고
頗似破屛有骨骼	자못 깨진 병풍의 골격과도 같구나.
一時所棄願愛惜	한 시절 버림받은 것을 아끼노니
不誣方將有人識	틀림없이 장차 알아주는 이 있으리라.

이 작품이 다음에 보이는 작품보다 일운一韻이 많지만,[123] 그 이외에
는 대동소이하다. 아마도 다음에 보이는 작품이 개정본改定本인 듯하여
여기에 붙인다.

---

122 [교감기] '唧唧'이 전본·건륭본에는 '嘖嘖'으로 되어 있다.
123 이 (…중략…) 많지만 : 원주에서 언급한 『외집』 12권에 보인다는 작품은 모두 46
구이고, 여기에 실린 작품은 44구이기에 한 말이다.

按外集十二卷又載一篇云, 往逢醉許在長安, 蠻溪大硯磨松煙. 忽呼絹素翻硯水, 久不下筆或經年. 一日踏門撼門鈕, 巾帽攲斜猶索酒. 舉盃意氣欲翻盆, 倒臥虛樽將八九. 醉拈枯筆嘗墨色, 勢若山崩不停手. 數尺江山萬里遙, 滿堂風物冷蕭蕭. 山僧歸寺童子後, 漁伯欲渡行人招. 先君笑指溪上宅, 鷫鸘白鷺如相識. 許生再拜謝不能, 酒是天機非筆力. 自陳精力初未衰, 八幅生絹作四時. 畫師李成最得意, 十襲自藏人已知. 貴人取去棄牆角, 流落幾姓知今誰, 大梁畫肆閱水墨, 四圖宛然當物色. 自言早過許史門, 常賣一聲儵然得. 雨雪洴洴滿寺庭, 四圖冷落讓丹靑. 往來睥睨誰比數, 十萬酬之觀者驚. 客還次第閱春夏, 坐更歲序寒崢嶸. 王丞來觀歎喞喞, 亦如我昔初見日. 新詩雌黃多得實, 信知君家有摩詰. 我持此圖二十年, 眼見綠髮皆華顚. 許生縮手入黃泉. 衆史弄筆摩靑天. 君家枯松出老翟, 頗似破屛有骨骼. 一時所棄願愛惜, 不誣方將有人識. 比此篇多一韻, 其間[124]大同小異, 恐此是改定本, 因附見.

往逢醉許在長安	취한 허도녕이 장안에 있을 때 찾아갔는데
蠻溪大硯磨松煙	만계의 큰 벼루에 솔 그을음 갈고 있었지.
忽呼絹素翻硯水	갑자기 비단 가져오라고 해 먹물 엎지른 채
久不下筆或經年	오랫동안 쓰지 않았는데 간혹 해를 넘겼지.
異時踏門闖白首	뒷날 흰머리로 말을 타고 문 나섰는데
巾冠攲斜更索酒	두건과 갓 비뚤한 채 다시 술을 찾았네.
舉杯意氣欲翻盆	술잔 드니 의기는 술동이 뒤집을 듯

---

124 間 : 중화서국본에는 '閒'으로 되어 있으나, '間'의 오자로 보인다.

倒臥虛樽將八九	취해 누우니 빈 술동이 여덟아홉.
醉拈[125]枯筆墨淋浪	취해 마른 붓 잡고 먹물에 적시어
勢若山崩不停手	기세가 산 무너질 듯 손 그치지 않았네.
數尺江山萬里遙	지척의 강산이 만 리나 멀게 느껴지고
滿堂風物冷蕭蕭	온 집의 풍물이 싸늘하고 쓸쓸해졌네.
山僧歸寺童子後	산승이 절로 돌아가자 동자가 뒤따르고
漁伯欲渡行人招	어백이 물 건너려다 행인을 부르네.
先君笑指溪上宅	선군이 웃으며 물가 집을 가리키노니
鸕鷀白鷺如相識	가마우치 흰 백로와 마치 서로 아는 듯.
許生再拜謝不能	허생이 재배하고 능하지 않다고 했지만
元是天機非筆力	본래 천기이지 필력으로 인한 것 아니라오.
自言年少眼明時	스스로 말했네, 젊은 시절 눈이 좋을 때엔
手揮八幅錦江絲	손으로 팔 폭의 금강사를 휘둘렀네.
贈行卷送張京兆	행권을 주며 장경조를 송별했노니
心知李成是我師	마음으로 이성이 내 스승임 알았다오.
張公身逐銘旌去	장공의 몸 쫓겨나 명정이 떠나갔기에
流落不知今主誰	유락한 채 지금 황제가 누군지도 모르네.
大梁畫肆閱水墨	대량의 그림 가게에서 수묵화를 보니
我君槃礴忘挹客	우리 그대 반박한 채 읍객도 잊었다네.
蛛絲煤尾意昏昏	주사와 매미에 마음은 혼미하니

---

125 [교감기] '拈'이 영원본에는 '眠'으로 되어 있다.

幾年風動人家壁	몇 년이나 인가의 벽에서 바람에 휘날렸나.
雨雪涔涔滿寺庭	비와 눈 쏟아져 절 뜨락에 가득한데
四圖冷落讓丹靑	네 그림 영락하게 단청 벗겨져있네.
笑誑¹²⁶肆翁十萬錢	가게 늙은이 십만 전에 웃으며 사서
卷付騎奴¹²⁷市盡傾	종에게 책을 주니 시장의 모든 것 비었다오.
王丞來觀皆失席	왕승이 와서 보고는 모두 놀랐으며
指點如見初畫日	처음 해 그림을 보는 듯 손으로 가리켰네.
四時風物入句圖	사계절의 풍물이 그림 속으로 들어왔으니
信知君家有摩詰	진실로 그대 집에 마힐이 있음 알겠어라.
我持此圖二十年	내가 이 그림 간직한 것 이십 년이니
眼見¹²⁸綠髮皆華顚	눈에 비친 녹발이 모두 흰머리 되었다네.
許生縮手入黃泉	허생은 손 감춘 채 황천으로 들어갔고
衆史弄筆摩靑天	뭇 화공들 붓 놀리며 푸른 하늘 만지려하네.
君家枯松出老翟	그대 집의 고송은 늙은 탁원심보다 뛰어나고
風煙枯枝倚崩石	풍연 속에 마른 가지 무너진 돌에 기대 있네.
蠹穿風物君¹²⁹愛惜	독서로 풍물을 뚫은 그대를 아끼노니
不誣方將有人識	틀림없이 장차 알아주는 이 있으리라.

---

126 [교감기] '誑'가 전본에는 '酬'로 되어 있다.
127 卷付騎奴 : 이 구절 아래 【見上】이라는 주석이 있다.
128 [교감기] '見'이 전본에는 '前'으로 되어 있다.
129 [교감기] '君'이 전본에는 '皆'로 되어 있다.

【주석】

往逢醉許在長安 : 곽약허郭若虛의 『도화견문록圖畫見聞錄』에서 "허도녕許
道寧은 하간河間 사람으로 이성李成에게서 산수도山水圖를 배웠다. 필묵이
간결하고 경쾌했으며 산봉우리는 우뚝하여 절로 일가를 이루었다"라
고 했다. '취한 허도녕[醉許]'이란 표현은 회소懷素를 세상에서 '취소醉素'
라고 한 것[130]과 같다.

郭若虛圖畫見聞錄云, 許道寧, 河間人, 學李成山水, 筆墨簡快, 峰巒峭拔,
自成一家. 醉許如懷素世稱醉素.

蠻溪大硯磨松煙 : '만계연蠻溪硯'[131]은 위에 보인다.

蠻溪硯見上.

忽呼絹素翻硯水 : 두보의 「단청인증조장군패丹靑引贈曹將軍霸」에서 "조

---

130 회소(懷素)를 (…중략…) 것 : '취소(醉素)'는 술 취한 회소법사(懷素法師)를 말
   한다. 회소법사는 당(唐)나라 때의 불승(佛僧)이다. 초서(草書) 쓰기를 아주 좋
   아하여 초성 삼매(草聖三昧)를 얻었다고 자칭하기까지 했다. 일찍이 다 쓴 붓을
   산기슭에 묻었는데 이것을 필총(筆塚)이라 부른다. 또한 술을 매우 좋아했다고
   한다. 술이 거나하여 흥이 나면 절간의 벽과 마을의 담장에 글씨를 휘갈겨 썼다
   고 하는데, 이를 읊은 이백(李白)의 「초서가행(草書歌行)」에 "일어나서 벽을 향
   해 손을 멈추지 않나니, 한 줄에 몇 글자 크기가 말만 하네[起來向壁不停手, 一行
   數字大如斗]"라는 표현이 나온다.
131 만계연(蠻溪硯) : 산곡 황정견의 첩(帖)에서 "가주(嘉州) 아미현(峨眉縣) 가운데
   정채(正寨)의 만계(蠻溪)에서 벼루를 만드는 돌이 생산되는데, 청록빛이 조밀하
   게 얽혀 있어 벼루를 만드는데 적합하다[嘉州峨眉縣中正寨之蠻溪, 出硏石, 靑綠
   密緻, 而宜筆墨]"라고 했다.

서 내려 장군은 비단을 펼쳐 그리라 했네"라고 했다.

杜詩, 詔謂將軍拂絹素.

異時踏門閫白首 : 퇴지 한유의 「맹동야실자孟東野失子」에서 "말을 몰아 지게문으로 들어왔네"라고 했고 또한 「연구聯句」에서 "유문儒門이 비록 크게 열려 있어도, 간사한 자들은 감히 들어오지 못하네"라고 했다. '틈閫'은 '축丑'과 '심甚'의 반절법이다. 『운서』의 주注에서 "말이 문을 나가는 모습이다"라고 했다.

退之詩, 闖然入其戶. 又聯句云, 儒門雖大啓, 姦首不敢闖. 闖, 丑甚反. 韻書注云, 馬出門貌.

巾冠攲斜更索酒 : 두보의 「소년행少年行」에서 "이름도 나누지 않고 너무도 무례하게, 은 술병 가리키며 술맛 보는구나"라고 했다.

杜詩, 不通姓字麤豪甚, 指點銀瓶索酒嘗.

倒臥虛樽將八九 : 장적의 「증요합소부贈姚合少府」에서 "술 다하면 빈 병과 함께 눕는다오"라고 했다.

張籍詩, 酒盡臥空瓶.

醉拈枯筆墨淋浪 : 두보의 「제벽상위언화마가題壁上韋偃畫馬歌」에서 "장난하듯 몽당붓 잡고 화류마 그리면"이라고 했다.

杜詩, 戲拈禿筆掃驊騮.

勢若山崩不停手 : 퇴지 한유의 「진학해進學解」에서 "손은 백가百家의 책
을 펼치는 일을 멈춘 적이 없으셨다"라고 했다.

退之進學解, 手不停披於百家之編.

數尺江山萬里遙 : 『남사・경릉왕전竟陵王傳』에서 "그 손자 비賁는 자가
문환文煥인데 그림을 잘 그렸다. 부채 위에 산수를 그리면 지척의 거리
이지만 문득 만 리나 멀리 느껴지게 한다"라고 했다. 두보의 「희제왕
재화산수도가戲題王宰畫山水圖歌」에서 "지척의 거리도 응당 만 리가 되겠
지"라고 했다.

南史竟陵王傳, 其孫賁, 字文煥, 善畫, 於扇上圖山水, 咫尺之內, 便覺萬里
爲遙. 杜詩, 咫尺應須論萬里.

滿堂風物冷蕭蕭 : 두보의 「희위언위쌍송도가戲韋偃爲雙松圖歌」에서 "자리
의 모든 이 신묘함을 감탄하네"라고 했다. 퇴지 한유의 「사자연시謝自然
詩」에서 "쓸쓸한 풍경은 차갑구나"라고 했다.

杜詩, 滿堂動色嗟神妙. 退之詩, 蕭蕭風景寒.

山僧歸寺童子後 : 두보의 「봉선유소부신화산수장가奉先劉少府新畫山水障歌」
에서 "산승과 동자를 잘 그려내네"라고 했다.

杜詩, 貌得山僧及童子.

漁伯欲渡行人招 : 『장자·어부편漁父篇』에서 "공자는 노래를 부르면서 거문고를 타고 있었다. 타던 곡조가 채 반이 끝나지 않았을 때, 어부 한 사람이 배에서 내려 가까이 다가왔다. 이윽고 곡이 끝나자 노인은 자공子貢을 불렀다"라고 했는데, 이것을 거꾸로 활용했다.

莊子漁父篇, 孔子鼓琴奏曲, 未半, 有漁父下船而來. 曲終, 而招子貢. 此反而用之.

許生再拜謝不能 : 『한서·항적전項籍傳』에서 "진영이 할 수 없다고 사양하였다"라고 했다.

項籍傳, 陳嬰謝不能.

元是天機非筆力 : 두보의 「산수장가山水障歌」에서 "유 소부는 천기가 정밀한데, 그림을 좋아하는 것이 골수에 들었네"라고 했다.

老杜山水障歌云, 劉侯天機精, 愛畫入骨髓.

手揮八幅錦江絲 贈行卷送張京兆 : '경조京兆'는 누굴 말하는지 모르겠다. '금강사錦江絲'는 장괴애張乖崖를 말하는 듯하니, 대개 장창張敞에 견준 것이다.

京兆, 不知爲誰而言. 錦江絲, 疑是張乖崖. 蓋比之張敞云.

心知李成是我師 : 곽약허의 『도화견문록』에서 "이성李成의 자는 함희咸熙이고 영구營丘에서 살았다. 뜻은 충적冲寂함을 숭상했고 널리 경사經史를 섭렵했는데, 산수山水와 한림寒林의 그림에 더욱 뛰어났다. 개보開寶 연간에 도성에 사는 귀인貴人이나 왕공王公 귀척貴戚들이 다투듯 초대하는 편지를 보내왔지만 이성은 거의 이에 응답하지 않았다. 아들 각覺은 천관각踐館閣을 역임했고 광록승光祿丞에 추증되었다"라고 했다.

圖畵見聞錄云, 李成, 字咸熙, 家營丘, 志尚冲寂, 博涉經史, 尤善畵山水寒林. 開寶中, 都下貴人, 王公貴戚, 爭馳書延請, 成多不答. 子覺職踐館閣, 贈光祿丞.

我君槃礴忘揖客 : '반박槃礴'[132]은 아래 주注에 보인다. 급암汲黯이 "대장군에게 읍객揖客[133]이 있다면 그것이 오히려 대장군을 중하게 해 주는 것이 되지 않겠는가"라고 했다.

槃礴見下注. 汲黯曰, 使大將軍有揖客, 反不重耶.

---

132 반박(槃礴) : 『장자·전자방(田子方)』에서 "송(宋)나라 원군(元君)이 그림을 그리게 하였더니, 뭇 화공들이 몰려들었던바, 그들은 모두 서로 읍을 하고 서서 붓을 빨고 먹을 갈고 하는데, 이때 경쟁자가 많아서 반수는 밖에 있었다. 그때 한 화공은 가장 늦게 와서 달려오지도 않고 천천히 들어와 읍을 하고는 서지도 않은 채 방 안으로 들어가 버렸다. 원군이 사람을 시켜 그의 행동을 엿보게 했더니, 그는 옷을 벗고 두 다리를 쭉 뻗고 나체로 있었다. 원군이 "됐다. 이 사람이 참다운 화공이다"고 했다[宋元君將畵圖, 衆史皆至, 受揖而立. 舐筆和墨, 在外者半, 有一史後至者, 儃儃然不趨, 受揖不立, 因之舍. 公使人視之, 則解衣盤礴, 臝. 君曰, 可矣, 是眞畵者也]"라고 했다.
133 읍객(揖客) : 읍만 할 뿐 절은 하지 않는[長揖不拜] 객이라는 말이다.

蛛絲煤尾意昏昏 : 『문집』에 실린 「답곽영발서答郭英發書」에서 "'주사蛛絲'는 거미가 집에 있는 것을 말하고 '매미煤尾'는 집의 먼지이다. 집의 먼지와 먹물이 합쳐지는 것을 의방醫方에서는 오용미烏龍尾라고 한다"라고 했다. 두보의 「인허팔봉기강녕민상인因許八奉寄江寧旻上人」에서 "흰머리로 혼미한 정신에 취해 조는구나"라고 했다.

集中有答郭英發書云, 蛛絲, 所謂蟲蛸在戶者, 煤尾, 屋塵. 屋塵合墨, 醫方謂之烏龍尾. 杜詩, 頭白昏昏足醉眠.

幾年風動人家壁 : 두보의 「희제왕재화산수도가戲題王宰畫山水圖歌」에서 "그대 고당의 흰 벽에 걸려 있구나"라고 했다.

杜詩, 掛君高堂之素壁.

雨雪浻浻滿寺庭 : 두보의 「진주잡시秦州雜詩」에서 "쏴쏴 변방에 비가 퍼붓네"라고 했다.

老杜秦州雜詩, 浻浻塞雨繁.

卷付騎奴市盡傾 : 『한서・사마상여전司馬相如傳』에서 "한 자리에게 모두 마시었다"라고 했다.

司馬相如傳, 一坐盡傾.

四時風物入句圖 : 양대년의 『담원談苑』에서 "이방李昉은 사공司空으로

치사致仕했다. 다섯 거문고를 쌓아두고 모두 객으로 그 이름을 삼았다. 그리고는 각기 한 수의 작품을 지어 그림에 써 넣었는데, 호사가에게 전해진다"라고 했다. '구도句圖'라는 것은 대개 이런 류이다.

楊大年談苑云, 李昉以司空致仕, 畜五琴, 皆以客爲名. 各爲詩一章. 畫爲圖, 傳於好事者. 句圖蓋此類也.

信知君家有摩詰 : 왕유王維의 자는 마힐摩詰이고 『당서』에 전傳이 있다. 왕유의 「우연작偶然作」에서 "전세에는 잘못되어 사객 되었지만, 전신은 응당 그림 그리는 사람이었으리"라고 했다.

王維, 字摩詰, 唐書有傳. 其詩云, 宿世謬辭客, 前身應畫師.

眼見綠髮皆華顚 : '녹발綠髮'[134]은 위에 보인다. 『한서·최인전崔駰傳』에서 "최인이 「달지達旨」에서 '당차唐且는 백발이 되어서야 진秦을 깨달았고, 감라甘羅는 어렸지만 조趙에 보답했습니다'라 했다"라고 했다.

綠髮見上. 後漢崔駰傳, 駰作達旨云, 唐且華顚以悟秦, 甘羅童牙而報趙.

許生縮手入黃泉 : 한유의 「제유자후문祭柳子厚文」에서 "뛰어난 장인은 도리어 소매 속에 손을 넣고 곁에서 구경만 하고 있었다"라고 했다.

---

134 녹발(綠髮) : 맹교의 「제원한식(濟源寒食)」에서 "술 취한 이들 모두 봄날 머리 푸른데, 병든 늙은이 홀로 흰 가을 터럭일세[酒人皆倚春髮綠, 病叟獨藏秋髮白]"라고 했다.

『좌전』에서 "황천에 가기 전에는 서로 보지 않겠다"라고 했다.

韓文, 巧匠旁觀, 縮手袖間. 左傳, 不及黃泉, 無相見也.

衆史弄筆摩靑天 : 『장자·전자방田子方』에서 "송宋나라 원군元君이 그림
을 그리게 하였더니, 뭇 화공들이 몰려들었던바, 그들은 모두 서로 읍
을 하고 서서 붓을 빨고 먹을 갈고 하는데, 이때 경쟁자가 많아서 반수
는 밖에 있었다. 그때 한 화공은 가장 늦게 와서 달려오지도 않고 천천
히 들어와 읍을 하고는 서지도 않은 채 방 안으로 들어가 버렸다. 원군
이 사람을 시켜 그의 행동을 엿보게 했더니, 그는 옷을 벗고 두 다리를
쭉 뻗고 나체로 있었다. 원군이 "됐다. 이 사람이 참다운 화공이다"고
했다"라고 했다.

莊子田子方篇, 宋元君將畫圖, 衆史皆至, 受揖而立. 舐筆和墨, 在外者半,
有一史後至者, 儃儃然不趨, 受揖不立, 因之舍. 公使人視之, 則解衣盤礴, 臝.
君曰, 可矣, 是眞畫者也.

君家枯松出老翟 : 곽약허의 『도화견문록』에서 "적원심翟院深은 북해北
海 사람이다. 이성李成에게 산수도山水圖를 배웠는데, 다만 자신의 창의
적인 것은 격이 떨어지고 모사한 것은 진짜보다 낫다"라고 했다.

圖畫[135]見聞錄云, 翟院深, 北海人, 學李成山水, 但自創意者格下, 臨摹者
奪眞.

---

135 圖畫 : 중화서국본에는 '畫圖'로 되어 있으나, '圖畫'의 오자이다.

風煙枯枝倚崩石 : 이백의 「촉도난蜀道難」에서 "말라 죽은 소나무 쓰러져 절벽에 기대어 있구나"라고 했다.

李白詩, 枯松倒掛倚絶壁.

蠹穿風物君愛惜 不誣方將有人識 : 이 그림이 비록 엉성하지만 훗날 알아주는 사람이 있을 것이라는 말이다. 살펴보건대, 『문선』에 실린 사령운의 「의업중시擬鄴中詩」의 그 서序에서 "건안建安 말에 업궁鄴宮에 있었는데, 즐거움을 맘껏 즐겼는데, 옛날에도 이러한 즐거움은 없었을 것이다. 왜냐하면, 초楚나라 양왕襄王에게는 송옥宋玉과 당경唐景이 있었고 양梁나라 효왕孝王에게는 추양鄒陽과 매승枚乘, 엄기嚴忌와 사마상여司馬相如가 있었지만, 그 군주가 문文을 제대로 하지 못했다. 한漢나라 무제武帝 때에는 서악徐樂 등 여러 재인才人들이 응대하는 능력을 갖추고 있었지만, 무제가 의심과 기피하는 것이 많았으니, 어찌 정담을 나눌 기회가 있었겠는가. 틀림없이 바야흐로 장차 지금의 사람들보다 어짊이 있었을 것이다"라고 했다. 사령운의 의도는 훗날 사람들이 반드시 오늘의 즐거움을 옛 사람들보다 더 어질다고 여길 것이라는 것이다. '불무不誣'의 뜻은 숙야 혜강이 「양생론養生論」에서 말한 "물을 한 번 끌어댄 자의 이익은 보장할 수가 없도다"라고 한 것과 같으니, 오신주五臣注에서는 "말이 이르지 못하기에 전箋을 지었다"라고 했다.

言此畫雖蠹, 而他日有識之者. 按文選謝靈運擬鄴中詩其序言, 建安末, 在鄴宮, 究歡愉之極, 古無此娛. 何者, 楚襄王有宋玉唐景, 梁孝王有鄒枚嚴馬,

其主不文. 漢武時, 徐樂諸才, 備應對之能, 而雄猜多忌, 豈獲晤言之適. 不誣

方將, 庶必賢於今日耳. 靈運之意, 謂他日人必以今日之樂爲賢於昔人. 不誣

之義, 如嵇叔夜養生論云, 一溉之益, 不可誣也. 五臣注, 詞不達, 故爲箋云.

1. 유경문에게 화답하다

和劉景文

유계손劉季孫의 자는 경문景文이다. 그 아버지 평平은 서하西夏와 삼천구三川口에서 전투하다가 죽었다. 경문은 배우기를 돈독히 하였고 시문에 재능이 있어, 양절병마도감兩浙兵馬都監이 되었다. 동파 소식이 항주杭州를 다스리고 있을 때, 경문을 재주 있다는 것으로 천거하여 습주隰州를 다스리는 벼슬에 제수되었다.

劉季孫, 字景文. 父平, 與西夏戰於三川口, 死焉. 景文篤學能詩文, 爲兩浙兵馬都監. 東坡知杭州, 薦其才, 除知隰州.

追隨城西園	늦게서야 성의 서쪽 뜨락으로 가니
殘暑欲退席	남은 더위가 자리에서 물러나려 했네.
夜凉雨新休	비 막 그쳐 밤기운 싸늘하고
城譙掛蒼壁	성 누대는 푸른 벼랑에 걸려 있네.
佳人攜手嬉	그대는 함께 하는 것 좋아하여
調笑忘日夕	술 마시며 밤낮 가리지 않는구나.
劉侯本將家	유후는 본래 장수의 집안인데

今爲讀書客	지금은 독서객이 되었다네.
詩名二十年	시로 명성 날린 지 이십 년
風雅自推激	운치는 절로 추앙을 받았지.
牛鐸調黃鐘	소방울로 황종을 고르게 했으며
薪餘合琴瑟	타다 남은 것도 거문고에 합당했네.
食無千戶封	천호를 봉해 받지는 못했지만
句有萬人敵	시구는 만인을 대적할 만하네.
頗類鄴侯家	자못 책 많은 업후의 집과 같았고
連墻架書冊	서책의 시렁이 담장과 이어졌다네.
殘編汲縣冢	급현의 무덤에서 나온 책과 같았고
半隸鴻都壁	홍도의 벽에는 절반이 예서라오.
渠成亦秦利	개천 완성되면 또한 진에도 이로우니
願公多購獲	바라건대 그대는 많이 사 두시게나.
竟須卜比鄰	필경에는 모름지기 이웃 점쳐
勞苦相飮食	고단함 위안하며 서로 먹고 마시게나.
身有小醜女	내겐 보잘것없는 어린 딸이 있는데
已自喜翰墨	이미 절로 한묵을 좋아한다네.
要傳未見書	핵심은 읽지 않은 책에서 전해지니
遮眼差有益	눈 가리는 것도 자못 도움 된다네.
人生但安樂	인생은 다만 안락하면 되니
分外豈吾力	분수 밖의 것을 내 힘으로 어찌하랴.

分鹿誰覺夢	사슴 감춰둔 것 누가 꿈에서 알았으랴
亡羊路南北	남북으로 길 갈리어 양 잃었다네.
公今百寮底	지금 그대는 백료의 아래에 있고
雪髮不勝幘	백발이 건을 감당하지 못하네.
愛公欲湔拂	그대 아끼어 깨끗이 씻어내고자 하나
顧我已頭白	날 돌아보니 나도 이미 백발이어라.

【주석】

殘暑欲退席 :『전등록』에서 "육조혜능六祖慧能이 홍주법달洪州法達에게 답하면서 "만약 기꺼이 믿지 못하는 것이라면, 자리에서 물러가도 좋다"라 했다"라고 했다. '퇴석退席' 2글자를 여기에서 빌려왔다.

傳燈錄云, 六祖慧能答洪州法達云, 若不肯信者, 從他退席. 借使此二字.

城譙掛蒼壁 : '초루譙樓'는『한서・진승전陳勝傳』의 '초문譙門'[1]의 주注에 보인다.

譙樓見陳勝傳譙門注.

調笑忘日夕 : 낙천 백거이의 「대서시일백운기미지代書詩一百韻寄微之」에

---

1 초문(譙門) :『한서・진승전(陳勝傳)』에서 "초문 안에서 싸웠다[戰譙門中]"라고 했는데, 주(注)에서 "누대를 달리 초문이라 부르니, 위쪽은 누대로 관망하기 위해서다[樓一名譙門, 上爲樓以望也]"라고 했다.

서 "포타抛打[2]의 곡조 중에 조소령調笑令은 쉬워 싫고, 술 마시는 법칙의 권백파卷白波는 더뎌 맞이하네"라고 했는데, 그 자주自注에서 "포타의 곡조 중에 조소령이 있고 술을 마시는 법칙에 권백파卷白波가 있다"라고 했다.

樂天詩, 打嫌調笑易, 飮詡卷波遲. 自注云, 抛打曲有調笑, 飮酒有卷白波.

風雅自推激 : 두보의 「증비부소랑중십형贈比部蕭郞中十兄」에서 "문장은 후배의 탄성을 자아내고, 운치는 고고孤高한 새처럼 높네"라고 했고 또한 「야청허십일송시애이유작夜聽許十一誦詩愛而有作」에서 "도연명, 사령운도 맞설[3] 수 없고, 『시경』과 『이소』처럼 추앙받네"라고 했다.

杜詩, 詞華傾後輩, 風雅藹孤騫. 又詩, 陶謝不枝梧, 風騷共推激.

牛鐸調黃鐘 : 『진서·순욱전荀勖傳』에서 "처음에 순욱이 길을 가다가 조고인趙賈人의 소방울[牛鐸] 소리를 듣고 보통 쇠가 아니라고 기억해 두었다. 뒤에 음악을 맡은 관직에 올랐는데 성운聲韻이 조화되지 않았다. 이에 순욱은 "조고인의 소방울을 얻으면 조화시킬 수 있겠다"라 하고 각 고을에 영을 내려 소방울을 바치게 하여 과연 그 방울을 얻어 음악을 조화시켰다"라고 했다. 『북사·장손소달전長孫紹達傳』에서 "들으니 불가의 상탁을 울리면 우아하여 황종에 어울린다"라고 했다.

晉荀勖傳, 初, 勖於路逢趙賈人牛鐸, 識其聲. 及掌樂, 音韻未調, 乃曰, 得

---

2 포타(抛打) : 술을 마시면서 노래를 부르는 놀이의 일종이다.
3 맞설 : '지오(枝梧)'는 상대하여 맞선다는 의미이다.

趙之牛鐸, 則諧矣. 邃下郡國, 悉送牛鐸, 果得諧者. 北史長孫紹遠傳, 聞浮屠
上鐸鳴, 雅合黃鐘.

薪餘合琴瑟：『후한서·채옹전蔡邕傳』에서 "오吳나라 사람이 오동나무
를 태워 밥을 짓고 있는데, 채옹이 불이 맹렬하게 타는 소리를 듣고서
는 이 오동나무를 잘라 거문고를 만들었는데 과연 소리가 좋았다. 그
런데 그 오동나무의 끝이 여전히 타고 있었기에 당시에 사람들이 초미
금焦尾琴이라 불렀다"라고 했다.

蔡邕傳, 吳人燒桐以爨, 邕聞火烈之聲, 因而裁爲琴, 果有美音, 而尾猶焦,
故時人名曰焦尾琴.

食無千戶封：『한서·화식전貨殖傳』에서 "이것을 소유한 사람들은 그
부가 모두 천호의 후와 맞먹는다"라고 했다.

漢貨殖傳, 此其人皆與千戶侯等.

句有萬人敵：『사기·항우전項羽傳』에서 "나는 만인을 상대하는 법을
배우고 싶다"라고 했다. 더불어 두보의 「춘일억이백春日憶李白」에서 "이
백이여, 그대 시 상대가 없어라"라고 한 의미를 활용했다.

項羽傳, 學萬人敵耳. 兼用老杜白也詩無敵之意.

頗類鄴侯家 連墻架書冊：'업후서鄴侯書'[4]는 위에 보인다. 퇴지 한유의

「송석홍서送石洪序」에서 "짐을 꾸리고 책을 수레에 실었다"라고 했다.

鄴侯書見上. 退之送石洪序云, 戒行李, 載書冊.

殘編汲縣冢 : 두예의 「경전집해후서經傳集解後序」에서 "태강太康 원년元年
에 급현汲縣에서 그 지역 내에 있는 옛 무덤을 발굴한 사람이 있었는데,
무진장 많은 옛 책을 얻었다. 모두 대나무로 엮은 것이었고 과두문자科
斗文字였다"라고 했다.

杜預經傳集解後序云, 太康元年, 汲縣有發其界內舊冢者, 大得古書, 皆簡
編, 科斗文字.

半隷鴻都壁 : 한漢나라 영제靈帝 원년 2월에 비로소 홍도문학鴻都門學을
설치했다. 『법서요록法書要錄』에 일소 왕희지의 「필진도筆陣圖」가 실려 있
는데, "상서 채옹蔡邕은 홍도문에 들어가 비갈碑碣을 보고 100일간 돌아
오지 않고서는 그 무리에서 뛰어남을 찬탄했다"라고 했다. 퇴지 한유의
「석고가石鼓歌」에서 "석경石經을 관람하느라 홍도문도 메웠네"라고 했다.
대개 희평熹平 4년 3월에, 여러 유생들을 불러 모아 오경의 문자를 정정
하게 했다. 의랑 채옹에게 명하여 고문古文과 전서篆書 및 예서隷書 세 글씨
체로 쓰게 하고 돌에 새겨 태학문太學門 밖에 세워, 후생이나 만학도들이
모두 바름을 취하게 만들었다. 비석이 비로소 서자, 그 비석을 관람하고

---

4 업후서(鄴侯書) : 퇴지 한유의 「송제갈각(送諸葛覺)」에서 "업후(鄴侯)의 집에는
   장서가 많아, 서가에 삼만 권이 꽂혀 있네[鄴侯家多書, 架挿三萬軸]"라고 했다.

모사하려는 사람들이 수레를 타고 왔는데, 하루에 수레가 천 냥이었고 사람들로 거리가 가득 메워졌다. 퇴지 한유가 말한 것은 대개 여기에서 비롯된 것이다. 살펴보건대, 『한서』에는 애초 '홍도鴻都'라는 글자가 없었으니, 산곡이 인용한 것은 또한 한유의 작품에서 나온 것이다. '반례半隸'는 세 글씨체 중에 예서가 반을 차지하기에 한 말이다.

漢靈帝元和元年二月, 始置鴻都門學. 法書要錄載王逸少筆陣圖云, 蔡尙書入鴻都, 觀碣十旬不反, 嗟其不羣. 退之石鼓歌云, 觀經鴻都尙塡咽. 蓋熹平四年三月, 詔諸儒正五經文字, 命議郞蔡邕爲古文篆隸三體書之, 刻石于太學門外, 使後生晩學, 咸取正焉. 碑始立, 其觀覽及摹寫者, 車乘日千兩, 塡塞街陌. 退之所云, 蓋出於此. 按漢書, 初無鴻都字, 山谷所引用, 又出於韓詩也. 半隸, 謂三體書, 隸居其半.

渠成亦秦利: 『한서・구혁지溝洫志』에서 "한韓나라는 진秦나라가 토목공사 벌이는 것을 좋아하다는 것을 듣고 진을 고달프게 하면 동쪽으로 정벌하지 않을 것으로 여겼다. 이에 수공水工 정국鄭國을 진나라에 간첩으로 보내 속이게 하여 경수를 뚫어 밭에 물을 대게 하였다. 중간에 일이 발각되자 진나라는 정국을 죽이려 했는데, 정국이 "처음 신이 한나라의 간첩이었으나 개천이 완성되면 또한 진나라에 이로울 것입니다"라 했다. 이에 진나라는 그렇다고 여겨 마침내 개천을 완성하게 하였다"라고 했다.

漢溝洫志, 韓聞秦之好興事, 欲罷之, 無令東伐. 使水工鄭國間[5]說秦, 令鑿涇水以漑田. 中作而覺, 秦欲殺鄭國, 鄭國曰, 始臣爲間,[6] 然渠成亦秦之利也. 秦以爲然, 卒使就渠.

竟須卜比鄰 : 『좌전』에서 "집터를 점 칠 것이 아니라, 이웃을 점 쳐야 한다"라고 했다. 『한서・손보전孫寶傳』에서 "조왕신에게 제사지내며 이웃되길 청했다"라고 했다.

左傳, 匪宅是卜, 惟鄰是卜. 漢孫寶傳, 祭竈請比鄰.

身有小醜女 : 제갈량이 부인을 골랐는데, 아승阿承의 못 생긴 딸을 얻었다.

諸葛亮擇婦, 得阿承醜女.

要傳未見書 : '미견서未見書'[7]는 위에 보인다.

見上.

遮眼差有益 : 『전등록』에서 "중이 약산藥山에게 "어찌하여 경을 보고 계십니까"라 묻자, 약산선사가 "다만 눈가림하고 있다'라 했다"라고 했다.

---

5   間 : 중화서국본에는 '閒'으로 되어 있으나, '間'의 오자이다.
6   間 : 중화서국본에는 '閒'으로 되어 있으나, '間'의 오자이다.
7   미견서(未見書) : 『후한서・황향전(黃香傳)』에서 "도성에서 부르기를 "천하에 둘도 없으니 강하의 황동이로다"라 하였다. 숙종이 황향에게 조서를 내려 동관에 와서 이전에 보지 못했던 책을 읽게 하였다[天下無雙, 江夏黃童. 肅宗詔香, 詣東觀, 讀所未嘗見書]"라고 했다.

傳燈錄, 僧問藥山, 爲什麼看經. 師曰, 只圖遮眼.

人生但安樂:『국어』에서 "인생이 안락하면 그 다른 것은 알지 못한
다"라고 했다.

國語云, 人生安樂, 莫知其他.

券外豈吾力:『장자』에서 "자기 내부에 대해 충실한 사람은 이름을
바라지 않는 실행을 할 것이고, 외부에 대해 추구하는 사람은 재물을
바라는 실행에 뜻을 둘 것이다"라고 했다. 주注에서 "권券은 나누는 것
이다"라고 했다.

莊子, 券內者行乎無名, 券外者志乎期實. 注云, 券, 分也.

分鹿誰覺夢: '몽록夢鹿'[8]은『열자』에 나오는데, 위에 보인다.

夢鹿出列子, 見上.

---

8 몽록(夢鹿):『열자』에서 "정(鄭)나라의 어떤 사람이 들에서 나무하다가 사슴을
   때려잡아 구덩이에 숨기고 파초 잎으로 덮어두었다. 얼마 뒤에 그 숨겨둔 곳을
   찾지 못하자 결국 꿈으로 치부하고 길을 가면서 그 일을 노래로 불렀다. 이 노래
   를 들은 사람이 노랫말대로 추적하여 사슴을 찾아냈다. 나무꾼은 집에 돌아온
   날 밤에 진짜 꿈을 꾸었는데, 숨겨둔 곳이 꿈에 나타났다. 꿈에 또 사슴을 가져간
   사람이 나왔으므로 그대로 찾아가서 그 사람을 찾아내었다. 결국 송사[訟]를 벌
   여 다투자 옥관(獄官)이 절반씩 나누어 가지게 하였다[鄭人有薪于野者, 遇駭鹿,
   御之擊之, 斃之. 恐人見之也, 遽而藏之隍中, 覆之以蕉. 俄而遺其所藏之處, 遂以爲夢
   焉. 順塗而詠其事. 傍人有聞者, 用其言而取之. 薪者之歸, 不厭失鹿. 其夜眞夢藏之之
   處, 又夢得之之主. 旦爽, 案所夢而尋, 得之. 遂訟而爭之, 歸之士師. 士師請二分之]"
   라고 했다.

亡羊路南北 : 『열자』에서 "양자楊子의 이웃 사람이 양을 잃어버려서 자신의 집안사람을 동원하고 또 양자에게 양자의 종들을 요청하여 양을 뒤쫓았다. 양자가 "아, 잃어버린 양은 한 마리인데 어찌하여 뒤쫓는 자들이 이리 많은가"라 물었다. 이에 이웃 사람은 "갈래 길이 많아서이다"라 대답했다. 이윽고 그들이 되돌아오자, "양을 잡았는가"라 물었는데, "잃어버렸습니다"라고 했다. 또한 "갈래 길 안에 또다시 갈래 길이 있어서 양이 어디로 갔는지 알 수가 없어 결국 돌아왔습니다"라고 했다"라고 했다.

列子曰, 楊子之鄰人亡羊, 旣率其黨, 又請楊子之豎追之. 楊子曰, 嘻, 亡一羊, 何追者之衆. 鄰人曰, 多岐路. 旣反, 問, 獲羊乎. 曰, 亡之矣. 岐路之中, 又有岐焉, 吾不知所之, 所以反也.

公今百寮底 : 두보의 「기적명부박제寄狄明府博濟」에서 "재주 있으나 운명이 기박하여 백관의 아래에 있네"라고 했다.

杜詩, 有才無命百寮底.

愛公欲湔拂 : '전불湔拂'[9]은 위에 보인다.

見上.

---

9   전불(湔拂) : 『문선』에 실린 유효표의 「광절교론(廣絶交論)」에서 "이끌어주어 그로 하여금 길게 세상에 재능을 떨치게 하였다[翦拂使其長鳴]"라고 했는데, 이선(李善)의 주(注)에서 "전불(翦拂)은 이끌어 주다는 의미의 전불(湔祓)과 같다[翦拂與湔祓同]"라고 했다.

2. 유경문이 단차를 보내왔기에 삼가 사례하다

奉謝劉景文送團茶

劉侯惠我大玄璧	유후가 은혜롭게 대현벽을 보내주었는데
上有雌雄雙鳳跡	그 위에 자웅의 두 봉황 자취 있네.
鵝溪水練落春雪	아계의 물속 명주에는 봄날 눈 떨어지고
粟面一杯增目力	속면 한 잔에 눈길이 더욱 가누나.
劉侯惠我小玄璧	유후가 은혜롭게 소현벽을 보내주었는데
自裁半璧煮瓊糜10	반을 갈라 경옥 가루처럼 끓인다네.
收藏殘月惜未礱	남은 달빛 감춰져 비치지 못함 아쉬우니
直待阿11衡來說詩	곧바로 그대 와서 시 얘기하길 기다리네.
絳囊團團餘幾璧	차 주머니에 둥근 몇 개의 찻잎 남았으니
因來送我公莫惜	오면서 내게 더 주는 것 그대 아끼지 마오.
簞中渴羌12飽湯餅	하나하나에 갈강도 탕병에 배부르리니
雞蘇胡麻煮同喫	계소와 호마도 끓여 함께 마시세.

【주석】

鵝溪水練落春雪 : 채군모蔡君謨의 『다록茶錄』에서 "차체[茶羅]는 아주 가

10　[교감기] '糜'가 전본에는 '糜'로 되어 있다.
11　[교감기] '阿'가 고본에는 '匡'으로 되어 있다.
12　[교감기] '渴羌'에 대해 영원본의 주(注)에는 "『拾遺記』, 晉有羌人姚馥字世芬, 充
　　園人, 但言渴於酒, 群輩呼爲渴羌"이라는 구절이 있다.

는 것이 좋으며, 체의 바닥은 촉蜀의 동천東川인 아계鵝溪에서 생산되는
고운 그림용 비단을 쓰며, 끓는 물에 넣어 비벼 씻은 후 체틀에 덮어씌
운다"라고 했다. 이 구절의 의미는 흰 명주로 체를 삼은 것 같고 차가
마치 눈이 휘날리는 것 같다는 것이다.

蔡君謨茶錄云, 茶羅以絶細爲佳, 羅底用蜀東川鵝溪畫絹之密者, 投湯中揉
洗以冪之. 詩意謂以白練爲羅, 茶如雪落也.

粟面一杯增目力 : '속면粟面'은 이름난 꽃이다. 『맹자』에서 "성인께서
이미 시력을 다 쓰셨네"라고 했다.

粟面, 蓋名花也. 孟子, 旣竭目力焉.

自裁半璧煮瓊糜 : 『이소경』에서 "경옥 가루를 빻아 양식을 만들리라"
라고 했다. '미糜'의 음은 '미糜'이다. 이것으로 차 끓이는 것[13]을 비유
했다. 마치 『다록』에서 말한 "끓인 물이 많고 차가 적으면 죽처럼 엉긴
다"라는 것과 같다.

離騷經云, 精瓊糜以爲粻. 糜音糜, 借此以喩點茶, 如茶錄所謂湯少茶多,
則粥面聚.

直待阿衡來說詩 : 『한서 · 광형전匡衡傳』에서 "시에 대해 말하지 마라,

---

13 차 끓이는 것 : '점다(點茶)'는 차를 끓이는 법의 한 가지로, 마른 차 잎을 그릇에
    담고 끓는 물을 부어 우리는 것을 말한다.

광형이 바로 온다"라고 했다.

匡衡傳, 無說詩, 匡鼎來.

箇中渴羌飽湯餅 : '갈강渴羌'[14]과 '탕병湯餅'[15]은 위에 보인다.

渴羌湯餅見上.

雞蘇胡麻煮同喫 : 『본초강목』에서 "'수소水蘇'의 다른 이름은 '계소雞

蘇'이고 '호마胡麻'의 다른 이름은 '거승巨勝'인데, 지금의 유마油麻이다"

라고 했다.

本草, 水蘇一名雞蘇, 胡麻一名巨勝, 今油麻.

---

14 갈강(渴羌) : 『습유기』에서 "진(晉)나라에 강족(羌族) 사람 요복(姚馥)이 있었
   다. 그는 다만 술에 목이 말랐으니 여러 사람들이 그를 술에 목마른 강족이라 불
   렀다[晉有羌人姚馥, 但言渴於酒, 輩輩呼爲渴羌]"라고 했다.
15 탕병(湯餅) : 속석(束晳)의 「병부(餅賦)」에서 "국수가 제일이다[湯餅爲最]"라고
   했다.

3. 경문이 은혜롭게 호연이 만든 정규먹을 보내왔기에 사례하다

謝景文惠浩然所作廷珪墨

廷珪贗墨出蘇家	정규의 가짜 먹은 소가에서 나왔으니
麝煤漆澤紋烏靴	사향 그을음에 옷칠하여 오화의 무늬네.
柳枝瘦龍印香字	버들가지 야윈 용에 향자를 새기었는데
十襲一日三摩挲	열 번 싸서 하루에도 세 번이나 어루만졌네.
劉侯愛我如桃李	유후는 도리처럼 나를 아끼었노니
揮贈要我書萬紙	묵 보내와 내게 만 장 종이에 쓰라 했네.
不意神禹治水圭	신우가 수규를 다스릴 줄 생각지도 못했는데
忽然入我懷袖裏	갑자기 내 소매 속으로 들어왔다네.
吾不能手抄五車書	나는 오거서를 손수 쓸 능력이 못되고
亦不能寫論付官奴	또한 베껴 써서 관노에게 줄 능력도 안 되네.
便當閉門學水墨	곧바로 문 닫고 수묵화를 배워서
灑作江南驟雨圖	시원스레 강남의 『취우도』를 그리리.

【주석】

廷珪贗墨出蘇家 :『한비자』에서 "제齊나라가 노魯나라를 정벌하고 참
정讒鼎[16]을 요구했다. 노나라는 가짜를 가지고 갔다. 제나라 군주가 말
하기를 "이것은 가짜다"라고 하니, 노나라 군주가 말하기를 "이것은

16　참정(讒鼎) : 춘추시대에 노(魯)나라를 상징하였던 솥 이름이다.

진짜다"라고 했다"라고 했다. 동파 소식이 일찍이 말하길 "내가 먹 몇 개를 보관하고 있는데, 이정규가 만든 먹이라고 한다. 비록 모양과 색깔은 다른 먹들과 다르지만 세월이 오래 지나 먹은 진짜와 가짜가 많아졌기에 어떤 것이 진짜인지 의심스러워 결단하지 못했다"라고 했다. 지금은 대부분 소호연蘇浩然의 먹을 귀하게 여기는데, 소호연은 본래 고려高麗의 그을음을 이용하여 자욱한 연기를 섞어서 만들었다.

韓非子云, 齊伐魯, 索讒鼎. 魯人以其贗往, 齊人曰, 贗也. 魯人曰, 眞也. 東坡嘗云, 予蓄墨數丸, 云是李廷珪墨, 雖形色異衆, 然歲久, 墨之亂眞者多矣, 疑而未決. 今時多貴蘇浩然墨, 浩然本用高麗煤, 雜遠煙作之.

十襲一日三摩挲: '십습+襲'[17]은 위에 보인다.

見上.

不意神禹治水圭: 『서경·우공禹貢』에서 "우가 검은 규圭를 바치었다"라고 했다.

禹貢, 禹錫玄圭.

吾不能手抄五車書: '오거서五車書'[18]는 위에 보인다.

---

17 십습(十襲): 『태평어람』에서 감자(闞子)가 "화려한 궤짝 열 겹으로 싸고 주황색 보자기로 열 겹을 싼다[華匵十重, 緹巾十襲]"라고 했다.
18 오거서(五車書): 『장자』에서 "혜시(惠施)의 저술은 다방면에 걸쳐 다섯 수레나 된다[惠施多方, 其書五車]"라고 했다.

五車書見上.

亦不能寫論付官奴 : 주월周越의 『서법원書法苑』에서 "왕헌지의 자는 자경子敬으로, 왕희지의 일곱 번째 아들이다. 다섯 여섯의 나이에 글씨를 배웠다. 우군 왕희지가 뒤로 가서 왕헌지의 붓을 잡아당겼으나 그는 붓을 놓지 않았다. 이에 왕희지가 탄식하며 "이 아이 또한 훗날 큰 이름을 얻겠구나"라고 했다. 그리고는 마침내 「낙의론樂毅論」 한 편을 함께 썼고 뒤에 쓰기를 "써서 관노官奴에게 준다"라 했다. '관노'는 자경 왕헌지의 어릴 적 자字이다"라고 했다. 유몽득의 「수가계지증訓家雞之贈」에서 "날마다 못에 가서 소추를 희롱했는데, 도리어 베껴 써서 관노에게 줄 생각하네"라고 했다.

周越書法[19]苑云, 王献之, 字子敬, 義之第七子, 五六歲時學書. 右軍從後掣其筆, 不脱, 嘆曰, 此兒後當有大名. 遂書樂毅論一篇與之, 後題云, 書賜官奴. 官奴, 子敬小字也. 劉夢得詩, 日日臨池弄小雛, 還思寫論付官奴.

灑作江南驟雨圖 : 이성李成의 그림 중에 『취우도驟雨圖』가 있다. 산곡 황정경은 「발곽희산수跋郭熙山水」에서 "곽희가 소재옹蘇才翁의 집에 있는 이성의 『취우도』 여섯 폭을 모사했는데, 이로부터 필법이 크게 진전되었다"라고 했다. 살펴보건대, 『명화기』에서 "이성은 영구營丘 사람이다"라고 했다.

---

19   書法 : 중화서국본에는 '法書'로 되어 있으나, '書法'의 오자이다.

李成有驟雨圖, 山谷跋郭熙山水云, 熙因爲蘇才翁家摹六幅李成驟雨, 從此筆法大進. 按名畫記, 李成, 營丘人.

4. 경문 어른과 함께 연당을 읊조리다

同景文丈詠蓮塘[20]

塘上鉤簾對晚香	연못 가에 발을 걸고 저물녘 향기 마주하니
半斜紅[21]日已侵床	반쯤 저문 석양이 자리를 비추누나.
江妃羞出[22]凌波韈	강비는 부끄럽게 능파의 버선 내놓고
長在高荷扇影凉	오래 있자니 연꽃 부채의 그림자에 시원해라.

【주석】

江妃羞出凌波韈 : 좌사左思의 「오도부吳都賦」에서 "강비가 이곳에서 왕래했다"라고 했다. 조식의 「낙신부洛神賦」에서 "파도를 타고 가볍게 걷는데, 비단 버선에 먼지가 이네"라고 했다.

吳都賦, 江妃於是往來. 洛神賦, 凌波微步, 羅韈生塵.

---

20 [교감기] 명성화본『동파속집(東坡續集)』권2에도 또한 이 작품이 수록되어 있는데, 작품의 제목 중에 '丈'자가 없다. 청(淸)나라 사람 사신행(査愼行)이『산곡외집(山谷外集)』에 의거하여 잘못된 것을 바로잡았다.
21 [교감기] '半斜紅'이『동파속집(東坡續集)』에는 '不知斜'로 되어 있다.
22 [교감기] '羞出'이『동파속집(東坡續集)』에는 '自惜'으로 되어 있다.

5. 유도순을 전송하다
送劉道純

　　동파 소식의 「여선우자준간與鮮于子駿簡」에서 "고인故人인 유격劉格의 자는 도순道純으로, 도원道原 유서劉恕의 친동생이다. 책 읽기를 좋아했고 잘 기억하면서 말도 잘하고 박학하여, 문사가 찬연했다. 그리고 절개를 세워 강단이 있었고 아전의 일에 있어서도 굳건함이 있었다. 군실은 자못 그 사람됨을 알아주었지만, 다른 사람들은 그 사람을 알지 못했다. 자준子駿에게 알리어 이 사람을 한 번 파견하여 문하에 두고자 했으나 감히 어울릴만한 직책을 찾을 수가 없었다. 아침저녁으로 남강군南康軍으로 돌아가 빈자리가 나길 기다렸으니, 내가 사사로움에 그런 것이 아니라 때를 위해 인재를 아낀 것이다"라고 했다.

　　東坡與鮮于子駿簡云, 故人劉格, 字道純, 劉恕道原之親弟. 讀書强記辯博, 文詞粲然. 而立節强鯁, 吏事亦健. 君實頗知之, 而餘人未識也. 欲告子駿, 與一差遣, 收置門下, 敢保稱職也. 旦夕歸南康軍待闕, 軾非私之, 爲時惜才也.

五松山下古銅官	오송산 아래 고동관
邑居褊小水府寬	고을 자리는 협소하나 수부는 넓다네.
民安蒲魚少囂訟	백성은 포어에 편안하고 송사도 적으며
簿領未減一丘槃	일 때문에 언덕에서의 즐거움 줄지 않네.
胸中崢嶸書萬卷	흉중에는 만권의 책 가득 쌓여 있으니

簸弄日月江湖間	강호 사이에서 세월을 즐기었다오.
稠人廣衆自神王	많은 사람 모인 가운데서도
	절로 정신 왕성했고
按劍之眼白相看	검 어루는 눈빛의 흰 눈동자로 보았지.
老身風波諳世味	늙도록 풍파 속에 세상 맛 알았노니
如食橘柚知甘酸	마치 귤과 유자 먹으며 달고 신 것 아는 듯.
麒麟圖畫偶然耳	기린각에 그림 그려진 것은 우연일 따름이니
半枕百年夢邯鄲	베갯머리에서 한평생 한단을 꿈꾸었네.
平生樽俎宮亭上	평생 궁정호 주변에서 술을 마시면서
涉世忘味皆朱顔	세상사 잊고서 모두 붉은 얼굴이었네.
此時阿翁尙無恙	이때 아옹도 오히려 무탈했으며
追琢秀句酬江山²³	멋진 구절 갈고 닦으며 강산에서 수창했지.
堂堂今爲蛻蟬²⁴去	당당히 지금 허물 벗고 떠나갔노니
五老偃蹇無往還	오로봉 높이 솟아 가서 오지 않으리.
大梁城中笏拄頰	대량성 가운데서 홀을 뺨에 괴고 있으며
頷髭今成雪點斑	머리털 수염이 지금은 흰 눈처럼 얼룩졌네.
靑雲何必出公右	청운에 어찌 그대보다 뛰어난 이 있으랴
亨衢在天無由攀	형구는 하늘에 있어 오를 수가 없구나.

---

23 [교감기] '山'이 본래 '上'으로 되어 있는데, 영원본·고본·전본·건륭본에 의거
해 고친다.
24 [교감기] '蛻蟬'이 영원본 을(乙)에는 '蟬蛻'로 되어 있다.

椎皷轉船如病己	북 치고 배 돌리니 마치 몸이 병든 듯
夢想樓臺落星灣	낙성 물가 누대를 꿈에서도 그리워하리.
子政諸兒喜文史	자정의 여러 아이들 무사를 좋아했고
阿秤亦聞有筆端	아들 칭 또한 필단으로 이름 알려졌지.
丹徒布衣未可量	단도현의 베옷 입은 이 헤아릴 수가 없지만
詩書且對藜藿盤	시서 읽고 또한 명아주 나물과 콩잎 먹누나.
穴中生涯識陰雨	움막 속의 생애에도 음우를 알고
木末牖戶知風寒	나무 끝 창호에서도 바람 찬 것 안다오.
我今四壁戀微祿	나를 지금 사벽에서 작은 녹 바라노니
知公未能長掛冠	공이 관을 걸지 못하는 이유를 알겠어라.

【주석】

五松山下古銅官 : 태백 이백의 「동관산銅官山」에서 "나는 동관의 음악을 좋아해, 천년 동안 그곳에서 떨어지지 않을 거라 여기네. 모름지기 소매를 돌리며 춤을 추는데, 오송산을 다 쓸어버릴 듯하네"라고 했다. 또한 「유오송산遊五松山」의 자주自註에서 "오송산은 남릉南陵 동정銅井 서쪽 5리에 있다. 살펴보건대, 남릉현南陵縣은 지금 동릉현銅陵縣으로 지주池州에 예속되어 있다. 당唐나라 때에도 또한 동관현銅官縣이었다"라고 했다.

太白銅官山絶句, 我愛銅官樂, 千年未擬還. 要須回舞袖, 拂盡五松山. 又遊五松山詩自註云, 山在南陵銅井西五里. 按南陵縣, 今爲銅陵縣, 隷池州, 在唐亦嘗爲銅官縣.

邑居褊小水府寬: 『문선·서도부西都賦』에서 "이름난 도읍은 성곽을 마주하고 고을의 저택들이 서로 이어져 있네"라고 했다. 두보의 「제오제풍독재강좌운운第五弟豐獨在江左云云」에서 "오 땅은 드넓은 수부水府를 삼키고 있네"라고 했다.

文選西都賦, 名都對郭, 邑居相承. 杜詩, 吳呑水府寬.

民安蒲魚少罷訟: 『주례·직방씨職方氏』에서 "연주兗州의 생리生利는 갈대와 생선이다"라고 했다. 『서경·요전堯典』에서 "제요帝堯가 '무식하고 고집스럽고 남과 잘 다투는데 되겠는가'라 했다"라고 했다.

周禮職方氏, 兗州其利蒲魚. 堯典, 帝曰, 罷訟可乎.

簿領未減一丘槃: '부령簿領'[25]은 위에 보인다. 『시경·고반考槃』에서 "시냇가에서 은거하네"[26]라고 했다. 도순이 이때에 동릉銅陵의 벼슬아치로 있었다.

簿領見上. 詩, 考槃在澗. 道純當是主銅陵簿.

---

25 부령(簿領): 『문선』에 실린 유정(劉楨)의 「잡시(雜詩)」에서 "장부 속에 파묻혀 있으니, 현기증이 나서 절로 혼미해지네[沈迷簿領書, 回回自昏亂]"라고 했다.
26 은거하네: '고반(考槃)'는 은거하면서 도를 즐기는 것을 말한다.

簸弄日月江湖間 : 퇴지 한유의 「별조자別趙子」에서 "바다 남쪽에서 노닐면서, 밝은 구슬 갖고 논다네"라고 했다.

退之詩, 婆娑海水南, 簸弄明月珠.

稠人廣衆自神王 : 『한서·관부전灌夫傳』에서 "사람들이 빽빽하게 모여 널리 퍼진 무리들 가운데서 후학을 추천하고 장려하였다"라고 했다. 『장자·양생주養生主』에서 "정신이 비록 왕성해도 그것을 좋게 여기지 않았다"라고 했다. 『세설신어』에서 "사마태부司馬太傅의 막부에는 이름난 선비가 많았는데, 한 시대의 빼어난 인물들이었다. 유문강庾文康이 "그중에 자숭子嵩을 보니, 항상 절로 정신이 왕성하다"라 했다"라고 했다.

灌夫傳云, 稠人廣衆, 薦寵後輩. 莊子養生主篇, 神雖王不善也. 世說新語, 司馬太傅多名士, 一時儁異. 庾文康云, 見子嵩在其中, 常自神王.

按劍之眼白相看 : '안검상면按劍相眄'[27]과 '백안시지白眼視之'[28]는 모두 위에 보인다.

按劍相眄, 白眼視之, 竝見上.

27　안검상면(按劍相眄) : 『한서·추양전(鄒陽傳)』에서 "명월주와 야광벽을 어두운 밤에 길가에서 사람에게 던지면 모두들 칼을 어루만지면서 서로를 흘겨봅니다. 왜 그렇겠습니까. 아무런 까닭 없이 앞에 나타났기 때문입니다[明月之珠, 夜光之璧, 以闇投人於道, 衆莫不按劍相眄者, 何則, 無因而至前也]"라고 했다.
28　백안시지(白眼視之) : 『진서·완적전(阮籍傳)』에서 "완적은 자기 눈을 청안(靑眼)과 백안(白眼)으로 곧잘 만들면서 예속(禮俗)에 물든 선비를 보면 백안으로 대했다[能爲靑白眼, 見禮俗之士, 以白眼對之]"라고 했다.

老身風波諳世味 : 퇴지 한유의 「시상示爽」에서 "나는 나이 들면서 세상사 관심 없어졌다"라고 했다.

退之詩, 吾老世味薄.

麒麟圖畫偶然耳 :『한서』에서 "감로甘露 3년에, 고굉股肱[29]의 아름다움을 그리워하면서 그 사람들의 초상화를 기린각麒麟閣에 그렸다"라고 했다.『후한서 · 유곤전劉昆傳』에서 "황제가 "전에 강릉江陵에 있을 때는 바람이 불어와 불이 꺼졌는데, 뒤에 홍농弘農 태수가 되어서는 호랑이가 하수를 건너 북쪽으로 도망쳤으니, 어떻게 이런 일이 있게 되었는가"라 물었다. 이에 유곤이 대답하기를 "우연일 뿐입니다"라 했다"라고 했다.

漢書, 甘露三年, 單于始入朝. 上思股肱之美, 圖畫其人於麒麟閣. 後漢劉昆傳, 帝問, 前在江陵, 反風滅火, 後守弘農, 虎北渡河, 何以致之. 昆對曰, 偶然耳.

半枕百年夢邯鄲 : '몽한단夢邯鄲'[30]은 「전설악도餞薛樂道」라는 작품의 주

---

29 고굉(股肱) : 팔과 다리로, 나라의 대신(大臣)을 가리킨다.『서경 · 군아(君牙)』에서 "지금 그대에게 당부하노니, 그대는 나를 도와 나의 다리와 팔과 심장과 허리가 되어, 옛날에 하던 일을 이어 그대의 조고를 욕되게 하지 말라[今命爾, 予翼, 作股肱心膂, 纘乃舊服, 無忝祖考]"라는 말이 나온다.

30 몽한단(夢邯鄲) :『이문집(異聞集)』에서 "도사(道士) 여옹(呂翁)은 한단(邯鄲)으로 가는 도중에 주막에 들렀다. 노생(盧生)이라는 젊은이가 있었는데 그 빈곤함을 탄식하고 있었다. 노생은 말을 마치고 졸기 시작했다. 이때 주막집 주인은 메조 밥을 짓고 있었고 여옹은 품속에서 베개를 찾아 노생에게 주었다. 베개는 양쪽에 구멍이 있었는데, 꿈속에 노생은 구멍으로 들어가 어떤 집에 들어갔다

注에 보인다.

見餞薛樂道詩注.

平生樽俎宮亭上: 궁정호宮亭湖는 강주江州 및 남강군南康軍에 속해 있다. 『형주기』에서 "궁정호는 바로 팽려택彭蠡澤이다"라고 했다.

宮亭湖屬江州及南康軍, 荊州記曰, 宮亭湖卽彭蠡澤.

此時阿翁尙無恙: '아옹阿翁'은 응지凝之 유환劉渙을 말한다. 진순유의 『여산기廬山記』에서 "응지凝之는 균주筠州 사람이다. 천성天聖 8년에 진사시進士試에 급제했다. 벼슬살이 하는 동안 강직한 기개가 있어, 벼슬을 달갑게 여기지 않고 곧바로 벼슬을 버리고 별이 떨어졌다는 물가에서 살았다. 일찍이 누런 송아지를 타고 여산을 오갔다"라고 했다.

阿翁謂劉渙凝之也. 廬山記云, 凝之, 筠州人, 天聖八年擢進士第. 居官有直氣, 不屑輒棄去. 卜居落星渚, 常乘黃犢, 往來廬山中.

追琢秀句酬江山: 『시경』에서 "아로새기고 쪼은 그 문장이오"라고 했다. '수구秀句'[31]는 위에 보인다.

―――――――――――――――
가 부귀를 누리며 오십 년을 살다가 늙고 병들어 죽었었다. 노생이 기지개를 켜며 잠에서 깨어났는데, 돌아보니 여옹은 그 곁에 있었고 주인이 메조 밥을 짓고 있었는데, 아직 뜸도 들지 않았다[道者呂翁, 經邯鄲道上, 邸舍中有少年盧生, 自歎其貧困. 言訖, 思寐, 時主人方炊黃粱爲饌, 翁乃探懷中枕以授生. 枕兩端有竅, 生夢中自竅入其家, 見其身富貴五十年, 老病而卒. 欠伸而寤. 顧呂翁在旁, 主人炊黃粱尙未熟]"라고 했다.

詩, 追琢其章. 秀句見上.

堂堂今爲蛻蟬去:『사기·굴원전屈原傳』에서 "더럽고 탁한 중에서 매미가 허물을 벗듯이"라고 했다.

史記屈原傳, 蟬蛻於濁穢.

五老偃蹇無往還:『환우기』에서 "오로봉五老峯은 강주江州 덕화현德化縣에 있다. 높은 벼랑이 우뚝 솟아 있는데, 마치 다섯 사람이 마주하고 있는 모습과 같다"라고 했다.

寰字記, 五老峯在江州德化縣, 懸崖突出, 如五人相對.

大梁城中笏拄頰: 대량성大梁城은 변경汴京이다. '홀주협笏拄頰'은 왕희지가 서산을 돌아보고 상쾌한 기운을 말했던 일[32]을 이용한 것이다.

大梁城, 汴京也. 笏拄頰用王徽之顧西山言爽氣事.

頷髭今成雪點斑: 퇴지 한유의 「기최이십육립지寄崔二十六立之」에서 "턱밑의 수염을 뽑듯 하누나"라고 했다.

---

31 수구(秀句) : 두보의 「해민(解悶)」에서 "전해진 뛰어난 시구는 천하에 가득하여 [最傳秀句寰區滿]"라고 했다.
32 왕희지가 (…중략…) 일 :『진서·왕희지전』에서 "수판으로 턱을 괴고는 엉뚱하게 "서산의 이른 아침에 상쾌한 기운을 불러옵니다[以手板拄頰云, 西山朝來, 致有爽氣耳]"라 했다"라고 했다.

退之云, 若摘頷底髭.

靑雲何必出公右 : 『한서 · 전숙전田叔傳』에서 "황제가 불러 보고 더불어 말을 하고서는 "한나라 조정 신하들로 그들보다 뛰어난 사람은 없다"라 했다"라고 했다.

漢田叔傳, 上召見與語, 漢廷臣無能出其右者.

椎鼓轉船如病己 : 두보의 「십이월일일十二月一日」에서 "북을 치고 배를 출발하니 어느 고을의 사내인가"라고 했다.

杜詩, 打皷發船何郡郞.

夢想樓臺落星灣 : 『환우기』에서 "낙성사落星寺는 강주江州 여산廬山의 동쪽에 있는데, 둘레는 105보이며 높이는 한 길 정도이다"라고 했다. 『도경圖經』에서 "예전 물에 떨어진 별이 있었는데, 그것이 변해서 돌이 되었다. 팽려彭蠡의 물굽이 가운데 있는데, 세상에서는 낙성만落星灣이라 부른다"라고 했다.

寰宇記, 落星寺在江州廬山東, 周廻一百五步, 高丈許. 圖經云, 昔有星隆水, 化爲石, 當彭蠡灣中, 故呼落星灣.

子政諸兒喜文史 阿秤亦聞有筆端 : '자정子政'은 도원道原 유서劉恕를 말한다. 『외집』에 실린 「과치정둔전유공은려過致政屯田劉公隱廬」에서 또한 "생

각건대 옛날 자정이 있을 때, 어른 위해 자주 웃게 하였지"라고 했다. 원우元祐 8년에 도원을 개장改葬했는데, 그때 산곡 황정견이 지은 묘지명墓誌銘에서 "처음에 유응이 세상을 원망하여 받아들여지지 않자 관직을 버리고 여산廬山 아래에서 늙어갔다. 도원道原이 오자 절개가 더욱 높아졌다. 또한 절로 유흠劉歆과 유향劉向에서 기원했다고 하면서 전인前人을 추배追配하는데 힘을 기울였다"라고 했다. 그러니 자정子政이라 말한 것은 도원을 유흠과 유향에 견준 것이다. 또한 그 묘지명에서 "세 아들을 낳았는데, 희중義仲, 화숙和叔, 칭秤으로 이들은 재기才器가 모두 다른 사람보다 뛰어났다. 화숙은 문장으로 명성을 날렸고 칭은 행실이 독실했는데, 불행하게도 연이어 죽고 말았다"라고 했다. 『한시외전』에서 "군자는 세 가지 끝을 피해야 하니, 문사의 붓끝을 피해야 한다"라고 했다.

子政謂劉恕道原也. 外集有過致政屯田劉公隱廬詩亦云, 憶昔子政在, 爲翁數解顏. 元祐八年, 改葬道原, 山谷誌之曰, 初凝之忿世不容, 棄官, 老於廬山之下. 至道原而節愈高. 又自以源出歆向, 務追配前人. 則子政云者, 比道原於劉向也. 其誌又云, 生三男, 義仲和叔秤, 才器皆過人. 和叔以文鳴, 而秤篤行, 不幸相繼死. 韓詩外傳, 君子避三端, 避文士之筆端.

丹徒布衣未可量 : 『남사·유목지전劉穆之傳』에서 "위목지가 친한 이에게 "가난하고 천하면 항상 부귀를 바라며, 부귀하면 반드시 위태로운 고비를 겪게 된다. 오늘 단도현丹徒縣에서 베옷 입은 평민이 되고자 생각하나, 그리 될 수가 없구나"라 했다"라고 했다. 이 또한 유기劉家의 일

을 이용한 것이다.

南史劉穆之傳, 謂所親曰, 貧賤常思富貴, 富貴必踐危機, 今日思爲丹徒布
衣, 不可得也. 此亦用劉家事.

詩書且對藜藿盤：『공자가어』에서 "자로子路가 "항상 명아주 나물과
콩잎을 먹었는데, 부모님을 위해 쌀을 지고 왔습니다"라 했다"라고 했
다. 『한서·포선전鮑宣傳』에서 "술을 음료로 삼고 고기를 콩잎처럼 여긴
다"라고 했는데, 그 주注에서 "'곽藿'은 콩잎이다"라고 했다.

家語, 子路曰, 常食藜藿, 爲親負米. 鮑宣傳, 漿酒藿肉. 注云, 藿, 豆葉也.

穴中生涯識陰雨　木末牕戶知風寒：'음우비識陰雨'와 '지한풍知風寒'[33]은
위에 보인다.

見上.

知公未能長掛冠：『후한서·방맹전逢萌傳』에서 "왕망王莽이 그 자식을
죽이자, 방맹은 곧바로 관을 벗어 동성문에 걸었다. 그리고 돌아와서
는 식구들을 이끌고 바다에 배를 띄웠다"라고 했다. 도홍경陶弘景도 신

---

33 음우비(識陰雨)와 지한풍(知風寒)：『한서·익봉전(翼奉傳)』에서 "둥지에 있어
　도 바람 부는 줄 알고, 개미구멍에 있어도 비 오는 줄 아네[巢居知風, 穴處知雨]"
　라고 했다. 『문선』에 실린 무선 장화(張華)의 「정시(情詩)」에서 "둥지에 있어도
　바람 차가운 것 알고, 개미구멍에 있어도 흐려 비오는 줄 아네[巢居知風寒, 穴處
　識陰雨]"라고 했다.

무문神武門에 관을 걸었었다.

　　後漢逢萌傳, 王莽殺其子, 萌卽解冠, 掛東城門. 歸, 將家浮海. 陶弘景掛冠
神武門.

6. 설도락이 운향에 벼슬살이하러 가기에 전송하다

送薛樂道知鄆鄕34

黃山葉縣連墻居	황성산의 섭현에서 담장 연해 살면서
謝公席上對樗蒲35	사공과 자리하며 저포놀이 했었지.
雙鬟女弟如桃李	두 갈래 머리 여동생은 도리 같았고
蚤許歸我舍中雛	일찍부터 우리 집에 와서 노는 것 허락했지.
平生同憂共安樂	평생 근심과 안락을 함께 했노니
歲晩相望36靑雲衢	늘그막에 청운의 거리에서 서로 보았네.
去年樽酒輦轂下	지난 해 궁궐에서 술자리 함께 하면서
各喜身爲反哺烏	반포의 까마귀 됨을 각기 기뻐했다오.
城頭歸烏尾畢逋	성 머리의 돌아가는 까마귀 꼬리
	모두 감추었고
春寒啄雪送行車	봄추위에 눈 밟으며 가는 수레 보낸다오.
解珮37我無明月珠	패옥 풀어주나 나는 명월주가 없노니

---

34 [교감기] 영원본 권2에 '古詩'라는 편 아래 이 작품이 실려 있고 제목 아래 주(注)에서 "此詩云謝公已葬, 而與謝師厚和答詩乃在其後, 尤不倫, 當別詮次"라고 했다. 살펴보건대, 사용(史容)의 『산곡외집시주(山谷外集詩注)』는 편년체(編年體)로 엮은 것이기에 이미 앞뒤 작품의 위치를 조정한 것이다.

35 [교감기] '樗蒲'가 전본에는 '摴蒱'로 되어 있다. 살펴보건대, 이것은 고대의 노름을 가리키고 글자 또한 서로 통한다.

36 [교감기] '望'이 전본에는 '看'으로 되어 있다.

37 [교감기] '珮'가 영원본·전본에는 '佩'로 되어 있다. 살펴보건대, 두 글자는 통용된다. 뒤에 다시 나오더라도 교정하지 않겠다.

折柳不³⁸對千里駒	버들 꺾는 것은 천리구에 합당하지 않네.

折柳不³⁸對千里駒　버들 꺾는 것은 천리구에 합당하지 않네.

念君胸中極了了　그대 생각하니 마음속이 너무도 명확하여

作吏辦事猶詩書　아전 되어 일하면서도 오히려 시서 익혔지.

濁酒挽人作年少　탁주가 사람 붙잡아 소년이 되었고

關防心地亦時須　심지 지키면서 또한 때에 부응하네.

郫鄕縣古民少訟　운향 고을 예스러워 백성들 송사 적어

但問自己不關渠　다만 스스로 관계없는 지만 물으면 되네.

登臨一笑雙白髮　등임하여 두 갈래 백발을 한 번 웃으면

宜城凍筍供行廚　의성의 언 죽순을 행주에서 받치네.

人生此樂他事無　인생에 이 즐거움 외에 다른 일 없으리니

行李道出漢南都　벼슬아치 한의 남도로 길을 나서네.

寄聲諸謝今何如　여러 사공들 지금 어떠한지 안부 전해주고

謝公書堂迷竹塢　사공의 글방은 대숲 언덕에 희미하리라.

手種竹今靑靑否　손수 심은 대나무 지금은 푸를런지

我思謝公淚成雨　사공을 생각하니 비처럼 눈물 떨어지니

屬公去灑³⁹穰⁴⁰下土　공이 가서 양현의 땅에 뿌려주길 바라오.

38　[교감기] '不'이 고본에는 '下'로 되어 있다.
39　[교감기] '灑'가 고본에는 '灕'으로 되어 있다.
40　[교감기] '穰'이 영원본에는 '壤'으로 되어 있다. 살펴보건대, 풍년이 되어 곡식을 거두어들인다는 의미로 쓰일 때에는 두 글자가 통용되지만, 지명(地名)으로 쓸 때에는 통용되지 않는다.

【주석】

黃山葉縣連墻居 : 여주汝州의 섭현葉縣에 황성산黃成山이 있다. 산곡 황정견이 섭위동관葉尉同官으로 있었다.

汝州葉縣有黃成山, 山谷爲葉尉同官也.

雙鬟女弟如桃李 蚤許歸我舍中雛 : 『시경・하피농의何彼穠矣』에서 "어찌 저리도 화사할까, 복숭아꽃 배꽃처럼 아름답구나"라고 했는데, 전箋에서 "왕희王姬와 제후齊侯 아들의 얼굴색이 모두 성한 것을 흥興한 것이다"라고 했다. 『한서・장이전張耳傳』에서 "집안의 사람들이 모두 웃었다"라고 했는데, 여기에서 '사중舍中'이란 글자를 가져왔다.

詩, 何彼穠矣, 華如桃李. 箋云, 興王姬與齊侯之子, 顔色俱盛也. 漢張耳傳, 舍中人皆笑. 此摘其字.

平生同憂共安樂 : 『사기』에서 "범려范蠡가 '월왕越王과는 환난을 함께 할 수 있지만, 안락함을 함께 할 수는 없다'라 했다"라고 했다.

史記, 范蠡曰, 越王可與共患難, 不可與共安樂.

去年樽酒輦轂下 : 사마천의 「보임안서報任安書」에서 "궁궐에서 벼슬을 하다"라고 했다. 자건 조식의 「구통친친표求通親親表」에서 "나가 화려한 수레를 따르고 들어와 임금을 모셨다"라고 했다.

司馬遷書云, 待罪輦轂下. 曹子建表, 出從華蓋, 入侍輦轂.

各喜身爲反哺烏 : '반포오反哺烏'[41]는 위에 보인다.

反哺烏見上.

城頭歸烏尾畢逋 : 『후한서·영제기靈帝紀』주注에서 "환제桓帝의 초기에 경도京都의 동요에 "성위의 까마귀 꼬리를 모두 감추네"라는 것이 있었다"라고 했다. 두보의 「일모日暮」에서 "성 꼭대기에 까마귀 꼬리가 쫑긋쫑긋"이라고 했다.

漢靈帝紀注云, 桓帝之初, 京都童謠曰, 城上烏, 尾畢逋. 杜詩, 城頭烏尾訛.

解珮我無明月珠 : 『열선전』에서 "강비江妃 두 여인은 물가에 나와 놀고 있는데, 정교보鄭交甫가 그녀들에게 마음을 뺏겼다. 이에 두 여인은 허리에 차고 있는 패옥佩玉을 풀어 주었다. 몇 걸음 가지 않아서 보니 패옥도 없고 그녀들도 또한 보이지 않았다"라고 했다. 『시경·위양渭陽』에서 "무엇을 줄까, 경괴와 옥패라네"라고 했다. 『한서·추양전鄒陽傳』에서 "명월주明月珠이다"라고 했다.

列仙傳, 二女步游江濱, 鄭交甫挑之, 女解珮與之, 數十步, 空懷無珮, 女亦不見. 詩曰, 何以贈之, 瓊瑰玉佩. 漢鄒陽書曰, 明月之珠.

---

41 반포오(反哺烏) : 『이아』에서 "완전히 검으면서 반포하는 것은 까마귀이다[純黑而反哺者, 烏也]"라고 했다. 『문선』에 실린 「보망시(補亡詩)」에서 "깍깍 우는 숲 속의 까마귀, 그 자식에게 먹이를 받아먹노라[嗷嗷林烏, 受哺於子]"라고 했다.

折柳不對千里駒 : 버들을 꺾어 떠나는 사람에게 준다. 『고악부』에
「절양류折楊柳」라는 작품이 있다. 옥패玉佩가 없어 떠나는 사람에게 한
갓 버들을 꺾어주니 천리마와는 서로 걸맞지 않는다. '천리구千里駒'는
『전한서·종실유덕전宗室劉德傳』에 보인다.

折柳, 贈行也. 古歌曲有折楊柳. 無玉佩以贈送, 而徒折柳, 與千里馬不相
稱也. 千里駒見前漢宗室劉德傳.

關防心地亦時須 : 『능엄경』에서 "마음의 땅[心地]을 평탄平坦하게 하라.
그러면 세계의 땅과 일체 모든 것들도 평탄하게 될 것이다"라고 했다.
두보의 「색노자塞蘆子」에서 "연주延州는 진秦의 북쪽으로 들어가는 문,
관방을 더욱 튼튼히 지켜야 하네"라고 했으며, 또한 「별장십삼건운운
別張十三建云云」에서 "군신은 각기 분수가 있노니, 관중과 제갈량도 본래
시대의 요구였네"라고 했다.

楞嚴經, 當平心地, 則世界地, 一切皆平. 杜詩, 延州秦戶北, 關防猶未已.
又詩, 君臣各有分, 管葛本時須.

但問自己不關渠 : 두보의 「희작배회체견민戱作徘諧體遣悶」에서 "밭 갈며
살아갈 방도 강구하나니, 그저 세상과 인연만 맺지 않았으면"이라고 했
다. 백성이 살아가는 방도는 장리長吏가 사악한지 바른지에 달려 있다.

杜詩, 治生但耕鑿, 只有不關渠. 民之治否, 在長吏之邪正耳.

宜城凍筍供行廚 : 운향鄅鄉은 군주均州에 속해 있고 의성宜城은 양양부襄陽府에 속해 있다.

鄅鄉屬均州, 宜城屬襄陽府.

行李道出漢南都 寄聲諸謝今何如 : 『문선』에 실린 평자 장형 「남도부南都賦」의 이선李善 주注에서 "남양군南陽郡의 치소治所인 완宛은 경京의 남쪽에 있기에 '남도'라고 한 것이다"라고 했으며, 또한 이주한李周翰의 주注에서 "남도에 남양광무南陽光武의 옛 마을이 있었기에 이곳에 도읍을 정한 것이다. 환제桓帝 때에 폐지하자는 의논이 있었기에 장형이 「남도부」를 지은 것이다"라고 했다. 한漢의 남도는 지금의 등주鄧州이다. 산곡 황정견의 계실繼室은 남양南陽 사후師厚 사경초謝景初의 따님이다. 양양襄陽에서 운향鄅鄉에 이르는 길에 반드시 남양 쪽으로 길을 취할 것이기에, 작품에서 이렇게 말한 것이다. 『좌전 양공襄公 8년』에서 "또한 한낱 행리를 시켜서 우리 임금에게 고하지 아니했다"라고 했다.

文選張平子南都賦, 李善曰, 南陽郡治宛, 在京之南, 故曰南都. 翰曰, 南都在南陽光武舊里, 以置都焉. 桓帝時, 議欲廢之, 故衡作是賦. 漢之南都, 今鄧州也. 山谷繼室, 南陽謝景初師厚之女也. 自襄陽至鄅鄉, 必取道南陽, 故詩云爾. 左傳襄八年, 亦不使一介行李, 告于寡君.

謝公書堂迷竹塢 : 『장자』에서 "환공桓公이 당상堂上에서 책을 읽고 있었다"라고 했다.

莊子云, 桓公讀書堂上.

手種竹今靑靑否 : 한굉韓翃의 「장대류章臺柳」에서 "장대章臺[42]의 버들이여, 옛날에는 푸르렀는데 지금은 어떠한가"라고 했다. 여기에서는 대나무를 가리켜 말한 것이다.

章臺柳, 昔日靑靑今在否, 此以言竹.

我思謝公淚成雨 : 『시경·연연燕燕』에서 "눈물이 빗줄기 같네"라고 했다. 『고악부·오야제烏夜啼』에서 "베틀 멈추고 서글피 멀리 떠난 이 생각하고, 빈 방에 홀로 자면서 비처럼 눈물 떨구네"라고 했다.

詩, 泣涕如雨. 古樂府烏夜啼, 停梭悵然憶遠人, 獨宿空房淚如雨.

屬公去灑穰下土 : 등주鄧州의 치소治所가 양현穰縣이다.

鄧州治穰縣.

---

42 장대(章臺) : 한나라 때 장안에 있던 궁전 이름인데, 그 궁전 아래에는 화류가(花柳街)가 형성되어 있었으며, 버드나무를 많이 심어 놓았다고 한다.

7. 주낙중에게 부치다

寄朱樂仲

故人昔在國北門	고인이 예전 나라 북문에 있을 때
鄰舍杖藜對樽酒	이웃하며 지팡이 짚고 술동이 대했었지.
十五餘年⁴³乃一逢	오십여 년 만에 다시 한 번 만나서
黃塵急流語馬首	누런 먼지와 급류를 말 머리에서 얘기하네.
懶書愧見南飛鴻	게으른 편지에 남쪽으로 가는
	기러기에 부끄러우니
君居三十六峯東	그대는 서른여섯 봉우리 남쪽에 거처하겠지.
我心想見故⁴⁴人面	마음속으로 고인의 모습 상상해보건대
曉雨垂虹到望崧	새벽 비 속 드리운 무지개 숭산에서 보겠지.

【주석】

黃塵急流語馬首 : 『문선』에 실린 강엄의 「한부恨賦」에서 "누런 먼지
땅을 휘감았네"라고 했는데, 그 주注에서 산양공山陽公의 『재기載記』에서
말한 "북을 울리자 천둥소리 같고, 누런 먼지가 하늘을 뒤덮었네"라는
구절을 인용했다. '급류急流'는 『후한서·마후기馬后紀』에 보이는 "수레
는 흐르는 물 같고 말은 용 같다"라는 구절을 활용한 것이다. 『좌전』에

---

43 [교감기] '餘年'이 전본에는 '年餘'로 되어 있다.
44 [교감기] '故'가 전본에는 '古'로 되어 있다.

서 "오직 나의 말 머리가 향하는 곳을 보아라"라고 했다.

文選恨賦云, 黃塵匝地. 注引山陽公載記云, 鳴鼓雷震, 黃塵蔽天. 急流蓋
用後漢馬后紀, 車如流水, 馬如龍也. 左傳, 唯予馬首是瞻.

君居三十六峯東 : '삼십육봉三十六峯'[45]은 숭산嵩山을 말하는데, 위의 주
注에 보인다. 낙천 백거이의 「화배령공남장일절和裴令公南庄一絶」에서 "어
찌하면 숭산 서른여섯 봉우리 속에서, 길이 신포 따라 산집을 지을 수
있을까"라고 했다.

三十六峯謂嵩山, 見上注.[46] 白樂天詩, 何以嵩峯[47]三十六, 長隨申甫作家山.

曉雨垂虹到望崧 : 낙양洛陽에 있는 숭산嵩山의 숭嵩자를 숭崧으로도 쓴다.

洛陽嵩山, 嵩亦作崧.

---

45 삼십육봉(三十六峯) : 태백 이백의 「증숭산초련사서(贈嵩山焦練師序)」에서 "내
    가 그를 만나기 위해 소실산(少室山)에 갔다가 서른여섯 봉우리를 모두 올라 보
    았다[余訪道少室, 盡登三十六峯]"라고 했다. 살펴보건대, 『하남지(河南志)』에서
    "하남부(河南府) 영안현(永安縣)에 소실산(少室山)이 있는데, 영안현 서남쪽 70
    리 거리에 있고 서른여섯 봉우리가 있다[河南府永安縣少室山, 在縣西南七十里,
    有三十六峯]"라고 하고서 그 봉우리의 이름을 모두 나열했다. 형공 왕안석의 「송
    서경첨판왕저작(送西京簽判王著作)」에서 "서른여섯 봉우리 응당 좋으리니, 와
    서 놀자는 소식 자주 전해주시게나[三十六峯應好在, 寄聲多謝欲來遊]"라고 했다.
46 [교감기] '見上注'가 영원본에는 "李太白『贈嵩山焦練師序』云, 余訪道少室, 盡登三
    十六峰. 按『河南志·河南府』, 永安縣少室山, 在縣西南七十里, 有三十六峰. 具列其
    名"이라고 되어 있다.
47 嵩峯 : 중화서국본에는 '峯嵩'으로 되어 있으나, '嵩峯'의 오류이다.

8. 사부 진원여에게 보내다

贈陳元輿祠部

武成[48]園木鎖中秋	무성 원림 나무에는 중추가 깃들었고
久得汀州刺史遊	오랫동안 정주에서 자사는 노니네.
招喚丁寧方邂逅	초대하여 정녕 만나고자 하니
誰言天網漏吞舟	누가 하늘 그물 엉성해 배 삼킨다 하나.

【주석】

武成園木鎖中秋 久得汀州刺史遊 招喚丁寧方邂逅 誰言天網漏吞舟 :『실록』에서 "원우元祐 2년 8월, 사부랑중祠部郎中 진헌陳軒이 주객랑중主客郎中이 되었다"라고 했다. 원여元輿는 진헌陳軒의 자字이다. 무성왕묘武成王廟는 곧 고시원考試院으로, 진사부陳祠部와 산곡 황정견이 시험장에서 함께 일을 했었다. 『전집』에 또한 「희답진원여戲答陳元輿」라는 작품에서 "평소 들은 바 진 정주는"이라고 했는데, 이 작품 역시 같은 때에 지은 것이다. 『노자』에서 "하늘의 법망은 넓고 넓어 성기지만 놓치지 않는다"라고 했다. 『한서·혹리전서酷吏傳敍』에서 ""그물이 엉성하여 배를 삼킬 만한 큰 물고기"라고 불렀다"라고 했다. 자건 조식의 「여양덕조서與楊德祖書」에서 "하늘 그물을 펼쳐 이들을 망라하고 팔굉八紘을 떨쳐 이들을 껴안았다"라고 했다.

---

48 [교감기] '成'이 영원본에는 '城'으로 되어 있다.

實錄, 元祐二年八月, 祠部郞中陳軒爲主客郞中. 元興, 軒字也. 武成王廟
卽考試院, 陳祠部與山谷試闈中同事. 前集亦有戲答陳元興詩云, 平生所聞陳
汀州. 此詩亦同時作. 老子, 天網恢恢, 疎而不漏. 漢酷吏傳敍, 號爲網漏呑舟
之魚. 曹子建牋, 設天網以該之, 頓八紘以掩之.

9. 소나무 아래에 있는 도연명

松下淵明

이 작품에 대해서는 『전집』에 이미 주注가 있다. 그림의 원본은 지금
미산眉山 진씨陳氏가 소장하고 있는데, 판본과는 조금 다르기에 지금 여
기에 기록해 둔다.

此詩在前集已有注.[49] 畫本今藏眉山陳氏, 與板本小異, 今錄於此.

南渡誠草草	남쪽으로 건너오는 것 참으로 다급해
長沙濟艱難	장사공이 어려움을 다스렸네.
夜半舟移岸	한밤중에 배를 언덕에 옮기지만
今無晉衣冠	지금은 진나라 때의 의관 없다오.
松風自度曲	솔바람은 절로 음악 소리 내니
我絃不須彈	내 거문고 연주할 필요도 없다오.
惠[50]遠香火社	혜원의 향화의 모임과
遺民文字禪	유유민의 문자의 선은
雖非老翁事	비록 노옹의 일은 아니지만
幽尚亦可歡	심원한 도는 또한 볼만하네.

49　[교감기] 『산곡내집시주(山谷內集詩注)』 권9 「題伯時畫松下淵明」과 비교해 보
면, 두 작품의 자구(字句)가 조금 다를 뿐이다.
50　[교감기] '惠'가 전본에는 '慧'로 되어 있다.

客來欲開說　　　　　객이 와서 말을 하려 했지만
觴至不得言[51]　　　술을 내와 말 하지 못했네.

【주석】

南渡誠草草 長沙濟艱難 夜半舟移岸 今無晉衣冠 松風自度曲 我絃不須彈 惠遠香火社 遺民文字禪 雖非老翁事 幽尙亦可歡 客來欲開說 觴至不得言 : 살펴보건대, 촉본蜀本 『시집』에는 이 작품 앞에 실린 작품의 주注에서 "모두 시원에서 그린 것이다"라고 했다. 뒤에 실린 한 작품은 『외집外集』에 실렸으니, 마땅히 초본初本이 옳다. 또한 살펴보건대, 촉본蜀本 석각石刻의 진적眞蹟에서는 제목을 「제이시백소작송하연명題李伯時所作松下淵明」이라고 했고 세 번째 구와 네 번째 구가 또한 같지 않은데, 거기에서는 "평생 관중과 제갈량을 꿈꾸었고, 국화 잡고서 남산 보았네"라고 했다.

按蜀本詩集前一篇注云, 皆試院作. 後一篇載外集, 當是初本. 又按蜀本石刻眞跡, 題云, 題李伯時所作松下淵明, 而第三第四句亦不同, 云, 平生夢管葛, 把菊見南山.

51　[교감기] '南渡'부터 '得言'까지가 본래 두 줄의 소주(小注)로 되어 있는데, 지금 전본에 따라 고쳐 대자(大字)로 바꿔 본문으로 적고 별도의 줄로 만들었다.

10. 두보의 완화계도에 쓰다

老杜浣花谿圖引

　살펴보건대, 『금릉속첩金陵續帖』에 산곡 황정견의 이 작품이 초서로 쓰여 있는데, 그 사이에 같지 않은 부분이 많다. 예를 들면, "碧雞坊西結茅屋, 百花潭水濯冠纓"이라는 구절이 "浣花溪邊築茅屋, 百花潭底濯冠纓"으로 되어 있고, '空蟠'이 '獨蟠'으로, '探道'가 '譚道'로, '且眼前'이 '但眼前'으로, '樂易'가 '樂逸'로, '園翁'이 '田翁'으로, '皆去'가 '皆出'로, '酒船'이 '江樓'로, '無主看'이 '爛漫列'으로, '解鞍脫'이 '干戈解'로, '不用'이 '不願'으로, '平安報'가 '平安信'으로, '鋪墻'이 '鋪壁'으로, '常使'가 '長使'로, '千古無'가 '古今無'로 되어 있기에 여기에 기록해 둔다.

　按金陵續帖, 山谷有草書此詩, 其間多不同. 如碧雞坊西結茅屋, 百花潭水濯冠纓, 作浣花溪邊築茅屋, 百花潭底濯冠纓. 空蟠作獨蟠, 探道作譚道, 且眼前作但眼前, 樂易作樂逸, 園翁作田翁, 皆去作皆出, 酒船作江樓, 無主看作爛漫列, 解鞍脫作干戈解, 不用作不願, 平安報作平安信, 鋪墻作鋪壁, 常使作長使, 千古無作古今無, 因附于此.

拾遺流落錦官城	습유는 금관성에서 떠돌았지만
故人作尹眼爲靑	고인이 벼슬자리 있어 반갑게 맞이했네.
碧雞坊西結茅屋	벽계방 서쪽에 띳집을 지었고
百花潭水濯冠纓	백화담의 물에서 갓끈을 씻었지.

故衣未補新衣綻　　예전 옷 깁지 않았고 새 옷도 찢어졌으며

空蟠胸中書萬卷　　부질없이 만권의 책을 가슴에 담았었지.

探道欲度羲黃⁵²前　길 찾아 희황의 앞을 지나가고자 했고

論詩未覺國風遠　　시 논하면서 국풍이 먼 것도 알지 못했네.

干戈崢嶸⁵³暗寓縣　전쟁이 한창이라 천하가 암울했으며

杜陵韋曲無雞犬　　두릉의 위곡에는 닭과 개도 없었다네.

老妻稚子具⁵⁴眼前　늙은 처와 어린 자식 모두 눈앞에 있었지만

弟妹飄零不相見　　동생들 떠돌아 만나보지 못했다오.

此公樂易眞可人　　이 공 화락하고 평이해 진실로 가인이라

園翁溪友肯卜鄰　　원옹과 계우가 기꺼이 이웃했다네.

鄰家有酒邀皆去　　이웃집에서 술 있어 부르면 항상 가고

得意魚鳥來相親　　물고기와 새가 와서 서로 친함이 있었지.

浣花酒船散車騎　　완화의 술 배에서 거기 장군과 헤어졌으며

野墻無主看桃李　　들 담장에서 주인 없는 도리 보았지.

宗文守家宗武扶　　종문은 집 지키고 종무는 부축한 채

落日蹇驢馱醉起　　저물녘 술 취한 채 절름발이 나귀 탔지.

願聞解鞍脫兜鍪　　안장 풀고 투고 벗는 걸 듣길 바랄뿐

52　[교감기] '黃'이 영원본·전본에는 '皇'으로 되어 있다. 주문(注文)에서도 또한 인
　　용하면서 '皇'자로 썼다. 살펴보건대, '羲黃'은 복희씨(伏羲氏)와 화황제(和黃
　　帝)를 가리키는데, '羲皇上人'은 복희씨 이전의 사람이다. 모두 통용된다.

53　干戈崢嶸 : 이 구절 아래 '一作終風且霾'라는 소주(小注)가 있다.

54　[교감기] '具'가 영원본·전본·건륭본에는 모두 '且'로 되어 있다.

老儒不用千戶侯	늙은 선비는 천호 후를 바라지 않았네.
中原未得平安報	중원에서 아직 평안한 소식 전해지지 않아
醉裏眉攢萬國愁	술 취해 눈살 찌푸리며 온 천하 근심했지.
生綃鋪墻粉墨落	담장에 생명주 펼쳐놓고 붓을 휘둘렀는데
平生忠義今寂寞	평생의 충의로움 이제는 쓸쓸해졌네.
兒呼不蘇驢失脚	아이 불러 나귀 헛디딤을 해결하지 못하나
猶⁵⁵恐醒⁵⁶來有新作	오히려 술 깨면 새로운 시 지을까 염려되네.
常使詩人拜畫圖	항상 시인으로 하여금 그림에 절하게 하노니
煎⁵⁷膠續絃千古無	아교 달여 현 이은 일 천고세월에 없겠는가.

【주석】

拾遺流落錦官城 : 두보의 「춘야희우春夜喜雨」에서 "금관성에 꽃이 무거울 테지"라고 했다.

杜詩, 花重錦官城.

故人作尹眼爲靑 : '고인故人'은 엄무嚴武를 말한다. '안청眼靑'⁵⁸은 위에 보인다.

---

55 [교감기] '猶'가 영원본에는 '尤'로 되어 있다.
56 [교감기] '醒'이 전본에는 '醉'로 되어 있다.
57 [교감기] '煎'이 고본에는 '神'으로 되어 있다.
58 안청(眼靑) : 『진서·완적전(阮籍傳)』에서 "완적은 자기 눈을 청안(靑眼)과 백안(白眼)으로 곧잘 만들면서 예속(禮俗)에 물든 선비를 보면 백안으로 대했다[能爲靑白眼, 見禮俗之士, 以白眼對之]"라고 했다.

故人, 嚴武也. 眼靑見上.

碧雞坊西結茅屋 : 두보의 「서교西郊」에서 "때때로 벽계방[59]을 나서네"라고 했다. 방坊의 이름은 벽계금마碧雞金馬의 뜻에서 취한 것이다.

杜詩, 時出碧雞坊. 坊名取碧雞金馬之義.

百花潭水濯冠纓 : 두보의 「회금수거지懷錦水居止」에서 "만리교萬里橋 서쪽의 집, 백화담 물가의 별장"이라고 했다. '백화담'의 일은 절도사 최녕崔寧의 처인 기국부인冀國夫人과 관련된 것이다. 부인의 집은 완화계浣花溪에 있었다. 부인이 어린 시절에 기이한 스님이 자신의 집을 지나갔는데 온 몸에 부스럼이 나고 더러웠다. 그러나 부인은 그 스님을 대단히 정성스럽게 대접했다. 그러자 스님은 해진 옷을 주면서 "나를 위해 이것을 세탁해 줄 수 있겠소"라고 했다. 부인은 곧바로 시냇가로 가서 이것을 빨았는데, 연꽃이 연못 가운데서 솟아났다. 뒤에 부인이 귀한 신분이 되자, 세상에서는 이 연못을 '백화담'이라고 불렀다.

杜詩, 萬里橋西宅, 百花潭水莊. 百花潭事, 蓋節度使崔寧妻, 冀國夫人, 家于浣花溪上. 夫人初爲兒童, 有異僧過其家, 徧身瘡穢, 夫人奉之甚謹. 僧持弊衣謂曰, 爲我濯此. 夫人卽就溪浣之, 蓮花隨出潭中. 及貴, 俗呼百花潭.

---

59 벽계방(碧雞坊) : 『양익기(梁益記)』에서 "성도의 방(坊)은 백 이십 개인데, 네 번째가 바로 벽계방이다. 한나라 선제(宣帝) 시기에 어떤 사람이 익주(益州)에 금마(金馬)와 벽계의 신이 있다고 하자, 부신을 지닌 왕포(王襃)를 보내 제사를 지내게 했다. 그러므로 그렇게 이름 지은 것이다"라고 했다.

故衣未補新衣綻 :『예기·내칙內則』에서 "옷이 찢어지거든 바늘을 꿰어 깁기를 청한다"라고 했다.

禮記內則, 衣裳綻裂, 紉箴請補綴.

空蟠胸中書萬卷 : 두보의 「봉증위좌승奉贈韋左丞」에서 "만 권을 책을 읽었으며"이라고 했다.

杜詩, 讀書破萬卷.

探道欲度羲黃前 : 연명 도잠의 「여자엄등소與子儼等疏」에서 "5~6월에 북창 아래 누워 잠시 불어오는 서늘한 바람을 맞으면 희황 시대의 백성인가 생각이 든다"라고 했다.『남사·왕승건전王僧虔傳』에서 "빨리 달려 늘 화류미驊騮馬의 앞을 지나가고자 했다"라고 했는데, '욕도欲度' 2글자를 여기에서 취했다.

陶淵明與子儼等疏云, 五六月中, 北窗下臥, 遇涼風至, 自謂羲黃上人. 南史王僧虔傳, 駿駿常欲度驊騮前. 摘此二字.

干戈崢嶸暗寓縣 :『문선』에 실린 현휘 사조의 「화복무창등손권고성和伏武昌登孫權故城」에서 "공으로 패자霸者를 가리는 것이 우현寓縣[60]에서 일어났네"라고 했는데, 주注에서『설문해자』에서 말한 "'우寓'는 '우宇'자의 유문籀文이다"라는 구절을 인용했다. 두보의 「장유壯遊」에서 "천하가

---

60 우현(寓縣) : 천하(天下)를 가리킨다.

다시 소강小康을 회복했네"라고 했다.

文選謝玄暉詩, 霸功興寓縣. 注引說文曰, 寓籕文宇字. 杜詩, 宇縣復小康.

杜陵韋曲無雞犬 : 두보의 「증위칠贈韋七」에서 "시론時論은 권세가 하늘을 찌른다고 다들 그러네"라고 했는데, 주注에서 "세속에서 하는 말에 "성남의 위 씨와 두 씨는 하늘과의 거리가 5척에 불과할 정도로 권세가 대단하다"라 했다"라고 했다.

老杜贈韋七詩云, 時論同歸尺五天. 自注云, 俚語云, 城南韋杜, 去天尺五.

老妻稚子具眼前 : 두보의 「강촌江村」에서 "늙은 아내는 종에게 바둑판 그리고, 아이는 바늘 두드려 낚시 바늘 만드네"라고 했다.

杜詩, 老妻畫紙爲棋局, 稚子鼓針作釣鈎.

弟妹飄零不相見 : 두보의 「견흥遣興」에서 "전쟁이 아직 그치지 않았노니, 동생들은 각각 어디로 갔는가"라고 했다. 또한 「억제憶弟」에서 "난리에 아우의 소식 들으니, 제주 근처에서 추위와 허기에 고생한다네. 인편 드물어 편지도 오지 않는데, 전쟁 중이니 어떻게 만날까"라고 했다.

杜詩, 干戈猶未定, 弟妹各何之. 又云, 喪亂聞吾弟, 飢寒傍濟州, 人稀書不到, 兵在見何由.

此公樂易眞可人 : 『촉지·비의전費禕傳』에서 "그대는 진실로 가인可人

이네"라고 했다. '가인可人'[61]은 본래 『예기』에 나온다.

蜀志費褘傳, 君信可人. 字本出禮記.

園翁溪友肯卜鄰 : 두보의 「해민解悶」에서 "시냇가 벗은 돈을 받고 뱅어를 두고 가네"라고 했고 또한 「원인송과園人送瓜」에서 "그 은혜 시냇가 노인에게 미쳤네"라고 했으며, 「봉증위좌승장이십이운奉贈韋左丞丈二十二韻」에서 "왕한王翰도 이웃되길 원했지요"라고 했다.

杜詩, 溪友得錢留白魚. 又園人送瓜詩, 共少及溪老. 又詩, 王翰願卜鄰.

鄰家有酒邀皆去 : 두보의 「한식寒食」에서 "농부가 부르면 항상 가고, 이웃에서 음식 보내면 기쁘게 받네"라고 했다. '요要'와 '요邀'는 의미가 같다.

杜詩, 田父要皆去, 鄰家問不違. 要邀義同.

得意魚鳥來相親 : 『세설신어』에서 "간문제簡文帝가 화림원華林園에 있으면서 좌우의 신하들에게 "마음에 맞는 곳이 반드시 멀리 있는 것은

---

61 가인(可人) : 『예기·잡기(雜記)』 하(下)의 "관중이 도적을 만나 그 중에서 두 명을 취해 가신으로 삼았다. 이후 환공에게 조정의 공신으로 삼기를 추천하면서 '함께 조유하는 자들 때문에 법을 범했지만 벼슬을 줄 만한 사람입니다'라고 했다. 관중이 죽자, 환공은 그들에게 관중의 복을 입게 했다. 대부에게 벼슬한 자가 대부를 위하여 복을 입는 것이 관중으로부터 시작되었으니, 군명이 있기 때문이었다[管仲遇盗, 取二人焉. 上以爲公臣 曰, 其所與游辟也, 可人也. 管仲死, 桓公使爲之服]"라는 구절에 보인다. '가인'은 보통 재주와 덕이 훌륭한 사람을 말한다.

아니다. 그윽한 숲과 물에서 나도 모르게 날짐승과 길짐승 그리고 물고기가 제 스스로 찾아와 사람과 친하게 되면 된다"라 했다"라고 했다. 태백 이백의 「명고가鳴皋歌」에서 "흰 갈매기 날아와, 오래도록 그대와 친하리라"라고 했다.

世說, 簡文入華林園, 顧謂左右曰, 會心處不必在遠. 翳然林水, 不覺鳥獸禽魚, 自來親人. 太白鳴皋歌曰, 白鷗兮飛來, 長與君相親.

野墻無主看桃李 : 두보의 「절구만흥絶句漫興」에서 "손수 심은 도리가 주인이 없겠는가, 들 노인네 담장 낮아도 또한 집이로다"라고 했고 또한 「강반독보심화칠절구江畔獨步尋花七絶句」에서 "활짝 핀 복사꽃 한 무더기 주인도 없는데"라고 했다.

杜詩, 手種桃李非無主, 野老墻低還是家. 又云, 桃花一簇開無主.

宗文守家宗武扶 : 두보의 「득가서得家書」에서 "웅아熊兒[62]는 다행히 병이 없고, 기자驥子[63]가 가장 가련하네"라고 했다. 또한 「숙한일시종문종무熟食日示宗文宗武」와 「우시양아又示兩兒」라는 작품이 있다. 「종무생일宗武生日」이라는 작품의 주注에서 "종무의 어릴 적 자字가 기자驥子이다"라고 했다. 진무기의 「화요절영주방화이백진시和饒節詠周昉畵李白眞詩」에서 "그대 보지 못했나, 완화노옹이 취하여 나귀 탔는데, 웅아가 고삐 잡고 기

---

62 웅아(熊兒) : 두보의 첫째 아들 두종문(杜宗文)을 말한다.
63 기자(驥子) : 두보의 둘째 아들 두종무(杜宗武)를 말한다.

자가 부축하는 것을. 금화의 신선이 칠언으로 읊조렸으니, 좋은 일에 천금을 찾을 필요는 없다오"라고 했는데, 이 시를 말한다. '금화金華'는 산곡 황정견을 말한다.

老杜云, 熊兒幸無恙, 驥子最憐渠. 又有示宗文宗武兩詩, 宗武生日詩注云, 宗武小字驥子. 陳無己和饒節詠周昉畫李白眞詩云, 君不見, 浣花老翁醉騎驢, 熊兒捉轡驥子扶. 金華仙伯哦七字, 好事不復千金摸. 謂此詩也. 金華謂山谷.

落日蹇驢馱醉起 : 소식의 「속려인행續麗人行」에서 "절름발이 나귀와 해진 모자에 금빛 안장 따르네"라고 했다.

杜詩, 蹇驢破帽隨金鞍.[64]

願聞解鞍脫兜鍪 : 『서경·열명說命』에서 "갑옷은 전쟁을 일으킵니다"라고 했는데, 그 주注에서 "'갑甲'은 갑옷과 투구이다"라고 했다. 『한서·한연수전韓延壽傳』에서 "갑옷과 가죽신과 투구를 벗었다"라고 했는데, 그 주注에서 "투구이다"라고 했다. 퇴지 한유의 「부강릉도중운운赴江陵途中云云」에서 "변방에서 투구를 벗었네"라고 했다.

書, 惟甲胄起戎. 注, 甲, 鎧胄兜鍪也. 漢韓延壽傳, 披甲鞮鍪. 注, 卽兜鍪也. 退之詩, 邊封脫兜鍪.

---

64 [교감기] '杜詩云云'에 대해 살펴보건대, '蹇驢破帽隨金鞍'이라는 구절은 蘇軾의 「續麗人行」에 보인다. 任淵이 출처를 잘못 표기했다.

老儒不用千戶侯 : 두보의 「억석憶昔」에서 "늙은 선비는 상서랑이 필요 없다네"라고 했다. 『악부·목란가木蘭歌』에서 "목란은 상서랑을 필요로 하지 않는다네"라고 했다.

老杜憶昔云, 老儒不用尙書郞. 樂府木蘭歌, 木蘭不用尙書郞.

中原未得平安報 : 두보의 「석봉夕烽」에서 "저녁 봉화가 멀리서부터 전해서, 매일 무사함을 알리네"라고 했다.

杜詩, 夕烽來不近, 每日報平安.

醉裏眉攢萬國愁 : '취리미찬醉裏眉攢'이 다른 판본에는 '청양지간淸揚之間'으로 되어 있다. 『여부잡기驢阜雜記』에서 "원법사遠法師가 백련사白蓮社를 조직하고서는 편지를 보내어 연명 도잠을 초대했고 도잠이 이르렀다. 원법사는 도잠에게 백련사에 들어오라고 권했는데 도잠은 이마를 찌푸리고 떠나가 버렸다"라고 했다. 두보의 「우청雨晴」에서 "고향은 깊은 근심 속에 있으니, 길게 노래하며 마음을 풀어보네"라고 했다.

一作作淸揚之間[65][66] . 驢阜雜記, 遠法師結白蓮社, 以書招淵明, 淵明造焉. 遠因勉以入社, 陶攢眉而去. 杜詩, 故國愁眉外, 長歌欲損神.

---

65 間 : 중화서국본에는 '閒'으로 되어 있으나, '間'의 오자이다.
66 [교감기] '一作云云'에 대해 전본에서는 '上四字'를 가리킨다고 했다. 영원본에는 '醉裏眉攢'라는 구절 아래에 '一作云云'이라는 소주(小注)가 있다.

生綃鋪墻粉墨落 : 두보의 「영화학詠畫鶴」에서 "아름답구나, 기상의 원대함이여, 어찌 다만 새 그림에서만 보일까"라고 했다.

老杜詠畫鶴, 佳此志氣遠, 豈推粉墨新.

常使詩人拜畫圖 煎膠續絃千古無 : 동방삭의 『십주기』에서 "봉황의 부리와 기린의 뿔을 삶고 고아서 아교를 만드는데, 이것을 속현교續弦膠라고 한다"라고 했다. 『박물지』에서 "한漢 무제武帝 때에 서해국西海國에서 아교 다섯 냥을 받쳤는데, 무제가 이것을 외고外庫에 두었고 나머지 반냥 정도를 서해국의 사신에게 가지고서 자신을 따르게 했다. 후에 무제가 감천甘泉으로 활을 쏘러 갔는데, 무제의 활이 끊어져버렸다. 서해국의 사신이 나머지 아교로 활을 붙이고자 청했고 마침내 활을 붙이었다. 그리고는 힘써 사람으로 하여금 양쪽 끝에서 잡아당기게 했는데, 끝내 떨어지지 않았다. 그래서 속현교라고 이름 한 것이다"라고 했다. 두보의 「병후우왕의음증가病後遇王倚飲贈歌」에서 "기린 뿔과 봉의 부리를 세상이 알지 못하는데, 아교풀 달여 줄 이으면 기이함 절로 드러나네"라고 했다. 목지 두목의 「독한두집讀韓杜集」에서 "두보 시와 한유 글을 수심 속에 읽어보니, 마고 시켜 가려운 데 긁는 것만 같구나. 하늘 밖의 봉황의 골수를 누가 얻을까, 속현교에 부합할 사람 없다오"라고 했다.

東方朔十洲記, 煮鳳喙麟角 合煎作膠, 名爲續弦膠. 博物志, 漢武時, 西海國獻膠五兩, 以付外庫. 餘半兩, 使者佩以自隨. 後從帝射於甘泉, 帝弓絃斷, 西乞以所餘膠續之, 弦逐相著. 使力士各引一頭, 終不相離, 因名續弦膠. 杜

詩, 麟角鳳觜世莫辨, 煎膠續弦奇自見. 杜牧之讀韓杜集云, 杜詩韓筆愁來讀,

似倩麻姑癢處搔.[67] 天外鳳凰誰得髓, 無人解合續弦膠.

67 [교감기] '杜詩' 二句에 대해, 『樊川集』에는 '韓筆'이 '韓集'으로 되어 있고 '搔'가
    '抓'로 되어 있는데, 지금 전본을 따르고 더불어 『樊川詩集注』에 의거해 고친다.

11. 장난삼아 집안 동생의 「선장탐춘」이라는 작품에
화답하다. 2수

戱和舍弟船場探春. 二首

첫 번째 수其一

雨餘禽語催天曉	비 온 후 새들은 새벽을 재촉하고
月下[68]梨花放夜闌	달빛 아래 배꽃은 밤에 활짝 피었구나.
莫聽遊人待妍暖	길손은 날 따뜻해지는 것 기다리지 않고
十分傾酒對春寒	맘껏 봄 추위 속에 술잔 기울이네.

【주석】

月上梨花放夜闌 : 이백의 「도형문송별渡荊門送別」에서 "달빛 아래 하늘 거울이 나는구나"라고 했다. 형공 왕안석의 「만흥화충경학사晩興和沖卿學士」에서 "이제야 고운 달빛 떠오르네"라고 했다.

李白詩, 月下[69]飛天鏡. 王荊公詩, 娟娟月上初.[70]

---

68 下 : 중화서국본에는 '上'이라 되어 있으나, '下'의 오자로 보인다.
69 下 : 중화서국본에는 '上'으로 되어 있으나, 이백의 「도형문송별(渡荊門送別)」에는 '下'로 되어 있다.
70 [교감기] '李白 (…중략…) 上初'라는 주석이 영원본에는 없다.

두 번째 수其二

百舌解啼泥滑滑	모든 새들 니활활하고 울어대니
忽成風雨落花天	갑자기 비바람에 꽃이 떨어지누나.
城南一段春如錦	성남의 봄날은 비단과도 같으니
喚取詩人到酒邊	시인을 술자리에 초대했구나.

【주석】

百舌解啼泥滑滑 : 성유 매요신의 「금언사수禽言四首」 중의 한 작품인 「죽계竹雞」에서 "미끄러운 진흙탕 길,[71] 대나무 우거진 언덕 오르기 힘드네. 빗소리 쓸쓸한데, 말 위의 남자여"라고 했다 '니활활泥滑滑'을 촉蜀나라 사람들은 계두골雞頭鶻이라고 부른다. 동파 소식의 「송우미리여서사군送牛尾狸與徐使君」에서 "진흙 깊어 계두골의 울음소리 물리도록 듣네"라고 했다.

梅聖俞禽言四首其一竹雞云, 泥滑滑, 苦竹岡. 雨瀟瀟, 馬上郎. 泥滑滑, 蜀人號爲雞頭鶻. 東坡詩, 泥深厭聽雞頭鶻.

忽成風雨落花天 : 안연년의 시에서 "꽃을 떨어뜨리는 바람에게 말하노니, 꽃을 전부 떨어뜨리지는 말게나"라고 했다.

顔延年詩, 寄語落花風, 莫吹花落盡.[72]

---

71 미끄러운 진흙탕 길 : 울음소리가 원활(圓滑)하다 하여 '니활활(泥滑滑)'이라 명명된 새로, 자고새와 비슷한 죽계(竹鷄)의 울음소리를 형용한 말이라 한다.

12. 집안 동생이 우씨의 정원에 쓴 작품에 차운하다. 2수

次韻舍弟題牛氏園. 二首[73]

첫 번째 수其一

春與園林共晚[74]	봄과 원림 모두 저물녘 되자
人將蜂蝶俱來	사람과 나비가 모두 이르네.
樽前鳥歌花舞	술잔 앞에 새 노래하고 꽃 춤추었고
歸路星翻漢回	돌아가는 길에 은하수 반짝이며 맴도네.

【주석】

人將蜂蝶俱來 : 당唐나라 왕가王駕의 「청경晴景」에서 "나비 날아와 담장을 넘어가네"라고 했다.

唐王駕詩, 蛺蝶飛來過墻去.

樽前鳥歌花舞 : 태백 이백의 「제동계공유거題東溪公幽居」에서 "봄을 맞는 예쁜 새는 뒷담에서 노래하고, 술 보내는 고운 꽃은 처마 끝에 나부끼네"라고 했다.

李太白詩, 好鳥迎春歌後院, 飛花送酒舞前簷.

---

73 [교감기] 전본·건륭본에는 시 제목 아래 '二首'라는 두 글자가 더 있다. 고본에는 시 제목 아래 주(注)에서 "六言"이라고 했다.
74 [교감기] '晚'이 고본에는 '催'로 되어 있다.

歸路星翻漢回: "밝은 달과 맑은 바람 부는, 좋은 밤에 함께 모이었네. 은하수의 별이 반짝이노니, 즐거움 끝이 없다오"라고 했는데, 이것은 『태평광기』에 실린 「귀鬼」라는 작품이다. 소식과 황정견은 모두 다른 사람을 위해 글씨 써 주는 것을 좋아했다. 이 글자들은 본래 『문선』에 실린 명원 포조의 「무학부舞鶴賦」의 "별 반짝이고 은하수 맴돌며, 새벽 달빛 장차 지려하네"라는 구절에서 유래했다.

明月淸風, 良宵會同. 星河易翻, 歡娛不終. 此廣記所載鬼詩也. 蘇黃皆喜爲人書之. 字本出文選鮑明遠舞鶴賦云, 星翻漢回, 曉月將落.

두 번째 수其二

春事欲了鶯催	봄날 지나려하니 꾀꼬리 울어대고
主人雖貧燕來	주인 가난하나 제비 날아왔구나.
玉燭傳杯未厭	화창한 봄날 술 마시는 것 싫지 않은데
金吾靜夜驚回	고요한 밤 금오랑이 순찰을 도는구나.

【주석】

主人雖貧燕來 : 무관武瓘의 「감사感事」에서 "꽃 피자 나비 가지에 가득하고, 꽃 시들자 나비 도리어 드물구나. 오직 옛 둥지의 제비가 있어, 주인 가난해도 또한 돌아왔네"라고 했다. 형공 왕안석의 「춘일春日」에서 "꾀꼬리는 마치 옛 벗처럼 오고, 제비는 가난한 집 둥지지 않았어

라"라고 했다.

武瓘詩, 花開蝶滿枝, 花謝蝶還稀. 惟有舊巢燕, 主人貧亦歸. 王荊公詩, 鴬
猶來舊友, 燕不背貧家.

玉燭傳杯未厭 : 『이아』에서 "사계절이 화창한 것은 '옥촉玉燭'이라고
한다"라고 했는데, 여기에서 '옥촉'이란 글자를 빌려온 것이다. 두보의
「구일九日」에서 "잔을 돌려 손에서 잔 놓지 않았는데"라고 했다.

爾雅, 四時和謂之玉燭. 此借使其字. 杜詩, 傳杯不放杯.

金吾靜夜驚回 : '정야靜夜'가 다른 판본에는 '주야晝夜', 혹은 '진야盡夜'
로 되어 있는데, 지금 '정야'로 확정한다. 당唐나라 십육위十六衛에 좌우
금오위左右金吾衛가 있는데, 대개 한漢나라의 집금오執金吾의 명칭을 따른
것으로, 경성京城의 순찰을 맡았다. 위술韋述의 『서도신기西都新記』에서
"경성의 거리에 금오가 있는데, 새벽과 저녁에 소리를 지르며 밤에 다
니는 것을 금지했다. 오직 정월 보름날 밤에만, 금오에게 보름 앞뒤 하
루는 금하는 것을 하지 않게 했다"라고 했다. 두보의 「배이금오화하음
陪李金吾花下飮」에서 "취해 돌아가면 통행금지 어길 테니, 이 금오가 두렵
구나"라고 했다.

本或作晝夜, 或作盡夜, 今定爲靜夜. 唐十六衛, 有左右金吾衛, 蓋循漢執
金吾之名, 掌京城巡警. 韋述西都新記云, 京城街衢有金吾, 曉暝傳呼, 以禁夜
行. 惟正月十五日夜, 敕金吾弛禁, 前後各一日. 杜詩, 醉歸應犯夜, 可怕李金吾.

13. 갑자기 눈이 날리자 왕립지에게 보내어 매화에 대해 묻다

急雪寄王立之問梅花

사인舍人 왕재원王才元의 이름은 역棫이고 입지立之는 그 아들로, 자는
직방直方이다. 이 해에 출사하여 공원貢院이 되었다.

王才元舍人名棫, 立之其子也, 字直方. 是年出貢院作.

紅梅雪裏與蓑衣　　　눈 속의 붉은 매화에 도롱이를 입혀주어

莫遣侵寒鶴膝枝　　　추위가 마른 가지에 스미지 못하게 하라.

老子此中殊不淺　　　늙은이 이 가운데 흥취 얕지 않노니

尙堪何遜作同時　　　오히려 하손과 동시대에 살만 하다네.

【주석】

莫遣侵寒鶴膝枝 : 태충 좌사의 「오도부吳都賦」에서 "집집마다 학슬鶴
膝[75]을 지니고 호호마다 서거犀渠[76]를 지니고 있다"라고 했다. 이것을
빌려와 매화 가지가 마른 것을 말했다.

吳都賦, 家有鶴膝, 戶有犀渠. 借此以言梅枝之瘦也.

老子此中殊不淺 : 유량庾亮이 무창武昌에 있을 때, 여러 부하들이 가을

75　학슬(鶴膝) : 창의 이름이다.
76　서거(犀渠) : 방패 이름이다.

밤에 함께 남루南樓에 올랐었다. 잠시 후 유량이 오자, 사람들이 모두 일어나 피하려고 하자, 유량이 "이 늙은이도 이러한 일에 흥이 얕지 않다"라고 했다.

庾亮在武昌, 諸佐吏乘秋夜共登南樓. 俄而亮至, 諸人將起避之, 亮曰, 老子於此處興復不淺.

尚堪何遜作同時 : 두보의 「화배적등촉주동정송객봉조매상억견기和裴迪登蜀州東亭送客逢早梅相憶見寄」에서 "동각東閣의 관매官梅에 시흥詩興이 일어, 양주揚州에 있는 하손何遜 같구나"라고 했다. 살펴보건대, 『삼보결록三輔決錄』에서 "하손이 양주에 있을 때, 관매가 흐드러지게 핀 것을 보고 사언시四言詩를 짓자 사람들이 그 시를 베끼었다. 하손은 시로 명성이 있었는데, 양주의 법조法曹가 되었을 때, 관청에 매화가 활짝 피면 항상 그 아래에서 시를 읊조렸다. 뒤에 낙성洛城에 거주할 때에, 매화가 생각나서 거듭 양주의 벼슬자리를 요구했다"라고 했다. 『한서·사마상여전司馬相如傳』에서 "황제가 "짐이 이러한 사람과 한 시대에 살지 못하다니"라 했다"라고 했다.

杜詩, 東閣官梅動詩興, 還如何遜在揚州. 按三輔決錄, 何遜在揚州, 見官梅亂發, 賦四言詩, 人得傳寫. 遜有詩名, 作揚州法曹, 廨舍有梅花盛開, 常吟詠其下. 後居洛, 思梅花, 再請其任.[77] 司馬相如傳, 上曰, 朕獨不得與此人同時哉.

---

77 [교감기] '遜有 (…중략…) 其任' 30글자가 영원본의 주(注)에는 없다.

14. 또 왕립지에게 부치다

又寄王立之

南人羈旅不成歸	남쪽 사람 나그네 되어 돌아가지 못해
夢繞南枝與北枝	꿈에서 남쪽 가지 북쪽 가지 맴돈다네.
安得孤根連夜發	어찌하면 외론 뿌리에서 밤새 피어나
要當雪月竝明時	달빛 내린 눈 속에서 더불어 환할거나.

【주석】

夢繞南枝與北枝 : 촉주蜀川 홍매각紅梅閣의 「귀鬼」에서 "남쪽 가지 따뜻한 곳 향하고 북쪽 가지는 차갑구나"라고 했다.

蜀川紅梅閣鬼詩, 南枝向暖北枝寒.

安得孤根連夜發 : '화수연야발花須連夜發'[78]은 위에 보인다.

花須連夜發見上.

---

[78] 화수연야발(花須連夜發) : 당(唐)나라 사람의 소설(小說) 중에 "내일 아침 상림원으로 산책 갈 테니, 서둘러 봄에게 알리도록 하라. 꽃들은 밤을 새워서라도 다 피어 있어라, 새벽바람이 불어오기를 기다리지 말고[明朝遊後苑, 火急報春知. 花須連夜發, 莫待曉風吹]"라고 내용이 있다.

15. 왕립지가 짧은 시와 더불어 한 떨기 목단을 보내왔기에 장난삼아 답하다. 2수

王立之以小詩送竝蔕牡丹戱答. 二首[79]

첫 번째 수其一

分送香紅惜折殘	붉은 향기 나눠 보내오니 꺾인 것 애석하고
春陰醉起薄羅寒	봄 그늘에서 취해 일어나니
	얕은 비단옷 싸늘해라.
不如王謝堂前燕	왕 씨와 사 씨의 집 앞 제비와는
	같지 않지만
曾見新粧竝倚欄	일찍이 새로 단장하고 난간에 기대는 것 보네.

【주석】

分送香紅惜折殘 : 요부 소옹의 「사기매회謝寄梅花」에서 "태수가 매화 향기 나눠 촌사람에게 주었네"라고 했다. 위공 한기韓琦의 「금피퇴시錦被堆詩」에서 "붉은 향기는 사람의 마음 헤아리지 못하고, 잠들어 봄 찾아왔는데도 꽃 피우지 않네"라고 했다.

邵堯夫謝寄梅花詩, 太守分香及野人. 韓魏公錦被堆詩, 香紅不解知人意, 睡取東君不放回.

---

79   [교감기] 전본·건륭본에는 시 제목 아래 '二首'라는 두 글자가 더 있다.

不如王謝堂前燕 : 유몽득의 「오의항烏衣巷」에서 "옛날 왕 씨와 사 씨의 집 안의 제비, 보통의 백성 집으로 날아드네"라고 했다. 당唐나라 왕사 王謝가 바다에서 표류하다가 한 고을에 이르러 노인을 보았는데 검은 옷을 입고 있었다. 그 노인이 왕사를 왕에게 데려가자, 왕이 자신의 딸을 처로 삼게 했다. 왕사가 묻기를 "이곳은 어디입니까"라 하자, 왕의 딸이 "오의국烏衣國입니다"라 대답했다. 훗날 왕이 나는 구름을 취하고 서는 왕사에게 그 속으로 들어가게 했다. 잠시 눈을 감고 있었는데, 자신의 집에 이르렀다. 들보 위에 두 마리 제비가 지저귀며 내려다보고 있었는데, 왕사가 이에 자신이 간 곳이 연자국燕子國임을 깨달았다. 더불어 기록해 둔다.

劉夢得詩, 舊時王謝堂前燕, 飛入尋常百姓家. 唐王謝航海, 至一州, 見翁 媼皂服引見王, 王以女妻之. 謝問曰, 此何所也. 女曰, 烏衣國也. 後王取飛雲 軒, 令謝入其中, 閉目少頃, 已至其家. 梁上雙燕呢喃下視, 謝乃悟, 所止燕子 國也. 因併記之.[80]

두 번째 수 其二

露晞風晩別春叢　　이슬 마르고 바람 저물 때 봄 떨기에서 떠나
拂掠殘粧可意紅　　흐드러진 꺾인 꽃송이 마음 흡족하게 붉구나.

80　[교감기] 송(宋) 장돈이(張敦頤)의 『六朝事跡·烏衣巷』엣 '오의국(烏衣國)'의 일이 상세하게 기록되어 있는데, '王謝'가 '王(木+射)'로 되어 있다.

多病廢詩仍止酒　　　병 많아 시 폐하고 이에 술도 끊었노니

可憐雖在與誰同　　　이 아름다움 비록 있지만 뉘와 함께 할까.

【주석】

拂掠殘粧可意紅 : 형공 왕안석의 시에서 "연꽃이 만족스럽게 붉구나"
라고 했다.

王荊公詩, 荷花稱意紅.

可憐雖在與誰同 : 『옥대신영』의 가사 중에 "동으로 나는 까치와 서로
나는 제비"라고 했고 그 끝에서 "부질없이 머물러 어여쁨 뉘와 함께 할
꼬"라고 했다.

玉臺新咏有歌詞云, 東飛伯勞西飛燕. 其末云, 空留可憐與誰同.

16. 왕도위에게 천엽매를 구하였는데 이미 다 떨어졌다고 한다. 이에 장난삼아 지어 젓대 부를 시아를 놀린다

從王都尉覓千葉梅, 云已落盡. 戲作嘲吹笛侍兒

若爲可耐昭華得	마치 소화를 얻은 것만 같은데
脫帽看髮已微霜	두건 벗고 머리 보니 이미 새었구나.
催盡落梅春已半	재촉하듯 매화 다 떨어져 봄도 절반 지났으니
更吹三弄乞風光	다시 세 곡조 연주 해 풍광을 즐겨 보세나.

【주석】

若爲可耐昭華得 : 자후 유종원의 「여호초상인동간산기경화친고與浩初上人同看山寄京華親故」에서 "만약 이 몸이 천억 개로 변화할 수 있다면, 산봉우리에 두루 올라 고향을 바라볼 텐데"라고 했다. 부마도위駙馬都尉 왕진경王晉卿이 집에 피리 부는 기녀가 있었는데, 이름이 소화昭華였다.

柳子厚詩, 若爲化作身千億, 遍上峯巒望故鄕. 駙馬都尉王晉卿家吹笛妓, 名昭華.

脫帽看髮已微霜 : 두보의 「음중팔선가飮中八仙歌」에서 "상투 벗고 맨머리로 왕공 앞에 나서"라고 했다.

杜詩, 脫帽露頂王公前.

催盡落梅春已半 : 『악부시집·한횡적곡漢橫笛曲』에 「매화락梅花落」이라는 작품이 있는데, 그 서序에서 "「매화락」은 본디 피리로 부는 곡조이다. 당唐나라 대각곡大角曲에 또한 「대매화大梅花」와 「소매화小梅花」등의 곡조가 있는데, 지금도 그 음조가 오히려 존재한다"라고 했다. 태백 이백의 「여사랑중흠청황학루상취적與史郎中欽聽黃鶴樓上吹笛」에서 "황학루黃鶴樓 가운데서 옥피리 부니, 강성江城 오월에 매화 떨어지네"라고 했다.

樂府詩集漢橫笛曲有梅花落, 其序云, 梅花落本笛中曲, 唐大角曲亦有大梅花小梅花等曲, 今其聲猶有存者. 李太白詩, 黃鶴樓中吹玉笛, 江城五月落梅花.

更吹三弄乞風光 : 『진서·환이전桓伊傳』에서 "왕휘지가 청계靑溪 옆에 배를 대는데, 환이가 그 언덕을 지나고 있었다. 이에 사람을 시켜 환이에게 말하길 "듣건대, 그대가 피리를 잘 분다고 하던데, 나를 위해 한 곡조 연주해 주시게"라 했다. 이에 환이가 호상胡床에 쭈그리고 앉아 세 곡조를 연주했다"라고 했다. 두보의 시에서 "풍광이 풀 사이에 떠 있네"라고 했다. 또한 「곡강曲江」에서 "말 전하노니 풍광을 함께 즐겨 보세나"라고 했다.

晉桓伊傳, 王徽之泊舟靑溪側, 伊於岸上過, 令人謂伊曰, 聞君善吹笛, 爲我一奏. 伊踞胡床爲作三調弄. 杜詩, 風光草際浮. 又云, 傳語風光共轉流.[81]

---

81 [교감기] 영원본 권8에 이 작품의 뒤에 주(注)가 있는데, 주에서 "此詩乃元祐中在

史局時作, 此篇以前皆太和所作也”라고 했다.

17. 이사웅 자비가 홀로 서원에서 노닐면서 목단을 꺾었는데 아우 자기를 그리워한 작품에 차운하다. 2수

次韻李士雄子飛, 獨遊西園, 折牡丹, 憶弟子奇. 二首

　　살펴보건대, 구본舊本에는 모두 세 수首인데, 앞 두 수首는 "꽃 피어 서쪽 사찰 십리는 눈이요, 벼슬아치 모름지기 삼백의 술 잔 기울이네. 이미 봄 술 거르자 개미처럼 시끄러우니, 그대에게 한식에 맞춰 돌아오길 바라네"와 "동양위는 파리한 채 시 읊조리며, 쓸쓸히 떨어지는 꽃 앞에서 봉황단 마시누나. 위자와 요황이 경락에 가득하겠지만, 대명성 가운데서 산단을 보누나"이다. 그리고 이곳에 실린 첫 번째 수의 제목은 「재화자비기자기再和子飛寄子奇」로 되어 있다.

　　按舊本共三首, 前二首云, 花開西寺十里雪, 管領須傾三百盃. 已撥春醅鬧如蟻, 望君及得禁烟回. 東陽瘦盡吟詩骨, 冷落花前飮鳳團. 魏紫姚黃滿京洛, 大名城裏看山丹. 而此本第一首却題作再和子飛寄子奇.

첫 번째 수其一

西園春色才桃李	서원의 봄빛이 막 도리에 들어
蜂已成圍蝶作團	벌과 나비가 모여들었구나.
更欲開花比京洛	꽃 피려 하여 경락에 꽃 즐비하리니
放教姚魏接山丹	맘껏 요황 위자로 하여금 산단과 접하게 하리.

【주석】

放教姚魏接山丹 : 구양수의 『화품花品』에서 "요황姚黃과 위자魏紫는 성
씨姓氏를 붙여 이름 지은 것이다. 「소문하종산단蘇門下種山丹」에서 "회양
천 잎의 꽃이, 이곳 삼백 리 먼 곳까지 왔구나. 성 가운데 많은 이름난
정원에서, 산단 심어 도리와 견주네. 가을 오자 산단을 심었는데, 비
맞아 살아나니 기쁘기만 해라. 산단은 아름다운 꽃은 아니지만, 늙은
농부는 깊은 정 있어라. 묵은 뿌리 이미 알맞은 흙 얻었으니, 뛰어난
품질 모두 보낼 만 해라"라고 했다. 또한 「종회種花」에서 "산단이 봄비
를 맞아, 정원에서 아름답게 피어났네. 말품이라 어찌 일찍이 생각이
나 했던가, 여러 꽃들과는 절로 같지 않다네. 올 가을에 천 잎을 대하
노니, 시험 삼아 경락 사람의 남은 것 취하리라"라 했다"라고 했다.

歐陽公花品云, 姚黃魏紫, 以姓著. 蘇門下種山丹詩云, 淮陽千葉花, 到此
三百里. 城中衆名園, 栽接比桃李. 乘秋種山丹, 得雨生可喜. 山丹非佳花, 老
圃有深意. 宿根已得土, 絶品皆可寄. 又種花詩云, 山丹得春雨, 艷色照庭除.
末品何曾數, 羣芳自不如. 今秋接千葉, 試取洛人餘.

두 번째 수其二

桃李陰中五兄弟	도리의 그늘 아래 다섯 형제들
扶將白髮共傳盃	백발노인 도우며 함께 술잔 돌리네.
風吹一鴈忽南去	바람 불어 기러기 홀연 남쪽으로 떠나갔는데

空得平安書信回   부질없어 평안하다는 편지만 왔어라.

【주석】

扶將白髮共傳盃 : '부장扶將'[82]과 '전배傳盃'[83]는 위에 보인다.

扶將傳盃見上.

---

82 부장(扶將) : 『전한서‧효경왕황후전(孝景王皇后傳)』에서 "딸이 책상 아래로 도
   망쳐 숨으니, 데리고 나와 절을 하게 했다[女逃匿, 扶將出拜]"라고 했다. 『악
   부』의 「목란가(木蘭歌)」에서 "아비 어미 딸자식 온다는 소리 듣고, 성문 나와 서
   로 기다리네[爺孃聞女來, 出郭相扶將]"라고 했다.
83 전배(傳盃) : 두보의 「구일(九日)」에서 "예전 중양일에는, 잔을 돌려 손에서 잔
   놓지 않았는데[舊日重陽日, 傳杯不放杯]"라고 했다.

18. 조자방의 잡언에 화답하다

和曹子方雜言

조보曹輔의 자는 자방子方으로 태복시승太僕寺丞이 되었다. 『전집』에 「차운답조자방잡언次韻答曹子方雜言」이라는 작품이 있는데, 이 작품 역시 그 운자에 차운한 것인데, '차운次韻'이라고는 하지 않았다. 시의 의미는 거의 같지만 거듭 나온 것이 아니기에 또한 '재화再和'라고 하고 않았다. 생각건대, 이 작품을 먼저 지었는데 뒤에 다시 교정한 듯하다. 그래서 두 편의 작품이 있게 된 것이다. 이 작품은 대개 자방이 출사出使하기 이전에 지은 작품이다.

曹輔字子方, 爲太僕寺丞. 前集有次韻答曹子方雜言,[84] 此篇亦次韻也, 而不言次韻, 詩意略同, 不應再出, 又不稱再和. 疑是先作此篇, 後復竄易, 故兩存耳. 此詩蓋子方未出使以前所作也.

正月尾	정월의 끄트머리
垂雲如覆盂	항아리 뒤집듯 구름 드리웠고
鴈作斜行書	기러기는 기울어진 행서 같아라.
三十六陂浸煙水	서른여섯 고개가 물안개에 잠기어
想對西江彭蠡湖	서강에서 팽려호 마주할 때 생각나네.
人言春色濃如酒	사람들 봄빛이 술처럼 짙다고 말하니

84　[교감기] 이 작품은 『山谷內集詩注』 권10에 보인다.

不見插秧吳女手	모 심는 오땅 여인의 손 보이질 않네.
冷卿小塢頗藏春	냉경의 작은 언덕은 자못 장춘이요
張侯官居柳對門	장후가 거처하는 관아 문 앞에 버들 있었지.
當風橫笛留三弄	바람결에 피리 불며 세 곡조 연주하고
燒燭圍棊覆九軍	촛불 밝혀 바둑 두니 구군이 뒤집혔네.
盡是向來行樂事	이 모든 것 예전 즐겁게 놀던 일이니
每見琵琶憶朝雲	늘 비파 보면 조운이 생각난다오.
只今不擧蛾眉酒	단지 지금은 아미주 들지 않아
紅牙捍撥網蛛塵	홍아 악기의 채에는 거미줄 걸렸구나.
曹侯束書丞太僕	조후는 책 가지고 와 태복을 도우며
試說相馬猶可人	말 관상 보는 것 말하니 쓸 만한 사람이네.
照夜白	조야백
眞乘黃	참으로 승황이네.
萬馬同秣隨低昂	만마가 함께 꼴 먹이고 높고 낮은 곳 달리며
一矢射落皁鵰雙	한 화살로 두 마리 검은 매 떨어뜨렸네.
張侯猶思在戎行	장후는 오히려 군대 있을 때를 생각하며
橫山虎北開漢疆	횡산과 호북으로 한나라 지경 열었다네.
冷卿智多髮蒼浪	냉경은 머리털 희끗해도 지혜가 많노니
牛刀發硎[85]思一邦	소 잡는 칼 숫돌에 갈며 나라 생각만 한다오.
政成十綴舞紅粧	참으로 열 번이나 춤추는 것이 이어졌으니

---

85 [교감기] '硎'이 원래 '研'으로 되어 있는데, 지금 영원본·전본·건륭본을 따른다.

兩侯不如曹子方	양후가 조자방만 못하구나.
朶頤論詩蝟毛張	입 벌리고 시 논하면
	고슴도치 털처럼 펼쳐지고
龜藏六用中有光	거북이 여섯 개 감추나 그 가운데 빛이 있다오.
何時端能俱過我	언제나 시간 맞춰 나와 함께 가서
掃除北寺讀書堂	북사 청소하고 당상에서 책을 읽을까.
菊苗煮餅深注湯	국화 싹으로 만든 차 덩어리 주탕에 넣고
更碾盤龍不入香	다시 소반용 차 갈며 향 넣지 않으리.

【주석】

三十六陂浸煙水 : 형공 왕안석의 「제서태일궁題西太一宮」에서 "서른여섯 언덕 물안개에 잠기어, 흰머리로 강남 보던 때 생각나네"라고 했다.

王荊公詩, 三十六陂煙水, 白頭想見江南.

想對西江彭蠡湖 : '삼십육피三十六陂'는 양주揚州 천장현天長縣에 있다. 이는 『실록·장지기전蔣之奇傳』에 보이는 "천장현은 지금 촉蜀 땅 우이군盱眙軍이다"라는 기록에 근거한 것이다. '팽려호彭蠡湖'는 강주江州에 있다.

三十六陂在揚州天長縣, 此據實錄蔣之奇傳, 天長今蜀盱眙軍. 彭蠡湖在江州.

人言春色濃如酒 : 문공 양억의 『담원』에 실린 정문보鄭文寶의 「장안송별長安送別」에서 "두곡화의 빛은 술처럼 짙고, 패릉의 봄빛은 사람보다

더 늙었어라"라고 했다.

楊文公談苑載鄭文寶詩, 杜曲花光濃似酒, 灞陵春色老於人.

不見插秧吳女手 : 두보의 「보도휴수補稻畦水」에서 "모내기가 마침 다 마쳤네"라고 했다.

老杜補稻畦水詩云, 插秧適云已.

冷卿小塢頗藏春 : 『어록』에서 "경사京師에서는 종정宗正을 냉경冷卿이라고 부르는데, 옥첩玉牒을 주관하기 때문이다"라고 했다. 동파 소식의 「용구운송노원한지낙주用舊韻送魯元翰知洛州」에서 "냉경은 마땅히 다시 따뜻해지리"라고 했는데, 조경순刁景純이 장춘오藏春塢를 만들었기에[86] 한 말이다. 『전집』에 실린 「차운답조자방잡언次韻答曹子方雜言」에서 "지난 날 냉경의 술에 흠씬 취했을 때"라고 하면서 구주舊注에서 "'냉경'은 빙청氷廳의 유와 같다"라고 했는데, 그렇지 않은 듯하다. 『외집』에 「냉정수冷庭叟」라는 작품이 있는데, 그 서序에서 "황정견은 정수와 18년이나 벗으로 지냈다. 정수에게는 아름다운 시녀가 있었기에, 일찍 조정에서 도망가듯 떠나버렸다"라고 했다. 『전집』에 실린 「차운답조자방잡언次韻答曹子方雜言」에서 "지난 날 냉경의 술에 흠씬 취했을 때, 시녀의 비파

86　조경순(刁景純)이 장춘오(藏春塢)를 만들었기에 : 조경순은 북송 때의 문장가인 조약(刁約)이다. 일찍이 진사에 급제하고 관각(館閣)의 교리(校理)와 사관(史館)의 요직을 맡았으나, 뒤에 벼슬을 그만두고 윤주(潤州)로 돌아가 장춘오(藏春塢)라는 서재를 짓고 문한(文翰)으로 여생을 마쳤다.

는 봄바람 같은 솜씨였지"라고 했고 또한 "누가 가엽게 여길까, 서로 만난 지 십 년 뒤에"라고 했는데, 그 사적事跡과 시기가 모두 유사하니, 정수庭叟가 바로 냉경으로 보인다.

語錄, 京師謂宗正爲冷卿, 謂其管玉牒. 東坡詩, 冷卿當[87]復溫, 刁景純有藏春塢. 前集雜言云, 往時盡醉冷卿酒, 舊注謂冷卿如氷廳之類, 恐未必然. 外集有冷庭叟詩, 其序云, 庭堅於庭叟, 有十八年之舊. 庭叟有佳侍兒, 因早朝而逸去. 前集詩云, 往時盡醉冷卿酒, 侍兒琵琶春風手. 又云, 誰憐相逢十載後, 其事跡及歲月皆相似, 疑庭叟卽冷卿也.

張候官居柳對門: '장후張侯'는 민조閩曹 장중모張仲謀를 말한다.

張侯謂閩曹張仲謀.

當風橫笛留三弄: '삼롱三弄'[88]은 위에 보인다.

見上.

燒燭圍某覆九軍: 『장자·덕충부德充符』에서 "용사 한 명이 구군九軍[89]

---

87 當 : 중화서국본에는 '誰'로 되어 있으나, 『東坡全集』에는 '當'으로 되어 있다.
88 삼롱(三弄) : 『진서·환이전(桓伊傳)』에서 "왕휘지가 청계(靑溪) 옆에 배를 대는데, 환이가 그 언덕을 지나고 있었다. 이에 사람을 시켜 환이에게 말하길 "듣건대, 그대가 피리를 잘 분다고 하던데, 나를 위해 한 곡조 연주해 주시게"라 했다. 이에 환이가 호상(胡床)에 쭈그리고 앉아 세 곡조를 연주했다[王徽之泊舟靑溪側, 伊於岸上過, 令人謂伊曰, 聞君善吹笛, 爲我一奏. 伊踞胡床爲作三調弄]"라고 했다.
89 구군(九軍) : 천자(天子)는 육군(六軍)이고 제후(諸侯)는 삼군(三軍)인데, 이를

을 뚫고 들어간다"라고 했다.

莊子德充符篇, 勇士一人, 雄入於九軍.

每見琵琶憶朝雲 : 이백의 「감흥感興」에서 "요희는 천제의 딸로, 아름답게 아침 구름으로 변했네"라고 했다. 『낙양가람기洛陽加藍記』에서 "하간왕河間王에게 조운朝雲이라는 여종이 있었는데, 젓대를 잘 불었다. 여러 강족羌族이 배반하자, 조운으로 하여금 늙은 할미로 분장해 젓대를 불게 했는데, 강족들이 모두 눈물을 흘리면서 다시 항복했다. 그리고는 "빠른 말과 건장한 젊은이도 늙은 할미가 젓대 부는 것만 못하네"라고 했다"라고 했다.

李白詩, 瑤姬天帝女, 精彩化朝雲. 洛陽加藍記言, 河間王有婢名朝雲, 善吹篪. 諸羌叛, 令朝雲假爲老嫗吹篪, 羌皆流涕, 復降. 語曰, 快馬健兒, 不如老婢吹篪.

紅牙捍撥網蛛塵 : '망주진網蛛塵'[90]은 위에 보인다.

見上.

試說相馬猶可人 : 『장자』에서 "서무귀徐無鬼가 위 문후魏文侯를 보고 "시

통틀어 구군이라고 일컫는다.

90 망주진(網蛛塵) : 경양 장협의 「잡시(雜詩)」에서 "집 사방에 거미줄 걸렸네[蜘蛛網四屋]"라고 했다.

험 삼아 임금님께 제가 개를 감정하는 방법을 말씀드려 보겠습니다. 제가 개를 보는 감정법은 또 제가 말을 감정하는 방법에는 미치지 못합니다"라고 말했다. 무후는 크게 기뻐하며 웃었다. 서무귀가 밖으로 나오자 여상女商이 "선생은 무슨 말을 우리 임금에게 하여 우리 임금으로 하여금 이처럼 기뻐하게 만들었소"라 물었다. 이에 서무귀는 "저는 다만 임금님께 개나 말을 보는 방법에 대해 말씀드렸을 뿐입니다"라 했다"라고 했다.

莊子, 徐無鬼見魏文侯曰, 嘗語君, 吾相狗也. 吾相狗, 不[91]若吾相馬也. 武侯大悅而笑. 徐無鬼出, 女商曰, 先生何以說吾君, 使吾君悅若此乎. 曰, 吾直告之, 吾相狗馬耳.

照夜白 眞乘黃：『시경·대숙우전大叔于田』에서 "네 마리 누런 말이 모는 수레를 타네"라고 했다. 두보의 「관조장군화마도觀曹將軍畫馬圖」에서 "장군이 이름 얻은 지 삼십 년에, 세상에서는 다시 진짜 승황乘黃[92]을 보게 되었네. 일찍이 선제先帝의 조야백照夜白[93]을 그렸더니, 용지龍池의 용이 연일 천둥처럼 내달리는 듯했지"라고 했다.

詩大叔于田, 乘乘黃. 老杜觀曹將軍畫馬圖云, 將軍得名三十載, 人間又見眞乘黃. 曾貌先帝照夜白, 龍池十日飛霹靂.

---

91 [교감기] '不'이 본래 빠져 있는데, 전본에 의거하여 보충한다.
92 승황(乘黃)：전설에 나오는 신마(神馬)의 이름이다.
93 조야백(照夜白)：당 현종(唐玄宗) 때 서역(西域) 대완(大宛)에서 들여온 준마(駿馬)의 이름이다.

萬馬同秣隨低昂 : 『초사』에서 "말에 멍에 매어 낮고 높게 달리고"라고 했다.

楚辭, 服偃蹇以低昂.

一矢射落皂鵰雙 : 두보의 「증진이보궐贈陳二補闕」에서 "매는 추워져야 비로소 빨리 난다"라고 했다. 『한서・이광전李廣傳』에서 "이들은 매를 떨어뜨릴 만한 활솜씨가 있는 자들이다"라고 했다. 『북제서・곡률광전斛律光傳』에서 "곡률광이 일찍이 세종世宗을 쫓아 원교교洹橋校에서 사냥했다. 큰 새 한 마리를 보았는데, 구름 너머에서 날고 있었다. 이에 곡률광이 활을 당겨 쏘았다. 이 새의 수레바퀴처럼 생겼고 곧바로 빙 돌아 아래로 떨어졌는데, 큰 매였다"라고 했다.

杜詩, 皂鵰寒始急. 漢李廣傳, 是必射鵰者也. 北齊書斛律光傳, 嘗從世宗校獵, 見一大鳥, 雲表飛颺. 光引弓射之, 形如車輪, 旋轉而下, 乃大鵰也.

橫山虎北開漢疆 : '횡산橫山'은 서하西夏에 속해 있고 '호북虎北'은 거란契丹에 속해 있다. 어사중승御史中丞 여회呂誨한 황제에게 올린 글에서 "충세형种世衡에게는 횡산을 회복하고자 하는 뜻이 있었습니다. 그래서 뒤에 보안군保安軍 송적宋迪이 횡산의 백성을 불러들여야 한다고 말한 것입니다. 다스리는 사람들은 그 말을 대단히 믿었습니다"라고 했다. 『구양문충공집』에 실린 「논색원論塞垣」에서 "진晉 고조高祖가 거란을 이끌고 구원하게 했기에, 유주와 계주의 산하를 뒤에 야률耶律의 영역으

로 삼았다. 그래서 거란이 유릉幽陵에 있게 되어 마침내 호북의 좁은 길을 막을 수 있었다"라고 했다.

横山隷西夏, 虎北隷契丹. 御史中丞呂誨上奏云, 种世衡有復横山之意, 而後保安軍宋迪言招横山之民. 執政深信其說. 歐陽文忠公集中有論塞垣云, 晉高祖得戎主爲援, 乃以幽薊山, 後爲耶律之壽. 故契丹有幽陵, 邃絶虎北之隘.

冷卿智多髮蒼浪 牛刀發硎思一邦 : '발창랑髮蒼浪'[94]과 '우도발형牛刀發硎'[95]은 모두 위에 보인다.

竝見上.

政成十綴舞紅粧 : 『악기』에서 "백성을 다스림에 안일한 자는 그 춤추는 행렬이 짧다"라고 했다.

樂記云, 其治民逸者, 其舞行綴短.[96]

朶頣論詩蜎毛張 : 『주역·이괘頣卦』에서 "나를 보고서 턱을 움찔거린

---

94 발창랑(髮蒼浪) : 장작(張鷟)의 『첨재보유(僉載補遺)』에서 "왕능(王能)이 낙양령(洛陽令)이 되자, 판부인(判婦人) 아맹(阿孟)의 모습을 보고서는 '아맹은 나이여든인데, 머리는 일찍이 흰머리였지'라 했다[王能爲洛陽令, 判婦人阿孟狀云, 阿孟身年八十, 鬢髮早已蒼浪]"라고 했다.
95 우도발형(牛刀發硎) : 『논어』에서 "닭을 잡는데 어찌 소 칼을 쓰는가[割雞焉用牛刀]"라고 했다. 『장자』에서 "날카로운 칼날은 마치 숫돌에서 새로 간 것 같다[刀若新發於硎]"라고 했다.
96 短 : 중화서국본에는 '遠'으로 되어 있으나, 『樂記』에는 '短'으로 되어 있다.

다"라고 했다. 『한서·가의전賈誼傳』에서 "고제高帝의 공신功臣들 중에, 배반하는 자가 고슴도치 털처럼 일어난다"라고 했다. 『위지·소칙전蘇則傳』에서 "소칙이 수염을 모두 휘날리며 올바른 논의로 대하고자 했지만, 부선傅巽이 시비를 걸어오자 소칙은 이에 그쳤다"라고 했다. 퇴지 한유의 「서장순전후書張巡傳後」에서 "장순이 화를 내면 수염이 곧바로 펼쳐졌다"라고 했다. 마힐 왕유의 「송고판관送高判官」에서 "눈은 자줏빛 돌의 모서리 같고, 수염은 마치 고슴도치 가시처럼 빳빳하여라"라고 했다.

易頤卦, 觀我朵頤. 賈誼傳, 高帝功臣, 反者如蝟毛而起. 魏志蘇則傳, 則鬚髯悉張, 欲正論以對, 傅巽掐, 則乃止. 退之書張巡傳後云, 巡怒, 鬚髯輒張. 王摩詰送高判官詩, 眼如紫石稜, 鬚如蝟毛磔.

龜藏六用中有光 : 『조정사원祖庭事苑』에서 "잡아함雜阿含이 "거북이가 야간野干에게 잡혔는데, 거북이가 머리와 꼬리, 네 발 여섯 개를 모두 감추고 밖으로 드러내지 않자, 야간이 화를 내면서 버리고 가버렸다"라 했다"라고 했다. 부처가 여러 비구에게 "너희는 마땅히 거북이가 여섯을 감추는 것과 같이 하여 스스로 육근六根[97]을 감추면 마귀가 어찌해 볼 수가 없게 된다"라고 했다. 『능엄경』에서 "세속에 이미 인연을 맺지 않고 육근도 상대하는 바가 없게 하여 흐름을 전일하게 하면 육

---

97 육근(六根) : 불교어로, 여섯 개의 뿌리 즉 안(眼)·이(耳)·비(鼻)·설(舌)·신(身)·의(意)를 말한다.

근의 쓰임이 일어나지 않는다"라고 했다. 동파 소식의 「기오헌寄傲軒」

에서 "얼음은 범이 을乙자를 끼고[98] 있는 듯, 잃음은 거북이가 여섯을

숨기고 있는 듯"이라고 했다. 거북이의 머리와 꼬리 및 네 다리가 무릇

육六이다.

祖庭事苑曰, 雜阿含云, 有龜被野干所得, 藏六不出, 野干怒而捨去. 佛告

諸比丘, 汝當如龜藏六, 自藏六根, 魔不得便. 楞嚴經云, 塵旣不緣, 根無所偶,

反流全一, 六用不行. 東坡詩, 得如虎挾乙, 失若龜藏六. 龜首尾及四足凡六.

掃除北寺讀書堂 : '북사北寺'는 『전집』의 「차운답조자방잡언次韻答曹子方

雜言」에서 말한 포지사酺池寺이다. 산곡 황정견이 관館에 들어간 후, 이곳

에서 우거했다. '독서당讀書堂'[99]은 위의 『장자』에 보인다.

北寺卽前集雜言所謂酺池寺也. 山谷入館後, 寓居於此. 讀書堂上見莊子.

更碾盤龍不入香 : 채군모蔡君謨의 『다록茶錄』에서 "차에는 진향眞香이

있는데, 황실에 바치는 차에는 용뇌龍腦를 약간 섞어 그 향을 도왔다.

건안建安의 민간에서 차를 맛볼 때에는 모두 향을 넣지 않는데, 그 차의

---

98 범이 을(乙)자를 끼고 : 호랑이의 양쪽 갈비와 꼬리의 끝에 을(乙) 자처럼 생긴
   뼈가 있는데, 호위(虎威)라고 부른다. 당(唐)나라 단성식(段成式)의 『유양잡조
   (酉陽雜俎)』 「모편(毛篇)」에 "호위는 을(乙) 자처럼 생겼고 길이가 한 치인데,
   호랑이의 양쪽 겨드랑이 속에 있고 꼬리 끝에도 있다. 벼슬할 때 이것을 차고 근
   무하면 미워하는 사람이 없다"라고 했다.
99 독서당(讀書堂) : 『장자』에서 "환공(桓公)이 당상(堂上)에서 책을 읽고 있었다
   [桓公讀書堂上]"라고 했다.

진향을 **뺏**길까 염려해서다"라고 했다.

蔡君謨茶錄云, 茶有眞香, 而入貢者, 微以龍腦和膏, 欲助其香. 建安民間
試茶, 皆不久香, 恐奪其眞.

19. 조자방이 은혜롭게 두 물건을 보내주었기에 사례하다. 2수

謝曹子方惠二物. 二首

박산로博山爐[100]

飛來海上峰	바닷가 산봉우리에서 날아 와서
琢出華陰碧	다듬으니 화음의 푸른 봉우리 되었네.
注[101]香上裊裊	향 연기 위로 너울너울 피어올라
映我鼻端白	내 코 끝의 하얀 것을 비추누나.
聽公談昨夢	그대에게 어젯밤 꿈 얘기를 듣노니
沙暗雨矢石	사막 어둑하고 전쟁터에 비 내렸다지.
今此非夢耶	지금 이것은 꿈이 아니겠는가
煙寒已無迹	연기 차가워 이미 자취 없다오.

【주석】

飛來海上峰 : 『지리서』에서 "전당현錢塘縣의 성곽 아래 영은산靈隱山이 있다"라고 했다. 예전 범승梵僧이 "천축취산天竺鷲山에서 날아왔다"라고 했다.

地理書云, 錢塘縣郭下有靈隱山. 昔梵僧云, 自天竺鷲山[102]飛來.

---

100 [교감기] '博山爐'라는 부제(副題)는 본래 시의 끝에 실려 있었는데, 전본·건륭본에 의거하여 보정한다. '煎茶餅'의 시 제목 역시 이와 같기에, 별도로 교정하지 않는다.
101 [교감기] '注'가 전본에는 '炷'로 되어 있다.

琢出華陰碧 : 화악華岳의 세 봉우리를 말한다.

華岳三[103]峰也.

映我鼻端白 :『능엄경』에서 "세존이 나로 하여금 코끝의 흰 것을 보게 했습니다. 제가 처음부터 이를 자세히 관찰하여 삼칠일이 경과하니 코끝의 출입식出入息이 연기처럼 보이면서 몸과 마음이 안으로 밝아져서 세계가 뚜렷이 열리고 두루 비어서 깨끗해진 것이 마치 유리瑠璃와 같았습니다. 그러다가 연기의 모양이 차츰 사라지고, 코의 숨이 청정[白]해지고, 마음이 열리어 번뇌가 다하였으며, 모든 출입식이 변화하여 광명이 되고, 이 광명이 시방세계를 비추어 마침내 아라한阿羅漢을 이루게 되었습니다"라고 했다. 소양직蘇養直의 시에서 "문 닫고 애로라지 코 끝 흰 것을 생각해 보고, 편히 앉으니 갑자기 창에 붉은 햇살이 옮겨오네"라고 했다.

『楞嚴經』, 世尊敎我觀鼻端白, 我初諦觀, 經三七日, 見鼻中氣出入如煙, 身心內明, 圓洞世界, 徧成虛淨, 猶如琉璃. 煙相漸銷, 鼻息成白, 心開漏盡, 諸出入息化爲光明, 照十方界, 得阿羅漢. 蘇養直詩, 閉門聊想鼻端白, 宴坐倏移窓日紅.

---

102 [교감기] '山'이 원래 '下'로 되어 있는데, 지금 영원본에 따른다.
103 [교감기] '三'이 본래 '山'으로 되어 있는데, 지금 영원본·전본을 따른다.

전다병煎茶餠

短喙可候煎	짧은 부리 주전자에 끓기를 기다리니
枵腹不停塵	빈 배에 먼지 머물지 않았네.
蟹眼時探穴	게 눈이 때때로 구멍을 찾고
龍文已碎身	용문은 이미 그 몸 쪼개졌다오.
茗椀有何好	좋은 차가 무엇이 그리 좋은가
煮餠被寵珍	차 끓이는 주전자도 사랑 받는다네.
石交諒如此	금석지교가 진실로 이와 같노니
湔祓長日新	깨끗이 씻어내어 날로 새롭다네.

【주석】

枵腹不停塵 :『장자』에서 "위왕이 내게 큰 박씨를 주었는데, 텅 비어 크기는 했지만"이라고 했는데, 그 주注에서 "'효연呺然'은 텅 비고 큰 모양이다"라고 했다. 혜강의 「양생론養生論」에서 "아침나절 먹지 못하면 꼬르륵 먹을 생각이 인다"라고 했다. 효枵와 효䚩는 모두 배가 비었다는 말이다. 산곡 황정견은 이 말을 자주 이용했는데, 모두 '효枵'자로 썼다. 자후 유종원의 「제배령문祭裴令文」에서 "그 기량은 넓었으며, 너의 흉금도 드넓었지"라고 했다.

莊子言, 魏王大瓠, 非不呺然大也. 注云, 呺然, 虛大貌. 嵇康養生論, 終朝未餐, 則䚩然思食. 呺䚩皆言空腹. 山谷屢用此, 皆作枵字. 柳子厚祭裴令文云, 枵然其量, 廓爾其宇.

蟹眼時探穴 龍文已碎身 : 『다록』에서 "물 끓는 것을 기다리는 것이 가장 어렵다. 완전히 끓지 않으며 거품만 일고 너무 끓으며 차가 녹아내린다. 앞 시대 사람들이 '해안蟹眼'이라고 한 것은 물이 너무 끓은 것을 말한다. '용문龍文'은 용단龍團을 말한다.

茶錄云, 候湯最難, 未熟則沫浮, 過熟則茶沉. 前世謂之蟹眼者, 過熟湯也. 龍文謂龍團.

茗椀有何好 : 『진서・맹가전孟嘉傳』에서 "술이 무슨 좋은 것이 있기에 그대는 즐겨 마시는가"라고 했는데, 여기에서 '하호何好' 두 글자를 가져왔다.

孟嘉傳, 酒有何好, 而卿嗜之. 此摘其字.

煮餠被寵珍 : 『다록』에서 또한 "주전자 속에서 끓는 것을 판별할 수 없기에 끓는 것을 기다리는 것이 어렵다고 한 것이다"라고 했다. 『문선』에 실린 공간 유정의 「증오관중랑장贈五官中郎將」에서 "총애를 받아 신하로 북면했네"라고 했다. 차를 끓이는 병 또한 사람들이 귀하게 여기기를 바라는 말이다.

茶錄又云, 餠中煮之不可辯, 故曰候湯難. 文選劉公幹詩, 北面自寵珍. 言茶餠亦爲人所貴也.

石交諒如此 澗祓長日新 : 『사기・소진전蘇秦傳』에서 "이것이 이른바 원

수 관계를 청산하고 돌처럼 단단한 벗이 된다는 것이다"라고 했다. '전

볼湔祓'¹⁰⁴은 위에 보인다.

蘇秦曰, 此所謂棄仇讎而得石交者也. 湔祓見上.

---

104 전볼(湔祓) : 『문선』에 실린 유효표의 「광절교론(廣絶交論)」에서 "이끌어주어
   그로 하여금 길게 세상에 재능을 떨치게 하였다[翦拂使其長鳴]"라고 했는데, 이
   선(李善)의 주(注)에서 "전불(翦拂)은 이끌어 주다는 의미의 전볼(湔祓)과 같다
   [翦拂與湔祓同]"라고 했다.

20. 고사돈이 성도의 검할로 부임하기에 전송하다. 2수

【『동파집』 가운데도 또한 이 작품이 있는데, 원우 3년이 지은 것이다】

送高士敦赴成都鈐轄. 二首【東坡集中亦有此詩,105 乃元祐三年也】106

첫 번째 수 其一

玉鈐金印臨參井	옥령과 금인으로 삼성과 정성에 임하니
控蜀通秦四十州	촉 땅은 진 땅 사십 고을과 통한다오.
日下書來望鴻鴈	일하에서 편지 올까 기러기 바라볼 것이고
江頭花發醉貔貅	강가에 꽃 피면 비휴는 취하겠지.
巴滇有馬駒空老	파전에는 말 있지만 말 부질없이 늙어가고
林箐無人葉自秋	숲에는 사람 없이 잎만 절로 가을이어라.
能爲將軍歌此曲	능히 장군 위해 이 곡조를 부르노니
鳴機割錦與纏頭	베틀에서 비단 잘라 머리 두르라고 주네.

玉鈐金印臨參井 : 『회남자』에서 "허유許由의 논의가 전해지자, 『금등金 騰』과 『표도豹韜』의 책은 폐기되었다"라고 했는데, 그 주注에서 "『금 등』과 『표도』는 주공周公과 태공太公이 몰래 모의하여 왕을 도모했던 책 이다"라고 했다. 국조國朝에 검할鈐轄을 설치했는데, '검鈐' 혹은 '등謄'

---

105 [교감기] 이 작품은 소식(蘇軾)의 「次韻許冲元送成都高士敦鈐轄」이라는 작품을 가리키는 것으로, 이 작품은 『蘇軾詩集』 권30에 보인다.
106 [교감기] 영원본 권14의 주(注)에서 "自此以前皆太和作, 此後元祐間作"이라고 했다.

혹은 '도韜'라고 한 것은 모두 비밀스럽다는 뜻을 취한 것이다. 형공 왕안석의 「송운주지부송간의送鄆州知府宋諫議」에서 "묘당의 계책은 석화石畫에 근거했고, 병략兵略은 주령珠鈐에 기대었네"라고 했는데, 그 주注에서 "'주령珠鈐'은 옥령玉鈐과 같으니 병서兵書를 말한다"라고 했다. 구양수의 「성유회음聖俞會飮」에서 "장차 종횡으로 논하며 옥령을 가볍게 보네"라고 했다. 태백 이백의 「촉도난蜀道難」에서 "삼성參星을 만지고 정성井星을 지나 우러러 숨을 몰아쉬네"라고 했다.

淮南子云, 通許由之論, 金縢豹韜廢矣. 注云, 金縢豹韜, 周公太公陰謀圖王之書也. 國朝置鈐轄, 曰鈐, 曰縢, 曰韜, 皆取秘密之義. 王荊公詩, 府謨資石畫, 兵略倚珠鈐. 注, 珠鈐猶玉鈐, 謂兵書也. 歐陽詩, 將論縱橫輕玉鈐. 太白蜀道難云, 捫參歷井仰脅息.

江頭花發醉貔貅 : 『예기·곡례曲禮』에서 "앞에 사나운 짐승이 있으면 비휴貔貅를 그린 기를 내건다"라고 했는데, 그 주注에서 "비휴 또한 사나운 짐승이다"라고 했다.

禮記曲禮, 前有摯獸, 則載貔貅. 注, 貔貅亦摯獸也.

巴滇有馬駒空老 : 한漢나라에 파군巴郡이 있는데, 강주江州를 다스린다. 지금은 중경부重慶府의 치소所治가 파현이다. 뒤에 한나라 말에 나뉘어 셋이 되었다. 파군의 서쪽 고을은 낭중閬中을 다스리는데, 지금 낭주를 다스리는 고을이다. 파군의 동쪽은 어복魚復을 다스리는데, 지금 기주夔

州의 치소는 봉절奉節이다. 이 고을이 파군과 더불어 삼파三巴가 된다. 촉 땅의 말은 모두 서남의 오랑캐에게서 취한 것이다. 『사기·서남이전西南夷傳』에서 "서남이西南夷의 군장君長은 열 명가량 되었는데, 그 중 야랑夜郎의 세력이 가장 컸다. 야랑의 서쪽에 미막靡莫 부족이 열 부족가량 이었는데 그 중 전滇의 세력이 가장 컸다"라고 했다. 여순如淳은 "'전滇'의 음은 전顚이고 전마顚馬가 모두 그 나라에서 나온다"라고 했다. '구공노駒空老'는 병사를 쓰지 않는다는 말이다.

漢有巴郡, 治江州, 今重慶府所治巴縣也. 後漢末分而爲三, 巴西郡治閬中, 今閬州所治縣也. 巴東郡治魚復, 今夔州所治奉節也. 與巴郡爲三巴. 蜀馬皆取之西南夷. 史記西南夷傳云, 西南夷君長以什數, 夜郎爲大. 其西靡莫之屬, 以什數, 滇爲大. 如淳曰, 滇音顚, 顚馬出其國. 駒空老, 言不用兵也.

鳴機割錦與纏頭 : 개원開元 연간에 부유한 왕원보王元寶가 빈객賓客을 모아 잔치를 했다. 다음 날 어떤 사람이 "어제 어떤 고담高談이 있었습니까"라 물으면 왕원보는 "다만 금전두錦纏頭[107]를 허비했을 뿐이네"라고 했다. 두보의 「춘일희제뇌학사군형春日戲題惱郝使君兄」에서 "술잔 앞에는 아직도 금전두가 있으리니"라고 했다.

開元中, 富人王元寶會賓客, 明日或問曰, 昨來有何高談. 元寶曰, 但費錦

---

107 금전두(錦纏頭) : 가무(歌舞)하는 기녀(妓女)에게 주는 선물이다. 옛날에 예인(藝人)이 가무를 마치면 손님들이 비단을 선물로 머리에 얹어 주었던 데서 유래하였다.

纏頭耳. 杜詩, 罇前還有錦纏頭.

두 번째 수其二

捧日高宣事	해 받든 고선의 일
東京四姓侯	동경의 사성의 후.
軍中聞俎豆	군중에서 제사 드리는 일에 대해 들었고
廟勝脫兜鍪	묘당의 계책으로 투구를 벗었다네.
燒燭海棠夜	해당화 핀 밤에 촛불을 밝힐 것이고
香衣藥市秋	약초 시장의 가을에 옷에 향 스미리라.
君平識行李	군평도 벼슬아치 알아보리니
河漢接天流	은하수 하늘에서 흐르리라.

【주석】

捧日高宣事 東京四姓侯 : 『후한서·명제기明帝紀』에서 "현종顯宗 9년, 사성四姓의 소후小侯들을 위하여 학교를 세우고 오경五經의 스승을 두었다" 라고 했는데, 그 주注에서 "외척인 번 씨樊氏, 곽 씨郭氏, 음 씨陰氏, 마 씨馬氏가 사성인데, 높은 벼슬아치로 선인후宣仁后의 집안이다"라고 했다.

後漢紀, 顯宗九年, 爲四姓小侯, 開立學校, 置五經師. 注, 外戚樊氏郭氏陰氏馬氏也, 高蓋宣仁后家.

軍中聞俎豆 : 『논어 · 위령공衛靈公』에서 "제사 지내는 일에 대해서는 일찍이 들었습니다"라고 했다.

論語, 俎豆之事, 則嘗聞之.

廟勝脫兜鍪 : 퇴지 한유의 「부강릉도중운운赴江陵途中云云」에서 "변방에서 투구를 벗었네"라고 했다.

退之詩, 邊封脫兜鍪.

君平識行李 : '엄군평嚴君平'108은 『한서』에 보인다.

嚴君平見漢書.

---

108 엄군평(嚴君平) : 『한서』에서 "촉에 엄군평이 살았는데, 성도의 저자에서 점을 쳐주었다[蜀有嚴君平, 卜筮於成都市]"라고 했다.

21. 자첨이 목보를 전송하며 지은 작품에 차운하다. 2절

次韻子瞻送穆父. 二絶

전협錢勰의 자는 목보穆父이다. 원우元祐 초에 개봉부開封府에서 벼슬살이 하다가 급사중給事中으로 옮겼고 다시 용도각시제龍圖閣待制로 개봉부에서 벼슬살이 했다. 죄인을 다른 곳에 가둔 일로 인해 어공圄空으로 나아갔다가 외직으로 월주越州에 나가 벼슬살이했다. 월주는 지금의 소흥부紹興府이다.

錢勰字穆父, 元祐初知開封府, 遷給事中, 復以龍圖閣待制知開封, 以繫囚別所, 遷就圄空, 出知越州. 越今爲紹興府.

첫 번째 수其一

渺然今日望人材	아득히 오늘날은 인재를 바라보며
每見紫芝眉宇開	늘 자지의 훤한 인물을 보았다네.
又觸惠文江海去	또한 혜문관 쓰고 강해로 떠나가니
快帆誰與挽令回	재빠른 배를 누가 돌릴 수 있겠는가.

【주석】

渺然今日望人材 : '당금인물묘연當今人物渺然'[109]이라는 표현이 위에 보

---

109 당금인물묘연(當今人物渺然) : 왕희지의 「도하이첩(都下二帖)」에서 "채공이 마

인다.

當今人物渺然, 見上.

每見紫芝眉宇開 : 당唐나라 원덕수元德秀의 자는 자지紫芝이다. 방관房琯
이 늘 원덕수를 보면 탄복하면서 "자지의 훤한 모습을 보면, 사람들로
하여금 명리의 마음을 다 사라지게 한다"라고 했다.

唐元德秀字紫芝, 房琯每見, 嘆曰, 見紫芝眉宇, 使人名利之心都盡.

又觸惠文江海去　快帆誰與挽令回 : 『한서・장창전張敞傳』에서 "장창의
아우 장무張武가 양국梁國의 재상이 되어 "양국은 큰 도회지인데 아전과
백성이 어려운 상황에 처해 있으니 마땅히 주후혜문관柱後惠文冠을 쓰는
법관으로 다스려야 한다"라 했다. 진秦나라 때 옥법리獄法吏는 주후혜문
관을 썼으니, 장무의 생각은 형법으로 양나라를 다스리겠다는 것이다"
라고 했다.

漢張敞傳, 弟武拜爲梁相, 曰, 梁國大都, 吏民凋弊, 當以柱後惠文彈治之.
秦時獄法吏冠柱後惠文, 武意欲以刑法治梁.

침내 위독하게 되니 매우 근심스럽다. 지금 인재가 없는데 이처럼 아프니 사람으
로 하여금 기운을 떨어뜨리게 한다[蔡公遂委篤深可憂, 當今人物眇然, 而艱疾若
此, 令人短氣]"라고 했다.

두 번째 수 其二

謫官猶得住蓬萊	적관이 오히려 봉래관에 머물게 되었으니
抱牘人稀書卷開	문서 들고 온 사람 적어 서책이나 볼 것이네.
張敞憮眉應急召	장창은 눈썹 그려주며 급한 부름에 응했고
董宣强項莫低回	동선은 뻣뻣한 목으로 굽히지 않았지.

【주석】

謫官猶得住蓬萊 : 월주越州에 봉래관蓬萊館이 있다.

越州有蓬萊館.

抱牘人稀書卷開 : '독牘'은 공문서[案牘]를 말한다. 퇴지 한유의 「남전
승청기藍田丞廳記」에서 "문서를 발송할 때가 되면 현리가 완성한 문서를
가지고 현승에게 왔다"라고 했다.

牘謂案牘. 退之藍田丞廳記云, 文書行吏抱成案詣丞.

張敞憮眉應急召 : 이것은 육경尹京의 일을 이용한 것이다. 장창張敞이
경조京兆를 다스릴 때에 아내를 위해 그녀의 눈썹을 그려주었다. 이에
장안에 장경조는 아내의 눈썹을 그려준다고 소문이 났다. 유사가 이것
을 황제에게 보고하자, 황제가 이에 대해 물은 일이 있다.

此用尹京事也. 張敞治京兆, 爲婦畫眉. 長安中傳, 張京兆眉憮. 有司以奏,
上問之云云.

董宣强項莫低回 : 양웅의 「해난解難」에서 "큰 말은 멀리까지 들리고 대도大道는 이리저리 옮겨 다닌다"라고 했다. 한유의 「연구聯句」에서 "경전을 실컷 공부하고, 고답한 행실에 주저함이 없네"라고 했다. '강항령强項令'[110]은 「묵죽부墨竹賦」의 주注에 보인다.

揚雄解難, 大語叫叫, 大道低回. 韓詩聯句, 聖籍飽商攉, 危行無低回. 强項令見墨竹賦注.

---

110 강항령(强項令) : 『후한서·동선전(董宣傳)』에서 "동선이 낙양의 수령이 되었다. 이때 호양공주(湖陽公主)의 종이 대낮에 사람을 죽여 공주의 집에 숨겨놓았다. 옥리(獄吏)가 그를 체포하지 못했는데, 뒤에 공주가 외출할 때 그 종을 옆에 태웠다. 동선이 공주의 잘못을 큰 소리로 따져 나열하고 그 종을 꾸짖어 수레에서 끌어내려 때려 죽였다. 공주가 임금에게 그 사실을 하소연했다. 임금이 동선을 불러다 놓고 억지로 머리를 조아리게 하자, 동선은 두 손으로 땅을 힘껏 버티고서 끝내 머리를 숙이지 않았다. 그러자 임금이 웃으면서 "목이 뻣뻣한 수령은 나가라"라고 하면서 돈 30만전을 하사했다[宣爲洛陽令. 時湖陽公主蒼頭白日殺人, 因匿主家, 吏不能得. 及主出, 以奴驂乘. 宣大言數主罪, 叱奴下車, 格殺之. 主訴帝. 帝召宣, 使俯頭謝主, 宣不從. 强使頓之, 宣兩手據地, 終不肯俯. 帝笑, 因勅强項令出, 賜錢三十萬]"라고 했다.

22. 내한 자첨이 외숙 공택 승승의 산방에 쓴 작품에 화답하다
和子瞻內翰題公擇舅中丞山房

幽人八座復中臺	유인은 팔좌에다 다시 중대인데
想見書堂山杏開	서당을 상상해보니 산 살구 활짝 피었겠지.
四十餘年僧[111]屈指	사십여 년 전 스님이 생각이 나서
時因秋鴈寄聲來	때론 가을 기러기에 소식을 전한다오.

【주석】

幽人八座復中臺 : 동파 소식이 단명전학사端明殿學士와 한림시독학사翰林侍讀學士로 옮겨졌지만 예부상서禮部尚書는 그대로 유지되었다. 이때에 공택公擇이 어사중승御史中丞이 되었었다.

東坡遷端明翰林侍讀二學士, 守禮部尚書. 時公擇爲御史中丞.

四十餘年僧屈指 : 『동파집東坡集』에 「이씨산방장서기李氏山房藏書記」가 있는데, 그 대략은 "내 벗 이공택은 어릴 적에 여산廬山 오노봉五老峯 아래 백석암白石庵의 승사僧舍에서 책을 읽었었다. 공택이 이곳을 떠난 후에 산중의 사람이 이공택이 그리워서 이공택이 거처했던 곳을 이씨산방장서李氏山房藏書라고 이름 지었다"라고 했다. 그 후 원풍元豐 7년에 동파 소식이 황주黃州에서 여주汝州로 갈 때에, 균주筠州로 길을 나섰다가 균

---

111 [교감기] '僧'이 건륭본에는 '曾'으로 되어 있다.

주에서 여산廬山으로 놀러 가서 「서이공택백석산방書李公擇白石山房」이라
작품을 지었다. 그 작품에서 "우연히 물 찾아 높은 산에 오르니, 오노
봉 푸른빛이 웃으며 반겨주네. 마치 적선을 보고 말을 거는 듯, 흰머리
그대로 여산으로 일찍 돌아오라고"라 했다"라고 했다. '굴지屈指'라는
글자는 『한서·동양전陳陽傳』의 "손을 굽혀 그 날을 계산하고서는 "5일
이 지나지 않았네"라 했다"라는 구절에 보인다.

　東坡集有李氏山房藏書記, 其略云, 余友李公擇, 少時讀書於廬山五老峯下
白石庵之僧舍. 公擇旣去, 而山中之人思之, 指其所居爲李氏山房藏書. 其後
元豐七年, 東坡自黃移汝, 因往筠, 自筠遊廬山, 書李公擇白石山房云, 偶尋流
水上崔嵬, 五老蒼頭一笑開, 若見謫仙還寄語, 匡山頭白早歸來.[112] 屈指字見
漢陳陽傳, 詘指計其日曰, 不出五日.

---

112 [교감기] 동파 소식의 이 작품은 『蘇軾詩集』 권23에 보이는데, '蒼頭'가 '蒼顔'으
로, '還'이 '煩'(영원본에서는 이를 인용하여 '煩'이라고 했다)으로 되어 있다. 영
원본 권14에서는 또한 "山谷和章乃元祐七年作. 蓋東坡是年自揚州召爲兵部尙書
也"라는 주(注)를 보충했다.

23. 자첨이 쓴 시작품 뒤에 쓰다

題子瞻書詩後113

詩就金聲玉振	시 짓자 금옥의 소리 진동하고
書成蠆尾銀鉤	글씨 쓰자 전갈 꼬리에 은 갈구리네.
已作靑雲直上	이미 푸른 구름 위로 올라갔으니
何時散髮滄州	언제나 창주에서 머리를 풀 것인가.

【주석】

詩就金聲玉振 : '금성옥진金聲玉振'114은 『맹자』에 보인다.

見孟子.

書成蠆尾銀鉤 : '채미은구蠆尾銀鉤'115는 위에 보인다.

見上.

已作靑雲直上 何時散髮滄州 : 공치규의 「북산이문北山移文」에서 "푸른

---

113 [교감기] 고본에는 시 제목 아래 '六言'이라는 주(注)가 있다.
114 금성옥진(金聲玉振) : 『맹자·만장(萬章)』 하(下)에 "공자는 집대성한 분이시다.
집대성이란 종(鍾)과 같은 금의 소리가 먼저 퍼지게 하고 나서, 맨 마지막에 경쇠
와 같은 옥의 소리로 거둬들이는 것을 말한다[孔子之謂集大成, 集大成也者, 金聲
而玉振之也]"라는 말이 나온다.
115 채미은구(蠆尾銀鉤) : 『법서원』에서 "삭정(索靖)의 초서는 당대 제일로, "은 갈
고리 전갈 꼬리[銀鉤蠆尾]라고 불리었다"라고 했다.

구름에 닿아 곧바로 위로 오르네"라고 했다. '산발散髮'[116]은 위의 주注
에 보인다.

北山移文云, 干靑雲而直上. 散髮見上注.

---

[116] 산발(散髮):『문선』에 실린 혜강의 「유정(幽情)」에서 "바위산에서 산발하노라
[散髮巖岫]"라고 했다.

24. 고술에게 장난삼아 지어주다. 육언

戲贈高述. 六言117

江湖心計不淺	강호에 마음 둠 얕지 않노니
翰墨風流有餘	한묵의 풍류도 여유 있다오.
相期乃千載事	서로 천 년 후의 일 기약하려면
要須讀五車書	모름지기 오거서를 읽어야 되네.

【주석】

要須讀五車書 : '오거서五車書'118는 위에 보인다.

見上.

---

117 [교감기] 영원본에는 작품의 제목 아래 '六言'이라는 2글자가 없다. 고본에서는
　　'六言'을 제목의 소주(小注)로 삼았다.
118 오거서(五車書) : 『장자』에서 "혜시(惠施)의 저술은 다방면에 걸쳐 다섯 수레나
　　된다[惠施多方, 其書五車]"라고 했다.

25. 방어사 대년이 그린 노안도에 장난삼아 쓰다

戱題大年防禦蘆鴈

揮毫不作小池塘	붓 휘둘러 작은 못 그리지 않아도
蘆荻江村落鴈行	강촌의 갈대 속에 기러기 내려앉네.
雖有珠簾藏翡翠	비록 주렴 속에 비취 숨어 있지만
不忘煙雨罩鴛鴦	안개비에 원앙 있는 것 잊지 말게나.

【주석】

雖有珠簾藏翡翠 不忘煙雨罩鴛鴦 : 『시화』에서 "종실宗室 대년大年의 이름은 영양令穰으로 자잘한 것을 좋아했고 경치 그리는 것을 잘했다. 산곡 황정견이 시에서 "비록 주렴 속에 비취 숨어 있지만, 안개비에 원앙 있는 것 잊지 말게나"라고 했는데, 대개 기롱함이 있었다"라고 했다. 태백 이백의 「궁중행락사宮中行樂詞」에서 "옥루엔 물총새 둥지를 틀고, 아름다운 궁궐엔 원앙이 모여 있네"라고 했다.

詩話云, 宗室大年, 名令穰, 喜微行, 而善畫小景. 山谷詩云, 雖有珠簾藏翡翠, 不忘煙雨罩鴛鴦. 蓋有所譏也. 太白詩, 玉樓巢翡翠, 金殿鎖鴛鴦.

26. 이 씨의 정원에서 더위를 피하다. 2수

避暑李氏園. 二首

첫 번째 수其一

李侯別館鎖春陰　　이후의 별장은 봄 그늘에 갇혀 있지만

花徑吹香可細尋　　꽃길에 향기 풍겨 찾아갈 수 있다네.

迸筍侵堦藤倒架　　죽순은 섬돌까지 뻗었고 등나무에 시렁 얹어

主人重爲費千金　　주인은 다시금 천금을 허비했구나.

【주석】

李侯別館鎖春陰 花徑吹香可細尋 : 두보의 「객지客至」에서 "꽃길은 손님 맞으려 쓸지 않네"라고 했다. 형공 왕안석의 「금릉즉시金陵卽事」에서 "벽 너머에서 향기 풍기니 매화로세"라고 했고 또한 「산앵山櫻」에서 "적막 함 싫은데 봄바람이 불어와, 물 건너까지 향기를 사람에게 전하네"라고 했다.

杜詩, 花徑不曾緣客掃. 王荊公詩, 隔壁吹香倂是梅. 又山櫻詩, 賴有春風 嫌寂寞, 吹香渡水報人知.

迸筍侵堦藤倒架 : 노동盧仝의 「기남포손寄男抱孫」에서 "모이고 흩어져 숲에 넘쳐나네"라고 했다.

盧仝詩, 攢迸溢林藪.

主人重爲費千金：『손자孫子』에서 "하루에 천금千金의 비용을 쓴다"라고 한 구절의 '비천금費千金'의 글자를 이용했다.

用孫子日費千金字.

두 번째 수其二

荷氣竹風宜永日	연꽃 향기와 대나무 바람 긴 낮에 마땅하니
氷壺凉簟不能回	찬 물병과 대자리 가져올 필요 없구나.
題詩未有驚人句	시를 지을 때 사람을 놀라게 할 구절이 없어
會喚謫仙蘇二來	선계에서 좌천된 소식을 부르네.

【주석】

題詩未有驚人句 會喚謫仙蘇二來：『왕립지시화』에서 "산곡 황정견이 일찍이 성 서쪽에 있는 이 씨의 정원에서 더위를 피하면서 두 편의 작품을 지었다. 그 하나에서 "시를 지을 때 사람을 놀라게 할 구절이 없어, 선계에서 좌천된 소식을 불러내네"라고 했다. 소유 진관이 동파 소식에게 "선생을 소이蘇二로 여겼으니, 너무 무시한 듯하네"라 했는데, 진관의 아우인 소장少章이 날 위해 말해 주었다"라고 했다.

王立之詩話曰, 山谷嘗避暑城西李氏園, 題兩詩, 其一云, 題詩未有驚人句, 喚取謫仙蘇二來. 秦少游言於東坡曰, 以先生爲蘇二, 大似相薄. 少章爲予言.

27. 같은 해에 과거급제한 호언명이 경사에 나그네로 있다가 이자비에게 세 편의 작품을 보냈는데, 첫 번째 작품에서는 그 곤궁함을 말했고 두 번째 작품에서는 돌아감을 권면해 고 세 번째 작품에서는 나 또한 돌아가고 싶다고 말을 한 작품에 차운한다. 호언명과 이자비는 서로 생질의 관계 였기에 빈랑이라는 구절이 있게 된 것이다

次韻胡彦明同年, 羈旅京師, 寄李子飛[119]三章, 一章道其困窮,[120] 二章勸之

歸, 三章言我亦欲 歸耳. 胡李相甥也, 故有檳榔之句

첫 번째 수其一

看除日月坐中銓	세월 보내다가 중전의 자리에 앉았으니
一歲應無官九遷	일 년에 관직 아홉 번 옮기는 일 응당 없으리.
葱韭盈盤市門食	파와 부추 가득한 밥상을 시문에서 먹고
詩書滿枕客床氈	베개머리엔 시서요, 길손 침상은 담요뿐이네.
留連節物孤朋酒	절물에 감회 일어 두 동이 술 홀로 대하고
惱亂鄰翁謁子錢	고뇌하며 이웃 노인에게 돈을 빌린다오.
誰料丹徒布衣得	누가 생각했으랴, 단도의 포의가 될 줄을
困窮且忍試新年	곤궁함을 또한 참고 내년을 기약한다오.

---

119 [교감기] '李子飛'가 영원본에는 '李飛'로 되어 있다.
120 [교감기] '困窮'이 영원본에는 '窮困'으로 되어 있다.

【주석】

看除日月坐中銓 : 앉아 벼슬아치에 선발되기를 기다리면서 세월을 보냈다는 말이다. 당唐나라 제도에 삼전三銓[121]으로 선비를 선발하는데, 상서尙書는 상서전尙書銓이 되고 시랑侍郞 두 사람은 나뉘어 중전中銓과 동전東銓이 된다. 이러한 것이 『덕종실록德宗實錄』에 보인다. 지금 전법銓法에 상서좌우선尙書左右選과 시랑좌우선侍郞左右選이 있다. 호언명은 시랑좌선侍郞左選에 해당하기에 '중선'이라고 한 것이다. 『문선』에 실린 「저연비褚淵碑」에서 "이부랑이 되어 전銓을 잡아 공평하게 했다"라고 했는데, 그 주注에서 "위소韋昭가 『한서』의 주注에서 '전銓은 추[錘]를 말한다. 『성류聲類』에서 전은 물건을 저울질하는 것이다'라 했다"라고 했다.

言坐待銓選, 閱歲月之除去也. 唐制三銓選士, 尙書爲尙書銓, 侍郞二人, 分爲中銓, 東銓, 見德宗實錄. 今銓法有尙書左右選, 侍郞左右選. 胡彦明隷侍郞左選, 故曰中銓. 文選褚淵碑云, 轉吏部郞, 執銓以平. 注云, 韋昭漢書注曰, 銓, 稱錘也. 聲類曰, 銓所以稱物.

一歲應無官九遷 : 『문선』에 실린 언승 임방任昉의 「대범운사표代范雲謝表」에서 "비록 차천추車千秋가 하루 동안에 아홉 번이나 승진했고 순상荀

---

121 삼전(三銓) : 당(唐)나라 제도는 원래 삼전(三銓)으로, 문관 및 무관의 선발을 이부(吏部)와 병부(兵部)의 상서(尙書)·시랑(侍郞)이 나누어 맡았다. 상서(尙書)는 상서전(尙書銓)이 되어 5품에서 7품까지의 선발을 맡고, 시랑(侍郞) 두 사람은 각각 중전(中銓)과 동전(東銓)이 되어 8품과 9품의 선발을 맡아, 이들을 '삼전'이라 했다.

爽이 백일 만에 원대한 곳에 이르렀습니다. 그러나 바야흐로 미천한 저
는 연달아 승진을 하지 못하고 있습니다"라고 했는데, 그 주注에서 "차
천추는 원침랑園寢郞으로 있으면서 여태자戾太子의 일을 논했는데, 하루
에 아홉 등급이나 뛰어넘어 대홍려大鴻臚에 이르렀다"라고 했다. 퇴지
한유의 「상장건봉서上張建封書」에서 "비록 천금의 하사를 받고 하루에
아홉 번 그 관직을 옮긴다고 말해도"라고 했다.

文選任彦升代范雲謝表云, 雖千秋之一日九遷, 苟爽之十旬遠至. 方之微
臣, 未爲速達. 注云, 車[122]千秋自園寢郞論戾太子事, 一日超九級, 至大鴻
臚.[123] 退之上張建封書, 雖曰受千金之賜, 一日九遷其官.

葱韭盈盤市門食 : '시문市門'[124]은 위에 보인다.

市門見上.

詩書滿枕客床氈 : 두보의 「희간정광문겸정소사업戲簡鄭廣文兼呈蘇司業」에
서 "추운 날 손님에게 내올 담요도 없네"라고 했다.

---

122 車 : 중화서국본에는 '連'으로 되어 있으나, 『漢書·車千秋傳』에 의거해 '車'로 바
   로잡는다.
123 [교감기] '文選 (…중략…) 鴻臚'라는 구절은 육신주(六臣注)에서 채록한 것인데,
   본래 『文選』 권38에 실린 任彦升의 「爲范尙書讓吏部封侯第一表」이다. 표문(表
   文)에는 있는 '雖'자는 본래 없고 주문(注文)이 '連'자도 본래 없었으며, '園寢'이
   '寢園'으로 뒤집혀 있었는데, 六臣注本에 의거하여 교정했다.
124 시문(市門) : 『사기·화식전(貨殖傳)』에서 "자수하는 일은 시문(市門)에 기대는
   것보다 못하다[刺繡文, 不如倚市門]"라고 했다.

杜詩, 坐客寒無氈.

留連節物孤朋酒 : 『시경·빈풍豳風·칠월七月』에서 "두 동이 술로 잔치
를 베푸네"라고 했다. 두보의 「화강릉송대소부운운和江陵宋大少府云云」에
서 "두 동이 술로 날마다 즐겁게 만났네"라고 했다.
豳七月, 朋酒斯饗. 杜詩, 朋酒日懽會.

惱亂鄰翁謁子錢 : 『한서·화식전貨殖傳』에서 "오吳나라와 초楚나라 군
대가 일어나자, 장안長安에 있는 열후列侯나 봉군封君이 종군從軍하면서
이잣돈을 빌려주는 사람들[子錢家]에게 빌려서 필요한 물품을 갖추려고
했다. 이잣돈을 빌려주는 사람들은 제후들의 관동關東의 성패成敗가 불
확실하다고 여겨 빌려주지 않으려 했다. 오직 모염씨毋鹽氏만이 천금을
출연하여 빌려주었는데 그 이자가 열 배였다"라고 했다.
漢貨殖傳, 吳楚兵之起, 長安中列侯封君, 行從軍旅, 齎貸子錢家. 子錢家
以爲關東成敗未決, 莫肯予, 惟母鹽氏出捐千金貸, 其息十之.

誰料丹徒布衣得 : 『남사·유목지전劉穆之傳』에서 "오늘 단도현丹徒縣에
서 베옷 입은 평민이 되고자 생각하나, 그리 될 수가 없었다. 유목지가
젊은 시절 가난하여 자주 강씨江氏 처형의 집에 가서 먹을 것을 구걸하
였으며, 식사를 마치면 빈랑檳榔을 찾았다. 강씨 형제는 유목지를 희롱
하며 업신여겼다"라고 했다. 살펴보건대, 『이아』에서 "처의 형제가 생

甥이다"라고 했다. 이 작품의 서序에서 말한 '상생相甥'이 이것을 말한다.

南史劉穆之傳曰, 今日思爲丹徒布衣, 不可得也. 穆之少時家貧, 好往妻兄家乞食. 食畢, 求檳榔. 江氏兄弟戲侮之. 按爾雅, 妻之晜弟爲甥. 詩序相甥, 蓋謂此.

두 번째 수其二

丁未同升鄕里賢	향리의 어짊으로 정미년에 함께 급제했는데
別離寒暑未推遷	헤어져 세월 흘렀는데 옮겨가지 못했다네.
蕭條覊旅深窮巷	쓸쓸히 나그네로 궁항 깊숙이 있지만
蚤晚¹²⁵聲名上細氊	조만간 성명이 고운 포단에 오르리라.
碧嶂淸江原有宅	푸른 산봉우리 강물 곁에 본래 집 있었고
白魚黃雀不論錢	흰 물고기 누런 참새는 돈으로 논할 수 없었지.
檳榔一斛何須得	빈랑 한 섬을 어찌 반드시 얻을 것인가
李氏弟兄佳少年	이 씨 형제들은 젊은이 좋아한다네.

【주석】

丁未同升鄕里賢 : '정미丁未'는 치평治平 4년으로, 이때에 함께 급제했었다.

丁未, 治平四年, 同登第.

---

125 [교감기] '蚤晚'이 영원본에는 '早挽'으로 되어 있다.

別離寒暑未推遷 : 가의의 「복조부鵩鳥賦」에서 "만물은 변화하며 진실로 쉬지 않네. 휩쓸려가듯 흘러가고, 혹은 밀려서 돌아오는구나"라고 했다. 태백 이백의 「영문추회鄧門秋懷」에서 "백 년 인생은 어찌 그리 부침이 심한가, 세상만사 갈마들며 옮겨가누나"라고 했다. 연명 도잠의 「영목榮木」이란 작품의 서序에서 "세월이 밀며 옮겨간다"라고 했다.

賈誼鵩賦, 萬物變化, 固無休息. 斡流而遷, 或推而還. 太白詩, 百齡何蕩漾, 萬化相推遷. 淵明詩序云, 日月推遷.

蚤晚聲名上細氈 : 『한서・왕길전王吉傳』에서 "창읍왕昌邑王에게 간諫하는 소疏에서 "넓은 집 아래와 고운 털방석 위에"라 했다"라고 했는데, 그 주注에서 "'전旃'은 '전氈'과 같다"라고 했다.

漢王吉傳, 諫昌邑王疏曰, 廣廈之下, 細旃之上. 注云, 旃與氈同.

白魚黃雀不論錢 : 두보의 「협애峽隘」에서 "흰 물고기는 옥을 잘라 놓은 듯, 붉은 귤은 돈으로 논할 수 없네"라고 했다.

杜詩, 白魚如切玉, 朱橘不論錢.

檳榔一斛何須得 李氏弟兄佳少年 : '곡저빈랑斛貯檳榔'[126]은 위에 보인다.

---

126 곡저빈랑(斛貯檳榔) : 『남사・유목지전(劉穆之傳)』에서 "유목지가 젊어서 가난하여 자주 처형 강씨(江氏)의 집에 가서 먹을 것을 구걸하였으며, 식사를 마치면 빈랑(檳榔)을 찾았다. 강 씨가 희롱하여 "빈랑은 음식을 소화시키는데, 그대는 항상 굶주리면서 어찌 항상 이것을 찾으오"라 했다. 유목지가 단양의 수령이 되

태백 이백의 「옥진공주별관고우운운玉眞公主別館苦雨云云」에서 "언제나 황금의 쟁반으로, 한 섬의 빈랑을 올릴 수 있으려나"라고 했다.

斛貯檳榔見上. 太白詩, 何時黃金盤, 一斛薦檳榔.

세 번째 수其三

畏人重祿難堪忍	사람 두려워 중록 감히 감당하지 못하고
閱世浮雲易變遷	뜬 구름 같은 세상 쉽게 변하는 걸 보았네.
徐步當車飢當肉	수레 타듯 느긋이 걷고
	고기 먹은 듯 허기 달래며
鋤頭爲枕草爲氈	호미머리로 베개 삼고 풀로 담요를 삼으리라.
元[127]無上馬[128]封侯骨	본래 말에 올라 후에 봉해지는 관상 없노니
安用人間使鬼錢	어찌 인간세상에서 귀신 부릴 돈 쓰겠는가.
不是朱門爭底事	주문에서 일 다투는 것 옳지 않노니
淸溪白石可忘年	푸른 시내와 흰 돌에서 나이 잊을 만하리.

자 주방장에게 명하여 금접시에 빈랑 한 곡을 담아 처의 형제에게 주었다"라고 했다. 『전국책』에서 "안촉이 "늦게 먹으면 고기 맛과 진배없다"라 했다[劉穆之少貧, 好往妻兄江氏家乞食, 食畢求檳榔, 江氏戱之曰, 賓郞消食, 君乃常飢, 何忽須此. 穆之爲丹陽令尹, 乃令廚人以金柈貯檳榔一斛以進妻兄弟]"라고 했다.

127 [교감기] '元'이 전본에는 '原'으로 되어 있다.
128 [교감기] '上馬'가 영원본·전본에는 뒤집혀 '馬上'으로 되어 있다.

【주석】

畏人重祿難堪忍 : 『문선』에 실린 위무제의 「잡시雜詩」에서 "버려두고 다시 말하지 말라, 나그네는 항상 사람 두려워한다오"라고 했다.

文選魏文帝詩, 棄置勿復道, 客子常畏人.

徐步當車飢當肉 : 『전국책·제어齊語』에서 "제 선왕齊宣王이 안촉顔斶을 보고 이러저런 말을 했다. 안촉이 사양하고 돌아가면서 "안촉은 돌아가기를 원합니다. 늦게나마 허기진 배를 채우는 것을 육식과 맞먹는 것으로 여기고, 느긋하게 걷는 것을 수레와 맞먹는 것으로 여기며, 죄 없는 것을 귀한 것으로 여깁니다"라 했다"라고 했다. 동파 소식의 「답필중거서答畢仲擧書」에서 "우연히 『전국책』을 읽다가, 처사 안촉이 "늦게나마 허기진 배를 채우는 것을 육식과 맞먹는 것으로 여깁니다"라고 말한 것을 보고 기뻐하며 웃었습니다. 안촉과 같은 사람은 곤궁한데 처하면서도 지혜로웠다고 할 수 있습니다. 나물국과 콩 기장도 조금 배고플 때 먹으면 그 맛이 팔진八珍과도 같고 이미 배가 부른 후에는 추환芻豢이 눈앞에 가득하더라도 가지고 가지 않을 듯합니다"라고 했다.

戰國策齊語云, 齊宣王見顔斶[129]云云, 斶辭去, 曰, 斶願得歸, 晚食以當肉, 安步以當車, 無罪以當貴. 東坡答畢仲擧書云, 偶讀戰國策, 見處士顔斶之語, 晚食以當肉, 欣然而笑. 若斶者, 可謂巧於居貧者也. 菜羹菽黍, 差飢而食, 其

---

129 斶 : 이 주석의 '蠋'이 중화서국본에는 '蠋'으로 되어 있으나, 『戰國策』에는 '斶'으로 되어 있다.

味與八珍等, 而旣飽之後, 芻豢滿前, 惟恐其不持去也.

元無上馬封侯骨 : '봉후골封侯骨'[130]은 위에 보인다.
見上.

安用人間使鬼錢 : '사귀전使鬼錢'[131]은 위에 보인다.
見上.

淸溪白石可忘年 : 낙천 백거이의 「제신간정운운題新澗亭云云」에서 "흰 돌과 맑은 샘물이 눈앞으로 다가오네" 두보의 「구월일일과맹십이운운1九月一日過孟十二云云」에서 "그대들 나이 잊고 사귈 만해라"라고 했다.
樂天詩, 白石淸泉就眼來. 杜詩, 爾輩可忘年.

---

130 봉후골(封侯骨) :『한서·적방진전(翟方進傳)』에서 "적방진이 채보(蔡父)를 찾아가 관상을 물으니, 채보가 그의 모습을 보고 대단히 뛰어나다고 여겼다. 이에 "소사(小史)는 제후로 봉해질 골상을 지녔습니다"라 했다[從蔡父相, 蔡父大奇其形貌, 謂曰, 小史有封侯骨]"라고 했다.
131 사귀전(使鬼錢) : 서진(西晉) 노포(魯褒)의 「전신론(錢神論)」에서 "돈은 귀가 없지만 귀신을 부릴 수 있다[錢無耳, 可使鬼]"라고 했다.

28. 호언명과 길을 가다 융사의 죽헌에서 술을 마시다

與胡彦明處道, 飮融師竹軒

井寒茶鼎甘	우물 차가워 찻물은 달콤하고
竹密午陰好	대나무 우거져 오후 그늘 좋아라.
瓜嘗邵平種	일찍이 소평은 오이를 심었었고
酒爲何侯倒	하후는 술을 진탕 마시었다네.
倦須槃礴贏	힘들면 옷 훌렁 벗고 두 다리 펴고 앉으며
歸可倒著帽	돌아갈 때 두건 거꾸로 써도 좋으리.
欲去更少留	떠나가려다 다시 잠시 머무노니
道人談藥草	도인아 약초에 대해 말을 하누나.

【주석】

竹密午陰好 : 『문선』에 실린 사령운의 「등석문최고정登石門最高頂」에서 "우거진 대나무로 인해 길이 헷갈리네"라고 했다.

文選謝靈運詩, 密竹使徑迷.

瓜嘗邵平種 : 소평邵平이 오이 심은 일[132]은 위에 보인다.

---

132 소평(邵平)이 (···중략···) 일 : 『한서 · 소하전(蕭何傳)』에서 "소평(邵平)이란 자
는 옛날 진나라의 동릉후(東陵侯)였다. 진(秦)나라가 무너진 뒤 포의로 지냈는
데, 가난하여 장안성 동쪽에서 오이를 심었다. 오이가 맛있어서 세상에서 동릉의
오이라고 칭하였다[邵平者, 故秦東陵侯. 秦破, 爲布衣, 貧, 種瓜長安城東, 瓜美, 故

見上.

酒爲何侯倒 : 진晉나라 하충何充의 자는 차도次道이다. 술을 잘 마셨는데, 평소 유담劉惔이 소중하게 여겼다. 유담이 늘 "차도가 술 마시는 것을 보면, 사람으로 하여금 자신의 집 술을 다 마시게 하고 싶다네"라고 했다. 그 온화함을 말한 것이다.

晉何充, 字次道, 能飮酒, 雅爲劉惔所貴. 惔每云, 見次道飮, 令人欲傾家釀. 言其能溫克也.

倦須槃礴嬴 歸可倒著帽 欲去更少留 道人談藥草 : '반박리槃礴嬴'[133]는 위에 보인다. 진晉나라 산간山簡이 "석양엔 수레에 거꾸러져 돌아와, 곤드레가 되어 아무것도 모른다네. 때로는 말을 탈 수도 있지만, 백접리白接羅[134]를 거꾸로 쓰고 온다네"라고 했다. 『법화경』에 실린 약초유품藥草喩品에서 "왕속王續이 노비로 하여금 기장과 약초를 심어 공급하도록 했

世稱東陵瓜]"라고 했다.
133 반박리(槃礴嬴) : 『장자·전자방(田子方)』에서 "송(宋)나라 원군(元君)이 그림을 그리게 하였더니, 뭇 화공들이 몰려들었던바, 그들은 모두 서로 읍을 하고 서서 붓을 빨고 먹을 갈고 하는데, 이때 경쟁자가 많아서 반수는 밖에 있었다. 그때 한 화공은 가장 늦게 와서 달려오지도 않고 천천히 들어와 읍을 하고는 서지도 않은 채 방 안으로 들어가 버렸다. 원군이 사람을 시켜 그의 행동을 엿보게 했더니, 그는 옷을 벗고 두 다리를 쭉 뻗고 나체로 있었다. 원군이 "됐다. 이 사람이 참다운 화공이다"고 했다[宋元君將畫圖, 衆史皆至, 受揖而立. 舐筆和墨, 在外者半, 有一史後至者, 儃儃然不趨, 受揖不立, 因之舍. 公使人視之, 則解衣盤礴, 嬴. 君曰, 可矣, 是眞畫者也]"라고 했다.
134 백접리(白接羅) : 두건(頭巾)의 일종이다.

다"라고 했다.

槃礴嬴見上. 晉山簡云, 日夕倒載歸, 茗艼無所知. 時時能騎馬, 倒著白接
䍦. 法華經有藥喩, 王[135]續使奴婢自種黍蒔藥草自供.

135　王 : 중화서국본에는 '玉'으로 되어 있으나, '王'의 오자이다.

29. 선성의 붓을 보내왔기에 사례하다

謝送宣城筆

산곡 황정견이 초서草書로 이 작품을 썼고 또한 발문跋文에서 "이공택
李公擇이 선성宣城에 있으면서, 제갈생諸葛生에게 계거법雞距法[136]을 만들
게 하고서는 '초지필草紙筆'이라고 쓰고서는 손신노에게 보내왔다"라고
했다.

山谷草書此詩, 又跋云, 李公擇在宣城, 令諸葛生作雞距法, 題云草紙筆,
以寄孫莘老.

宣城變樣蹲[137]雞距	선성에서 웅크린 닭의 발로 모습 바꾸고
諸葛名家捋[138]鼠鬚	제갈의 명가에서 쥐 수염을 붙이었다네.
一束喜從公處得	한 묶음이 기쁘게도 공의 거처로 오니
千金求買市中無	천금으로 살더라도 시장에는 없다네.
漫投墨客摹科斗	맘껏 먹을 묻혀 과두문자를 베끼노니
勝與朱門飽蠹魚	주문에서 책벌레에 배 부르는 것보다 낫네.
愧我初非草玄手	부끄럽네, 애초 『태현경』 쓸 솜씨는 없지만
不將閑寫吏文書	한가롭게 문서 작성하는데 쓰진 않으리라.

---

136 계거법(雞距法) : '계거(鷄距)'는 붓의 이칭이다. 털이 짧은 붓이 닭의 뒤 발톱과
     같다 하여 붙여진 이름이다.
137 [교감기] '蹲'에 대해 고본의 원교(原校)에서는 "一作尊"이라고 했다.
138 [교감기] '捋'에 대해 고본의 원교(原校)에서는 "一作將"이라고 했다.

【주석】

宣城變樣蹲雞距 : 낙천 백거이의 「계거필부鷄距筆賦」에 "발[足] 중에서 건장한 것은 닭의 발이요, 털 중에서 굳센 것은 토끼털이다. 발 중에서 떨쳐 일어난 것은 날카로운 발톱이고 털 중에서 뾰족하게 솟아난 것은 긴 털이다. 이것을 합하여 붓을 만드는 것이 붓을 만드는 핵심을 얻은 것이다"라고 했다.

白樂天雞距筆賦, 足之健者有雞足, 毛之勁者有兎毛. 就足之中, 奮發者利距. 在毛之內, 秀出者長毫. 合爲乎筆, 正得其要矣.

諸葛名家搦鼠鬚 : 산곡 황정견이 이 작품을 쓴 초서본草書本에는 '날서수搦鼠鬚'가 '원서수援鼠鬚'로 되어 있다. 『서법요록法書要錄』에서 "우군 왕희지가 「난정서蘭亭序」를 서수필鼠鬚筆로 썼다"라고 했다. 『세설신어』에서 "왕희지는 용필법用筆法을 백운선생白雲先生에게서 전수받았는데, 서수필을 왕희지에게 주었다"라고 했고 또한 "종요鍾繇와 장지張芝도 모두서수필을 사용했다"라고 했다.

草書本作援[139]鼠鬚. 法書要錄云, 右軍寫蘭亭序, 以鼠鬚筆. 世說, 王義之得用筆法於白雲先生, 遺之鼠鬚筆. 又云, 鍾繇張芝皆用鼠鬚筆.

漫投墨客摹科斗 : "자묵객경子墨客卿[140]이 한림주인에게 물었다"라는 내

---

139 [교감기] '援'이 전본에는 '拔'로 되어 있다.

용이 양웅의 「장양부長楊賦」에 보인다.

子墨客卿問於翰林主人, 見揚雄長楊賦.

---

140 자묵객경(子墨客卿): 먹[墨]을 의인화(擬人化)해서 부른 것이다.

30. 왕언조의 할아버지인 황주지주 왕우칭이 쓴 초서를 왕언
조가 보내왔기에 그 뒤에 쓰다【왕언조의 할아버지인 왕우칭^王
^{禹偁}은 자가 원지^{元之}로 함평^{咸平} 연간에 서액^{西掖}으로 있다가 황주지주
^{黃州知州}로 폄직되었다】

王彦祖惠其祖黃州制草, 書其後【其祖禹偁, 字元之, 咸平中, 自西掖謫知黃州】

脫略看時輩	시배들을 보고는 물리쳤으니
諸君等發蒙	제군들의 뚜껑을 벗기는 것과 같네.
董狐常直筆	동호는 늘 사실 그대로 기록했으며
汲黯少居中	급암이 궁궐에 머문 적 드물었지.
鵬入遷臣舍	복조가 신의 관사로 날아 들어왔고
烏號厭世弓	세상 싫어 오호의 활이 되었다네.
平生有嘉樹	평생 좋은 나무의 덕 있었으니
猶起九原風	오히려 저승에서도 풍모 일으키리.

【주석】

脫略看時輩 : 강엄의 「한부^{恨賦}」에서 "공경을 물리치고 문사에 질탕했
다오"라고 했다. 두보의 「장유^{壯遊}」에서 "소시배^{小時輩}를 물리치고, 노옹
들과 친교 하였네"라고 했다.

江淹賦, 脫略公卿, 跌宕文史. 老杜壯遊詩, 脫略小時輩, 結交皆老蒼.

諸君等發蒙：『한서‧급암전汲黯傳』에서 "회남왕淮南王 유인劉安이 반란을 도모할 때, 회남왕은 급암을 꺼려하며 말하기를 "급암은 직간하기를 좋아하고 절개를 굳게 지키며 의리를 위해 죽는 인물이다. 공손홍公孫弘을 설득하는 것은 마치 덮은 뚜껑을 벗겨 내는 것처럼 쉬운 일이다"라고 했다.

汲黯傳, 淮南王謀反, 憚黯, 曰, 黯好直諫, 守節死義. 至說公孫弘等, 如發蒙耳.

董狐常直筆：『좌전‧선공宣公 2년』조에서 "조돈의 사촌인 조천趙穿은 영공靈公을 도원桃園에서 시해했다. 선자 조돈은 아직 국경인 산을 넘지 않고서 되돌아왔다. 태사太史가 "조돈이 자기 임금을 시해하였다"라고 썼다. 조돈은 "그렇지 않다"라 했다. 동호는 대답하길 "그대는 정경正卿으로 달아났으나 국경을 넘지 못했고 돌아와서도 적을 토벌하지 않았으니, 그대가 아니면 누구겠는가"라 했다. 공자가 "동호董狐는 옛날의 어진 사관이다. 법대로 기록하여 사실을 숨기지 않았다"라 했다"라고 했다. 『태조실록』을 수찬修撰하는데, 왕우칭은 그 일에 대해 그대로 썼는데, 권력을 잡고 있던 사람들이 왕우칭이 그 사이에 경중輕重을 두었다고 하여, 이 때문에 외직으로 황주로 나간 것이다.

左傳宣元[141], 趙穿攻靈公於桃園. 宣子未出山而復. 太史書曰, 趙盾弒其君. 宣子曰, 不然. 對曰, 子爲正卿, 亡不越境, 返不討賊, 非子而誰. 孔子曰, 董

---

141 [교감기] '宣元'에 대해 『左傳』을 살펴보건대 '宣公二年'이 맞다.

狐, 古之良史也. 書法不隱. 修太祖實錄, 禹偁直書其事, 執政以禹偁輕重其
間, 出知黃州.

汲黯少居中 : 『한서·급암전汲黯傳』에서 "급암이 자주 직간直諫하였기에
오래 궐내에 머무를 수가 없었다"라고 했다. 『한서·원앙전袁盎傳』에서
"원앙이 자주 직간을 하여 오래 궁궐에 머물 수가 없었다"라고 했다.
黯傳, 黯以數切諫, 不得久留內. 袁盎傳, 盎以數直諫, 不得久居中.

鵬入遷臣舍 : 한漢나라 가의賈誼가 장사부長沙傅가 되었는데, 복조服鳥가
가의의 관사로 날아들었다. 복조는 부엉이와 비슷하게 생겼는데 상서
롭지 못한 새이다. 가의는 이에 절로 슬퍼하면서 오래 살지 못할 것이
라고 여겼다. 원지 왕우칭이 황주로 폄직되었는데, 그 일이 가의와 유
사하다. 동파 소식이 「오금언五禽言」이라는 작품을 지었는데 그 중 한
수에서 "그대가 기주蘄州로 달려가는데, 다시 기주귀蘄州鬼[142]가 우는구
나"라고 했는데, 그 자주自注에서 "원지 왕우칭이 황주에서 기주로 옮
겨가다가 새 울음소리를 듣고서 그 새의 이름을 물으니, 어떤 사람이
"이 새는 기주귀입니다"라 했다. 왕우칭은 이 새를 대단히 싫어했는데,
결국 기주에서 죽고 말았다"라고 했다.

---

142 기주귀(蘄州鬼) : 새의 이름이다. 송(宋) 왕질(王質)의 『임천결계(林泉結契)』에
    서 "기주귀는 몸이 검고 입과 발은 모두 하얀색인데, 울음소리가 맑고 급절하다
    [蘄州鬼, 身黑, 嘴足俱白, 聲淸急]"라고 했다. 여기에서는 "기주의 귀신이다"라는
    말로, 기주에서 죽는다는 의미가 담겨 있다.

漢賈誼爲長沙傅, 有鵩飛入誼舍. 鵩似鴞, 不祥鳥也. 誼自傷悼, 以爲壽不得長. 元之謫黃州, 其事大類此. 東坡在黃作五禽言, 其一云, 使君向蘄州, 更唱蘄州鬼. 自注云, 王元之自黃移蘄州, 聞啼鳥, 問其名, 或對曰, 此名蘄州鬼. 元之大惡之, 果卒於蘄.

烏號厭世弓 : 원지 왕우칭이 황주로 폄직되기 전에 태종太宗이 이미 죽었다는 말이다. 『사기・봉선서封禪書』에서 "황제黃帝가 종을 주조하는 것을 이미 마치자, 용이 턱수염을 늘어뜨리고 내려와 황제를 맞이하였다. 황제가 올라탔으나 낮은 벼슬의 신하들은 올라타지 못하고 용의 수염을 모두 붙잡았다. 용이 수염이 뽑히자 황제가 가지고 있던 활도 떨어졌다. 백성들은 이에 황제의 활과 용의 수염을 끌어안고서 울부짖었다. 이곳을 '정호鼎湖'라고 이름 붙였고 그 활을 '오호烏號'라고 불렀다"라고 했다. 『장자・천하편天地篇』에서 "천 년을 살다가 세상이 싫어지면, 속세를 떠나 선경으로 올라간다"라고 했다.

言元之未謫黃州時, 太宗已上仙矣. 封禪書云, 黃帝鑄鼎旣成, 有龍垂胡髥, 下迎黃帝. 帝上騎, 小臣不得上, 乃悉持龍髥. 髥拔, 墮帝之弓, 百姓乃抱其弓與龍髥而號, 名其處曰鼎湖, 弓曰烏號. 莊子天地篇, 千歲厭世, 去而上仙.

平生有嘉樹 猶起九原風 : 『좌전・소공昭公 2년』 조에서 "한선자韓宣子가 노魯나라에 와서 빙문聘問하자, 소공昭公이 연회를 열었다. 이에 한선자가 「각궁편角弓篇」을 읊었다. 연회를 마친 뒤에 계 씨季氏의 집에서 주연

酒宴을 베풀었는데, 집에 아름다운 나무 한 그루가 있었다. 한선자가 그 나무를 칭찬하자, 무자武子가 "내 어찌 감히 이 나무를 잘 가꾸어 「각궁」시의 뜻을 기억하지 않겠습니까"라고 하고서, 드디어 「감당편甘棠篇」을 읊조렸다"라고 했다. 이 구절의 의미는 왕우칭은 명성과 덕이 있으니, 묘 위의 나무가 이미 한 아름이나 되어도 사람들이 그리워하며 잊지 못한다는 것이다. 『예기 · 단궁檀弓』에서 "조문자趙文子가 숙예叔譽와 함께 구원九原을 구경하였다"라고 했다. 이백의 「동일유회이백冬日有懷李白」에서 "가수嘉樹라 한 『좌전左傳』을 다시 찾으며, 「각궁」이란 시를 잊지 않노라"라고 했다.

左傳昭公二年,[143] 韓宣子來聘, 公享之. 韓子賦角弓. 旣享, 宴于季氏, 有嘉樹焉, 宣子譽之. 武子曰, 宿不敢封殖此樹, 以無忘角弓. 遂賦甘棠.[144] 詩意謂元之名德在人, 如其宰上之木, 人思之不忘也. 檀弓, 趙文子與叔譽觀乎九原云云. 李白詩, 更尋嘉樹傳, 不忘角弓詩.[145]

---

143 [교감기] '昭公二年' 4글자가 본래 없었는데, 『春秋左傳正義』에 의거하여 보충한다.
144 [교감기] '左傳 (…중략…) 甘棠'이라는 구절이 영원본에는 없다.
145 [교감기] '李白 (…중략…) 弓詩'라는 구절이 영원본에는 없다.

31. 서경도가 무녕위로 가기에 전송하다

送徐景道尉武寧146

첫 번째 수其一

李苦少人摘	길손 고단함 다른 사람이 알기 어렵지만
酒醇無巷深	깊은 골목에도 좋은 술 없지 않다오.
當官莫避事	벼슬하면서 일을 피하지 마시게
爲吏要淸心	벼슬아치에게 맑은 마음이 중요하네.
葛藟松千尺	칡넝굴에 소나무는 천 척일 테고
寒泉綆百尋	찬 샘물에 두레박줄은 백 심일러라.
公朝有汲引	공조에서 이끌어주는 것이 있어
吾子茂徽音	우리 그대 아름다운 명성 자자해지리.

【주석】

李苦少人摘 : '소인적少人摘'147은 위에 보인다.

見上.

---

146 [교감기] 전본에는 작품의 제목 아래 '二首' 2글자가 있다.

147 소인적(少人摘) : 『왕립지시화(王立之詩話)』에서 "소의(少儀) 진적(秦覿)이 "진
소유는 산곡 황정견의 이 구절을 대단히 원망했으니, 채주의 일을 아는 사람이
매우 적었음을 말한 것이다. 노직 황정견의 시어는 대단히 무게감이 있어 사람들
이 이미 이 시어를 보고서는 마침내 취모(吹毛)하게 되었다"라 했다[秦少儀云,
少游極怨山谷此句, 謂言蔡州事, 少人知者. 魯直詩語重, 人旣見此語, 遂使吹毛耳]"
라고 했다.

酒醇無巷深 : 옛말에 '미주무곡항美酒無曲巷'[148]이란 말이 있다.

古語, 美酒無曲巷.

當官莫避事 :『좌전』에서 "벼슬 맡아 수행한다"라고 했다.

左傳, 當官而行.

爲吏要淸心 : '청심淸心'[149]은 위에 보인다.

淸心見上.

葛藟松千尺 :『시경 · 국풍 · 갈류葛藟』에서 "길고 길게 자라난 칡넝쿨
이여"라고 했다.

國風, 緜緜葛藟.

寒泉綆百尋 :『장자』에서 "두레박줄이 짧으면 깊은 우물의 물을 길을
수 없다"라고 했다.

莊子, 綆短者, 不可以汲深.

---

148 미주무곡항(美酒無曲巷) : 좋은 술은 비록 깊고 궁벽한 곳에 사는 사람이라도 반
　　드시 사서 마신다는 말이다.
149 청심(淸心) : 이백의 「입팽려경송문관석경운운(入彭蠡經松門觀石鏡云云)」에서
　　"장차 풍아를 잇고자 하니, 어찌 다만 마음만 맑아지리오[將欲繼風雅, 豈徒淸心
　　魂]"라고 했다.

公朝有汲引 : 『한서・유향전劉向傳』에서 "우禹와 직稷, 고요皐陶가 서로 이끌어주었다"라고 했다.

漢劉向云, 禹稷皐陶, 轉相汲引.

吾子茂徽音 : 『시경・사제思齊』에서 "태사太姒가 그 아름다운 명성을 이었네"라고 했다. 사령운의 「등임해교여종제혜련登臨海嶠與從弟惠連」에서 "오랫동안 그대의 아름다운 명성 끊겼네"라고 했다.

詩, 太姒嗣徽音. 謝靈運詩, 長絶子徽音.

두 번째 수 其二

黃綬補一尉	황색 인끈으로 위에 보임되었지만
還依水竹居	오히려 수죽 사이의 거처에 의지했다오.
身隨南渡馬	몸은 남쪽으로 건너간 말을 따르지만
書寄北來魚	편지는 북쪽으로 오는 물고기에 부쳐오리.
風俗諮150鄰竝	풍속을 이웃사람들에게 물어보시고
艱難試事初	일을 시작할 때 어렵게 여기시게나.
官閒莫歌舞	관청 한가해도 노래하고 춤추지 말고
教子誦詩書	자식 가르쳐 시서를 암송하게 하시게나.

---

150 [교감기] '諮'이 고본에는 '譜'로 되어 있는데, 글자의 모양이 유사하여 잘못 쓴 것 같다.

【주석】

黃綬補一尉 : 『한서·주박전朱博傳』에서 "자사刺史는 황색 인끈 차지 않는다"라고 했는데, 그 주注에서 "승丞과 위尉는 직급이 낮으니 모두 황색의 인끈을 찬다"라고 했다. 태백 이백의 「춘어고숙송조사류염방서春於姑孰送趙四流炎方序」에서 "조소부趙少府는 재주와 용모가 뛰어나고 아정하며 의기가 호탕하고 맹렬한데도, 황색 인끈을 찬 위尉가 되었다. 진흙을 묻히고 진흙길을 가게 되어 또한 닭장에 갇힌 학의 신세이나 난새와 봉황을 묶어 두기에는 충분치 않다"라고 했다.

朱博傳, 刺史不察黃綬. 注, 丞尉職卑皆黃綬. 李太白, 趙少府才貌壤雅, 志氣豪烈, 以黃綬作尉, 泥蟠當塗, 亦雞栖鶴籠, 不足以窘束鸞鳳耳.

身隨南渡馬 : 진晉나라 때의 동요童謠에서 "다섯 말이 강을 건너, 한 말은 용이 되었네"라고 했다. 퇴지 한유의 「도원도桃源圖」에서 "여러 말이 남쪽으로 건너와 새 왕조 열었다오"라고 했는데, 여기에서 '남도마南渡馬'라는 글자를 가져온 것이다.

晉五馬渡江, 一馬化爲龍. 退之詩, 群一[151]馬南渡開新主. 此摘其字.

風俗諺鄰竝 艱難試事初 : '인병鄰竝'과 '사초事初'는 속어俗語를 사용한 것으로, 속된 말을 아정한 말로 만든 것이라고 하겠다.

鄰竝事初, 使俗語, 所謂以俗爲雅也.

---

151 群 : 중화서국본에는 '一'로 되어 있으나, 『古文眞寶全集』에는 '群'으로 되어 있다.

32. 두보처럼 관청에서 읊조리다. 2수

杜似吟院. 二首

첫 번째 수其一

日長吟院無公事	해 긴 날 뜨락에는 공사가 없으리니
燕入花開必有詩	제비 들고 꽃 피면 반드시 시 지으리라.
莫道南風吹鴈去	남풍에 기러기 날아간다 말 마시게나
春來亦有北風時	봄 오면 또한 북풍 불 때 있으리니.

【주석】

莫道南風吹鴈去 春來亦有北風時 :『세설신어』에서 "기러기는 음양과 한서寒暑를 알고 있으니, 봄이면 양과 더위를 피해 북으로 가고 가을이며 음과 추위를 피해 남으로 온다"라고 했다. 퇴지 한유의 「명안鳴鴈」에서 "기러기는 울면서 나는데, 가을이면 남쪽으로 가고 봄이면 북으로 돌아오네"라고 했다.

世說, 鴻鴈知避陰陽寒暑者, 春則避陽暑而北, 秋則避陰寒而南. 退之詩, 嗷嗷鴻鴈鳴且飛, 窮秋南去春北歸.

두 번째 수其二

| 吟院虛明如畫舫 | 뜨락은 텅 비고 맑아 그림 속 배 같노니 |

想成檻外是長江　　　상상해 보면 난간 너머가 긴 강인 듯.

杜郞忽作揚州夢　　　두랑처럼 홀연 양주몽을 꾸노니

雨帶風沙打夜窓　　　비와 모래바람이 밤 창을 치누나.

【주석】

杜郞忽作揚州夢 : 당唐 두목의 「견회遣懷」에서 "십 년 만에 양주의 꿈[152]
을 한 번 깨고 보니, 청루에서 박정하다는 이름만 실컷 얻었구나"라고
했다.

唐杜牧之詩, 十年一覺揚州夢, 贏得靑樓薄倖名.

---

152 양주의 꿈 : 옛날에 어떤 사람들이 한자리에 모여서 각각 자기 소원을 말하는데,
그중 한 사람은 양주 자사(揚州刺史)가 되고 싶다 하고, 또 한 사람은 많은 재물을
갖고 싶다 하고, 또 한 사람은 학(鶴)을 타고 승천(升天)을 하고 싶다고 하자, 그
중 한 사람이 말하기를 "나는 허리에 십만 꿰미의 돈을 차고, 학을 타고 양주로
올라가고 싶다[腰纏十萬貫, 騎鶴上揚州]"라고 하여 앞서 말한 세 사람의 소원을
겸하여 이루고자 했다는 고사에서 온 말이다. 여기에서는 두목과 관련된 일화이
다. 두목이 일찍이 양주에서 회남 절도사(淮南節度使) 우승유(牛僧孺)의 막료로
있으면서 몰래 기루(妓樓)를 출입하며 마음껏 풍류를 즐겼는데, 뒤에 낙양(洛
陽)에 와서 꿈처럼 화려했던 당시의 일을 술회하며 지은 「견회(遣懷)」에서 "십
년 만에 한 번 양주의 꿈을 깨고 나니, 미인에게 무정하단 이름만 실컷 얻었네[十
年一覺揚州夢, 贏得靑樓薄倖名]"라고 한 데서 온 말로, 전하여 풍류를 마음껏 즐
기고 화려하게 지내던 과거 시절을 떠올리며 감회에 젖는 뜻으로 쓰인다.

33. 추워진 뒤에야 송백을 안다【이 작품은 진사체進士體를 본받아, 원우 연간에 쓴 것이다. 두 수의 작품이 있는데 한 편은 『전집』에 보인다】

歲寒知松柏【此詩效進士體, 元祐間作. 有兩篇, 其一見前集】153

松柏天生獨	하늘이 낳은 것 중에 송백만이
靑靑貫四時	푸르고 푸르게 사시를 관통하네.
心藏後凋節	마음에 늦게 시드는 절개 갖추었는데
歲有大寒知	한 해의 심한 추위에 알 수 있다네.
慘淡冰霜晚	얼음 서리에 참담한 한 해의 끝에서도
輪囷澗壑姿	계곡에서 비장한 모습 갖추고 있다네.
或容螻蟻穴	간혹 개미가 굴을 파는 것 받아들이고
未見斧斤遲	도끼로 베어짐이 더딘 것 보지 못했다오.
搖落千秋靜	천추 세월 쓸쓸하게 고요히 있는데
婆娑萬籟悲	바람 소리만이 너울너울 서글퍼라.
鄭公扶貞154觀	정공은 정관의 다스림 부지했는데
已不見對彛	이미 봉덕이를 볼 수가 없었다네.

---

153 [교감기] 任淵의 『山谷內集詩注』 권10에 보인다.
154 [교감기] '貞'이 본래 '正'으로 되어 있는데, 인종(仁宗)의 이름을 피하여 고친 것이다. 지금 전본을 따른다.

【주석】

松柏天生獨 靑靑貫四時：『예기』에서 "예禮가 사람에게 있음은 마치 대나무에 균筠이 있고 소나무와 잣나무에 심心이 있는 것과 같아서, 사시를 관통하면서도 가지와 잎이 바뀌지 않는다"라고 했다. 『장자』에서 "땅에서 명命을 받은 것 중 오직 소나무와 잣나무만이 홀로 겨울과 여름 내내 푸르다"라고 했다.

禮記, 其在人也, 如松箭之有筠也, 如松柏之有心也, 貫四時而不改柯易葉. 莊子, 受命於地, 唯松柏獨也, 在冬夏靑靑.

心藏後凋節 歲有大寒知：『논어』에서 "세상이 추워진 뒤에 송백이 뒤에 시듦을 안다"라고 했다.

論語, 歲寒然後知松柏之後凋也.

輪囷澗壑姿：'윤균輪囷'[155]은 위에 보인다.

輪囷見上.

或容螻蟻穴：두보의 「고백행古柏行」에서 "고심해도 땅강아지, 개미를 받아들이는 것 어찌 면하랴"라고 했다.

---

155 윤균(輪囷)：『한서·추양전(鄒陽傳)』에서 "얽히고설킨 나무뿌리가 기괴하게 꼬불꼬불 얽혔다[蟠木根柢, 輪囷離奇]"라고 했다. 그 주(注)에서 "꼬불꼬불 구부러져 있다[委曲盤戾也]"라고 했다.

老杜古柏行, 苦心豈免通螻蟻.

鄭公扶貞觀 已不見對彞 : 『당서·위징전魏徵傳』에서 "황제가 "이는 위
징이 나에게 인의仁義를 행하라고 권한 효험이 드러난 것인데, 봉덕이封
德彞[156]로 하여금 보지 못하게 한 것이 애석하다"라 했다"라고 했다. 두
목의 「제위문정題魏文貞」에서 "가련도다, 정관 태평 이후에, 하늘이 또
한 봉덕이를 머물게 하지 않음이"라고 했다.

唐魏徵[157]傳, 帝曰, 此徵勸我行仁義, 既效矣, 惜不令封德彞見之. 杜牧之
題魏文貞詩, 可憐貞觀太平後, 天且不留封德彞.

---

156 봉덕이(封德彞) : 수(隋)나라에 벼슬한 봉륜(封倫)으로, 그의 자가 덕이이다. 수
    나라가 망하자 당(唐)나라에 항복하여 태종(太宗)을 섬겼었다.
157 [교감기] '徵'이 본래 '證'으로 되어 있는데, 인종(仁宗)의 이름을 피하여 고친 것
    이다. 지금 전본을 따른다.

34. 진사체를 흉내내어 성도의 석경을 살피다
效進士作觀成都石經

『성도기』에서 "맹씨孟氏의 촉蜀나라 때에, 재상宰相의 지위를 찬탈한 무소예毋昭裔가 돌에 구경九經을 금빛으로 새겨 황제에게 올렸다. 『모시』와 『의례』 및 『예기』는 모두 비서랑秘書郎 장소문張紹文의 글씨이고 『주례』는 교서랑校書郎 손붕고孫朋古의 글씨이며, 『주역』은 국자박사國子博士 손봉길孫逢吉의 글씨이고 『상서』는 교서랑 주덕정周德政의 글씨이며, 『이아』는 간주簡州 평천령平泉令 장덕소張德昭의 글씨이다. 그리고는 제題하기를 '광정廣政 14년'이라고 했다. 대개 맹창孟昶이 새긴 것은 오직 세 경전인데, 황우皇祐 원년에 이르러서야 비로소 끝이 났다. 뒤에 지익주知益州 구밀직학사樞密直學士 우간의대부右諫議大夫 전황田況의 이름을 썼다"라고 했다.

成都記, 孟蜀時, 僞宰相毋昭裔, 以倖金刻九經於石. 其毛詩儀禮禮記, 皆秘書郎張紹文書, 周禮, 校書郎孫朋古書, 周易, 國子博士孫逢吉書, 尙書, 校書郎周德政書, 爾雅, 簡州平泉令張德昭書. 題云, 廣政十四年. 蓋孟昶所鐫, 惟三傳, 至皇祐元年方畢工. 後列知益州樞密直學士右諫議大夫田況名.

成都九經石	성도에 있는 구경의 돌
歲久麝煤寒	세월 오래되어 묵 향기 차갑구나.
字畫參工拙	자획에서 공졸을 살필 수 있고

文章可鑒觀	문장은 살펴 볼만 하다네.
危邦猶勸講	나라 위기에도 오히려 배움 권면하며
相國校雕¹⁵⁸刊	상국이 교정하고 다듬어 간행했네.

文章可鑒觀　문장은 살펴 볼만 하다네.

危邦猶勸講　나라 위기에도 오히려 배움 권면하며

相國校雕[158]刊　상국이 교정하고 다듬어 간행했네.

羣盜煙塵後　여러 도적의 전쟁을 겪은 후에

諸生竹帛殘　제생의 죽백도 마멸되었다네.

王春尊孔氏　공자는 왕춘이라고 하여 존중했고

乙夜詔甘盤　을야에 감반을 불러들였다오.

願比求諸野　바라건대, 재야에서 인재 구하여

成書上學官　책 만들어 학관에 올렸으면.

【주석】

成都九經石 歲久黳煤寒 : '사매한黳煤寒'[159]은 위에 보인다.

黳煤寒見上.

危邦猶勸講 : 『후한서·양병전楊秉傳』에서 "이로써 『상서』을 밝히자, 조정의 부름을 받아 들어가 강학할 것을 권면했다"라고 했는데, 그 주注에서 "시강侍講하는 것과 같다"라고 했다.

後漢楊秉傳, 以明尙書, 徵入勸講. 注云, 猶侍講也.

---

158 [교감기] '雕'가 원래 '凋'로 되어 있는데, 지금 전본을 따른다.

159 사매한(黳煤寒) : 서대(西臺) 이건중(李建中)의 「제양소사대자벽후(題楊少師大字壁後)」에서 "마른 삼나무 뒤집힌 회나무 서리에 시들어가고, 소나무 연기 사향 그을음에 비바람은 차갑구나[枯杉倒檜霜天老, 松煙黳煤風雨寒]"라고 했다.

諸生竹帛殘 : "유향劉向이 전교서적典校書籍으로 있으면서 모든 책을 먼저 대나무에 쓰고 고치고 확정하여, 글씨는 잘 쓰는 사람을 시켜 비단에 써서 올리게 하였다"라는 기록이 『어람간문御覽簡門』에 보인다.

劉向典校書籍, 皆先書竹, 改易刊定, 可繕寫者, 以上帛. 見御覽簡門.

王春尊孔氏 : 공자가 『춘추』를 삭정하면서 시작하는 머리에 '춘왕정월春王正月'이라고 썼다.

孔子作春秋, 首書春王正月.

乙夜詔甘盤 : 『한궁의漢官儀』에서 "중황문中黃門에서 오야五夜를 지켰는데, '오야'는 갑야甲夜에서 무야戊夜에 이르는 것을 말한다"라고 했다. 『두양잡편杜陽雜編』에서 "문종文宗이 정무를 마친 뒤에는 곧바로 여러 책들을 읽었는데, 좌우의 신하들에게 "만약 갑야甲夜, 오후 7~9시까지 나랏일을 돌보고 을야乙夜, 밤 9~11시까지 책을 보지 않는다면 어찌 백성들의 임금이라고 할 수 있겠는가"라 했다"라고 했다. 『서경·열명說命』에서 "내가 옛날에 감반甘盤[160]에게 배웠다"라고 했다.

漢官儀, 中黃門持五夜, 謂自甲夜至戊夜. 杜陽雜編, 文宗視朝後, 卽閱羣書, 謂左右曰, 若不甲夜視事, 乙夜觀書, 則何以爲人君耶. 書說命, 舊學于甘盤.

---

160 감반(甘盤) : 은(殷)나라 고종(高宗)의 현신이며, 고종은 그에게 배웠고 뒤에 재상으로 그를 등용했다.

願比求諸野 : 『한서·예문지藝文志』에서 "중니가 "예禮를 잃으니 들판에서 구하였다"라 했다"라고 했다.

漢藝文志, 仲尼有言, 禮失, 求諸野.

成書上學官 : 『상서』의 서序에서 "모두 관청으로 올려 보내어, 서부書府에 보관하게 하였다"라고 했다. 한漢나라 문옹文翁이 촉군蜀郡의 수령이 되어, 성도成都의 저잣거리에 학관學官을 세웠다. '학관'은 학사學舍이다. 유흠이 책을 옮기고서는 태학박사를 질타하면서 『좌씨춘추』·『일례逸禮』·『모시』·『상서』를 만들어서 모두 학관에 두고 박사들 두고자 했다.

尙書序, 悉上送官, 藏之書府. 漢文翁爲蜀郡守, 起學官於成都市中. 學官謂學舍也. 劉歆移書, 讓責太常博士, 欲建立左氏春秋逸禮毛詩尙書, 皆列於學官, 爲置博士.

35. 조자방이 복건로전운판관으로 가기에 전송하고 더불어 운판사 장중모에게 편지 삼아 보내다

送曹子方福建路運判, 兼簡運使張仲謀

이 작품과 앞의 두 작품 및 이 작품 뒤의 네다섯 작품은 모두 원우 3년에 지은 것이다. 살펴보건대,『실록』에서 "원우 3년 9월에 태복시승太僕寺丞 조보曹輔가 임시로 복건로전운판관福建路轉運判官으로 파견되었다"라고 했다. 조보曹輔의 자는 자방子方이다.

此詩及前兩詩, 後四五詩, 皆是元祐三年作. 按實錄, 元祐三年九月, 太僕寺丞曹輔權發遣福建路轉運判官. 輔字子方.

曹侯黃須便弓馬	조후는 누런 구레나룻로 궁마를 타고서
從軍賦詩橫槊間	종군하며 창 비껴두고 시를 읊조렸다네.
阿瞞文武如兒虎	아만의 문무는 외뿔소 범과 같았기에
遠孫風氣猶斑斑	먼 후손의 풍기에도 오히려 무늬 있었지.
昨解弓刀丞太僕	예전 궁도를 풀고 태복에 올라서는
坐看收[161]駒十二閑	열두 마구간에 말 거두는 것 앉아 보았지.
遠方不異輦轂下	먼 지방이지만 궁궐과 다름없노니
詔遣中使哀恫瘝	중사를 파견해 아픈 백성 불쌍케 여기었네.
吾聞斯民病鹽策	내 듣건대, 백성들은 염책에 괴로워하여

---

161 [교감기] '收'가 고본에는 '牧'으로 되어 있다.

天有雨露東南乾	동남의 마른 곳에 하늘이 우로 내리었네.
謝君論河秉禹貢[162]	사군이 황하 논하면서 우공의 정책 유지하여
詰難蠭起安如山	비난 수없이 일어났는데도 산처럼 편안했네.
老郎不作患失計	노랑은 잃을까 걱정하는 계책은
	만들지 않노니
凜然宜著侍臣冠	늠름하게 시신의 관을 쓰는 것이 마땅하다네.
願公不落謝君後	바라건대, 공도 사군의 뒤로 쳐지지 말고
江湖以南尚少寬	강호 이남을 오히려 조금 위로해 주시게.
百城閱人如閱馬	온 성의 백성들을 말 살피듯이 하고
泛駕亦要知才難	범가 또한 필요하니
	인재 구하기 어려움 아시게나.
監車之下有絶足	소금 수레에도 준마가 있을 것이니
敗羣勿縱爲民殘	무리를 해쳐 백성들 쇠잔하게 하지 마시게.
官焙薦璧天解顔	관배의 차를 올리면 황제 얼굴 펴질 것이고
瀹湯試春聊加餐	약 끓여 건강 챙기고 애오라지 밥 잘 드시게.
子魚通印蠔破山	자어통인에다가 굴 껍질 깨져 산 되었으니
不但蕉黃荔子丹	파초 누렇고 여지 붉은 것만은 아니라오.
道逢使者漢郎官	길에서 한나라 낭관의 벼슬아치 만나면
清溪弭節問平安	청계에서 행차 멈추고 문안을 여쭤주시게,
天子命我參卿事	천자가 나에게 명하여 경의 참모 되게 했으니

---

162 [교감기] '貢'이 고본에는 '誥'로 되어 있다.

奮髯相對亦可歡　　　　수염 흩날리며 서로 마주하면

　　　　　　　　　　　또한 즐거우리라.

廻波一醉嘲栲栳　　　　회파 한 곡조에 취해 고로를 조롱하고

山驛官梅破小寒[163]　　산역의 관매에 가벼운 추위 이겨내리라.

【주석】

曹侯黄須便弓馬 : 『위지』에서 "임성왕任城王 조창曹彰은 태조太祖의 아들이다. 오환烏桓을 크게 격파하고서 그 공을 여러 장수들에게 돌렸다. 이에 태조가 기뻐하면서 조창의 구레나룻을 어루만지면서 "누런 구레나룻 아이가 큰 공을 이뤘구나"라 했다"라고 했다.

魏志, 任城王彰, 太祖之子. 大破烏桓, 歸功諸將. 太祖喜, 持彰鬚曰, 黄須兒竟大奇也.

從軍賦詩橫槊間 : '횡삭橫槊'[164]은 위에 보인다.

---

163 [교감기] 건륭본에는 '山驛官梅破小寒'이라는 구절 아래의 원교(原校)에서는 "方綱案, 末句一作 '小驛官梅初破寒', 末三字又作 '破早寒'"이라고 했다. 고본에는 '山'의 글자 아래의 원교(原校)에서는 "一作小"라고 했다.

164 횡삭(橫槊) : 『남사·영원조전(榮垣祖傳)』에서 "조조(曹操)와 조비(曹丕)가 말 위에 오르면 창을 비껴들었고 말에서 내리면 담론을 나누었다[曹操曹丕, 上馬橫槊, 下馬談論]"라고 했다. 원진이 지은 「노두묘명서(老杜墓銘敍)」에서 "조 씨(曹氏) 부자는 종종 창을 비껴들고 시를 읊조렸다[曹氏父子, 往往橫槊賦詩]"라고 했다. 『전국책』에서 "위(衛)나라의 행인(行人)인 촉과(燭過)가 투구를 벗고 창을 옆에 두고 나아왔다[衛行人燭過, 免胄橫戈而進]"라고 했다. 두보의 「송위십육평사충동곡군방어판관(送韋十六評事充同谷郡防御判官)」에서 "지금 창과 방패 늘어섰네[今代橫戈矛]"라고 했다.

橫槊見上.

阿瞞文武如兒虎 : 『위지·제기帝紀』의 주注에서 "태조太祖의 다른 이름
은 길리吉利이고 소자小字는 아만阿瞞이다"라고 했다. 『시경·하초불황何
草不黃』에서 "사람이 외뿔소도 아니고 범도 아닌데 어찌하여 이 너른 들
판에서 곤욕을 당하게 하는가"라고 했다.

魏志帝紀注云, 太祖一名吉利, 小字阿瞞. 詩云, 匪兕匪虎, 率被曠野.

遠孫風氣猶斑斑 : 사마상여의 「상림부上林賦」에서 "얼룩무늬 옷을 입
었네"라고 했다.

上林賦, 被斑文.

昨解弓刀丞太僕 : 퇴지 한유의 「송정상서서送鄭尙書序」에서 "대부大府의
장관이 혹 소부小府의 관할구역을 지나는 일이 있으면, 소부의 장관은
반드시 융복戎服 차림으로 왼손엔 칼을 들고 오른손엔 궁시弓矢를 차고
서 교외로 나와 영접한다"라고 했다.

退之送鄭尙書序, 大帥府, 或道過其府, 府帥必戎服, 左握刀, 右屬弓矢, 迎
于郊.

坐看收駒十二閑 : 두보의 「천육표기가天育驃騎歌」에서 "옛날 태복 장경
순張景順은, 감목사로 말을 길러 뛰어난 말 알아보았네"라고 했다. 다른

판본에는 '좌간수구坐看收駒'가 '고목공구考牧攻駒'로 되어 있다. 『주례 · 교인校人』에서 "천자는 열두 개의 마구간이 있고 방국에게는 여섯 개의 마구간이 있다"라고 했다.

杜詩, 伊昔太僕張景順, 監牧收駒閱淸峻. 一作考牧攻駒. 周禮校人, 天子十有二閑, 邦國六閑.

遠方不異輦轂下 : 『사기 · 사마천전司馬遷傳』에서 "궁궐에서 죄를 기다렸다"라고 했다.

司馬遷傳, 待罪輦轂下.

詔遣中使哀恫㾯 : 『서경 · 강고康誥』에서 "왕이 "오호라, 소자 봉封이여, 네 몸이 병으로 고통스러운 듯이"라 했다"라고 했는데, 그 주注에서 "'통恫'은 아픈 것이고, '환㾯'은 병든 것이다"라고 했다.

康誥, 王曰, 嗚呼, 小子封, 恫㾯乃身. 注, 恫, 痛, 㾯, 病.

吾聞斯民病鹽筴 : '염책鹽筴'[165]은 위에 보인다.

見上.

---

165 염책(鹽筴) : 『관자』에서 "해왕국(海王國)은 염책(鹽筴)을 바르게 한다. 열 식구가 있는 집에는 열 사람이 소금을 먹고, 백 식구가 있는 집에는 백사람이 소금을 먹는다[海王之國, 謹正鹽筴. 十口之家, 十人食鹽, 百口之家, 百人食鹽]"라고 했다.

謝君論河秉禹貢 : 『좌전』에서 "노魯나라는 주周나라의 예禮를 유지하였다"라고 한 의미를 이용했다. 『한서·평당전平當傳』에서 "평당이 『서경·우공禹貢』에 밝아 황하 지역으로 사신 갔다"라고 한 것에 대해서는 상세한 것이[166] 위의 주注에 보인다.

用左傳魯秉周禮之義. 平當以明禹貢行河. 詳見上注.

詰難蠭起安如山 : 두보의 「모옥위추풍소파가茅屋爲秋風所破歌」에서 "비바람에도 흔들리지 않고 산처럼 편안할까"라고 했다.

杜詩, 風雨不動安如山.

老郎不作患失計 : 『논어·양화陽貨』에서 "진실로 잃을까 걱정한다면, 못하는 짓이 없게 될 것이다"라고 했다.

論語, 苟患失之, 無所不至矣.

泛駕亦要知才難 : 『한서·무제기武帝紀』에서 "5년, 조서詔書에서 "수레를 엎어 버리는 말[167]이나 법도대로 따르지 않는 사람들도 어떻게 잘 다루느냐에 달려 있을 뿐이다"라 했다"라고 했다. '범泛'은 '방方'과 '용

---

166 『한서·평당전(平當傳)』에서 (…중략…) 것이 : 『한서·평당전(平當傳)』에서 "명경으로 박사가 되었다[以明經爲博士]"라 했고 또한 "「우공」의 경전에 밝아 황하에 사신을 갔다"라고 했다. '행(行)'의 음은 '하(下)'와 '갱(更)'의 반절법이다.
167 수레를 (…중략…) 말 : '범가(泛駕)'의 범(泛)은 뒤집어엎는다[覆]는 뜻이다. 곧 힘이 센 말이 궤철(軌轍)에 얽매이지 않고 멍에를 뒤집어엎는다는 말인데, 상도(常道)를 따르지 않는 영웅에 비유한 것이다.

勇'의 반절법이다. 『유우석가화劉禹錫嘉話』에서 "석계룡石季龍은 어려서 자주 사람에게 활을 쏘았고 그 아버지가 이를 노여워하였다. 그러자 어머니가 "건장한 소는 송아지일 때 수레 맞어 달리게 하면 멍에를 부수고, 좋은 말은 굴레를 벗고 수레를 엎어버리는 일이 있다"라 했다"라고 했다.

漢武紀, 五年, 詔曰, 泛駕之馬, 跅弛之士, 亦在御之而已. 泛, 方勇切. 劉禹錫嘉話, 石季龍少好挾彈, 其父怒之, 母曰, 健犢須走車破轅, 良馬須逸軼泛駕.

監車之下有絶足 : 『전국책』에서 "한명汗明이 춘신군春申君을 보고 "이 천리마가 나이가 들어, 소금 수레를 싣고 태항산太行山을 넘게 되었습니다. 산 중턱에서 더 오를 수 없었고 수레 앞 받침대 나무도 더 이상 지탱할 수 없었습니다. 이때 백락伯樂이 지나다가 이를 보고서는 수레에서 내려서 울면서 비단 옷을 벗어 그 말에게 덮어 주었습니다. 천리마는 이에 땅에 고개를 숙이고 숨을 몰아쉬다가 다시 고개를 들어 울어대었는데, 백락이 자신을 알아준 것에 대해 기뻐한 것입니다"라 했다"라고 했다. 위문제의 「여손권서與孫權書」에서 "중국에 비록 많은 말이 있으나 유명한 절족絶足[168]은 적다"라고 했다.

戰國策云, 汗明見春申君曰, 驥之齒長矣, 服鹽車, 上太行, 中坂遷延, 負轅

---

168 절족(絶足) : 준마의 이름으로, 『습유기(拾遺記)』에 따르면 주(周) 목왕(穆王)에게 여덟 필의 준마가 있었는데 첫 번째는 절족(絶足)이고 두 번째는 번우(翻羽)라고 했다.

不能上. 伯樂遭之, 下車攀而哭之, 解紵衣而冪之. 於是俯而噴, 仰而鳴, 欣伯樂之知己也. 魏文帝與孫權書, 中國雖多馬, 其知名絶足亦少.

敗羣勿縱爲民殘 : 『한서·복식전卜式傳』에서 "복식이 양을 치는 이에게 "비단 양 뿐만이 아니라 백성을 다스림에도 역시 그러하니, 악한 자가 일어날 때마다 제거하여 무리를 해치지 못하게 해야 합니다"라 했다"라고 했다. 『좌전』에서 "정사가 너그러우면 백성들이 태만해고 정사가 준엄하면 백성들이 쇠잔해진다"라고 했다.

卜式傳, 式言牧羊曰, 非獨羊也, 治民亦猶是矣. 以時起居, 惡者輒去, 毋令敗羣. 左傳, 政寬則民慢, 猛則民殘.

官焙薦璧天解顔 : '관배官焙'는 건안建安 북원北苑에서 만든 차이다.

官焙謂建安北苑所造茶也.

瀹湯試春聊加餐 : 『악부시』에서 "위쪽에는 식사를 잘 하라고 써져 있고 아래에는 길이 그립다고 써져 있네"라고 했다.

樂府詩, 上言加餐食, 下言長相憶.

子魚通印蠔破山 : 『둔재한람遁齋閑覽』에서 "포양浦陽에 통인자어通印子魚가 있는데 천하에 이름났다. 포양에 포응후묘通應侯廟가 있고 그 묘 앞에 있는 포구에서 잡히는데, 그 물고기 맛이 대단히 좋다. 지금 사람들

이 반드시 크게 용인容印할 만한 것을 구할 때는 '포인자어'라고 한다. 형공 왕안석이 「송복건장비부送福建張比部」에서 "도마 위의 큰 고기는 삼인三印과 통하네"라고 했는데, 이것은 잘못 전해들은 것이다"라고 했다. '호상점위산蠔相粘爲山'[169]은 위의 주注에 보인다.

遁齋閑覽云, 浦陽通印子魚名天下, 蓋有通應侯廟, 廟前有港, 其魚最佳. 今人必求其大可容印者, 謂之通印子魚. 荆公云, 長魚俎上通三印. 此傳聞之誤也. 蠔相粘爲山, 見上注.

不但蕉黃荔子丹 : 퇴지 한유의 「나지묘비羅池廟碑」에서 "여지는 빨갛고 파초 잎은 누렇데, 고기와 채소 곁들여 후侯 사당에 올리네"라고 했다.

退之羅池廟碑, 荔子丹兮蕉葉黃, 雜肴蔬兮進侯堂.

道逢使者漢郎官 : 장중모張仲謀을 말한다.

謂張仲謀.

淸溪弭節問平安 : 굴원의 「구가九歌」에서 "아침에 강을 달려, 저녁에 북쪽 물가에 왔습니다"라고 했다. 매승의 「칠발七發」에서 "강 가에서

---

169 호상점위산(蠔相粘爲山) : 퇴지 한유의 「초남식(初南食)」에서 "굴이 서로 붙어 산을 이루는데, 수백 개가 각자 서로 사네[蠔相黏爲山, 百十各自生]"라고 했다. 『영표록이(嶺表錄異)』에서 "호(蠔)는 바로 굴이다. 처음 바다 섬 주변에서 자라는데 마치 주먹돌 크기 정도였다가 높이가 1~2길 정도까지 점점 자란다[蠔卽牡蠣也, 初生海島邊, 如卷石, 漸長, 有高一二丈者]"라고 했다.

행차를 멈추었네"라고 했다.

屈原九歌云, 朝騁騖兮江皐, 夕弭節兮北渚. 枚乘七發, 弭節乎江潯.

天子命我參卿事 : 『진서·손초전孫楚傳』에서 "손초가 석포참군石苞參軍이
되어 비로소 이르러서는 "천자가 나에게 명하여 경卿의 군사軍事 참모參
謀가 되게 했다"라 했다"라고 했다. 두보의 「동만송장경점사인귀주冬晚
送長卿漸舍人歸州」에서 "참경 되어 좌막에서 쉬면서, 탕자는 고향으로 돌
아가지 않네"라고 했는데, 그 주注에서 "두보가 검남절도劍南節度의 참모
參謀가 되었기에 참경參卿이라고 한 것이다"라고 했다.

晉孫楚傳, 爲石苞參軍, 初至曰, 天子命我參卿軍事. 杜詩, 參卿休坐幄, 蕩
子不還鄕. 注, 老杜爲劍南節度參謀, 謂之參卿.

廻波一醉嘲栲栳 : 『본사시』에서 "중종조中宗朝에 배담裴談이 어사대부御
史大夫가 되었다. 그러나 그 처가 시기가 많아 배담이 이를 두려워했다.
집안에서 잔치를 열어 「회파사廻波詞」를 서로 불렀는데, 한 배우가 "물
결 휘돌 때 고로栲栳[170]를, 부인이 너무 좋아하여 두렵다네. 밖에는 다
만 배담이 있고, 안에는 이노李老보다 나은 사람 없다네"라고 노래했다.
이에 위후韋后의 마음이 편안해지고 얼굴색이 펴졌다"라고 했다. 이 구
절은 마땅히 무슨 일과 관계가 있을 것이다.

---

170 고로(栲栳) : 고리버들의 가지나 대오리 따위로 엮어서 상자같이 만든 물건을 말
       한다.

本事詩, 中宗朝, 裴談爲御史大夫. 妻悍妬, 談畏之, 內宴互唱廻波詞, 有優人唱云, 廻波爾時栲栳, 怕婦也是大好. 外間只有裴談, 內裏無過李老. 韋后意色自得. 此句當有爲.

山驛官梅破小寒 : 두보의 「강매江梅」에서 "매화 꽃봉오리 섣달 전에 터지네"라고 했고 또한 두보의 「화배적등촉주동정송객봉조매상억견기和裴迪登蜀州東亭送客逢早梅相憶見寄」에서 "동각의 관매에 시흥이 인다"라고 했다.

杜詩, 梅蘂臘前破, 又云, 東閣官梅動詩興.

1. 조자방의 집안 봉아에게 장난삼아 주다

戲贈曹子方家鳳兒

揀¹芽入湯獅子吼	간아가 끓는 물에 들어가니 사자 울부짖는 듯
荔子新剝女兒頰	여지 갓 벗기자 소녀의 뺨과 같구나.
鳳郎但喜風土樂	봉랑은 다만 풍토의 즐거움을 좋아하여
不解生愁山疊疊	산처럼 쌓이는 근심에 대해선 모른다오.
目如點漆射淸揚	눈은 옻칠한 듯해 맑고 밝은 기운 쏘아대니
歸時定自能文章	돌아갈 때 절로 문장에 능하게 될 것이네.
莫隨閩嶺三年語	삼년 동안이라도 민령의 말 따르지 말라
轉却中原萬籟簧	오히려 중원에는 온갖 생황소리 있노니.

【주석】

揀芽入湯獅子吼 : 살펴보건대, 『북원공차록北苑貢茶錄』에서 "일창일기一槍一旗²인 것을 간아揀芽라고 부르는데 상품上品이다"라고 했다. '간아'는

---

1   揀 : '揀'이 중화서국본에는 '東'으로 되어 있으나, '揀'의 오자로 보인다.
2   일창일기(一槍一旗) : '창(槍)'과 '기(旗)'는 차의 명칭으로, 찻잎이 막 싹을 틔운 것을 기(旗)라 하고, 찻잎이 아직 싹을 틔우지 않은 것을 창(槍)이라 한다.

납차蠟茶3의 명칭이다. 『유마경』에서 "불법佛法을 연설演說하여 두려움이 없기가 마치 사자가 울부짖듯 한다"라고 했는데, '사자후獅子吼'라는 것을 여기에서 차용했다.

按北苑貢茶錄, 一槍一旗號揀芽, 上品. 揀芽, 蠟茶名也. 維摩經云, 演法無畏, 猶獅子吼. 此借用.

目如點漆射淸揚 : 『진서 · 두예전杜乂傳』에서 "왕희지가 두예를 보고 "피부는 엉긴 기름 같고 눈은 점점이 옻칠한 듯하니, 이것은 신선의 모습을 갖춘 사람이다"라 했다"라고 했다. 『시경 · 군자해로君子偕老』에서 "그대의 맑고 흰칠한 미목眉目이여"라고 했는데, 『정의正義』에서 "눈썹의 위아래를 모두 '양'이라고 했고 눈의 위아래를 모두 '청'이라 했다"라고 했다.

晉杜乂傳, 王羲之目之曰, 膚若凝脂, 眼如點漆, 此神仙人也. 詩云, 子之淸揚. 正義曰, 眉之上下皆曰揚, 目之上下皆曰淸.

莫隨閩嶺三年語 轉却中原萬籟簧 : '민령閩嶺'이 다른 판본에는 '아건阿団'으로 되어 있다. 『통전 · 악문樂門』에서 "무릇 소簫의 다른 이름은 뇌籟이다"라고 했다. 『예기 · 명당위明堂位』에서 "여와女媧의 생황笙簧이 있었

---

3   납차(蠟茶) : 중국 건주(建州)에서 생산되는 차로, 납면차(蠟面茶)라고도 한다. 여기에 대해서는 두 가지 설이 있으니, 하나는 차 잎을 떡같이 굳혀서 그 표면에 밀(蜜)을 발랐으므로 납차라고 한다는 설이고, 다른 하나는 이 차를 끓는 물에 넣으면 젖 같은 기름이 뜨는데 그것이 녹인 밀 같다고 해서 납차라고 한다는 설이다.

다"라고 했다. 민 땅 사람들은 아버지를 불러 '낭피郎罷'라고 하고 아들을 일러 '건囝'이라고 한다. 당唐나라 고황顧況의 「건애민囝哀閩」에서 "아버지가 자식과 헤어지면서, "내가 너를 낳은 것이 후회스럽다"라 했다. 자식이 아버지와 이별하면서, "마음이 끊어지고 피눈물 흘리며 황천에 가서도 아버지 앞에 나타날 수가 없습니다"라 했다"라고 했다.

  閩嶺一作阿囝. 通典樂門, 凡簫一名籟. 禮明堂位, 女媧之笙簧. 閩人謂父爲郎罷, 謂子爲囝. 唐顧況囝哀閩曰, 郎罷別囝, 吾悔生汝. 囝別郎罷, 心摧血下. 隔地絶天, 及至黃泉, 不得在郎罷前.

2. 자첨이 『황정경』 끝에 써서 건도사에게 준 작품에 차운하다
次韻子瞻書黃庭經尾付蹇道士

동파 소식이 쓴 「황정경발黃庭經跋」에서 "성도成都의 도사道士 공신拱宸
건익지蹇翊之 보광법사葆光法師가 장차 여산으로 돌아가려 했다. 동파거
사 자첨 소식이 그를 위해 『황정내경경黃庭內景經』 한 권을 쓰고 용면거
사龍眠居士 이공린李公麟 시백伯時이 『황정내경경』에 그림을 그려 주었다.
원우元祐 3년 9월 22일"이라고 했다. 이때 산곡 황정견은 사국史局에 있
었다. 산곡 황정견이 화운한 작품의 서序에서 "10월 4일"이라고 했다.

東坡書黃庭經跋云, 成都道士蹇拱宸翊之葆光法師, 將歸廬山. 東坡居士蘇
軾子瞻爲書黃庭內景經一卷, 龍眠居士李公麟伯時爲畫經相贈之. 元祐三年九
月二十二日. 時山谷正在史局. 山谷和篇其序云, 十月四日.

琅函絳簡蘂珠篇	옥 상자에 붉은 글씨로 쓴 예주편
寸田尺宅可蘄仙	촌전의 척택으로도 신선 바랄 수 있네.
高眞接手玉宸前	옥진 앞에서 고진에게 공손히 손 모으고
女丁來謁粲六妍	여정이 알현하니 육연이 찬란하네.
金鑰閉欲形完堅	금약을 닫아 형체를 온전히 하고자 하니
萬物蕩盡正秋天	만물이 모두 사그라지는 마침 가을이라오.
使形如是何塵緣	형체 부림이 이 같다면 어찌 티끌 인연 있으랴
蘇李筆墨妙自然	소식과 이공린의 필묵은 절로 오묘하구나.

萬靈拱手書已傳　　만물 공손히 영접한 기록 이미 전해지나

傳非其人恐飛騫　　마땅치 않은 사람에게 전해져

　　　　　　　　　날아갈까 두렵구나.

當付驪龍藏九淵　　깊은 못에 숨어 있는 용에게 마땅히 주고

蹇侯奉告請周旋　　건후도 말씀 받들어 주선하길 청하니

緯蕭探手我不眠　　손으로 갈대 쑥대 엮으면서 나도 잠 못 드네.

【주석】

琅函絳簡藥珠篇 : 『황정경』에서 "옥서玉書와 강간絳簡은 단丹처럼 붉은 글이다"라고 했고 또한 "예주전藥珠殿[4]에 한가롭게 머물면서 칠언을 짓는다"라고 했는데, 그 주注에서 "『비요경秘要經』에서 "선궁仙宮에는 양료전陽寥殿이 있고 예주궐藥珠闕이 있다"라 했다"라고 했다. 낙천 백거이의 「우중초장사업숙雨中招張司業宿」에서 "비스듬히 화석을 베개 삼아, 누워 예주편藥珠篇[5] 읊조리네"라고 했고 또한 「백발白髮」에서 "밤에 팔계八戒를 지키며 향불 사르고, 삼원三元의 아침에 예주편 생각하노라"라고 했다.

黃庭經云, 玉書絳簡赤丹文. 又云, 閒居藥珠作七言. 注曰, 秘要經云, 仙宮中有陽寥之殿, 藥珠之闕. 白樂天詩, 斜支花石枕, 臥詠藥珠篇. 又詩, 八戒夜持香火印, 三元朝念藥珠篇.

4　예주전(藥珠殿) : 도교의 천상궁전 이름이다.
5　예주편(藥珠篇) : 도교의 경전 중 하나인 예주경(藥珠經)을 말한다.

寸田尺宅可薪仙:『황정경』에서 "촌전寸田의 천택尺宅에서 삶을 다스릴 만하다"라고 했는데, 그 주注에서 "삼단전三丹田6의 집을 이르며 각각의 둘레는 한 치이다. 척택尺宅은 얼굴을 이른다"라고 했다.

經云, 寸田尺宅可理生. 注謂三丹田之宅, 各方一寸. 尺宅謂面也.

高眞接手玉宸前:『황정경』에서 "향을 피우고 손을 모으니 옥화玉華 앞이네"라고 했고 또한 "태상대도옥진군太上大道玉宸君"이라고 했다.

經云, 燒香接手玉華7前. 又云, 太上大道玉宸君.

女丁來謁粲六妍:『황정경』에서 "신화神華가 수건을 잡고 육정六丁이 알현하네"라고 했는데, 그 주注에서 "육정은 음신陰神과 옥녀玉女를 이른다"라고 했고 또한『육갑부도六甲符圖』에서 말한 육정의 이름을 인용했다. 문공 한유의「육혼산화陸渾山火」에서 "딸은 정丁에 아내는 임壬에 대대로 전해가면서 혼인한다"라고 했다. 음양서陰陽書에서 "화火는 수水를 두려워하기에 정丁으로 임기壬妃를 삼는다"라고 했다. 임공壬公은 수水를, 정녀丁女는 화火를 말한다.

經云, 神華執巾六丁謁. 注云, 六丁, 陰神玉女也. 又引六甲符圖言六丁名. 韓文公陸渾山火詩, 女丁歸壬傳世婚. 陰陽書, 火畏水, 以丁爲壬妃. 壬公言

---

6   삼단전(三丹田) : 상원단전(上元丹田)·중원단전(中元丹田)·하원단전(下元丹田)을 가리키는데, 상원단전은 뇌(腦)이고 중원단전은 심(心)이고, 하원단전은 기해(氣海) 곧 정문(精門)이다.
7   華 : 중화서국본에는 '葉'으로 되어 있으나, '華'의 오자로 보인다.

水, 丁女言火.

金鑰閉欲形完堅:『황정경』에서 "구슬을 결속시키고 정精을 단단히 하여 신근神根을 기르고 옥시玉匙와 금약金鑰[8]을 항상 굳게 간직한다"라고 했다.

經云, 結珠固精養神根, 玉匙金鑰常完堅.

使形如是何塵緣:『능엄경』에 육진六塵이 있는데, 지地·화火·수水·풍風·공空·견見을 말한다. 또한 삼연三緣이 있는데 세계世界·중생衆生·업과業果를 말한다.

楞嚴經有六塵, 謂地火水風空見. 又有三緣, 謂世界衆生業果也.

萬靈拱手書已傳:『한서·교사지郊祀志』에서 "황제黃帝가 온갖 신령神靈을 명정明庭에서 접견하였다"라고 했다.

漢郊祀志, 黃帝接萬靈於明廷.

當付驪龍藏九淵: 가의의 「조굴원부弔屈原賦」에서 "깊은 못에 숨어 있는 신룡이여"라고 했다.

賈誼賦, 襲九淵之神龍.

---

8   옥시(玉匙)와 금약(金鑰):옥시 금약(玉匕金篰)이라고도 쓰는데, 옥시는 이[齒]를, 금약은 혀[舌]를 가리키며 전(轉)하여 도가서(道家書)를 말한다.

蹇侯奉告請周旋 緯蕭探手我不眠 : 『좌전』에서 "그 말씀 받들어 주선하리라"라고 했다. 『장자·열어구列禦寇』에서 "황하 가에 가난한 사람이 갈대와 쑥대로 발을 엮어 먹고살았는데, 아들이 못에 빠졌다가 천금 구슬을 얻었다. 아비가 아들에게 말하길 "어서 돌을 가져다 깨버려라. 천금 구슬은 분명 구중 못 속의 용의 턱 아래 있었을 터, 네가 얻을 수 있었던 것은 마침 용이 자고 있었기 때문이다"라 했다"라고 했다. 『장자석음莊子釋音』에서 "'위緯'는 짜는 것이고 '소蕭'는 갈대와 쑥이다. 갈대와 쑥대로 삼태기를 만들어서 판 것이다"라고 했다.

左傳, 奉以周旋. 莊子, 河上有家貧, 恃緯蕭而食者. 其子沒於淵, 得千金之珠. 其父謂其子曰, 取石來, 鍛之. 夫千金之珠, 必在九重之淵, 而驪龍頷下. 子能得之, 必遭其睡也. 莊子釋音, 緯, 織也. 蕭, 荻蒿也. 織蕭以爲畚而賣之.

3. 하 씨의 열정에서 잣나무를 노래하다
何氏悅亭詠柏

澗底長松天雨寒	계곡의 커다란 소나무 비에 싸늘하니
岡頭老柏顔色悅	언덕 위 늙은 잣나무 그 모습 기뻐하네.
天生草木臭味同	하늘이 낳은 초목으로 취미는 같아
同盛同衰見冰雪	함께 성하고 시들면서 얼음 눈 본다네.
君莫愛淸江百尺船	그대여, 맑은 강의 백 척 배 아끼지 마시게
刀鋸來謀歲寒節	날 추워지면 칼과 톱이 와서 베려 할 테니.
千林無葉草根黃	온 숲에 잎 지고 풀뿌리 누렇게 될 때
蒼髥龍吟送日月	푸른 수염의 용은 가는 세월 읊조리리라.

【주석】

澗底長松天雨寒 岡頭老柏顔色悅 : '간저송澗底松'⁹은 위에 보인다. 『문
선』에 실린 육기의 「탄서부嘆逝賦」에서 "참으로 소나무가 무성하니 잣
나무가 기뻐하고, 지초가 불에 타니 혜초가 탄식하네"라고 했다.

澗底松見上. 文選嘆逝賦, 信松茂而柏悅, 嗟芝焚而蕙嘆.

---

9   간저송(澗底松) : 『문선』에 실린 좌사(左思)의 「영사(詠史)」에서 "계곡 아래엔
     울창하게 소나무가 서 있고, 산꼭대기엔 축 늘어진 묘목이 서 있는데, 직경 한
     치에 불과한 저 묘목이, 백 척의 소나무 가지에 그늘을 지우누나. 귀족은 높은
     지위 차지하고, 영준은 낮은 지위에 잠겨 있네[鬱鬱澗底松, 離離山上苗. 以彼徑寸
     葉, 蔭此百尺條. 世冑漸高位, 英俊沉下寮]"라고 했다.

天生草木臭味同 : '초목취미동草木臭味同'[10]은 위에 보인다.

見上.

蒼髯龍吟送日月 : 『동파악부·영송咏松』에서 "쌍룡이 마주하고 일어나니, 안개비 속의 흰 갑옷과 푸른 수염일러라"라고 했다. 두보의 「자경부봉선현自京赴奉先縣」에서 "강호에 은거하여, 고상하게 세월 보내려한 생각 없진 않았지만"이라고 했다.

東坡樂府咏松云, 雙龍對起, 白甲蒼髯烟雨裏. 杜詩, 非無江海志, 蕭洒送日月.

---

10 초목취미동(草木臭味同) : 『좌전』에서 "지금 초목에 비유하자면 우리 임금은 진나라 임금에 있어서 진나라 임금과 같은 냄새와 맛을 지닌 같은 무리입니다[今譬於草木, 寡君在君, 君之臭味也]"라고 했다.

4. 소장이 기러기와 닭 울음소리를 듣고 지은 작품에 차운하여 답하다. 2수

次韻答少章聞雁聽雞. 二首

첫 번째 수其一

平生絶少分甘處	평생 적은 것 사양하고 감미로운 것 나눠 먹으며
身要從師萬事忘	몸은 스승 따르면서 온갖 일은 잊었다오.
霜雁叫群傾半枕	서리 맞은 기러기 떼 소리에 베개에 기대이니
夢回兄弟綵衣行	꿈속에서 형제들 채색 옷을 입었구나.

【주석】

平生絶少分甘處 : 『한서·사마천전司馬遷傳』에서 "사대부에게 맛있는 것을 버리고 작은 것이라도 하나하나 나누어 주었다"라고 했는데, 안사고顔師古는 "스스로 단 것을 버리고 사람들에게 나누어 주어 그 많고 적음을 함께 했다"라고 했다.

司馬遷傳, 與士大夫絶甘分少. 師古曰, 自絶旨甘, 而與人共其多少.

霜雁叫群傾半枕 : 퇴지 한유의 「만박강구晩泊江口」에서 "많은 원숭이가 하나하나 울어대네"라고 했다.

退之詩, 一一叫群猿.

夢回兄弟綵衣行 : 『예기·왕제王制』에서 "아버지와 같은 나이인 사람에게는 뒤에서 따라가고, 형과 같은 나이인 사람에게는 날아가는 기러기 행렬처럼 따라간다"라고 했다. '채의綵衣'[11]는 노래자老萊子의 일을 이용한 것으로, 위에 보인다.

禮記, 父之齒隨行, 兄之齒雁行. 綵衣用老萊子事, 見上.

두 번째 수其二

朝士聞雞常半途	조정 선비는 닭소리 늘 길 가다가 듣노니
朱門擁被不關渠	궁궐에서 숙직할 때는 닭소리 상관없네.
秦郎五起聽三唱	진랑은 오경에 읽어나 닭 세 번 울 때까지
殘燭貪傳未見書	잔 등불에 보지 못한 책 실컷 읽는다네.

【주석】

秦郎五起聽三唱 : 이백의 「백두음白頭吟」에서 "늦은 밤 일어나 닭이 세 번 울 때까지, 첫 새벽에 백발의 노래를 지었네"라고 했다.

李白白頭吟, 五起雞三唱, 清晨白頭吟.

---

11 채의(綵衣) : 『열녀전』에서 "노래자(老萊子)가 양친을 봉양하는데, 나이가 일흔 살에도 어린아이 모습을 절로 즐기며 오색의 색동옷을 입었었다. 일찍이 물을 가지고 마루에 오르다가, 거짓으로 넘어져 땅에 누워 어린아이처럼 울기도 했었다[老萊子孝養二親, 行年七十, 嬰兒自娛, 著五色綵衣. 嘗取漿上堂, 跌仆, 因臥地, 爲小兒啼]"라고 했다.

殘燭貪傳未見書 : '미견서未見書'[12]는 앞에 보인다.

見上.

12 미견서(未見書) : 『후한서·황향전(黃香傳)』에서 "도성에서 부르기를 "천하에
    둘도 없으니 강하의 황동이로다"라 하였다. 숙종이 황향에게 조서를 내려 동관에
    와서 이전에 보지 못했던 책을 읽게 하였다[京師號曰, 天下無雙, 江夏黃童. 肅宗詔
    香, 詣東觀, 讀所未嘗見書]"라고 했다.

5. 백부 조선은 노년을 즐기며 배우기를 좋아했다. 거처하던 자양계의 뒤편 작은 마안산에 방은재를 지어놓고 멀리서 시구를 보내왔는데, 그 의도는 내가 화답해주기를 바란 것이다. 다행히 사우들과 함께 시를 지어 급히 올렸다

伯父祖善耆老好學, 於所居紫陽溪後小馬鞍山爲放隱齋, 遠寄詩句, 意欲庭堅
和之. 幸師友同賦, 率爾上呈

살펴보건대, 황순黃𥊏이 작성한 『산곡연보山谷年譜』에 산곡 황정견의 백부의 시와 병서幷序가 실려 있는데, 그 병서에서 "늙은 백부의 나이는 일흔여섯이다. 함께 했던 형제들은 그 명성이 사해에 가득했지만 묘 앞의 나무가 이미 한 아름이나 되어, 노부로 하여금 더욱 열정이 일게 했다. 근래 마안산馬鞍山에 정자를 짓고 솔바람 소리와 샘물 떨어지는 소리를 들으니, 나이를 잊기에 충분했다. 나는 구질九姪인데, 백부 자신을 위해 조중朝中의 여러 공들에게 시를 요청해 달라고 하는 내용의 편지가 산자락에서 갑자기 들려와 놀랐을 따름이다"라고 했다. 이때 백부가 지은 시는 다음과 같다. "곧은 나무는 모두 먼저 베어지고, 휘어진 나무만이 도리어 추위를 견디네. 때때로 병든 이에게 곡식 주는 은혜 입은 채, 당시의 관을 거꾸로 썼다네. 물고기 보는 것 좋아하니, 산재에서 말안장에 올랐네. 중조에게 좋은 시구 부탁하노니, 그것 간직해 자손에게 보여주리라" 이때 산곡 황정견이 조정의 선비들이 화창한 작품을 받은 것이 대단히 많았다. 지금 『장문잠집張文潛集』에도 화창한

작품이 있는데, 그 말구末句에서 "평생 얼굴을 보지도 못했지만, 아함[13]을 보고서 시험 삼아 짓노라"라고 했는데, 이것이 바로 백부의 작품 운에 화답한 것이다. 지금 '사우동부師友同賦'라고 말 했으니, 마땅히 동파 소식 등의 여러 공들에게 화답한 작품을 구한 것이다. 다음해에는 동파 소식이 이미 항주杭州에 있었다.

按黃蓍年譜, 載山谷伯父詩幷序云, 老伯行年七十有六, 同時兄弟, 名滿四海, 墓木已拱合, 令老夫老更狂.[14] 近築臺於馬鞍山, 松聲泉溜, 足以忘年. 魯直九姪, 爲我乞詩朝中諸公, 要驚山祇突兀出聽耳. 詩云, 直木皆先伐, 輪囷却歲寒. 時霑病者粟, 倒着掛時冠. 人樂觀魚尾, 山齋跨馬鞍. 朝中乞佳句, 留與子孫看. 時山谷所求朝士和篇甚多, 今張文潛集中有和篇, 末句云, 平生未識面, 試作阿咸看. 卽和此詩韻已.[15] 今言師友同賦, 當是求東坡諸公和章.[16] 明年東坡已在杭矣.

| 樵入千巖靜 | 나무꾼 되어 천암의 고요 속으로 들어가니 |
| 松含萬籟寒 | 소나무도 온갖 바람의 차가움 품었으리. |

---

13 아함(阿咸) : 삼국 시대 위(魏)나라 완적(阮籍)의 조카 완함(阮咸)이 재명(才名)이 있었으므로, 남의 조카를 아함(阿咸)이라 부르게 되었다.

14 [교감기] '同時 (…중략…) 更狂'이라는 구절을 사용(史容)이 주석을 달면서 누락했는데, 지금 황순(黃蓍)이 작성한 『산곡연보(山谷年譜)』에 의거해 주석을 보충한다.

15 [교감기] '卽和此詩韻已'이라는 구절이 빠져 있는데, 황순(黃蓍)이 작성한 『산곡연보(山谷年譜)』에 의거해 보충한다.

16 [교감기] '諸公和章'이라는 구절이 빠져 있는데, 황순(黃蓍)이 작성한 『산곡연보(山谷年譜)』에 의거해 보충한다.

兒童給行李	아동들이 여장을 제공해 줄 테고
藜蓧對衣冠	명아주 지팡이에 의관을 갖추었겠지.
小檻聊防虎	작은 난간은 범을 막을 수 있고
時來卽解鞍	때때로 길손 와서 안장을 풀리라.
阿翁吹笛罷	아옹이 젓대 부는 것을 마치면
懷昔淚相看	옛날 그리워 서로 눈물 흘리리라.

【주석】

藜蓧對衣冠 : 『장자·서무귀徐無鬼』에서 "혼자 빈 골짜기에 도망쳐 사는 자가 명아주가 우거져 겨우 족제비나 다닐법한 좁은 길에서 서성거릴 때"라고 했다. '조藋'은 '도徒'와 '조弔'의 반절법이고 '조'의 음은 '조蓧'와 음이 같다.

莊子徐無鬼篇, 逃虛空者, 藜藋拄乎鼪鼬之徑. 藋, 徒弔反. 藋, 蓧同音.

阿翁吹笛罷 懷昔淚相看 : 진晉나라 상수向秀가 혜강嵇康의 피살되었다는 것을 듣고 「사구부思舊賦」를 지었는데, 「사구부」에서 "이웃집에 젓대 부는 자가 있었는데, 들려오는 젓대 소리가 적막하고 청아하자 옛날 혜강이 유연遊宴을 좋아했던 추억을 생각했다"라고 했다.

晉向秀聞嵇康被誅, 作思舊賦云, 鄰人有吹笛, 發聲寥亮, 追思疇昔遊宴之好.

6. 이십팔의 지상헌에 쓰다

題李十八知常軒

身心如一是知常	몸과 마음 한결같았으니 지상이요
事不驚人味久長	사람 놀래키는 일 없이 그 취향 오래했네.
蓋世功名棊一局	세상 뒤덮은 공명인데 바둑 한 판을 두고
藏山文字紙千張	산에 보관한 문자는 종이 천 장이라네.
無心海燕窺金屋	무심한 바다 제비는 금옥을 엿보고
有意江鷗傍草堂	유정한 강 갈매기는 초당 옆으로 날아오네.
驚破南柯少時夢	어릴 적의 꿈인 남가일몽에서 놀라 깨니
新晴鼓角報斜陽	갓 개인 날 고각 소리에 석양이 내리는구나.

【주석】

身心如一是知常 : 『노자』에서 "늘 그러함을 아는 것을 일컬어 '밝다
[明]'라고 한다"라고 했다.

老子, 知常曰明.

事不驚人味久長 : 『사기·순우곤전淳于髡傳』에서 "제齊나라 위왕威王이
수수께끼를 좋아했다. 그래서 순우곤이 수수께끼로 넌지시 왕에게 "나
라에 큰 새가 있는데 3년간 날지도 않고 울지도 않았습니다. 왕께서는
이 새가 무슨 새인지 아십니까"라 하니, 왕이 "이 새는 울지 않으면 그

만이지만 한 번 울면 사람들을 놀라게 할 것이오"라 했다"라고 했다.史
記淳于髡傳, 齊威王喜隱, 髡說之以隱曰, 國中有大鳥, 三年不飛不鳴, 王知此
鳥何也. 王曰, 此鳥不鳴則已, 一鳴驚人.

蓋世功名某一局 :『유한고취幽閒鼓吹』에서 "영호도令狐綯가 이원李遠을 항
주 자사杭州刺史로 천거하자, 선종宣宗이 "이원의 시에 "긴 날을 오직 한
판의 바둑으로 보내노라"라고 했으니, 이런 생각으로 어떻게 백성을 다
스릴 수 있겠는가"라 했다"라고 했다.

幽閒鼓吹云, 令狐相擬李遠爲杭州, 宣宗曰, 李遠曰, 長日惟消[17]一局某. 豈
可臨郡.

藏山文字紙千張 : 사마천의 「자서自序」에서 "백가百家의 잡언雜語을 정
제하여 명산에 보관하고 부본副本은 경사京師에 비치하여"라고 했다. 동
파 소식의 「증월장로贈月長老」에서 "공명은 겨우 반폭의 종이일 뿐이요,
아녀들은 진실로 고달프다네"라고 했다.

司馬遷自序云, 整齊百家雜語, 藏之名山, 副在京師. 坡詩, 功名半幅紙, 兒
女良苦辛.

無心海燕窺金屋 :『한무고사漢武故事』에서 "금옥에 아교를 두고"[18]라고

---

17 消 : 중화서국본에는 '能'으로 되어 있으나, '消'의 오자로 보인다.
18 금옥에 아교를 두고 : 왕에게 총애를 받았다는 뜻이다. 아교(阿嬌)는 진 황후(陳

했다.

漢武故事, 金屋貯阿嬌.

驚破南柯少時夢 : '남가南柯'[19]는 위에 보인다.

見上.

新晴鼓角報斜陽 : 두보의 「원중만청회서곽모사(院中晩晴懷西郭茅舍)」에

皇后)의 이름으로, 한 무제(漢武帝)가 어렸을 때 아교를 보고서 "아교에게 장가 들면 황금으로 집[金屋]을 짓고 그 속에 넣어 두겠다"라고 했는데, 즉위하자 황 후로 세우고 총애하였다는 고사가 있다.

19 남가(南柯) : 『이문집(異聞集)』에 남가태수(南柯太守) 순우분(淳于棼)의 일이 실려 있는데, 다음과 같다. "순우분이 병이 났는데, 꿈에 두 사자를 보았다. 그 두 사자는 순우분을 데리고 집의 남쪽에 있는 오래된 홰나무 구멍 속으로 들어갔 다. 앞쪽으로 수십 리를 가니 큰 성이 있었고 문루(門樓)에 '대괴안국(大槐安國)' 이라고 쓰여 있었다. 괴안국의 왕은 자신이 딸 요방(瑤芳)을 순우분의 아내로 삼 게 했으며, 순우분을 남가군수로 삼았다. 순우분은 그 고을을 이십 년 동안 다스 렸는데, 단라국(檀蘿國)이 침범해 왔고 왕의 명으로 인해 순우분이 가서 토벌했 으나 패하고 말았다. 순우분의 아내가 병으로 죽자, 왕은 순우분에게 "잠시 고향 으로 돌아가는 것이 좋겠소"라 했다. 이에 순우분이 수레에 올라 길을 갔는데, 잠시후 하나의 구멍을 빠져나오자 고향 마을이 보였다. 그 문으로 들어가 보니 자신의 몸이 처마 아래 누워 있는 것이 보였다. 이에 처음처럼 잠에서 깨어났다. 꿈속에 한 순간이 마치 일생을 보낸 듯하여, 드디어 두 객을 불러, 옛 홰나무 아래 구멍을 찾아보았다. 큰 구멍을 보니 훤히 뚫려 있고 흙이 쌓여 있었는데 성곽이 나 대전의 모습이었다. 개미 몇 곡(斛)이 그 가운데 숨어서 모여 있었다. 가운데 에 작은 누대가 있었고 두 마리의 큰 개미가 거기에 거처했는데, 곧 괴안국의 도 읍이었다. 또 다른 구멍 하나를 파고 들어가 곧장 남쪽 가지 위로 오르니 또한 토성의 작은 누대가 있었으니, 이것이 바로 남가군이다. 집에서 동쪽으로 1리쯤 가니, 계곡 옆에 큰 박달나무가 있었고 등나무 넝쿨이 박달나무를 칭칭 감고 있 었다. 그 옆에는 개미굴이 있었으니, 이것이 단라국이 아니겠는가"

서 "종과 북 울리지 않아도 날씨가 맑음을 알겠다"라고 했다.

杜詩, 不勞鐘鼓報新晴.

7. 차운하여 길린 기의에게 삼가 답하다

次韻奉答吉鄰機宜

點虜乘秋屢合圍	오랑캐가 가을 되자 자주 사방 둘러싸니
上書公獨請偏師	글 올려 공만이 편사를 요청했다네.
庭中子弟芝蘭秀	집안의 자제들은 지초 난초처럼 빼어나고
塞上威名草木知	변방의 위엄과 명성은 초목도 알고 있다네.
千里折衝深寄此	천 리 밖 절충을 그대에게 맡기노니
三衙虛席看除誰	삼아의 빈 자리에 누굴 제수할 것인가.
與公[20]相見淸班在	공과 함께 청반에 있으면서 서로 볼 것이니
仁祖重來築舊基	인조가 거듭 와서 옛 기틀 쌓으리라.

【주석】

點虜乘秋屢合圍 : 『예기·왕제王制』에서 "천자는 사면四面을 둘러싸지 않으며, 제후는 짐승의 떼를 덮치지 않는다"라고 했다.

禮記王制, 天子不合圍, 諸侯不掩群.

上書公獨請偏師 : 자명子明 풍봉세馮奉世가 오랑캐를 토벌하려고 하면서 병사를 더 주기를 청했다. 황제가 이를 사양하면서 "대장군이 출정하면 반드시 비장군偏將軍이 있을 터이니 어찌 번거롭게 하는가"라고

---

20 [교감기] '公'이 영원본에는 '君'으로 되어 있다.

했다.

馮奉世子明討羌, 願益兵, 上讓之曰, 大將軍出, 必有偏將軍, 何煩焉.

庭中子弟芝蘭秀 : 진晉나라 사현謝玄과 사랑謝朗을 사안謝安이 소중한 인
재로 여기면서 그 자질子姪에게 경계하며 "너희들은 어찌하여 남의 일
에 참여하려 하는가"라고 하자, 사현이 "지란과 옥수를 그들의 섬돌과
뜰에서 자라게 하고자 할 따름입니다"라고 했다.

晉謝玄[21]謝朗, 爲謝安所器, 因戒子姪曰, 子弟何預人事, 譬如芝蘭玉樹, 欲
使生於階庭.

塞上威名草木知 : 『당서 · 장만복전張萬福傳』에서 "덕종德宗이 장만복을
호주자사濠州刺史로 삼으면서 불러 "선제先帝께서 일찍이 그대의 이름을
정正 자로 바꿔 주셨다. 나는 생각건대 강회江淮 지방의 초목들도 응당
그대의 위엄과 명성을 알 것이니, 만일 바꿔주신 대로 따른다면 아마
적들이 경인 줄을 알지 못할 것이다"라 했다. 그리고는 이전 이름을 다
시 하사했다"라고 했다.

唐張萬福傳, 德宗以萬福爲濠州刺史, 召謂曰, 先帝改爾名正. 朕謂江淮草
木亦知爾威名, 若從所改, 恐賊不知是卿也. 復賜舊名.

21　[교감기] '謝玄'이 본래 '謝元'으로 되어 있는데, 황제의 이름을 휘하여 글자를 고
　　친 경우로, 지금 전본을 따른다.

千里折衝深寄此 : 『안자춘추』에서 "범소范昭가 진晉 평공平公에게 "제齊나라는 병합할 수가 없습니다. 제가 그 임금을 시험하려고 하니 안자晏子가 알았고, 제가 그 음악을 범하고자 하니 태사太師가 알았습니다"라고 했다. 이에 제나라를 정벌하려는 계책을 그만두었다. 공자가 이를 듣고서 "술동이와 도마 사이에서 벗어나지도 않고 천리 밖에 있는 적을 꺾어버렸으니, 안자를 이르는 말이다"라 했다"라고 했다. 『문선』에 실린 언승 임방任昉의 「제경릉행장齊竟陵行狀」에서 "어린 황제를 보필하라는 유명遺命을 받았다"라고 했다. 이백의 「선성송유부사입진宣城送劉副使入秦」에서 "조정의 중요한 부탁으로 절도사의 막부에 있지만, 신임이 두터워 반드시 재상에 오를 것이네,"라고 했다.

晏子春秋, 范昭謂晉平公曰, 齊未可幷. 吾欲試其君, 晏子知之. 晉欲犯其樂, 太師知之. 於是輟伐齊謀. 孔子聞之曰, 不出樽俎之間, 而折衝千里之外, 晏子之謂也. 文選任彦升作齊竟陵行狀, 寄深[22]負圖. 李白詩, 寄深且戎幕, 望重必台司.

三衙虛席看除誰 : '삼아三衙'는 전전도지휘사殿前都指揮使 · 시위마군도지휘사侍衛馬軍都指揮使 · 시위보군도지휘사侍衛步軍都指揮使를 말한다.

三衙謂殿前都指揮使侍衛馬軍都指揮使侍衛步軍都指揮使.

---

22 寄深 : 중화서국본에는 '深寄'로 되어 있으나, 『문선』에는 '寄深'으로 되어 있다.

8. 유 씨가 소장하고 있는 전자건의 「감응관음」 그림에 쓰다. 2수

題劉氏所藏展子虔感應觀音. 二首

장언원張彦遠의 『역대명화기歷代名畫記』에서 "전자건展子虔은 북제北齊・주周・수隋 시절을 살면서 조산대부朝散大夫와 장내도독帳內都督을 역임했다. 사물을 보고서 정을 쏟았는데 모두 절묘하였고 더욱이 정자나 누각, 사람이나 말 그림에 뛰어났다"라고 했다.

張彦遠歷代名畫記云, 展子虔歷北齊周隋, 爲朝散大夫帳內都督. 觸物留情, 悉皆絶妙, 尤善臺閣人馬.

첫 번째 수其一

人間猶有展生筆	인간 세상에 여전히 전생의 그림 있노니
佛事蒼茫煙景寒	불사는 아득하고 풍경은 차갑구나.
常恐花飛蝴蝶散	늘 꽃 날고 나비 흩어질까 걱정하며
明窓一日百回看	밝은 창에서 날마다 백 번이나 돌아보았네.

【주석】

佛事蒼茫煙景寒 : 퇴지 한유의 「사자연시謝自然詩」에서 "쓸쓸한 풍경은 차갑구나"라고 했다.

退之詩, 蕭蕭風景寒.

常恐花飛蝴蝶散 明窓一日百回看 : 세월이 오래되어 나비로 변할까 걱정한 것이다. 『두양잡편杜陽雜編』에서 "목종穆宗의 정전正殿 앞에 천 잎의 목단이 비로소 꽃을 피웠다. 이때부터 궁중에서는 매일 밤 노랑나비와 흰나비 수만 마리가 꽃 사이를 날아다녔는데, 몸에서 환하게 빛이 나 궁궐을 밝게 비추다가 아침이 되면 비로소 날아가 버렸다. 이에 목종은 궁궐 안에 그물을 치게 하여 마침내 수백 마리를 잡았는데 모두 금과 옥이었다. 뒤에 보물을 저장하는 창고를 열어보고서 그 안에 있던 금가루와 옥가루가 바야흐로 나비로 변했다는 것을 알게 되었다"라고 했다. 두보의 「삼절구三絶句」에서 "지금부터는 사람 마음 알았으니, 하루에 와서 백 번 맴돌아야지"라고 했다. 동파 소식의 「견오도자화불쇄란見吳道子畫佛碎爛」에서 "흰 실 끊어졌다 이어지는 것 차마 못 보겠으니, 이미 나비되어 날개 연이어 날아가네"라고 했다.

恐歲久化爲蝴蝶也. 杜陽雜編, 穆宗殿前, 千葉牡丹始開. 宮中夜有黃白蛺蝶萬數, 飛集花間,[23] 輝光照耀, 達旦乃去. 上令張密網於空中, 遂得數百, 皆金玉也. 後開寶廚, 覩金錢玉屑之內,[24] 將有化爲蝶者, 迺覺焉. 杜詩, 自今以後知人意, 一日須來一百回. 東坡見吳道子畫佛碎爛詩, 素絲斷續不忍看, 已

23　間 : 중화서국본에는 '聞'으로 되어 있으나, '間'의 오자이다.
24　覩金錢玉屑之內 : 중화서국본에는 '睹金屑玉屑錢內'로 되어 있으나, 『두양잡편』에는 '覩金錢玉屑之內'로 되어 있다.

作蝴蝶飛聯翻.

두 번째 수其二

群[25]盗挽弓江簸船　　도적떼가 활 당기며 강가에 배를 댔으니
丹靑當在普通前　　단청은 마땅히 보통 이전에 있었지.
誰能與作赤挽板　　누가 함께 적만판을 만들 수 있겠는가
老筆猶堪壽百年　　노필은 오히려 백 년 세월 전해진다오.

【주석】

群盗挽弓江簸船 : 두보의 「견민봉정엄공이십운遣悶奉呈嚴公二十韻」에서 "물결 일렁여 배가 갈라지네"라고 했다.

杜詩, 浪簸船應拆.

丹靑當在普通前 : '보통普通'은 양梁나라 무제武帝의 연호年號로, 이때에는 아직 후경侯景의 난리가 있지 않았다.

普通, 梁武帝年號, 時未有侯景之亂也.

誰能與作赤挽板 : '적만판赤挽板'은 마땅히 호위護衛하는 물건일 것이다. '적만赤挽'이 '적란赤欄'이 아닐까도 한다. 『외집』에 실린 「숙관산宿觀

---

25 [교감기] '群'이 영원본에는 '郡'으로 되어 있다.

山」이란 작품에서 "적란교는 시내에 빗겨 있네"라고 했다. 원헌공元獻公 안수晏殊의 『유요類要』에서 "태주台州에 적란교가 있는데, 고을 성이 강물과 맞닿은 곳에 있다"라고 했다.

當是護衛之物. 赤挽恐是赤欄, 外集有詩云, 橫溪赤欄橋. 晏元獻類要云, 台州有赤欄橋, 在州城臨江.

9. 이호주에 대한 만사. 2수

李濠州挽詞. 二首[26]

첫 번째 수其一

循吏功名兩漢中	양한에서 순리의 공명 드러났고
平生風義最雍容	평생 풍의는 옹용함 최고였지.
魚遊濠上方云樂	호상의 물고기 노닒에 즐겁다 했는데
鵬在承塵忽告凶	복조가 승진에 있어 갑자기 부고 전하네.
掛劍自知吾已許	검 걸어 나를 이미 허여함 절로 알았었고
脫驂不爲涕無從	참마 부의 못 하니 절로 눈물만 흐르네.
百年窮達都歸盡	한평생 궁달이 모두 사라지게 되었는데
淮水空圍墓上松	회수가 부질없이 묘 주변 소나무 둘렀구나.

【주석】

魚遊濠上方云樂 : '어유호상방운락魚遊濠上方云樂'[27]은 위에 보인다.

26　[교감기] '二首'라는 글자가 본래 빠져있고 두 작품이 하나로 연결되어 있었다. 지금 전본·건륭본에 의거하여 바로잡는다. 또한 영원본에는 '挽詞'가 '挽詩'로 되어 있다.

27　어유호상방운락(魚遊濠上方云樂) : 『장자』에서 "장자(莊子)가 혜자(惠子)와 함께 호수의 징검돌 근처에서 노닐고 있었다. 장자가 ""피라미가 한가롭게 헤엄치고 있소. 이게 바로 물고기의 즐거움이란 거요"라고 하자, 혜자가 "당신은 물고기가 아니오. 어찌 물고기의 즐거움을 안단 말이오"라 하였다. 장자가 다시 "당신은 내가 아니오. 어찌 물고기의 즐거움을 알지 못한다는 걸 안단 말이오"라 하자, 혜자가 "나는 당신이 아니니까 물론 당신을 알지 못하오. 당신은 물론 물고기가

見上.

鵩在承塵忽告凶 : 『서경잡기』에서 "가의賈誼가 장사長沙에 있을 때에, 복조가 승진承塵[28]에 모여 울었다. 장사의 풍속에 복조가 사람의 집에 오면, 그 집의 주인이 죽는다고 한다. 가의는 「복조부鵩鳥賦」를 지어 생사를 하나로 보았고 영예와 욕됨도 같은 것으로 보면서 근심을 씻어냈다"라고 했다.

西京雜記云, 賈誼在長沙, 鵩鳥集其承塵而鳴. 長沙俗以鵩鳥至人家, 主人死. 誼作鵩鳥賦, 齊死生, 等榮辱, 以遣憂累焉.

掛劍自知吾已許 : 『사기·오세가吳世家』에서 "계찰季札이 서徐나라 왕을 만났다. 서나라 왕은 계찰이 차고 있던 검을 좋아했으나 감히 달라고 말하지 못했다. 계찰이 이를 알았지만 상국上國으로 사신 가기 때문에 드릴 수가 없었다. 계찰이 돌아오면서 서나라에 이르자, 서나라 왕은 이미 죽었었다. 이에 자신의 보검을 풀어 서나라 왕의 무덤 주변 나무

아니니까 당신이 물고기의 즐거움을 알지 못한다는 게 확실하단 말이오"라 했다. 장자가 "이제 처음 질문으로 돌아가 말해 봅시다. 그대가 "어찌 당신이 물고기의 즐거움을 안단 말이오"라고 했지만, 이미 그것은 내가 안다는 것을 알고서 내게 물은 것이오. 나는 호수가에서 물고기의 즐거움을 알고 있소이다"라 했다[莊子與惠子遊於濠梁之上. 莊子曰, 儵魚出遊從容, 是魚樂也. 惠子曰, 子非魚, 安知魚之樂. 莊子曰, 子非我, 安知我不知魚之樂. 惠子曰, 我非子, 固不知子矣. 子固非魚也, 子之不知魚之樂, 全矣. 莊子曰, 請循其本. 子曰汝安知魚樂云者, 旣已知吾知之, 而問我. 我知之濠上也]"라고 했다.

28 승진(承塵) : 먼지를 받아 내는 작은 장막을 말한다.

에 걸어두고 떠나면서 "처음에 내가 마음으로 허여했는데, 어찌 죽어 내 마음을 져버리는가"라 했다"라고 했다.

吳世家, 季札遇徐君, 徐君好季札劍, 口弗敢言. 季札心知之, 爲使上國, 未獻. 還至徐, 徐君已死. 乃解其寶劍, 繫徐君冢木而去曰, 始吾心已許之, 豈以死背吾心哉.

脫驂不爲涕無從 : 『예기·단궁檀弓』에서 "공자께서 위衛나라에 갔다가 옛날에 머물렀던 관사館舍 주인의 상喪을 만났다. 그 집에 들어가 슬프게 곡을 하시고 나와서 자공子貢으로 하여금 참마驂馬를 벗겨 부의하게 하자, 자공이 말하기를 "문인의 상에 참마를 벗겨주신 적이 없으셨는데, 옛 관사의 주인에게 참마를 벗겨주는 것은 너무 중하지 않습니까"라고 했다. 이에 부자께서 대답하시기를 "내가 조금 전에 들어가 곡할 적 한 번 슬퍼함을 만나 눈물을 흘렸으니, 나는 이유 없이 눈물 흘리는 것을 싫어하니, 소자들아, 부의를 행하라"라 했다"라고 했다.

檀弓云, 孔子之衛, 過舊館人之喪, 入而哭之哀. 出, 使子貢脫驂而賻之. 子貢曰, 於門人之喪, 未有所脫驂, 脫驂於舊館, 無乃已重乎. 夫子曰, 予向者, 入而哭之, 過於一哀而出涕, 予惡夫涕之無從也. 小子行之.

두 번째 수其二

| 禮數最優徐孺子[29] | 예수는 서유자보다 더욱 넘치었고 |

風流不減謝宣城	풍류는 사선성에게 뒤지지 않았다네.
那知此別成千古	어찌 영원히 이렇게 헤어질 줄 알았으랴
未信斯言隔九京	구경으로 떨어졌다는 이 말 믿지 못 하겠네.
落日松楸陰隧道	지는 해에 송추의 무덤길은 어둑하고
西風簫鼓送銘旌	가을바람 통소 북소리 속에 명정 떠나보내네.
善人報施今如此	선인에게 보답하는 것이 지금 이 같노니
隴水長寒鳴咽聲	농수는 길이 차갑게 오열하며 흐르는구나.

【주석】

禮數最優徐孺子 : '서유자徐孺子'[30]는 위에 보인다.

見上.

風流不減謝宣城 : '사선성謝宣城'[31]은 위에 보인다. 두보의 「배배사군陪裴使君」에서 "예는 서유자보다 더 했었고, 시는 사선성과 맞닿았지"라고 했다.

---

29 [교감기] '禮數'로 시작하는 이 작품이 본래 제 1수와 연결되어 한 수의 작품으로 보았는데, 지금 전본·건륭본에서 '禮數' 이하를 제 2수의 만사로 삼은 것에 의거했다.

30 서유자(徐孺子) : 『후한서·서치전(徐穉傳)』에서 "태수 진번(陳蕃)은 손님이나 길손을 응대하지 않았는데, 오직 서치가 오면 특별이 하나의 걸상을 설치하고 서치가 가면 걸어두었다[太守陳蕃不接賓客, 惟穉來, 特設一榻, 去則懸之]"라고 했다.

31 사선성(謝宣城) : 『남제서』에서 "사조(謝朓)의 자는 현휘(玄暉)이다. 중서랑으로 자리를 옮겼다가 외직인 선성태수(宣城太守)로 나갔는데, 『남사』에는 그의 전이 없다[謝朓字玄暉, 轉中書郎, 出爲宣城太守. 而南史不載]"라고 했다.

見上. 老杜陪裴使君詩, 禮加徐孺子, 詩接謝宣城.

那知此別成千古 未信斯言隔九京 : 『예기』에서 "진헌문자晉獻文子가 "구경九京에서 선대부를 따르겠습니다"라 했다"라고 했는데, 그 주注에서 "진경대부의 묘지가 구원九原에 있음을 이른다"라고 했다. '경京'은 '원原'인데, 잘못된 것이다.

禮記, 晉獻文子曰, 從先大夫於九京. 注謂, 晉卿大夫之墓地在九原. 京蓋字之誤.

善人報施今如此 隴水長寒嗚咽聲 : 『사기·백이전伯夷傳』에서 "혹자가 "천도天道는 일정하게 친애하는 사람이 없어서 항상 선인善人을 돕는다"라고 했는데, 백이와 숙제로 말하면 이른바 선인이 아니겠는가. 인仁을 쌓고 행실을 깨끗이 함이 이와 같았는데도 굶어 죽었다. 하늘이 선인에게 보답하는 것이 어찌하여 이러한가"라고 했다. 악부樂府에 「농두가隴頭歌」라는 고사古詞가 있는데, "농두의 흐르는 물, 그 소리 오열하누나. 멀리 진주를 바라다보니, 마음과 간장이 끊어지네"라고 했다.

史記伯夷傳, 或曰, 天道無親, 常與善人. 若伯夷叔齊, 可謂善人者非耶. 積仁潔行而餓死, 天之報施善人, 其何如哉. 樂府有隴頭歌古詞云, 隴頭流水, 鳴聲幽咽. 遙望秦川, 心肝斷絶.

10. 제형 충옥에게 부치다

寄忠玉提刑

살펴보건대, 『실록』에서 "원우元祐 5년 6월 기미己未에 우선덕랑右宣德
郞 마성馬城이 제점회남서로형악提點淮南西路刑獄에 제수되었다. 8월 무술戊
戌에 양절제형兩浙提刑으로 바뀌었다"라고 했다. 산곡 황정견의 진적고
본眞蹟稿本이 있는데, 거기에서는 제목이 「증송충옥제형조봉贈送忠玉提刑朝
奉」으로 되어 있고 '시골기천리市骨蘄千里'가 '시골수장준市骨收駬駿'으로,
'별위경別渭涇'이 '유경위有渭涇'로, '희극부喜劇部'가 '의극부宜劇部'로, '초
쇠식초쇠식稍衰息'이 '파쇠식頗衰息'으로, '안종청眼終靑'이 '안자청眼自靑'으로,
'자미금紫微禁'이 '태미원太微垣'으로 되어 있다. 또한 살펴보건대, 황순黃
𪖐이 작성한 『연보年譜』에 그 집안 백부伯父 중분仲賁의 「발승천탑기跋承天
塔記」가 실려 있는데, 여기에서 "선생이 처음 촉주蜀州에서 섬주陜州로
가면서 형주荊州에서 머물면서 사면辭免되어 걸군乞郡하는 명을 기다리
면서 부솔府帥 마성馬城 및 충옥과 서로 좇으며 즐거움이 대단했었다.
민圖땅의 진거陳擧가 대찰대찰臺察로 있다가 나와 운판運判이 되었지만, 선생
은 일찍이 그와 교유하지는 않았다. 승천사承天寺 승僧 지주智珠가 7개의
부도浮圖를 만들고서 선생에게 글을 요청했었다. 선생은 하루 만에 그
글을 다 지었다. 충옥은 여러 거느리는 부하들과 부도의 아래에서 밥
을 먹으면서 선생이 쓴 비문을 둘러보았다. 선생이 쓴 비석 말미에는
다만 "글을 쓴 사람은 조봉랑朝奉郞 신지서주사新知舒州事 예장豫章 황정견

黃庭堅이고 비석을 세운 사람은 봉의랑奉議郞 지부사知府事 임평荏平 마성馬城이다"라고 쓰여 있었다. 진거와 운판運判 이식李植 및 제거상평提擧常平 임우상林虞相이 돌아보고 갑자기 그 앞에서 청하기를 "우리들의 이름이 후대에 썩지 않고 전해지기를 바라는데, 그리할 수 있겠습니까"라 했는데, 선생은 대답하지 않았다. 이에 진거가 유감스럽게 여겼다. 선생은 이전에 하북河北에 있을 때에, 조정趙挺이 선생에게 원한이 있다는 것을 알고 있었다. 조정이 권력을 잡자 마침내 묵본墨本을 아랫사람을 시켜 조정에 바치고서는 "남의 재앙을 다행으로 여기면서 나라를 비방했다"라고 했다. 이에 선생은 마침내 조적朝籍에서 이름이 삭제되어 의주宜州에서 떠돌게 되었다. 충옥 또한 진주辰州의 요적猺賊과 구변寇邊의 일로 인해 감찰어사監察御史 석진계席震繼가 탄핵을 하여 관직을 빼앗기고 떠돌이로 해주海州에 있었다. 마침내 둘 다 유배지에서 죽고 말았다. 그 후 일년도 되지 않아, 조정은 벼슬에서 쫓겨났고 진거는 청충靑蟲을 용물龍物이라고 하여 상서로운 기미라고 아뢴 일로 인해 마침내 기망했다는 죄에 연좌되었다. 이 일을 기록해 두어 이로써 충옥이 산곡의 일로 인해 연루되었고 소인이 군자를 함정에 빠트린 것이 심하다는 것을 드러내고자 한다. 형주荊州에 우거하고 있을 때는 건중建中 정국靖國 신사辛巳이다. 인하여 여기에 붙여둔다"라고 했다.

按實錄, 元祐五年六月己未, 右宣德郞馬城提點淮南西路刑獄. 八月戊戌, 改兩浙提刑. 山谷有眞蹟藁本, 題云贈送忠玉提刑朝奉. 市骨虧千里作市骨收駑駿, 別渭涇作有渭涇, 喜劇部作宜劇部, 稍衰息作頗衰息, 眼終靑作眼自靑,紫微禁作太微垣. 又按黃營年譜, 載其族伯父仲賁跋承天塔記云, 先生初自蜀出峽, 留荊州待辭免乞郡之命, 與府帥馬城忠玉相從歡甚. 閩人陳擧自臺察出爲運判, 先生未嘗與之交也. 承天寺僧智珠造七級浮圖, 乞記於先生. 一日記成, 忠玉飯諸部使者於浮圖下, 環視先生書碑. 先生碑尾但云, 作記者, 朝奉郎新知舒州事豫章黃庭堅. 立石者, 奉議郎知府事荏平馬城而已. 擧與運判李植, 提擧常平林虞相顧, 遽請於前曰, 某等願託名不朽, 可乎. 先生不答. 擧憾之. 知先生昔在河北, 與趙挺之有怨, 挺之執政, 遂以墨本走介獻于朝廷, 謂幸災謗國. 先生遂除名, 羈置宜州. 忠玉亦以辰州傜賊寇邊, 監察御史席震繼而劾之, 奪官羈置海州. 遂俱歿於貶所. 不踰年, 挺之去位, 而擧因指靑蟲爲龍物, 奏爲祥瑞, 遂坐欺罔. 因備錄, 以見忠玉交於山谷坐累, 而小人陷君子之深. 其寓荊州, 蓋建中靖國辛巳也. 因附見於此.

市骨蘄千里	저자에서 천리마의 뼈를 샀으며
量珠買娉婷	진주로 아름다운 여인 데려왔다네.
駑駘參逸駕	둔한 말로 준마의 대열에 참여했고
西子泣深屛	서자는 깊숙한 병풍 속에서 울었다네.
吾人材高秀	그대의 재주는 높고도 뛰어나니
胷次別³²渭涇	가슴속에서 경수와 위수 분별한다오.
嚴能喜劇部	엄격함과 재능으로 중직을 즐겼으며
持節按祥刑	지방관 되어 상서로운 형벌로 다스렸지.

32 [교감기] '別'이 영원본·전본에는 '列'로 되어 있다.

萑蒲稍衰息	도적떼들도 차츰 사라졌으며
郡縣或空囹	고을의 감옥이 간혹 텅 비었었네.
讀書頭愈白	책 읽느라 머리는 더욱 희어졌지만
見士眼終青	선비 보면 눈은 반짝반짝 거렸다오.
今時斤斧地	지금 도끼와 자귀 사용해야 할 곳에
虛次待發硎	자리 비워두고 숫돌 갈기만 기다리네.
早晚紫微禁	조만간 자미금에서
占來有使星	점쳐보니 사신의 별이 올 것이네.

【주석】

市骨蘄千里 : 『전국책』에서 "곽외郭隗가 연소왕燕昭王을 대하고서 "옛날 군주 중에 천금을 주고 천리마를 구하고자 한 이가 있었는데, 3년이 지나도록 얻지 못했습니다. 그러자 연인涓人이 왕에게 청하여 "제가 구해보겠습니다"라 했습니다. 왕이 연인을 보냈는데, 3개월 만에 천리마를 얻었지만 말은 이미 죽은 상태였습니다. 그런데 연인은 그 죽은 말의 뼈를 오백금에 사서 돌아와서 왕에게 보고했습니다. 이에 왕은 크게 화를 내면서 "어찌하여 죽은 말을 사느라고 오백금을 버렸는가"라 했습니다. 연인이 대답하길 "죽은 말도 또한 사는데, 하물며 살아 있는 말이겠습니다. 말이 이제 이를 것입니다"라 했습니다. 이에 일 년도 되지 않았는데, 천리마 세 마리가 이르렀습니다"라 했다"라고 했다.

戰國策, 郭隗對燕昭王曰, 古之人君, 有以千金求千里馬者, 三年不能得.

涓人言於君曰, 請求之. 君遣之, 三月得千里馬, 馬已死. 買其骨五百金, 反以報君. 君大怒曰, 安用死馬而捐五百金. 涓人對曰, 死馬且買之, 況生者乎. 馬今至矣. 於是不能期年, 千里之馬至者三.

量珠買娉婷 : 평자 장형張衡의 「사현부思玄賦」에서 "서시西施 물리치고 이끌지 않으며, 양뇨驤褭³³에 옷상자를 매누나"라고 했다. 사공도의 「탁영집서擢英集序」에서 "서시西施가 가지고 있던 거울을 대하고서도 아름다운 눈썹을 감상하지 않으니, 어찌 백락이 수레를 멈추고 헛되이 준마의 뼈를 수습했겠는가"라고 했는데, 산곡 황정견이 이 뜻을 활용했다. 『조야첨재』에서 "교지지喬知之에게 여종인 벽옥碧玉이 있었는데, 무승사武承嗣가 그 여종을 빌려가고서는 돌려보내주지 않았다. 이에 교지지가 「녹주원綠珠怨」이라는 작품을 지어 "석숭石崇의 집 정원 금곡원金谷園에 새로운 여인의 노래 소리, 구슬 10곡을 바치고 아름다운 녹주를 초빙했네"라 했다"라고 했다. 『영표록이嶺表錄異』에서 "옛날 양씨에게 아름다운 딸이 있었다. 계륜季倫 석숭石崇이 교지채방사交阯採訪使가 되어 진주 세 곡으로 그녀를 사서 첩으로 삼으니, 바로 녹주綠珠이다"라고 했다. 유몽득의 「태낭가泰娘歌」에서 "말로 세는 진주에 새가 마음 전해주고, 푸른 수레로 맞이하여 전성에서 살아가네"라고 했다. 두보의 「진주견칙목秦州見勅目」에서 "사람들 불러 준마를 보여주고픈 데, 시집가지 않았으니 아리따움이 안타깝구나"라고 했다.

---

33 양뇨(驤褭) : 고대의 준마(駿馬) 이름이다.

張平子思玄賦, 斥西施而弗御兮, 鶩瑤襄以服箱. 司空圖擢英集序, 當西施
之玩鏡, 不賞蛾眉. 豈伯樂之停車, 空收駿骨. 山谷用此意. 朝野僉載, 喬知之
有婢碧玉, 武承嗣借而不還, 知之作綠珠怨曰, 石家金谷重新聲, 明珠十斛買
娉婷. 嶺表錄異, 梁氏女有容貌, 石季倫爲交阯採訪使, 以眞珠三斛買之, 即綠
珠也. 劉夢得泰娘歌, 斗量明珠鳥傳意, 紺幰迎入專城居. 杜詩, 喚人看腰襄,
不嫁惜娉婷.

西子泣深屏 : 두목의 「두추낭杜秋娘」에서 "서시西施가 고소대姑蘇臺를 내
려와, 작은 배로 치이鴟夷를 따라갔네"라고 했다.

杜牧詩, 西子下姑蘇, 一舸逐鴟夷.

膏次別渭涇 : '위경渭涇'[34]은 위에 보인다.

渭涇見上.

持節按祥刑 : 『서경·여형呂刑』에서 "이 상서로운 형벌을 거울삼으라"
라고 했다.

書, 監于茲祥刑.

---

34 언승(彦昇) 임방(任昉)의 「출군전사곡범복야(出郡傳舍哭范僕射)」에서 "저 사람
의 경수와 위수는, 내가 맑고 흐림을 도운 것이 아니네[伊人有涇渭, 非余揚濁淸]"
라고 했다. 살펴보건대 『시경·곡풍(谷風)』의 주에서 "경수와 위수가 서로 합쳐
져도 맑은 물과 흐린 물은 섞이지 않는다[涇渭相入而淸濁異]"라고 했다.

崔蒲稍衰息 : 『좌전·소공昭公 20년』 조에서 "정자산鄭子産이 죽자 아들 태숙太叔이 정사를 맡았는데, 차마 엄격하게 하지 못하고 관대하게만 다스렸다. 그러자 정나라에 도적이 많이 생겨, 추부崔苻[35]의 늪에 모여 살면서 사람들의 재물을 겁탈하였다. 이에 아들 태숙이 후회했다. 그러고서는 보병步兵을 일으켜 추부崔苻의 도적을 공격하여 다 죽이니 도적이 조금 잠잠해졌다"라고 했다.

左傳昭二十年, 鄭子産卒, 子太叔爲政, 不忍猛而寬. 鄭國多盜, 取人於崔苻之澤, 太叔悔之. 興步[36]兵以攻崔苻之盜, 盡殺之, 盜少止.

郡縣或空圄 : 왕포王褒의 「득현신송得賢臣頌」에서 "그래서 감옥이 텅 비는 융성한 시대가 있게 된 것이다"라고 했다.

王褒得賢臣頌, 故有圄空之隆.

讀書頭愈白 見土眼終靑 : 두보는 「진주견칙목秦州見勅目」에서 "헤어진 뒤로 모두 머리 세었으나, 만난다면 반갑게 맞이해 줄 것이리"라고 했다. 『왕립지시화』에서 ""책 읽느라 머리는 희어지려는데, 서로 마주하니 반갑게 대하네", "온갖 일 겪은 신세 머리 이미 새었는데, 평생 서로 마주하며 반갑게 대하네", "거울 속 흰머리 이제 나도 늙었는데, 평생의 반가운 눈은 그대 위해 반짝이네", "옛 벗 서로 보니 오히려 반가운

35　추부(崔苻) : 늪의 이름이다. 늪 속에 모여 살면서 사람들의 재물을 겁탈한 것이다.
36　步 : 중화서국본에는 '徒'로 되어 있으나, 『좌전』에는 '步'로 되어 있다.

데, 새 귀한 이들 지금은 흰머리 많아라", "만 리 떨어진 강산에서 장차 늙어 가는데, 십 년 만에 본 형제 여전히 반갑구나"라는 구절은 동파 소식의 작품이다. 그가 청안靑眼과 백두白頭의 대구를 구사한 것이 비일 비재한데 공교로움과 졸렬함은 또한 각기 다르다"라고 했다.

杜詩, 別來頭倂白, 相對眼終靑. 王立之詩話云, 讀書頭欲白, 相對眼終靑. 身更萬事已頭白, 相對百年終眼靑. 看鏡白頭知我老, 平生靑眼爲君明. 故人 相見尙靑眼, 新貴如今多白頭. 江山萬里將頭白, 骨肉十年終眼靑. 此東坡詩 也. 用靑眼對白頭非一, 而工拙有差.

今時斤斧地 虛次待發硎 : 『장자』에서 "칼날을 숫돌에서 막 간 것 같 다"라 했다. 『한서·가의전賈誼傳』에서 "가의가 소장을 올려 "소를 도살 하는 탄坦이 하루아침에 열두 마리의 소를 해체解體해도 칼날이 무디어 지지 않는 것은 그 밀어 치고 가죽을 벗기는 것이 다 모든 결대로 해체 하기 때문이요, 관비髖髀, 엉치뼈와넓적다리뼈가 있는 곳에 이르러서는 자귀 가 아니면 도끼를 사용하니, 인의仁義와 은후恩厚는 인주人主의 칼날이고 권세權勢와 법제法制는 인주의 자귀와 도끼입니다. 지금 제후왕諸侯王은 모두 여러 관비髖髀인데, 자귀와 도끼의 사용을 버려두고 칼날로 다스 리고자 하시니, 신臣은 생각하건대 칼날이 망가지지 않으면 부러질 것 입니다"라 했다"라고 했다. 두보의 「교릉삼십운橋陵三十韻」에서 "글을 써 내면 반드시 운율에 맞고, 사물의 정수 날카롭게 찾아내네"라고 했다.

莊子, 刀刃若新發於硎. 漢賈誼傳, 上疏云, 屠牛坦一朝解十二牛, 而芒刃不頓者, 所排擊剝割, 皆衆理解也. 至於髖髀之所, 非斤卽斧. 夫仁義忠厚, 人主之芒刃也. 權勢法制, 人主之斤斧也. 今諸侯王皆衆髖髀也. 釋斤斧之用, 而欲嬰以芒刃, 臣以爲不缺則折. 杜詩, 遣辭必中律, 利物當發硎.

早晩紫微禁 占來有使星 : 당唐나라 때 중서성中書省을 개원開元 연간에 이름을 고쳐 '자미성紫微省'이라고 했다. '금禁'은 곧 '성省'이다. 채옹의 「독단獨斷」에서 "문호門戶에서 금함이 있기에 '금중禁中'이라고 한 것이다. 효원황후孝元皇后의 아버지의 이름이 금禁이었기에 당시에 이를 피하였기에 '성중省中'이라 한 것이다"라고 했다. 이 구절의 의미는 "성중의 사람이 별을 보고 점을 쳐서 황제가 불러 돌아오게 될 것을 알았다"는 것이다. '사성使星'은 『후한서·이합전李郃傳』에서 "이합은 한중漢中 남정南鄭 사람으로 막문의 후사候吏가 되었다. 화제和帝가 사자使者들을 파견했는데, 평상복을 입고 혼자 행동하면서 풍속과 노래 등을 살펴 모으게 했다. 사자 두 사람이 익부益部에 당도하여 이합이 일하는 객관에 투숙했다. 이합이 "두 분께서 도성을 출발할 때 조정에서 사자 두 사람을 보낸 것을 아셨습니까"라 물었다. 이에 두 사람은 놀란 얼굴로 서로를 바라본 뒤 "그런데 자네는 그것을 어찌 아는가"라고 물었다. 이합이 하늘의 별들을 가리키며 "사자 두 사람이 익주로 향하고 있어서 알았습니다"라고 했다"라는 구절에 보인다.

唐中書省, 開元中改曰紫微省. 禁卽省也. 蔡邕獨斷云, 門戶有禁, 故曰禁中. 孝元皇后父名禁, 當時避之, 故曰省中. 詩意謂, 省中人占星, 而知其召歸也. 使星蓋後漢李郃傳, 郃, 漢中南鄭人, 爲幕門候吏, 和帝分遣使者, 微服單行, 觀采風謠. 使者二人到益部, 投郃候舍. 郃問曰, 二君發京師時, 寧知朝廷遣二使耶. 二人驚相視, 問, 何以知之. 郃指星示云, 有二使星向益部分野, 故知之.

11. 원일이란 작품에 차운하다

次韻元日

會朝四海登圖籍	사해에서 조회하며 지도와 문서를 올리니
絳闕淸都想盛容	강궐과 청도의 성대한 모습 상상이 가네.
春色已知回寸草	봄빛에 이미 한 치 풀에 돌아옴 알겠고
霜威從此霽寒松	서리 위엄이 찬 소나무에서 이젠 걷히리라.
飮如嚼蠟初忘味	밀랍을 씹는 듯 마시며 비로소 맛 잊었으며
事與浮雲去絶蹤	일은 뜬 구름과 함께 떠나가 자취 끊어졌네.
四十九年蘧伯玉	사십구 년의 거백옥을
聖人門戶見重重	성인의 문호에서 거듭거듭 보네.

【주석】

會朝四海登圖籍 : 반고의 「동도부東都賦」에서 "정월 초하루에 한경漢京에게 조회를 베푼다. 이 날에 천자가 사해의 지도와 문서를 받았다"라고 했다.

東都賦, 春王三朝, 會同漢京. 是日也, 天子受四海之圖籍.

絳闕淸都想盛容 : 『열자·주목왕周穆王』에서 "왕은 진실로 청도淸都[37]와 자미紫微를 천제天帝가 사는 곳으로 여겼다"라고 했다. 사마자미司馬子微

---

37   청도(淸都) : 천제(天帝)가 사는 궁궐을 이름이다.

의 몸은 적성赤城에 있었고 이름은 강궐絳闕[38]에 있었다.

列子周穆王篇, 王實以淸都紫微, 帝之所居. 司馬子微身居赤城, 名在絳闕.

春色已知回寸草 : 맹교의 「유자음游子吟」에서 "누가 한 치 풀의 마음을 가지고서, 삼춘의 햇볕에 보답한다 말하랴"라고 했다.

孟郊詩, 誰言寸草心, 報得三春暉.

霜威從此霽寒松 : '상위霜威'[39]는 위에 보인다.

霜威見上.

飮如嚼蠟初忘味 : 『능엄경』에서 "횡진橫陳을 당하면 밀을 씹듯 하라"[40] 라고 했다.

楞嚴經云, 於橫陳時, 味如嚼蠟.

事與浮雲去絶蹤 : 『문선』에 실린 강엄의 「반황문악술애潘黃門岳述哀」에서 "비 그쳐 돌아오는 구름도 없네"라고 했고 또한 왕찬의 「증채자독贈蔡子篤」에서 "바람결에 구름은 흩어지고 비처럼 한 번 헤어지네"라고 했

---

38 강궐(絳闕) : 선궁(仙宮)을 가리킨다.
39 상위(霜威) : 반악의 「서정부(西征賦)」에서 "가을 서리의 위엄이 사라지고, 봄 못은 두터운 은혜가 흐르네[弛秋霜之威嚴, 流春澤之渥恩]"라고 했다.
40 횡진(橫陳)을 (…중략…) 하라 : 횡진은 미색이 옆으로 눕는다는 뜻이며, 밀은 꿀에 비하여 아무런 맛도 없으므로 무미(無味)한 것을 가리킨다.

는데, 이선李善의 주注에서 "예형의 「앵무부鸚鵡賦」에서 "어찌하여 오늘 비가 그쳤는가"라 했다"라고 했다. 진림陳琳의 격문檄文에서 "오장교吳將校가 "하늘에서 비가 끊어졌네"라 했다"라고 했다. 여러 사람들이 이러한 말을 했는데, 그 말이 누구로부터 시작된 것인지는 상세하지 않다.

選詩, 雨絶無還雲. 又云, 風流雲散, 一別如雨. 李善曰, 鸚鵡賦云, 何今日以雨絶. 陳琳檄, 吳將校曰, 雨絶于天. 諸人同有此言, 未詳其始.

四十九年蘧伯玉:『장자・칙양則陽』에서 "거백옥蘧伯玉은 살아온 나이 60이 되어 자기의 삶을 60번 바꾸었는데 한 번도 옳다고 하는 데서 시작하였던 것이 마침내 그르다고 물리치지 않은 적이 없었다. 그러니 60세가 된 지금 옳다고 하는 것이 59년 동안 잘못되었다고 한 것과 마찬가지의 잘못이 아닌지 알 수 없다"라고 했다. 낙빈왕의 「제경편帝京篇」에서 "또한 이십팔 년의 옳음을 논해본다면, 어찌 사십구 년의 잘못을 알겠는가"라고 했다. 이백의 「자미궁감추紫微宮感秋」에서 "사십구 년의 잘못은, 모두 어찌해 볼 수가 없구나"라고 했다.

莊子則陽篇, 蘧伯王行年六十而六十化, 未嘗不始於是之而卒詘之以非也, 未知今之所謂是之非五十九非也. 駱賓王帝京篇, 且論二十八年是, 寧知四十九非. 李白紫微宮感秋, 四十九年非, 一若不可復.

12. 대운창의 달관대에 쓰다. 2수
題大雲倉達觀臺. 二首

    지주池州에서 물길을 거슬러 40리를 가면 북쪽 언덕의 장가사蔣家沙에 이르고 또 40리를 가면 대운창大雲倉에 이른다. 살펴보건대, 『동안지同安志』에 이 작품이 실려 있는데, 그 주注에서 "대운창은 지금의 종양진樅楊鎭으로 서주舒州에서 140리 떨어진 곳에 있다"라고 했다. 또한 "달관대達觀臺는 종양진 동쪽 영리사永利寺에 있다"라고 했다. 살펴보건대, 산곡 황정견이 손수 쓴 석각石刻이 있는데, 그 발문跋文에서 "영리선사永利禪寺의 동쪽으로 좁은 길을 따라 고송을 부여잡고 올라 높은 언덕에 오르면 사방이 모두 바라다 보이는데 모두 수백 리이다. 그 땅의 주인은 '대기지戴器之'이기에 그곳의 이름을 '달관대達觀臺'라고 이름 지었다. 대기지에게 그 위쪽에 집을 지으라고 권유했는데, 대기지는 기뻐하며 "감히 수락하지 않을 수 있겠는가"라 하고서는 이 일로 인해 두 편의 시를 지었다. 열흘이 지나 집이 완성되자, 대기지는 술자리를 열고 기녀 2~3명에게 노래하고 춤을 추게 했다. 이때 진관鎭官 소대蘇蘽와 범광조苑光祖와 함께 즐기었다. 내가 3년이 지난 후에, 대기지가 병으로 일어나지 못하게 되었다는 것을 듣고 다만 탄식만을 더할 뿐이었다. 산길은 황폐해져 잡초에 묻혔으며 호사가들이 멀리서도 듣고 찾아왔지만, 더러 한 번도 올라보지 못한 채 떠나가곤 했다. 이에 그 이유를 물으니 "다시 몇몇의 관리가 달관대 위에서 그 집을 볼 수 있다고 생각했기에 자물쇠로 문은 닫고 그 열쇠를 감춰두었다"라고 말했다. 내가 웃으면서 "그 집에는 다섯 일곱 정도의 부녀자만 있으며, 또한 집안에서 하는 일은 여인들이 하는 일이 뿐이니, 어찌 뒷밭에서 호미질하고 밭을 갈겠는가"라 했다. 고을 서쪽 포지시酺池寺의 승가부도僧伽浮圖는 높이가 360척이고 아래로 친현택親賢宅이 보이고 옆으로 금중禁中이 보이기에 유람하는 이들이 때때로 이곳에 오르는데, 일찍이 관청에서 그 열쇠를 가지고 있다는 것을 듣지 못했다. 악양루岳陽樓 아래로 고을 관청의 몇 집이 보이는데, 유람하는 자들이 하루도 빠짐없노니, 다만 생각이 미치지 못한 것이다. 나는 기주夔州와 재주梓州에서 9년 동안 떠돌다가 돌아왔다. 지원장노智遠長老 장엄莊嚴의 이 집을 보니, 생각이 더욱 많아졌기에 시를 지었는데, 원부元符 연간을 지나면서 사라져서 남아 있지 않다. 달관대 위의 석각은 위공밀尉公密이 만생蠻生을 시켜 부수었다고 들었다. 다시 와서 구해보았기에 이를 써서 남긴다. 더불어 자물쇠로 문을 닫고 유람하는 사람들의 뜻을 기록하여 식자들이 생각해 주기를 바랄 뿐이다. 숭녕崇寧 원년 5월 삭朔에 황정견 쓰다"라고 했다. 대개 소성紹聖 원년 갑술甲戌에 책명責命으로 지주池州를 지나면서 이 작품을 지은 것이다. 숭녕崇寧 임오壬午에 이르러 태평太平에 부임하면서 이 길을 지나면서 발문을 지은 것이다. 갑술에서 임오 사이는 19년이다. '대랑대戴郎臺'는 대기지이다.

池州泝流四十里, 至北岸蔣家沙, 又四十里, 至大雲倉. 按同安志, 此詩注云, 大雲倉卽今樅楊鎭, 去舒州一百四十里. 又云, 達觀臺在樅陽鎭東永利寺.

按山谷有手書石刻, 跋云, 永利禪寺東偏, 遵微徑, 攀古松, 登高丘, 四達而所
瞻, 皆數百里間. 其地主曰戴器之, 因名曰達觀臺, 而屬器之築室於其上. 器之
欣然曰, 敢不諾. 因爲作二詩. 踰旬屋成, 器之置酒, 命歌舞者二三, 시여진관
소墓苑光祖同賞焉. 余旣越三年, 聞器之以疾不起, 但增感嘆耳. 山莖荒蕪,
好事者遠聞而來, 或不得一登而去. 問其故曰, 更數尉, 以爲臺上窺見其室家,
故鍵閉而藏其鑰. 余笑曰, 人家不過有五七婦女, 亦當在室屋中作女工事, 豈
嘗鋤耘於後圃耶. 州西酺池寺僧伽浮圖, 高三百六十尺, 下見親賢宅, 旁見禁
中, 遊人以時登, 未聞官典其鑰也. 岳陽樓下瞰郡官數家, 遊者無虛日, 特未之
思耳. 余流落夔梓間九年而歸. 見智遠長老莊嚴此院, 甚有意思, 而詩以經元
符掊擊, 不存. 臺上石刻, 聞尉公密令礱生碎之. 復來求, 故書遺之, 幷紀述鍵
閉遊人之意, 冀諸識者能思之耳. 崇寧元年五月朔, 黃庭堅書. 蓋紹聖元年甲
戌, 以責命過池州作此詩. 至崇寧壬午, 赴太平經行作此跋. 自甲戌至壬午十
九年. 戴郎臺卽戴器之也.[41]

첫 번째 수其一

戴郎臺上鏡面平	대랑대 위는 거울처럼 평평하니
達人大觀因我名	달인대관에서 취해 내가 이름 지었네.
何時燕爵賀新屋	언제 제비 참새가 새 집을 축하하며
喚取竹枝歌月明	죽지를 불러 취해 명월을 노래했던가.

---

41 [교감기] '按山 (…중략…) 之也'라는 구절이 영원본에는 없다.

【주석】

戴郞臺上鏡面平 : 『동안지』에서 "유독 대랑대가 없으니, 아마도 세상 사람들이 그렇게 부르는 것인가 보다. 이에 산곡 황정견이 비로소 그 이름을 바꾸었는데, 가의가 「복조부鵩鳥賦」에서 "통달한 사람이 대관大觀[42]함이여"라고 한 의미에서 가져온 것이다"라고 했다. 한유의 「석정연구石鼎聯句」에서 "아래는 거울처럼 평평하네"라고 했다.

同安志, 獨無戴郞臺, 疑是流俗所呼, 山谷始易名, 取賈誼賦達人大觀也. 石鼎聯句, 下與鏡面平.[43]

達人大觀因我名 : '달인대관達人大觀'[44]은 위에 보인다.

達人大觀見上.

何時燕雀賀新屋 : 『회남자』에서 "집을 크게 지으면 제비와 참새가 서로 축하하고, 목욕 준비가 마치자 서캐와 이가 서로 애도한다"라고 했다. 두보의 「백제성최고루白帝城最高樓」에서 "누각 위 찌는 날씨에도 얼음이나 눈이 생길 듯, 높이 나는 제비 참새 새 누각에 축하 인사하네"라고 했다.

42　대관(大觀) : 크나큰 관찰을 말한다.
43　[교감기] 영원본에는 이 구절 아래 "戴郞當是戴將軍. 將軍名珣, 仕南唐, 時多寇盜. 乃與鄕隣嚴武備, 盜不敢犯. 死後, 鄕人祠之, 廟在樅陽鎭"이라는 주(注)가 더 있다.
44　달인대관(達人大觀) : 가의가 「복조부(鵩鳥賦)」에서 "달인은 대관하여 사물에 불가함이 없다[達人大觀, 物無不可]"라고 했다.

淮南子云, 大廈成而燕雀相賀, 湯沐具而蟣虱相弔. 杜詩, 樓上炎天冰雪生, 高飛燕雀賀新成.

喚取竹枝歌月明 : 유몽득의 「죽지사인竹枝詞引」에서 "내가 건평建平에 오니 마을 안의 아이들이 죽지라는 노래를 잇달아 불렀다. 피리를 불고 북을 치면서 박자를 맞추었는데, 아악雅樂 중의 우성羽聲의 음색이었다"라고 했다.

劉夢得竹枝詞引云, 余來建平, 里中兒聯歌竹枝, 吹短笛擊鼓以赴節, 音中黃鐘之羽.

두 번째 수其二

瘦藤挂到風烟上	홀쭉한 지팡이 짚고 풍연의 위에 이르면
乞與遊人眼豁開	활짝 트인 시야를 유인에게 주노라.
不知眼界濶多少	안계가 얼마나 넓은지는 알지 못하지만
白鳥飛盡青天回	흰 새가 모두 날아가 푸른 하늘 도네.

【주석】

不知眼界濶多少 : 『다심경多心經』에서 "눈으로 보는 경계가 없는 경지에 이르면, 무의식無意識 경지에 이른다"라고 했다.

多心經, 無眼界無意識界.

13. 조검남을 전송하며 곧바로 읊조리다

送曹黔南口號

『실록』을 살펴보니, 소성紹聖 원년 12월 갑오甲午에 황정견은 배주 별
가涪州別駕로 유배 갔고 검주黔州에 안치安置되었다. 2년 4월 23일에 검주
에 도착하여 사표謝表를 보았다. 개원사開元寺에 우거하고 있었는데, 개
원사에는 마위각摩圍閣이 있었다. 검주의 태수인 조보曹譜는 자가 백달伯
達으로 산곡 황정견이 처음 검남黔南에 도착했을 때, 태수가 대단히 후
하게 대접했었다. 황정견은 「여대주부삼십삼서與大主簿三十三書」에서 "태
수 공비供備 조보曹譜는 제양濟陽의 조카이다. 통판通判 장신張詵과 장경검
張景儉 그리고 공손휴孫公休의 처제妻弟는 모두 어질고 아정했는데, 서로
돌아보기를 형제처럼 했다"라고 했다.

按實錄, 紹聖元年十二月甲午, 黃庭堅謫涪州別駕, 黔州安置. 二年四月二
十三日到黔川, 見謝表. 寓開元寺, 寺有摩圍閣. 黔守曹譜字伯達, 山谷初到黔
南, 守待之甚厚. 與大主簿三十三書云, 太守曹供備譜, 濟陽之姪, 通判張詵張
景儉, 孫公休之妻弟, 皆賢雅, 相顧如骨肉.

摩圍山色醉今朝	마위산 빛에 오늘 아침에 취하노니
試問歸程指斗杓	시험 삼아 돌아갈 길 북두에 물어보네.
荔子陰成棠棣愛	여자는 그늘 이루었고 당체는 사랑스러우니
竹枝歌是去思謠	죽지사는 떠난 이후 그립다는 노래라네.

陽關一曲悲紅袖	양관 한 곡조에 붉은 소매 서글프고
巫峽千波怨畫橈	무협의 천 물결에 화려한 배 원망스럽네.
歸去天心承雨露	돌아가면 천심의 우로를 받들 터이니
雙魚來報舊賓僚	두 마리 물고기로 옛 동료에게 소식 전해주게.

【주석】

荔子陰成棠棣愛 : 『시경·감당甘棠』은 소백召伯을 찬미한 내용으로, "무성한 감당나무, 자르지도 말고 베지도 말라"라고 했는데, 그 전箋에서 "그 사람을 생각하고 그 나무를 공경한 것이다"라고 했다. 지금 '감당甘棠'을 '당체棠棣'로 여긴다.

詩甘棠, 美召伯也. 蔽芾甘棠, 勿翦勿伐. 箋云, 思其人, 敬其樹. 今以甘棠爲棠棣.

竹枝歌是去思謠 : 산곡 황정견이 일찍이 "죽지가竹枝歌는 본래 파촉巴蜀에서 나왔는데, 호상湖湘 지역까지 유행했다"라고 했다. 『한서·하무전何武傳』에서 "있을 적에는 혁혁한 이름이 없고 간 뒤에 항상 사모하게 되었다"라고 했다.

山谷嘗云, 竹枝歌本出三巴, 其流在湖湘耳. 漢何武傳, 所居無赫赫名, 去後常見思.

14. 십사제가 홍주로 돌아가기에 '막여형제'로 각각 운자를 삼아 네 편을 지어 가는 길에 준다

十四弟歸洪州, 賦莫如兄弟四章, 贈行

'십사제十四弟'은 천민天民이다. 이 작품을 지은 시기는 고찰할 수 없지만, 촉중蜀中에 있을 때 지은 것이라고 생각되어 경진년庚辰年 작품을 모아둔 곳에 실었다.

十四弟卽天民, 此詩年月不可考, 意在蜀中作, 附之庚辰歲.

첫 번째 수其一

惱人自作樂	수심겨운 사람 절로 노래 지으니
休休莫莫莫	아아, 이제 끝이 났구나.
相看將白頭	서로 보면 백발이 되어 있을 테니
止有不如昨	지금도 어제와 같지 않음 있다오.

【주석】

休休莫莫莫 : 『사공도집司空圖集・휴휴정기休休亭記』에서 "첫째는 재주를 헤아려 보니 쉬는 게 마땅하고, 둘째는 분수를 헤아려 보니 쉬는 게 마땅하고, 셋째는 귀 먹고 노망했으니 쉬는 게 마땅하다"라고 했다. 그리고는 「내욕거사가耐辱居士歌」를 지어 "쯧쯧, 아아, 끝났구나. 재주 비

록 많아도 성질이 사나워, 이 때문에 오랫동안 한가로운 곳에 사네"라고 했다.

司空圖集休休亭記, 謂量[45]其才一宜休, 揣其分二宜休, 且耄而聵, 三宜休. 因爲耐辱居士歌, 咄諾,[46] 休休休,[47] 莫莫莫,[48] 伎倆雖多性靈惡, 賴是長教閑處著.

相看將白頭 止有不如昨 : 낙천 백거이의 「동성심춘東城尋春」에서 "지금 이미 예전과 같지 않지만, 뒷날은 오늘날만 못하리라"라고 했다.

樂天詩, 今旣不如昔, 後當不如今.

두 번째 수其二

北來哺慈烏	북쪽으로 가서는 어미 먹이는 까마귀
南歸護爾雛	남쪽으로 와서는 병아리를 보호하리.
昨夜雲飛雁	어젯밤 구름 속에 기러기 날아가는데
相隨我不如	나는 서로 따르는 너만도 못하구나.

---

45 [교감기] '量'이 본래 빠져 있는데, 지금 『구당서·사공도전(司空圖傳)』에 의거하여 보충한다.
46 [교감기] '咄諾'이 본래 '咄咄'로 되어 있는데, 지금 『구당서·사공도전(司空圖傳)』에 의거하여 바로잡는다.
47 [교감기] '休'가 본래 빠져 있는데, 지금 『구당서·사공도전(司空圖傳)』에 의거하여 보충한다.
48 [교감기] '莫'이 본래 빠져 있는데, 지금 『구당서·사공도전(司空圖傳)』에 의거하여 보충한다.

【주석】

北來哺慈烏 南歸護爾雛 : '임오반포林烏反哺'[49]는 위에 보인다. 퇴지 한유의 「사훈호射訓狐」에서 "어찌 다시 닭장 속의 병아리 돌볼 여유 있으랴"라고 했다.

林烏反哺見上. 退之詩, 那暇更護雞窠雛.

昨夜雲飛雁 相隨我不如 : 퇴지 한유의 「청청수중포青青水中蒲」에서 "푸르고 푸른 물속의 부들이여, 언제나 물속에 살고 있네. 부평초에게 말하노니, 나는 서로 따르는 너만도 못하구나"라고 했다.

退之詩, 青青水中蒲, 長在水中居. 寄語浮萍草, 相隨我不如.

세 번째 수其三

志欲收九族	뜻은 구족을 거두고자 하면서도
別離乃同生	형제들과 이에 헤어진다오.
誰能成此意	누가 이 뜻을 이룰 수 있을까
惟有孔方兄	오직 공방형이 있어야 한다네.

---

49 임오반포(林烏反哺) : 『이아』에서 "완전히 검으면서 반포하는 것은 까마귀이다[純黑而反哺者, 烏也]"라고 했다. 『문선』에 실린 「보망시(補亡詩)」에서 "깍깍 우는 숲속의 까마귀, 그 자식에게 먹이를 받아먹노라[嗷嗷林烏, 受哺於子]"라고 했다.

【주석】

志欲收九族 : 『장자·열어구列禦寇』에서 "은택이 구족九族[50]에게 까지 미치네"라고 했는데, 본래 『서경·요전堯典』에서 나온 말이다.

莊子列禦寇篇, 澤及九族. 本出堯典.

別離乃同生 : '동생同生'은 친형제를 말한다. 연명 도잠의 「송종제送從弟」에서 "촌수로는 사촌이지만, 믿고 사랑함은 친동생과 같도다"라고 했다. 『순화첩淳化帖』에 실린 일소 왕희지의 글씨에 "내게 일곱 아들과 한 명의 딸이 있노니, 모두 형제사이이다"라는 것이 있다.

同生謂親弟兄. 淵明送從弟詩, 禮服名群從, 恩愛若同生. 淳化帖王逸少書云, 吾有七兒一女, 皆同生.

惟有孔方兄 : 가난 때문에 벼슬하기에 형제들이 서로 떨어지게 되었다는 말이다. 『진서·노포전魯褒傳』에서 「「전신론錢神論」에서 "사람들은 그를 친하게 여겨 형처럼 대하며 공방孔方이라고 부른다"라 했다"라고 했다.

言以貧而仕, 兄弟相別也. 晉魯褒傳, 著錢神論云云, 親之如兄, 字曰孔方.

---

50   구족(九族) : 고조(高祖)로부터 현손(玄孫)까지의 친척을 말한다. 『서경·요전(堯典)』에서 "요 임금이 큰 덕을 제대로 밝혀 구족을 친애하자 구족이 화목하게 되었다[克明俊德, 以親九族]"라고 했다.

네 번째 수其四

大夫[51]無恙時	대부께서 별 탈 없으실 때는
刻意教子弟	자제를 가르치는 데에 뜻 두셨었지.
歸掃松楸下	돌아가 송추 아래를 청소하며
洒我萬里涕	내 만 리 밖 눈물을 쏟아주시게.

【주석】

刻意教子弟 : 『장자·각의刻意』에서 "어떤 사람들은 마음을 억제하고 행동을 고결하게 하여 속세를 떠나고 세속과 달리 행동한다"라고 했다.

莊子刻意篇云, 刻意尙行, 離世異俗.

歸掃松楸下 : 퇴지 한유의 「부강릉도중운운赴江陵途中云云」에서 "관직 버리고 떠나서는, 송추에서 목숨 마치고자 생각하네"라고 했다.

退之詩, 深思罷官去, 畢命依松楸.

---

51 [교감기] '大夫'가 고본에는 '大父'로 되어 있는데, 특별히 가리키는 것이 있다.

15. 호비장을 주면서 이임도를 전송하다. 2수

以虎臂杖送李任道. 二首

첫 번째 수其一

走送書堂倚絳紗	강색 비단에 기댈 서당으로 보내노니
瘦藤七尺走驚蛇	칠 척의 야윈 등나무는 놀란 뱀처럼 달리리.
晴沙每要交頭挂	개인 모래사장에서 늘 함께 하길 바라노니
尋徧漁翁野老家	고기잡이 노인과 들 노인의 집을 찾으시게.

【주석】

走送書堂倚絳紗:『후한서‧마융전馬融傳』에서 "항상 고당高堂에 강색 비단 장막을 걸어놓고 앞에서는 생도生徒에게 수업했고 뒤에는 여악女樂이 나열해 있었다"라고 했다.

後漢馬融傳, 常作高堂, 施絳紗帳, 前授生徒, 後列女樂.

瘦藤七尺走驚蛇: 요부 소옹의 「추일음정주송원운운秋日飲鄭州宋園云云」에서 "고목은 하늘 높이 칼과 창처럼 늘어섰고, 긴 등나무는 땅에 드리워 용과 뱀처럼 달리네"라고 했다.

邵堯夫詩, 古木參天羅劍戟, 長藤垂地走龍蛇.

두 번째 수其二

未衰筋力先扶杖	근력 쇠하지 않았을 때 지팡이 먼저 짚으면
能救衰年十二三	조금이나마 노년에 도움 받을 수 있다네.
八百老彭嗟杖晩	백팔의 노팽도 지팡이 늦게 짚은 것 탄식했으니
可憐矍鑠馬征南	가련도다, 씩씩하게 말 타고 남쪽으로 감이여.

【주석】

未衰筋力先扶杖 : 『예기·곡례曲禮』에서 "늙은 사람은 근력을 가지고 예를 행하지 않는다"라고 했다. 『한서·가산전賈山傳』에서 "비록 늙고 야위고 병들었지만, 지팡이 짚고 가서 들었다"라고 했다.

曲禮云, 老者不以筋力爲禮. 漢賈山傳, 雖老羸癃疾, 扶杖而往聽之.

能救衰年十二三 : 『한서·고조기高祖紀』에서 "손가락이 얼어 떨어져 나간 사졸이 열에 두셋이었다"라고 했는데, 그 주注에서 "열 사람 중에 두세 사람의 손가락이 떨어져 나갔다"라고 했다. 요즘 말로는 십분十分에서 이삼분二三分을 구해 얻었다는 것이다.

漢高祖紀, 士卒墮指者十二三. 注謂十人之中, 二三墮指. 今以言十分救得二三分也.

八百老彭嗟杖晩 可憐矍鑠馬征南 : 『신선전』에서 "팽조彭祖의 성은 전籛

이고 이름은 갱鏗인데, 은殷나라 말기가 되었을 때 나이가 이미 767세였는데 늙지 않았다"라고 했다. 『논어』에서 "우리 노팽에게 비교한다"라고 했다. '확삭矍鑠'[52]은 『후한서 · 마원전馬援傳』에 보인다.

神仙傳, 彭祖姓籛名鏗, 至殷末, 已七百六十七歲而不衰. 論語, 竊比于我老彭. 矍鑠見後漢馬援傳.

---

52 확삭(矍鑠) : 나이가 들었어도 여전히 젊은이처럼 원기 왕성하고 씩씩한 것을 말한다. 후한(後漢)의 명장(名將) 마원(馬援)이 62세의 나이로 전쟁에 다시 나가려고 하자, 광무제(光武帝)가 그의 연로함을 염려하여 윤허하지 않았다. 이에 마원이 갑옷을 입고 말에 올라타서는 몸을 가볍게 놀려 아직 자신이 건재하다는 것을 과시하려 하니, 광무제가 "씩씩하구나, 이 노인이여[矍鑠哉, 是翁也]"라고 한 바 있다.

16. 왕거사가 소장하고 있는 왕우가 그린 복사꽃과 살구꽃 그림에 쓰다. 2수

題王居士所藏王友畫桃杏花. 二首

산곡 황정견이 원부元符 3년 5월 선덕랑宣德郞의 지위를 회복하여 융주戎州에서 강을 거슬러 올라 청신위靑神尉의 관청에 있는 고모에서 문안을 올렸다. 10월, 다시 융주로 돌아오면서 가주嘉州를 지날 때, 지락산至樂山의 왕박자후王朴子厚와 더불어 복사꽃과 살구꽃을 그린 그림에 시를 썼다. 초서草書가 너무도 뛰어난데, 지금 홍아洪雅의 양씨楊氏가 소장하고 있다. 융주는 지금 서주敍州가 되었다.

山谷元符三年五月復宣德郞, 自戎泝江, 省其姑於靑神尉廨. 十一月, 復還戎, 過嘉州, 與至樂山王朴子厚, 題桃杏花. 草書超逸, 今藏於洪雅楊氏. 戎今爲敍州.

첫 번째 수其一

凌雲一笑見桃花	능운은 한 번 웃고 복사꽃 보고서는
三十年來始到家	삼십 년 만에 비로소 집에 이르렀다네.
從此春風春雨後	이로부터 봄바람 불고 봄비 내리면
亂隨流水到天涯	흐르는 물결 따라 하늘 끝에 이르리.

凌雲一笑見桃花 三十年來始到家 從此春風春雨後 亂隨流水到天涯 : 『전

등록』에서 "복주福州 영운靈雲의 지근선사志勤禪師가 처음에 위산潙山에 있

으면서 복사꽃을 보고 도를 깨우쳤는데, 그 게송偈頌에서 "삼십 년 동안

검을 찾았던 나그네, 잎이 지고 가지가 트이기가 몇 번이던가. 복사꽃

한 번 본 이후부터, 지금에 이르기까지 다시 의심하지 않았다네"라 했

다"라고 했다.

傳燈錄, 福州靈雲志勤禪師, 初在潙山, 因桃花悟道, 有偈曰, 三十年來尋

劍客, 幾逢落葉幾抽枝. 自從一見桃花後, 直到如今更不疑.

두 번째 수其二

凌雲見桃萬事無	능운은 복사꽃 보고 모든 일 잊었고
我見杏花心亦如	나도 살구꽃 보고 마음이 그와 같았네.
從此華山圖籍上	이제부터는 저 화산의 그림 위에
更添潘閬倒騎驢	다시 나귀 거꾸로 탄 반랑의
	모습이 더해지겠네.

【주석】

從此華山圖籍上 更添潘閬倒騎驢 : 반랑潘閬의 「망화산望華山」에서 "허공

속에 꽂혀 있는 삼봉이 너무 좋아, 머리 돌려 쳐다보다 당나귀 거꾸로

타게 됐네. 서로들 덩달아 크게 웃는 웃음소리, 여기에다 집 옮겨 오래
오래 살까 보다"라고 했다. 위야魏野의 「증랑贈閬」에서 "진나라 현인이
뜻을 놓아 광괴狂怪가 많지만, 만약 지금에 비하자면 모두 같지 못하다.
이제부터는 저 화산의 그림 위에, 다시 나귀 거꾸로 탄 반랑의 모습이
더해지겠네"라고 했다.

　潘閬詩, 高愛三峯揷太虛　回頭仰望倒騎驢. 傍人大笑從他笑, 終擬移家向
此居. 魏野贈閬詩, 晉賢放志多狂怪, 若比而今總未如. 從此華山圖籍上, 又添
潘閬倒騎驢.

17. 연건계의 첫 번째 지역에서 봉의 서천은을 초청하여 더불어 건제체를 흉내내어 짓다

碾建溪第一, 奉邀徐天隱奉議, 并效建除體

조무구晁無咎에게 보낸 답시答詩와 더불어 둘 다 비록 건제체建除體로 지은 것이지만, 같은 시기에 지은 것은 아니다. 마땅히 휘종徽宗 초 즉 위할 때 지은 작품이다.

與晁無咎贈答詩, 雖同是建除體, 而非同時作. 當是徽宗初卽位時作也.[53]

建溪有靈草	건계에 영초가 있노니
能蛻[54]詩人骨	시인을 환골탈태하게 할 수 있네.
除草開三徑	잡초 제거해 삼경을 열고서
爲君碾玄月	그대 위해 붉은 달을 걸어둔다네.
滿甌泛春風	사발에는 봄바람이 가득 넘치고
詩味生牙[55]舌	시의 맛은 어금니와 혀에서 생겨나네.
平斗量珠玉	평두로 구슬을 헤아려서
以救風雅渴	이로써 풍아의 갈증을 달랜다오.
定知胸中有	바로 알겠어라, 흉중에 있는 것이지

---

53 [교감기] 영원본의 주(注)에서 "天隱不知何人, 第三卷「以十扇送徐天隱」詩(按見 本書本卷後), 乃在太和詩中"이라고 했다.
54 [교감기] '蛻'이 고본에는 '悅'로 되어 있다.
55 [교감기] '牙'가 건륭본에는 '芽'로 되어 있다.

璀璨非外物	화려함이 외물에 있지 않음을.
執虎探虎穴	호랑이 잡으려면 호랑이 굴 더듬어야 하고
斬蛟入蛟室	교룡 베려면 교룡의 집에 들어가야 하네.
破鏡掛西南	깨진 거울이 서남쪽에 걸려 있고
夜闌淸興發	밤 무르익자 청아한 흥 일어나누나.
危言諸公上	엄정하게 제공에게 말을 하노니
殊勝弄翰墨	한묵을 희롱하는 것보다 자못 낫네.
成仁冒鼎鑊	인 이루면서 정확을 무릅썼으니
聞已歸諫列	이미 간신 반열에 돌아갔다고 들었네.
收汝救月弓	그대 거두어 달 구제하는 활로 삼았으니
蛙腹當拆⁵⁶裂	두꺼비 배를 마땅히 찢으리라.
開雲照四海	구름 걷히자 사해를 비추면서
黃道行堯日	황도를 요순시절 해가 도는구나.
閉門斲車輪	문 닫고 수레바퀴 깎지만
出門同軌轍	문 나서면 바퀴자국 맞으리라.

【주석】

建溪有靈草　能蛻詩人骨 : 『북원공차록』에서 "건계建溪에서 생산되는 것인 영아靈芽이다"라고 했다. 진무기의 「차운답진소장次韻答秦少章」에서 "시를 배우는 건 선을 배우는 것과 같아, 때로 환골탈태하게 되네"라고

56　[교감기] '拆'이 전본에는 '坼'으로 되어 있다.

했다.

北苑貢茶錄, 以建溪所産爲靈芽. 陳無己云, 學詩如學仙, 時至骨自換.

平斗量珠玉 : 이백의 「증유도사贈劉都使」에서 "토하는 말은 구슬보다 귀하고, 붓 휘두르자 풍상이 몰아치네"라고 했다. 또한 「입팽려경송문관석경운운入彭蠡經松門觀石鏡云云」에서 "장차 풍아를 잇고자 하니, 어찌 다만 마음만 맑아지리오"라고 했다. 위장韋莊의 「독허혼讀許渾」에서 "천 곡의 명주 다 헤아릴 수 없네"라고 했다. 몽득 유우석의 「태랑가泰娘歌」에서 "말로 세는 진주에 새가 마음 전해주고"라고 했다. 지금 이 구절의 의미를 가져온 것이다.

李白詩, 吐言貴珠玉, 落筆回風霜. 又詩, 將欲繼[57]風雅, 豈徒淸心魂. 韋莊讀許渾詩, 千斛明珠量不盡. 劉夢得詩, 斗量明珠鳥傳意. 今以比詩句也.

執虎探虎穴 : 『오지·여몽전呂蒙傳』에서 "호랑이 굴을 더듬지 않는다면, 어떻게 호랑이 새끼를 잡겠는가"라고 했다. 이백의 「송우림도장군送羽林陶將軍」에서 "만 리에 창을 빗겨 들고 범의 굴을 뒤지고, 석 잔 술에 용천검을 뽑아 검무를 추리라"라고 했다.

吳志呂蒙傳, 不探虎穴, 安得虎子. 李白詩, 萬里操戈探虎穴, 三盃拔劍舞龍泉.

---

57   繼 : 중화서국본에는 '維'로 되어 있으나, 『이태백문집(李太白文集)』에는 '繼'로 되어 있다.

斬蛟入蛟室 : 『오씨춘추吳氏春秋』에서 "형荊나라에 차비伙飛라는 사람이 보검을 얻었다. 모래사장의 강 길로 돌아오는데 교룡이 그 배를 에워쌌았다. 이에 차비는 검을 뽑아 강에 가서는 교룡의 목을 베어 죽였다"라고 했다. 『문선·해부海賦』에서 "그 끝에 첨침天琛[58]과 수괴水怪가 있는데, 교인鮫人의 집[59]이다"라고 했다. '교鮫'와 '교蛟'가 같기에 그 글자를 빌려 사용한 것이다.

吳氏春秋, 荊有伙飛者, 得寶劍, 還沙江, 蛟夾繞其船, 伙飛拔劍赴江, 斬蛟殺之. 文選海賦, 其垠則有天琛水怪, 鮫人之室. 以鮫爲蛟, 借使其字耳.

破鏡掛西南 : '파경破鏡'는 위에 보인다.

見上.

危言諸公上 : 『논어·헌문憲問』에서 "나라에 도가 있을 때에는 말과 행동을 준엄하게 한다"라고 했다.

論語, 邦有道, 危言危行.

成仁冒鼎鑊 : 몸을 죽여서라도 인을 이룬다는 것을 말했다.

---

58 천침(天琛) : 천연적으로 이루어진 보배로, 바다 속의 산호나 진주 등을 말한다.
59 교인(鮫人)의 집 : '교인(鮫人)'은 인어(人魚)이다. 전설상의 인어가 남해 바다 속에서 베를 짜면서 울 때마다 눈물방울이 모두 진주로 변했다고 하는데, 세상에 나왔다가 주인과의 이별을 아쉬워하며 한 그릇 가득 눈물을 쏟아 부어 진주를 선물로 주었다는 이야기가 남조(南朝) 양(梁)나라 임방(任昉)의 『술이기(述異記)』 권상에 전한다.

謂殺身以成仁.

聞已歸諫列 : 이 말은 마땅히 추지완鄒志完을 말하는 것이다. 『실록』을 살펴보건대, 원부元符 3년 정월에 휘종徽宗이 즉위했다. 2월 기미己未에 휘종이 신하들에게 "추호鄒浩가 과감하게 말을 하노니, 아침저녁으로 마땅히 불러들여야 한다"라 했다. 계해癸亥에 늑정인勒停人 추호를 제명除名하여 선덕랑으로 삼았다. 3월 신미辛未에 선덕랑 첨차원주주세添差袁州酒稅 추호를 우정언右正言으로 삼았다.

此語當謂鄒志完, 按實錄, 元符三年正月, 徽宗卽位. 二月己未, 上謂輔臣曰, 鄒浩敢言, 旦夕當與召還. 癸亥, 除名勒停人鄒浩爲宣德郎. 三月辛未, 宣德郎添差袁州酒稅鄒浩爲右正言.

收汝救月弓 蛙腹當拆裂 : 『주례·정씨庭氏』에서 "정씨는 국중國中의 요사스런 까마귀[夭鳥]를 쏘는 일을 맡았다 한다. 만약 요사스런 까마귀가 보이지 않으면 해를 구제하는 활과 달을 구제하는 화살로 밤에 쏘았다"라고 했다. 『개원유사』에서 "장안長安의 성 중에서 매번 월식月蝕을 만나면 사녀들이 거울을 취하여 해를 향해 그 빛을 쏟았는데, 이것을 "달을 구한다[救月]"라고 한다"라고 했다. 퇴지 한유의 「월식月食」에서 "신에게 한 마디의 칼이 있노니, 흉한 두꺼비 창자를 도려낼 수 있다네"라고 했다.

周禮庭氏, 掌射國中之夭鳥, 若不見其鳥獸, 則以救日之弓, 救月之矢, 夜

射之. 開元遺事, 長安城中, 每當月蝕, 卽士女取鑑向日擊之, 蓋云救月. 退之
月食詩, 臣有一寸刃, 可刲凶蠹腸.

黃道行堯日 : 『진서・천문지天文志』에서 "황도黃道는 해가 다니는 길이
다"라고 했다. 두보의 「태세일太歲日」에서 "대궐문인 황도를 여네"라고
했다. 유우석의 「망부望賦」에서 "해가 황도를 도니, 하늘이 푸르게 열리
었네"라고 했다.

晉天文志, 黃道日之所行. 杜詩, 閶闔開黃道. 劉禹錫望賦, 日轉黃道, 天開
碧落.

閉門斲車輪 出門同軌轍 : 『전등록』에서 "담주潭州에 녹원화상鹿苑和尙이
있다. 어떤 승이 "어떤 것이 문을 닫고 수레를 만드는 것입니까"라 물
었다. 이에 녹원화상이 "남악南嶽의 돌다리이다"라고 했다. 또한 "어떤
것이 문을 나서서 바퀴 자국과 합하는 것입니까"라 물으니, 녹원화상
이 "주장지拄杖子60 끝에 짚신이 걸렸느니라"라 대답했다"라고 했다. 이
구절의 의미는 이때에 다스림이 다시 새로워져 여러 사람들에게 모의
하지 않아도 모두 인심에 부합했다는 것이다.

傳燈錄, 潭州鹿苑和尙, 僧問, 如何是閉門造車. 師曰, 南嶽石橋. 又問, 如
何是出門合轍. 師曰, 拄杖頭鞋. 言時政更新, 不謀於衆, 而皆合人心也.

60　주장자(拄杖子) : 지팡이를 말한다.

18. 거듭 지어 서천은에게 답하다

再作答徐天隱

建德眞樂國	건덕은 진실로 낙국이니
萬里渺中州	만 리의 중주에서도 아득하다오.
除蕩俗氛盡	속된 기운을 완전히 제거하여
心如九天秋	마음이 구천의 가을과 같도다.
滿船載明月	배 가득 밝은 달빛을 실고서
乃可與同游	이에 함께 노닐 만하다오.
平生期斯人	평생 이러한 사람을 기약 했노니
共挾風雅輈	함께 운치를 끼고 달려가고 싶네.
定知詩客來	정말로 알겠어라, 시객이 이르러
夜虹貫斗牛	밤에 무지개가 북두와 견우성 꿰뚫은 걸.
執斧修月輪	도끼를 잡고서 월윤을 수리하고
鍊石補天陬	돌 다듬어 하늘 끝 채우리라.
破的千古下	천고의 뒤에 파적을 했노니
乃可泣曹劉	조식과 유정도 울 만해라.
危柱鳴哀箏	거문고로 슬픈 음악 연주했는데
知音初見求	지음을 처음으로 얻었다네.
成功在漏刻	성공은 경각의 시간에 달려 있노니
堯舜去共呹	요순이 공공과 환도 제거하듯 해야 하네.

收此文章戲	지금은 문장에 담아 장난하지만
往作活國謀	예전에는 나라 살릴 계책 지었다오.
開納傾萬方	언로 열어 받아들이면 만방 기우니
皇極運九疇	황극을 구주에서 운행하소서.
閉姦有要道	간신을 막는 것에 핵심이 있으니
新舊隨才收	신구의 인물들 재주에 따라 거두어야 하네.

【주석】

建德眞樂國 : '건덕지국建德之國'[61]은 위에 보인다.

建德之國見上.

萬里渺中州 : 사마상여의 「대인부大人賦」에서 "세상에 대인이 있노니, 중주에 있어라"라고 했다.

相如大人賦, 世有大人兮, 在乎中州.

---

61 건덕지국(建德之國) : 『장자·산목(山木)』에서 시남(市南)의 의료(宜僚)가 노군 (魯君)에게 말하기를 "남월(南越)에 고을이 있으니 이름하여 건덕국(建德國)이 라 합니다. 그곳 백성은 어리석고 질박하며, 사심이 적고 욕심이 적으며, 농사지 을 줄만 알고 저장할 줄은 모르며, 남에게 주는 것만 알고 보답을 바라지 않으며, 의(義)가 무엇인지 모르고 예(禮)가 무엇인지 모르며 마음 내키는 대로 마구 행 동해도 대도(大道)를 밟습니다. 저는 임금께서 나라를 떠나 세속을 버리시고 도 와 더불어 서로 도우면서 이 나라로 떠나가시기를 바랍니다[市南宜僚謂魯君曰, 南越有邑焉, 名爲建德之國. 其民愚而朴, 少私而寡欲, 知作而不知藏, 與而不求其報. 猖狂妄行, 乃蹈乎大方. 吾願君去國捐俗, 與道相輔而行]"라고 했다. 『문선』에 실린 강엄(江淹)의 「잡의시(雜擬詩)」에서 "다행히도 건덕국에서 노닐었다[幸遊建德 鄕]"라 했다.

滿船載明月 : '만선재명월滿船載明月'[62]은 위에 보인다.

見上.

共挾風雅輈 :『좌전』은공隱公 11년조에서 "영고숙穎考叔이 멍에를 옆에 끼고 달아났다"라고 했는데, 그 주注에서 "'주輈'는 수레의 멍에이다"라고 했다. 두보의 「증비부소랑중贈比部蕭郞中」에서 "운치는 고고孤高한 새처럼 높네"라고 했다.

左傳隱十一年, 穎考叔挾輈以走. 注, 輈, 車轅也. 杜詩, 風雅藹孤騫.

夜虹貫斗牛 : '백홍관일白虹貫日'[63]은『한서 · 추양전鄒陽傳』에 보인다.

白虹貫日見鄒陽傳.

執斧修月輪 :『유양잡조』에서 "태화太和 연간에 두 사람이 호산嵩山을 유람하다가 길을 잃어버렸다. 그러다가 한 사람을 보았는데, 베옷을 입고 보자기를 베고 잠을 자고 있었다. 두 사람이 "어디에서 오셨습니까"라 묻자, 그 사람은 웃으며 "그대들은 달이 칠보七寶가 합쳐져 이루어진 것임을 아는가. 달의 형세가 공 같은데 그 형상은 해가 그 튀어나

---

62 만선재명월(滿船載明月) :『전등록』에서 "선자화상(船子和尙)의 시에서 '배에 가득 달빛만 싣고 돌아오네[滿船空載月明歸]'라 했다"라고 했다.
63 백홍관일(白虹貫日) :『한서 · 추양전(鄒陽傳)』에서 "추양이 옥중에서 양왕에게 올린 글에서 "옛날에 형가는 연나라 태자 단의 의리를 존모하였는데, 흰 무지개가 해를 뚫었다[荊軻慕燕丹之義, 白虹貫日]"라 했다"라고 했다.

온 곳을 비춘 것이네. 늘 8만 2천 호戶가 그것을 손질하고 있는데, 내가 그 사람 중 한 사람이네"라고 했다. 그리고는 보자기를 펼치는데, 도끼와 끌 몇 벌이 있었다. 말을 마치자 그 사람은 보이지 않았다"라고 했다.

酉陽雜俎, 太和中有二人遊嵩山, 迷路. 見一人, 布衣, 枕一袱物, 方眠. 二人問其所自. 其人笑曰, 君知有月七寶合成乎. 月勢如丸, 其影日鑠, 其凹處也常有八萬二千戶修之, 予卽一數. 開幞有斤鑿數事. 言訖不見.

鍊石補天陬 : '연석보천추鍊石補天陬'[64]는 위에 보인다.

見上.

破的千古下 乃可泣曹劉 : '조유曹劉'는 자건 조식과 공간 유정을 말한다. 두보의 「경증정간의십운敬贈鄭諫議十韻」에서 "파적破的[65]은 유래가 있노니, 문단의 선봉을 누가 다투리오"라고 했고 또한 「기이백寄李白」에서 "붓이 들면 비바람에 놀라고, 시가 지어지면 귀신도 울었다네"라고 했다.

危柱鳴哀箏 知音初見求 : '위주危柱'[66]는 위의 주注에 보이는데 스스로

---

64 연석보천추(鍊石補天陬) : 『열자』에서 "천지도 또한 사물이다. 사물에 부족한 바가 있기에 옛날에 여와가 오색의 돌을 제련하여 그 구멍 난 곳을 메웠다[天地亦物也, 物有不足, 故昔者女媧鍊五色石以補其闕]"라고 했다.

65 파적(破的) : 과녁에 적중시키는 것으로서 말과 글이 이치에 꼭 들어맞는 것을 말한다.

66 위주(危柱) : 자후 유종원의 「하간부전(河間婦傳)」에서 "마음이 불안하여 마치

그 작품을 비유한 것이다. 이때 이부랑吏部郞으로 부름을 받았기에 '초
견구初見求'라고 한 것이다.

危柱見上注, 自喩其詩也. 時以吏部郞召, 故云初見求.

成功在漏刻 : 『후한서・광무기光武紀』에서 "왕심王尋과 왕읍王邑이 스스
로 공로를 세우는 것이 경각頃刻에 달렸다고 여겨 그 기세가 대단히 드
세었다"라고 했다.

光武紀, 尋邑自以爲功在漏刻, 意氣甚逸.

堯舜去共呿 : 공공共工과 환도驩兜를 말한다. 『고문상서』에서 "환도를
주두鷫呿라고도 한다"라고 했다. 장자후章子厚와 채변蔡卞을 제거한 일을
말한다.

共工驩兜也. 古文尙書, 驩兜作鷫呿. 言去章子厚蔡卞也.

往作活國謀 : 『문선』에 실린 손초의 「여손호서與孫浩書」에서 "백성을
사랑하고 나라를 살렸다"라고 했다. 두보의 「증최십삼평사공보贈崔十三
評事公輔」에서 "나라를 살리는데 명공名公이 있으니, 단에 절하자 뭇 도
적이 두려워하네"라고 했고 또한 「녹두산鹿頭山」에서 "기국공이 기둥과
주춧돌 같은 자태로, 도를 논하여 나라가 살아났네"라고 했다.

文選孫楚與孫浩書, 愛民活國. 杜詩, 活國名公在, 拜壇群冦疑. 又, 冀公柱
기러기발 위의 팽팽한 줄과 같았다[心怦怦若危柱之弦]"라고 했다.

石姿, 論道邦國活.

皇極運九疇 : '황극皇極'[67]은『서경·홍범洪範』에 보인다.
見洪範.

閉姦有要道 新舊隨才收 :『왕립지시화』에서 "산곡 황정견의 원우元祐
초기의 작품에서 "인재는 신구를 포함해야 하며, 왕도는 너그러움과
사나움을 안배해야 하네"라고 했고 건중建中 초에는 다시 "간신을 막는
것에 핵심이 있으니, 신구의 인물들 재주에 따라 거두어야 하네"라고
했으며, 또한 "우리 문하에서 나오기를 요구하지 말고, 인재를 실제로
쓰는 것이 지극한 공변됨이라네"라 했다"라고 했다.
王立之詩話云, 山谷元祐初詩云, 人材包新舊, 王度濟寬猛. 至建中初復有
句云, 閉姦有要道, 新舊隨才收. 又云, 不湏要出我門下, 實用人材卽至公.

---

67   황극(皇極) :『서경·홍범(洪範)』에서 "다섯 번째는 황극을 세우는 것이요[次五
日建用皇極]"라고 했는데, '황극(皇極)'이란 정사의 표준이다.

19. 거듭 서천은에게 주다

重贈徐天隱

建極臨萬邦	건극이 만방에 임하니
稽古陛下聖	옛 폐하의 성스러움 생각나네.
除書日日下	관직 제수의 글 날마다 내려오니
有耳家相慶	소식 들은 집들이 서로 축하했네.
滿意見升平	마음에 맞는 승평시절 보았으며
父老扶杖聽	부로들은 지팡이 짚고 가서 들었지.
平生所傳聞	평생 전해들은 바는
似仁祖德性	인조의 덕성과 비슷했다오.
定鼎百世長	구정 안치해 백세도록 영원할 것이요
囊弓四夷靜	활집과 활에 사방 오랑캐 조용해지리.
執事當在⁶⁸朝	집사는 마땅히 조정에 있어야 하는데
官冷殊未稱	관직 낮아 자못 어울리지 않네.
破帽風歆歆⁶⁹	해진 모자는 바람에 팔랑거리고
簡易不騎乘	번잡하지 않아 수레도 타지 않았네.
危顚相扶持	위태로울 때에 서로 부지해주면서
泉石供嘲詠	천석에서는 함께 시를 읊조렸다네.

---

68 [교감기] '在'가 전본에는 '前'으로 되어 있다.
69 [교감기] '歆歆'가 고본에는 '吹歆'로 되어 있다.

成樂澗阿中	계곡 사이에서 음악을 이루었고
傲世似未敬	세상 멸시하며 마치 공경치 않는 듯.
收潦下秋船	개인 물길로 가을 배는 내려가
期公拜嘉命	공이 좋은 명에 절하기를 기대한다오.
開元貞[70]觀事	개원과 정관의 일
身得見全盛	몸소 성대함을 얻어 보겠지.
閉門長蓬蒿	문 닫고 쑥만 키우는 것을
或許老夫病	간혹 병든 노인에겐 허락하겠지.

【주석】

建極臨萬邦 : 『서경·홍범洪範』에서 "임금은 그 극을 세워야 한다"라고 했다. 마땅히 본래의 "건중정국建中靖國"으로 고쳐야 한다는 말로, 앞 작품에서 말한 "신구의 인물들 재주에 따라 거두어야 하네"라는 말과 합치되기에 더욱 기뻐하면서 다시 운을 이은 것이다.

洪範, 皇建其有極. 當謂改元建中靖國, 有合前篇新舊隨才收之意, 故尤欣然, 因再賡韻.

稽古陛下聖 : 『서경·요전堯典』에서 "옛 요임금의 덕을 살펴보니"라고 했다. 퇴지 한유의 「한식일출유寒食日出遊」에서 "어찌 성스러운 폐하께

---

70 [교감기] '貞'이 본래 '正'으로 되어 있는데, 지금 전본을 따른다. 주(注)의 글도 따라서 고쳤다.

천거하지 않겠는가"라고 했다.

書, 若稽古帝堯. 退之詩, 曷不薦賢陛下聖.

有耳家相慶:『서경·중훼지고中虺之誥』에서 "가는 곳의 백성들은 실가
室家가 서로 경축했다"라고 했다.

書, 攸徂之民, 室家相慶.

滿意見升平:『진서·오행지五行志』에서 "애제哀帝 융화隆和 초기의 동
요에서 "승평은 한 두를 못 채웠는데, 융화는 어찌 얻겠는가"라 했다"
라고 했다. 여기에서 글자를 가져온 것이다.

晉五行志, 哀帝隆和初, 童謠曰, 升平不滿斗, 隆和那得久. 此摘其字.

父老扶杖聽:『한서·가산전賈山傳』에서 "산동山東의 관리가 조령朝令을
포고하자, 아무리 늙고 병든 백성이라도 모두 지팡이를 짚고 가서 들
었다"라고 했다.

漢賈山傳云, 山東吏布詔令, 民雖老羸癃疾, 扶杖而往聽之.

定鼎百世長:『좌전』에서 "왕손만王孫滿이 초자楚子를 대하고서 "성왕成
王이 겹욕郟鄏에 구정九鼎을 안치하고 점을 쳐보매, 세대 수는 삼십 세요
연수는 칠백 년이었다"라 했다"라고 했다.

左傳, 王孫滿對楚子曰, 成王定鼎于郟鄏, 卜世三十, 卜年七百.

囊弓四夷靜 : 『시경·시매詩邁』에서 "이에 궁시弓矢를 활집에 넣어 보관하였네"라고 했다.

詩, 載囊弓矢.

官冷殊未稱 : 두보의 「취시가醉時歌」에서 "광문선생만 홀로 한직閒職에 있네"라고 했다.

杜詩, 廣文先生官獨冷.

簡易不騎乘 : 『사기·상앙전商鞅傳』에서 "조량趙良이 "오고대부五羖大夫는 수고로워도 수레에 앉지 않고 더워도 일산을 펴지 않았습니다"라 했다"라고 했다.

史記商鞅傳, 趙良曰, 五羖大夫, 勞不坐乘, 暑不張蓋.

危顚相扶持 : '위전危顚'[71]은 『논어』에 보인다.

見論語.

成樂澗阿中 : 『시경·위풍衛風·고반考槃』에서 "시냇가에서 은거하네"[72]

---

71 위전(危顚) : 『논어·이인(里仁)』에 "군자는 밥 먹는 동안이라도 인의 정신을 어겨서는 안 되니, 아무리 다급해도 반드시 이 인에 의거해야 하고, 아무리 위태해도 반드시 이 인에 의거해야 한다[君子無終食之間違仁, 造次必於是, 顚沛必於是]"라는 공자의 말이 있다.
72 은거하네 : '고반(考槃)'은 은거하면서 도를 즐기는 것을 말한다.

·"언덕에서 은거하네"라고 했는데, 『모씨毛氏云』에서 "'고考'는 성成이고 '반槃'은 낙樂이다"라고 했다.

衛國風, 考槃在澗. 考槃在阿. 毛云, 考, 成, 槃, 樂也.

收潦下秋船 : 『초사』에서 "비 개인 후 모인 물은 맑구나"라고 했다.

楚詞, 潦收而水淸.

期公拜嘉命 : 『좌전』에서 "감히 절하며 기뻐하지 않을 수 있겠습니까"라고 했다. 사형 육기의 「황태자연현포선유당유령부시皇太子宴玄圃宣猷堂有令賦詩」에서 "처음부터 원했던 것은 아니요, 오직 좋은 명이 있었을 뿐이라네"라고 했다.

左傳, 敢不拜嘉. 陸士衡詩, 匪願伊始, 惟命之嘉.

開元貞觀事 : 두보의 「억석憶昔」에서 "옛날을 생각하니, 개원의 전성기 때"라고 했고 또한 「하일탄夏日歎」에서 "아득하구나, 정관의 초기여"라고 했다.

杜詩, 憶昔開元全勝日. 又云, 眇然貞觀初.

閉門長蓬蒿 或許老夫病 : 『삼보결록』에서 "장중위張仲蔚는 몸을 숨기고 벼슬하지 않았는데, 거처의 쑥은 사람을 감출 정도였다"라고 했다. 『문선』에 실린 태충太衝 좌사左思의 「영사시詠史詩」에서 "장중위를 돌아

보건대, 쑥이 뜰에 가득했었지"라고 했다. 이 작품은 모두 조정이 현인을 등용하고 간악한 이들을 쫓아내, 사람들이 기뻐하면서 당唐나라의 정관貞觀과 개원開元 뿐만 아니라, 함평咸平과 경덕景德 연간처럼 성대한 다스림의 시기가 다시 있기를 기대한 것이다.

三輔決錄, 張仲蔚隱身不仕, 所居蓬蒿沒人. 文選詩, 顧念張仲蔚, 蓬蒿滿中園. 此詩具言朝廷進賢黜姦, 人心欣快, 庶幾復見盛治, 如咸平景德間, 不啻唐之貞觀開元也.

20. 열 개의 부채를 주면서 서천은을 전송하다

以十扇送徐天隱

앞 작품에서는 '관냉官冷'[73]이라고 했고 이 작품에서는 '좌객유전坐客
有氈'[74]이라고 말했으니, 모두 광문廣文의 일을 이용한 것이다. 앞의 작
품과 이 작품은 같은 때에 지은 것으로 보인다.

前篇言官冷, 此篇言坐客有氈, 皆用廣文事, 可見同時作.

人貧鵝雁聒鄰墻	나는 가난해 이웃집 담장에서 떠들썩했지만
公貧琢詩聲繞梁	그대는 가난한데도 시 지으며
	명성 대들보 둘렀지.
坐客有氈吾不愛	좌객에게는 담요 있어 내게 아끼지 않았고
暑榻無扇公自涼	여름 책상에는 부채 없지만
	공은 절로 시원했지.
黨錮諸生[75]尊孺子	당고의 제생들은 유자를 존경하고
建安七人先偉長	건안의 칠자 중에는 위장이 가장 앞서네.
遣奴送箑非爲好	종 시켜 부채 보내나 좋은 것 아니지만

---

73 관냉(官冷) : 두보의 「취시가(醉時歌)」에서 "광문선생만 홀로 한직(閒職)에 있
    네[廣文先生官獨冷]"라고 했다.
74 좌객유전(坐客有氈) : 두보의 「희간정광문겸정소사업(戲簡鄭廣文兼呈蘇司業)」에
    서 "추운 날 손님에게 내올 담요도 없네[坐客寒無氈]"라고 했다.
75 [교감기] '生'이 고본에는 '君'으로 되어 있다.

恐有佳客或升堂　　　가객이 있다면 간혹 당에 올리시게나.

【주석】

人貧鵝雁聒鄰墙 : '아안괄장鵝雁聒墙'[76]은 위에 보인다.

鵝雁聒墙見上.

公貧琢詩聲繞梁 : '요량繞梁'[77]은 위에 보인다.

繞梁見上.

坐客有氈吾不愛 : 두보의 「희간정광문겸정소사업戱簡鄭廣文兼呈蘇司業」에서 "추운 날 손님에게 내올 담요도 없네"라고 했다.

杜詩, 坐客寒無氈.

黨錮諸生尊孺子 : '서유자徐孺子'[78]는 위에 보인다.

---

76 아안괄장(鵝雁聒墙) : 퇴지 한유의 「수최십육(酬崔十六)」에서 "때로 아침밥을 먹지 못하는데, 쌀을 얻어오면 이미 저녁이네. 담장 너머에서 떠들썩한 소리 들리니, 여러 사람의 입이 대단히 시끄럽네[有時未朝餐, 得米日已晏. 隔墙聞讙呼, 衆口極鵝雁]"라고 했다.

77 요량(繞梁) : 두보의 「백수최소부십구옹고재삼십운(白水崔少府十九翁高齋三十韻)」에서 "긴 노래 들보를 울리네[長歌激屋梁]"라고 했다. 살펴보건대, 『열자』에서 "한(韓)나라의 창가(唱歌) 잘하던 기녀 한아(韓娥)가 동으로 제(齊)나라에 갔을 때, 양식이 떨어지자, 옹문(雍門)에 들러 창가를 팔아 밥을 얻어먹었는데, 그가 떠난 뒤까지 창가 소리의 여운이 들보 사이에 감돌아 3일 동안 끊이지 않았다[韓娥東之齊, 匱糧, 過雍門, 鬻歌假食. 旣去, 而餘音繞梁欐, 三日不絶]"라고 했다.

78 서유자(徐孺子) : 『후한서·서치전(徐穉傳)』에서 "태수 진번(陳蕃)은 손님이나

徐孺子見上.

建安七人先偉長 : 건안建安 칠인七人의 공융孔融은 그와 관련된 전傳이 있지만, 나머지 여섯 명은 모두 『위지·왕찬전王粲傳』 뒤에 수록되어 있다. 서간徐幹의 자가 위장偉長이기에 같은 성을 취한 것으로, 자세한 것은 황정견의 「부미견군자우심미락팔운기이사재賦未見君子憂心靡樂八韻寄李師載」라는 작품의 '신시능건안新詩凌建安'이란 구절의 주注에 보인다.[79] 또한 『문선』에 실린 위 문제魏文帝의 『전론典論』에서 "지금 문인으로 노국魯國의 공융孔融, 광릉廣陵의 진림陳琳, 산양山陽의 왕찬王粲, 북해北海의 서간徐幹, 진류陳留의 완우阮瑀, 여남汝南의 응창應瑒, 동평東平의 유정劉楨이 있다. 이 일곱 사람은 배우지 않은 것이 없고 다른 사람의 표현을 가져온 작품도 없다"라고 했다. 퇴지 한유의 「천사시薦士詩」에서 "건안 때에 능숙한 사람이 일곱인데, 우뚝하여 풍격을 바꾸었네"라고 했다.

建安七人, 孔融自有傳, 餘皆附魏志王粲傳後. 徐幹字偉長, 取同姓也, 詳

길손을 응대하지 않았는데, 오직 서치가 오면 특별이 하나의 걸상을 설치하고 서치가 가면 걸어두었다[太守陳蕃不接賓客, 惟穉來, 特設一榻, 去則懸之]라고 했다.
79 자세한 (…중략…) 보인다 : 『진서·위개전(衛玠傳)』에서 "대장군 왕돈(王敦)이 예장(豫章)에 주둔하고 있었는데, 그의 부하인 장사 사곤(謝鯤)은 평소 위개를 높이 치고 있었다. 서로 만나 기뻐하며 며칠 동안 이야기를 나누었다. 대장군이 사곤에게 "옛날 왕보사는 조정에서 금 같은 소리를 토하더니, 이 사람이 강 동쪽에서 옥 같은 소리를 떨치는구나. 도를 담은 은미한 실마리가 끊어졌다가 다시 이어졌도다. 영가(永嘉) 말년에 다시 정시(正始)의 소리를 듣게 될 줄은 생각지도 못하였다"라 했다[大將軍鎭豫章, 長史謝鯤雅重玠, 相見欣然, 言論彌日. 大將軍謂鯤曰, 昔王輔嗣吐金聲於中朝, 此子復玉振於江表, 微言之緖, 絶而復續. 不意永嘉之末, 復聞正始之音]라고 했다.

見新詩凌建安注. 又按文選典論曰, 今之文人, 魯國孔融, 廣陵陳琳, 山陽王粲, 北海徐幹, 陳留阮瑀, 汝南應瑒, 東平劉楨. 斯七子者, 於學無所遺, 於詞無所假. 退之詩, 建安能者七, 卓犖變風操.

21. 장난하며 전자평에게 올리다. 육언

戲呈田子平. 六言[80]

원부元符 3년 12월 산곡 황정견이 융주戎州를 출발했다. 다음해 건중
정국建中靖國으로 바뀌었고 4월에 형남荊南에 도착하여 태평주太平州에서
의 벼슬을 원하면서 형남에 머물러 명을 기다리고 있다가 마침내 겨울
을 넘기었다. 이때에 「희간전자평戱簡田子平」이라는 작품을 지었다. 이
작품도 그때에 지은 것이다. 자평子平은 형남 사람이다.

元符三年十二月, 山谷發戎州. 明年, 改建中靖國, 四月至荊南, 乞知太平
州, 留荊南待命, 邃踰冬, 有戲簡田子平詩. 此詩蓋同時作. 子平, 荊南人也.

茸割卽非茸割	용할 해야 할 때엔 용할 할 수 없었지만
肥羊自是肥羊	비양 하는 것에 대해선 절로 비양했다오.
老夫纔堪一筯	노부는 겨우 젓가락 들 정도인데
諸生贊詠甘香	제생들은 감미로운 향기 노래하며 찬송하네.
却歎佳人纖手	도리어 섬섬옥수의 미인은 탄식하노니
晚來應廢紅粧	저물녘 되면 응당 붉은 단장 지우겠지.
荊州衣冠千戶	형주에 의관을 갖춘 집안 천 집이지만
厚意獨有田郎	두터운 마음은 오직 전랑뿐이라오.

---

80 [교감기] '六言'이 영원본·고본에는 없다.

【주석】

肥羊自是肥羊 : 두보의 「섭뢰양이복운운聶耒陽以僕云云」에서 "예우가 살찐 양을 대접하는 것보다 더했고, 근심을 당하여도 맑은 술을 차려주었소"라고 했다.

老杜詩云, 禮過[81]宰肥羊, 愁當置靑醹.

却歎佳人纖手 晚來應廢紅粧 : 『시경·갈구葛屨』에서 "곱고 고운 여자의 손이여, 가히 치마를 지을 만하도다"라고 했다. 고시古詩에서 "곱디곱게 붉은 분 바르고, 가늘고 가는 흰 손 내미네"라고 했다. 이것은 농사꾼이 집안의 부엌 종이나 혹은 그 아내에게 두보가 「병후과왕의음증기病後過王倚飮贈歌」에서 말한 "안방의 부인 불러 몸소 상 차리라 하네"라는 것과 같다는 말이다.

詩, 纖纖女手, 可以縫裳. 古詩, 娥娥紅粉粧, 纖纖出素手. 此言田家庖婢或其內子, 如老杜所云, 喚婦出房親自饌[82]也.

厚意獨有田郎 : 『삼보결록』에서 "전봉田鳳이 상서랑이 되어 용의容儀가 단정했는데, 영제靈帝가 그를 보내며 멀리 보이지 않을 때까지 보고서는 기둥에 "의젓하도다 자장子張이여, 경조京兆의 전랑田郎이여"라고 썼

---

81 過 : 중화서국본에는 '遇'로 되어 있으나, 『두시상주(杜詩詳註)』에는 '過'로 되어 있다.
82 [교감기] '親自饌'이 본래 '親自撰'으로 되어 있고 전본에는 '親作饌'으로 되어 있는데, 지금 『杜詩詳註』 권2 「病後遇王倚飮贈歌」에 의거하여 교정한다.

다고 한다"라고 했다. 지금 자평을 전봉에게 견준 것이다.

三輔決錄云, 田鳳爲尙書郎, 容儀端正, 帝目送之, 題柱云, 堂堂乎張, 京兆田郎. 今以子平比田鳳.

22. 형주에서 본대로 읊조리다. 약명시. 8수

荊州卽事. 藥名詩. 八首

『유·격類格』에서 "왕융王融이 약명시藥名詩의 시체詩體로 처음 작품을 지었다. 『문선』에 실린 휴문 심약의 「유종산시응서양왕교遊鍾山詩應西陽王敎」에서 "곧바로 읊조리는데 이미 아름다움이 많구나"라 했는데, 그 주注에서 "곧 산중의 일이다"라 했다"라고 했다.

類格云, 王融爲此體. 文選沈休文詩, 卽事旣多美. 注, 卽此山中之事.

첫 번째 수其一

四海無遠志	사해에 원대한 뜻 없고
一溪甘遂心	한줄기 시냇물을 마음 달게 여긴다.
牽牛避洗耳	소 끌고 피하여 귀를 씻으면서
臥著桂枝陰	계수나무 그늘에 누웠다네.

【주석】

四海無遠志 一溪甘遂心 牽牛避洗耳 臥著桂枝陰 : 이 작품에 쓰인 약초의 이름으로는 원지遠志, 감수甘遂, 견우자牽牛子, 시이蓂耳, 계지桂枝가 있다. 『세설신어』에서 "환온桓溫이 사안謝安에게 "원지遠地는 또한 소초小草라고도 하는데, 어찌하여 한 물건인데 두 가지 이름이 있는가"라 물었

다. (사안이 대답하지 못했는데, 옆에 있던) 학륭郝隆이 "땅 속에 묻혀 있으면 원지가 되고 땅 위로 나오면 소초가 됩니다"라 대답했다"라고 했다. 『촉지·강유전姜維傳』에서 "다만 먼 뜻만 있을 뿐, 마땅히 돌아오는 것은 없습니다"라고 했다. '세이洗耳'[83]는 허유許由의 일을 이용한 것이다.

藥名, 遠志, 甘邃, 牽牛子, 菓耳, 桂枝. 世說, 桓溫問謝安, 遠志又名小草, 何以一物而有二名. 郝隆曰, 處則爲遠志, 出則爲小草. 蜀志姜維傳, 但有遠志, 不在當歸. 洗耳用許由事.

두 번째 수其二

前湖後湖水	앞 뒤쪽에 있는 호수의 물로 인해
初夏半夏涼	초여름과 한여름에도 시원하구나.
夜闌鄕夢破	한밤중에 고향 꿈에서 깨노니
一雁度衡陽	한줄기 기러기 형양을 지나누나.

---

83 세이(洗耳) : 귀를 씻는다는 말이다. 허유(許由)와 소보(巢父)가 기산(箕山) 영수(潁水)에 숨어 살았는데, 요(堯) 임금이 제위(帝位)를 맡기려 하자 허유가 이를 거절하고서 더러운 말을 들었다면서 귀를 씻었다. 이 말을 들은 소보가 "그대가 만약 높은 산 깊은 골에 살면서 세상과 통하지 않았다면 누가 그대를 알아볼수 있었겠는가"라고 꾸짖고는, 귀를 씻은 더러운 물을 자기 소에게 마시게 할수 없다고 하며 소를 끌고 상류로 올라가서 물을 먹였다는 전설이 전한다. 『고사전·허유(許由)』에 보인다.

前湖後湖水 初夏半夏涼 夜闌鄕夢破 一雁度衡陽 : 이 작품에 쓰인 약초의 이름으로는 전호前胡, 반하半夏, 난향蘭香, 두형杜衡이 있다.

前胡, 半夏, 蘭香, 杜衡.

세 번째 수其三

千里及歸鴻	천 리에 돌아가는 기러기 떼 미치니
半天河影東	하늘 절반에 동으로 흘러가는 하수 그림자.
家人森戶外	집안사람 촘촘한 문 밖에서
笑擁白頭翁	웃으며 흰머리 늙은이 감싸누나.

【주석】

千里及歸鴻 半天河影東 家人森戶外 笑擁白頭翁 : 이 작품에 쓰인 약초의 이름으로는 반천하半天河, 인삼人參, 백두옹白頭翁이 있다.

半天河, 人參, 白頭翁.

네 번째 수其四

天竺黃卷在	천축황권 속에 있지만
人中白髮侵	사람에게 백발이 스며드누나.

客至獨掃榻   길손 이르러 홀로 책상 청소하니

自然同此心   자연스레 이 마음과 같게 되네.

【주석】

天竺黃卷在 人中白髮侵 客至獨掃榻 自然同此心 : 이 작품에 쓰인 약초의 이름으로는 천죽황天竹黃, 인중백人中白, 자연동自然銅이 있다. '천축황권天竺黃卷'은 불서佛書를 말한다.

天竹黃, 人中白, 自然銅. 天竺黃卷謂佛書.

다섯 번째 수其五

垂空靑幕六   푸른 허공 아래의 천지 사방

一一排風開   하나하나 바람결에 열리었구나.

石友常思我   석우는 언제나 나를 생각하노니

預知子能來   그대가 온다는 것 미리 알았다네.

【주석】

垂空靑幕六 一一排風開 石友常思我 預知子能來 : 이 작품에 쓰인 약초의 이름으로는 공청空靑, 예지자預知子가 있다. 굴원의 「원유遠遊」에서 "사방의 황무지를 돌아다니고, 천지 사방을 두루 돌아다녔어라"라고 했는데, 보주補注에서 "『한서·예악지禮樂志』에 실린 노래에서는 '육막六

幕'[84]이라고 했는데, 육합六合을 말한다"[85]라고 했다.

空靑, 預知子. 屈原遠遊云, 經營四荒兮, 周流六漠. 補注云, 漢樂歌作六幕, 謂六合也.

여섯 번째 수其六

幽澗泉石綠	깊은 계곡에 샘물 속 돌은 푸르고
閉門聞啄木	닫힌 문 사이로 나무 쪼는 소리 들리네.
運柴胡奴歸	땔감 옮기는 오랑캐 종은 돌아오는데
車前挂生鹿	수레 앞에 살아있는 노루 걸렸어라.

【주석】

幽澗泉石綠 閉門聞啄木 運柴胡奴歸 車前挂生鹿 : 이 작품에 쓰인 약초의 이름으로는 석록石綠, 탁목啄木, 시호柴胡, 거전車前이 있다.

石綠, 啄木, 柴胡, 車前.

---

84 육막(六幕) : 육합(六合)과 같은 말로, 천지사방을 의미한다.
85 『한서·예악지(禮樂志)』에 (…중략…) 말한다.『한서·예악지』에 "정성을 다하고 뜻 닦으려 궁궐을 떠나니, 육막이 큰 바다에 떠 있다고 어지러이 말하네[專精厲意逝九閣, 紛云六幕浮大海]"라는 구절이 보인다.

일곱 번째 수其七

雨如覆盆來	동이 뒤집은 듯 비가 내리어
平地沒牛膝	평지에서도 소는 무릎까지 빠지네.
回望無夷陵	돌아봐도 이릉은 보이지 않고
天南星斗濕	하늘 남쪽 별들도 젖어 있어라.

【주석】

雨如覆盆來 平地沒牛膝 回望無夷陵 天南星斗濕 : 이 작품에 쓰인 약초의 이름으로는 복분자覆盆子, 우슬牛膝, 무이蕪荑, 천남성天南星이 있다. 협주峽州는 이릉夷陵을 다스리는데, 이릉은 강릉江陵과 접경을 이루고 있으며, 경계로부터 이릉에 이르기까지는 70리이다. 그래서 고개 돌려 보아도 이릉이 보이지 않는다고 말한 것이다.

覆盆子, 牛膝, 蕪荑, 天南星. 峽州治夷陵, 與江陵接境, 自界首至夷陵七十里, 言回首不見夷陵也.

여덟 번째 수其八

使君子百姓	군자와 백성으로 하여금
請雨不旋復	비 오길 청하며 수차 돌리지 않게 하네.
守田意飽滿	밭가는 것은 배불리 먹고자 함이니
高壁掛龍骨	높은 벽에 용골을 걸어두었네.

【주석】

使君子百姓 請雨不旋復 守田意飽滿 高壁掛龍骨 : 이 작품에 쓰인 약초
의 이름으로는 사군자使君子, 선복화旋復花, 반하半夏의 다른 이름은 수전
守田, 용골龍骨이 있다. 형공 왕안석의 「후원풍행後元豐行」에서 "용골을 오
래 말려 처마 밑에 거네"라고 했고 또한 「기양덕봉寄楊德逢」에서 "날 듯
한 두 용골을 어찌 오래도록 벽에 걸어둘 수 있으랴"라고 했다. 『전
집』의 「차운증자개사인유적전재하화귀次韻曾子開舍人遊籍田載荷花歸」라는 작
품에서 "벽에는 푸른 용골이 걸려 있네"라고 했는데, 의미는 비가 내려
소망에 부응하여 다시는 다시 수차水車로 밭에 물을 대는 일을 하지 않
았으며 한다는 것이다. 동남쪽의 지방에서는 수차水車를 용골차龍骨車라
고 부른다.

使君子, 旋復花, 半夏一名守田, 龍骨. 王荊公詩, 龍骨長乾掛梁榱. 又詩,
脩脩兩龍骨, 豈得長掛壁. 前集詩云, 壁掛蒼龍骨. 意謂得雨應祈, 不復車水漑
田也, 東南呼水車爲龍骨車.

23. 태평주에서 짓다. 2수

太平州作. 二首

숭녕崇寧 원년元年 봄, 형남荊南으로부터 홍주洪州의 분녕分寧으로 돌아오면서 원주袁州의 평향萍鄕으로 가서 형 원명元明을 찾아뵈었다. 돌아오면서 강주江州에 이르러 집안사람들과 서로 만났다. 6월에 태평주에 이르렀고 9일에 폄직貶職되었다. 황순黃㽦은 산곡 황정견의 진적眞蹟을 집에 보관하고 있었는데, 앞 첫 번째 수의 제목이 「희작관무절구봉정공보형戱作觀舞絶句奉呈功甫兄」이라 되어 있고 '편편이화우片片梨花雨'가 '세점이화우細點梨花雨'로 되어 있다. 또한 우호于湖 장효상張孝祥이 지은 「고시랑삼대부묘지高侍郞三大夫墓誌」를 살펴보니 "시랑의 휘는 위衛로 태평주의 판관判官이 되었다. 산곡 황정견이 와서 수령이 되었는데, 폄직됨이 오래되어 가난이 매우 심한 채 이미 태평주의 경내로 들어왔고 다시 당사黨事에 연루된 것에서 벗어났다. 시랑이 당첩黨帖을 얻었지만 이를 말하지 않고 예에 맞게 황정견을 맞이했다. 황정견이 이미 인장을 살펴보고서야 이에 이를 알게 되었다. 시랑은 황정견이 돌아가는 행장을 마련해 주었는데, 대단히 정성껏 갖추었다"라고 했다. 이로 보건대, 『영재야화』에 실린 서사천徐師川이 말한 "동파 소식이 장생불사長生不死를 배우고자 하였고 영중瑩中은 해를 보고 점을 치는 사람과 운명에 대해 이야기 했으며, 산곡 황정견은 태평주에 있는 고숙姑熟에 부임했는데, 파직되었다는 말을 듣고서도 주저하다가 나중에 떠났다"라고 했으니, 이 말은 망령된 것이다.

崇寧元年春, 自荊南歸洪州分寧, 因往袁州萍鄉, 省其兄元明. 還至江州, 與其家相會. 六月赴太平州, 九日而罷. 黃䕫有家藏山谷眞蹟, 前一首題云戲作觀舞絶句奉呈功甫兄. 片片梨花雨作細點梨花雨. 又按張于湖孝祥作高侍郎三大夫墓誌, 侍郎諱衞, 爲太平州判官. 山谷來爲守, 謫久貧甚, 旣入境矣, 復坐黨事免. 侍郎得黨帖, 不以告, 迎候如禮. 山谷旣視印, 已乃知之. 侍郎爲治歸裝, 甚飭備. 觀此, 則冷齋夜話載徐師川言, 東坡欲學長生, 瑩中對日者談命, 山谷赴官姑熟, 聞罷而俯就. 其說妄矣.

첫 번째 수 其一

歐靚腰支柳一渦	버들 같은 허리로 춤추며 아름다움 뽐내면서
小梅催拍大梅歌	소매는 연주 재촉하고 대매는 노래하네.
舞餘片片梨花雨	춤 끝난 뒤 배꽃마다 비를 머금었으니
奈此當塗風月何[86]	당도에서 풍월을 어찌할 것인가.

【주석】

歐靚腰支柳一渦 : 낙천 백거이는 "버들은 소만小蠻[87]의 허리로다"라고

---

86 [교감기] 이 작품은 『동파속집(東坡續集)』 권2에 「答子勉三首」(其三)라는 제목으로도 실려 있다.
87 소만(小蠻) : 백거이에는 두 애첩이 있었는데, 소만과 번소(樊素)이다. 번소는 노래를 잘하였고, 소만은 춤을 잘 추었다고 한다.

했다.

白樂天詩, 楊柳小蠻腰.

小梅催拍大梅歌 : '소매小梅'와 '대매大梅'는 모두 태평주 관기官妓이다.
此皆太平州官妓.

舞餘片片梨花雨 : 눈물을 떨군다는 말이다. 낙천 백거이의 「장한가長
恨歌」에서 "배꽃 한 가지 봄비 머금은 듯하였네"라고 했다.
言其泣下也. 樂天詩, 梨花一枝春帶雨.

奈此當塗風月何 : 태평주는 당도현當塗縣을 다스렸다.
太平治當塗縣.

두 번째 수其二

千古人心指下傳	천고의 사람 마음이 손가락 아래 전해지니
楊姝煙月過年年	양주는 이내와 달 속에 수많은 세월 보냈네.
不知心向誰邊切	모르겠네, 마음이 누굴 향해 간절한지
彈盡松風欲斷絃	풍입송 연주하니 거문고 줄 끊어지려는 듯.

【주석】

千古人心指下傳 楊姝煙月過年年 不知心向誰邊切 彈盡松風欲斷絃 : 양주楊姝는 거문고를 잘 연주했는데, 옛 곡조 중에 「풍입송風入松」이란 노래가 있다. 태백 이백의 「명고가송잠징군鳴皐歌送岑徵君」에서 "풍입송 연주하니 모든 골짜기 쓸쓸해라"라고 했다. 오증吳曾의 『능개재만록能改齋漫錄』에서 "예장선생豫章先生이 당도현을 다스릴 때에, 사람들 모인 자리에서 「목란화木蘭花」라는 작품을 지어 옛 벗인 유원규庾元規에게 주었는데, 그 작품에서 "유랑庾郎은 삼구三九[88]에도 늘 편안하게 즐기면서, 만전의 돈을 쓸 곳이 없었다네. 서희徐熙는 작은 오리와 물가의 꽃을, 밝은 달과 맑은 바람 아래 모두 차지했네. 얼굴을 모두 늙어갔지만 마음만은 어제 같았는데, 모든 일 그만두었다네. 술동이 앞엔 야윈 사람 건강하게 있었고, 구歐 춤추고 매梅 노래하니 그대 다시 술 잔 기울이네"라고 했는데, 그 자주自注에서 "구와 매는 당시의 두 기녀이다"라 했다"라고 했다. 산곡 황정견의 『평서評書』에서 "손가락으로 가볍게 누르니 줄이 나무속으로 들어가려는 듯, 거문고를 연주하다가 거문고 줄이 끊어지려는 듯, 이것은 붓을 이용하는 방법이다"라고 했다.

---

88 유랑(庾郎)은 삼구(三九) : 유랑은 남제(南齊) 때의 유고지(庾杲之)를 말하고, 삼구(三九)는 세 가지 부추[韭] 반찬을 말한다. 유고지는 매우 청빈하여 부추 나물 세 가지만 먹고 살았는데, 임방(任昉)이라는 사람이 장난삼아 말하기를 "누가 유랑더러 가난하다고 하는가. 어채(魚菜)를 항상 27가지나 먹는다오"라고 한 데서 온 말이다. 세 가지를 27가지라고 한 이유는, '구(韭)'자의 음이 '구(九)'자와 같으므로 숫자로 치환하여 3에다 9를 곱하였기 때문이다. 『남제서·유고지열전(庾杲之列傳)』에 보인다.

楊姝善琴, 古曲有風入松. 李太白, 琴松風兮寂萬壑.[89] 吳氏漫錄云, 豫章先生守當塗日, 會上作木蘭花, 贈故人庾元規曰, 庾郞三九常安樂, 使有萬錢無處著. 徐熙小鴨水邊花, 明月淸風都占却. 來顔老盡心如昨, 萬事休休休莫莫. 尊前健在不饒人, 歐舞梅歌君更酌. 自注云, 歐梅當時二妓也. 山谷評書云, 按欲入木, 彈欲斷絃, 此用筆法也.

---

89   [교감기] '琴松風兮寂萬壑'이 전본에는 '松風鳴夜弦'으로 되어 있다.

24. 창 상좌가 성도로 돌아가기에 전송하다

送昌上座歸成都

昭覺堂中有道人	소각당 안에 도인이 있노니
龍吟虎嘯隨風雲	용과 범 울부짖으면 바람 구름 따른다네.
雨花經席冷如鐵	꽃비가 자리 지나면 쇠처럼 차갑지만
一縢日轉十二輪	한 바리 들고 날마다 십이법륜 돌리리라.
寶勝蓬蒿荒小院	보승원은 쑥에 덮여 작은 집은 황량하며
埋沒醯羅三隻眼	마혜수라의 세 눈동자는 묻혀 있으리.
箇是江南五味禪	강남에는 다섯 맛의 선이 있노니
更往參尋莫擔板	찾아가 찾으며 담판한이 되지 마시게나.

【주석】

昭覺堂中有道人 : 소각사昭覺寺는 성도成都에 있으니, 이때 '도인道人'은 마땅히 환오선사圜悟禪師 극근克勤이다. 숭녕崇寧 초에 촉蜀에서 돌아와 소각사에 머물렀는데, 이때에 총림叢林이 성대했지만 이와 견줄 만 한 자가 없었다. 산곡 황정견은 숭녕 원년 여름에 태평주太平州 태수에서 파직되어 악주鄂州에 우거하고 있었다. 2년 겨울 의주宜州로 유배 갔다. 이 작품은 악저鄂渚에 있을 때 지은 것이다.

昭覺寺在成都, 道人當是圜悟禪師克勤也. 崇寧初歸蜀, 住昭覺, 一時叢林之盛, 無與爲比. 山谷崇寧元年夏罷太平州, 寓居鄂州. 二年冬謫宜州. 此詩當在鄂渚作.

龍吟虎嘯隨風雲 : 『주역』에서 "구름은 용을 따르고 바람은 호랑이를
따른다"라고 했다.

易, 雲從龍, 風從虎.

雨花經席冷如鐵 : 두보의 「모옥위추풍소파가茅屋爲秋風所破歌」에서 "무
명 이불 여러 해 되어 쇠처럼 차갑네"라고 했다.

杜詩, 布衾多年冷似鐵.

一滕日轉十二輪 : 『법화경·화성품化城品』에서 "세존世尊이 법륜法輪을
굴리니,[90] 이때 대통지승여래大通智勝如來가 십방의 여러 범천왕梵天王과
십대왕자十大王子의 청을 받고서는 곧바로 십이행十二行의 법륜을 세 번
굴리셨다"라고 했다.

法華經化城品, 世尊轉法輪, 爾時大通智勝如來, 受十方諸梵天王及十大王
子請, 卽時三轉十二行法輪.

寶勝蓬蒿荒小院 : 살펴보건대, 『성도기』에서 "보승원寶勝院은 성도에

---

90   법륜(法輪)을 굴리니 : 전법륜(轉法輪)은 부처님의 설법을 말한다. 전륜왕(轉輪
     王)이 윤보(輪寶)를 굴릴 때에 가는 곳마다 적이 굴복하여 귀순함과 같이, 부처
     님의 설법은 모든 번뇌를 부수고 삿된 소견을 부수므로 전법륜이라 했다.

있는데, 대현사大慈寺 여러 원院 중의 하나이다"라고 했다. 원풍元豊 연간에 고쳐서 '십방十方'이라 했는데, 창상좌가 반드시 이 원院에 거주했을 것이다.

按成都記, 寶勝院在成都, 蓋大慈寺諸院之數. 元豊間, 改作十方. 昌上座必住此院也.

埋沒醯羅三隻眼 : 『전등록』에서 "악주鄂州 암두巖頭의 전활선사全豁禪師가 "불법의 뜻은 마혜수라摩醯首羅[91]가 얼굴을 번쩍 들어서 한 개의 눈이 세워진 것과 같다"라 했다"라고 했다. 범어梵語로 마혜수라는 대자재大自在를 말한다. 또한 위령제마왕威靈帝魔王이라고 하는데, 살펴보건대 『본행경本行經』에서 "태자太子가 처음 태어났는데, 서국西國의 예법으로는 천신天神에게 예를 올리는 것이 합당하였는데, 그 천신의 이름이 마혜수라이다. 마혜수라는 극악極惡하지만 신령스러움이 있다. 태자를 안고 그 신의 처소에 이르자, 신이 절로 자리를 떠나 섬돌에 내려와 먼저 태자에게 예를 올렸다"라고 했다. 대개 선가禪家에서는 이것을 가지로 비유로 들었다.

傳燈錄, 鄂州巖頭全豁禪師曰, 吾教意如摩醯首羅, 劈開面門, 竪亞一隻眼. 梵語摩醯首羅, 此云大自在. 又威靈帝魔王, 按本行經云, 太子初生, 西國之法, 合禮天神, 其名摩醯首羅, 極惡而有靈. 抱太子至神所, 神自離坐下階, 先

---

91 마혜수라(摩醯首羅) : 범어(梵語)로, 대자재천(大自在天)·자재천(自在天)이라 번역되는데, 색계(色界)의 정상에 있는 천신(天神)의 이름이라 한다.

禮太子. 蓋禪家以此借喩也.

箇是江南五味禪:『광어廣語』에서 "어떤 중이 귀종歸宗을 하직하면서
"제방諸方에 있는 다섯 가지 맛의 선禪을 배우고자 떠납니다"라 했다.
이에 귀종이 "나의 이곳은 오직 한 맛의 선인데, 어찌하여 배우지 않는
가"라 했다. 다시 중이 "한 맛의 선은 어떤 것입니까"라 물으니, 귀종이
문득 후려쳤다"라고 했다.

廣語云, 有僧辭歸宗云, 諸方學五味禪去. 宗云, 我這裏有一味禪, 爲甚不
學. 僧云, 如何是一味禪. 宗便打.

更往參尋莫擔板:『전등록 · 조주종심전趙州從諗傳』에서 "다만 이것은
담판한擔板漢[92]이다"라고 했다. 또한『전등록』에서 "육주陸州 용흥사龍興
寺의 진존陳尊은 간혹 강승講僧이 오는 것을 보면 이에 불러 '좌주座主'라
했고 그 중이 "네"하고 대답하면 진존선사는 "담판한이로다"라 했다"
라고 했다.

傳燈錄趙州從諗傳云, 只是箇擔板漢. 又陸州龍興寺陳尊, 或見講僧, 乃召
云, 座主. 其僧應諾. 師云, 擔板漢.

---

92 담판한(擔板漢) : 널을 메고 가는 사나이는 한쪽밖에 볼 수 없으므로 사물의 일면
만 아는 사람을 비유하는 말로 쓰인다.

25. 장사에서 헤어지다
長沙留別

숭녕崇寧 2년 의주宜州로 유배를 갔고 3년 2월에 동정洞庭을 지나, 담주潭州와 형주衡州, 영주永州, 계주桂州를 두루 지나 여름에 유배지에 도착했다. 장사長沙는 곧 담주이다.

崇寧二年謫宜州, 三年二月過洞庭, 歷潭衡永桂, 夏至貶所. 長沙卽潭州也.

折脚鐺中同淡粥	다리 부러진 냄비의 묽은 죽을 함께하고
曲腰桑下把離杯	가지 굽은 뽕나무 아래선 이별주를 마시네.
知君不是南遷客	알겠어라, 남쪽으로 유배 갈 나그네 아니니
魑魅無情須早回	이매도 관심 없어 일찍 돌아올 것이라는 걸.

【주석】

折脚鐺中同淡粥 : 『전등록』에서 "분주汾州의 무업선사無業禪師가 "옛날 도道를 얻은 사람은 득의한 이후에 띠로 엮은 돌집에서 다리 부러진 솥으로 밥을 해 먹으면서 32년을 보냈다"라 했다"라고 했고 또한 "무주婺州 초덕송선사招德誦禪師가 중에게 묻길 "너는 언제 암자를 떠나려는가"라 하니 중이 "오늘 아침입니다"라 했다. 선사가 "올 때 가지고 온 다리 부러진 솥을 누구에게 줄 것인가"라 묻자 중은 말이 없었다"라고 했다.

傳燈錄, 汾州無業禪師曰, 古得道人, 得意之後, 茅茨石室, 向折脚鐺子裏煮飯, 喫過三十二十年. 又婺州招德誦禪師問僧, 你什麼時離庵. 曰, 今朝. 師曰, 來時折脚鐺了, 分付與阿誰. 僧無語.

曲腰桑下把離杯 : 이백의 『태백집』에 「노성북곽곡요상하송장자환숭양魯城北郭曲腰桑下送張子還嵩陽」이라는 한 수의 작품이 있다.[93]

太白集中, 有魯城北郭曲腰桑下送張子還嵩陽一首.

知君不是南遷客 魑魅無情須早回 : 『좌전 문공文公 18년』 조에서 "순舜이 요堯의 신하로 있을 적에, 사흉四凶을 사방 변두리에 귀양 보내어, 도깨비의 재앙을 막게 했다"라고 했는데, 그 주注에서 "'이매魑魅'는 산림의 이상異常한 기운에 의해 생겨나서 사람에게 해를 끼치는 요괴妖怪이다"라고 했다. 두보의 「회이백懷太白」에서 "이매는 사람이 지나가는 것을 좋아한다"라고 했다. 강엄의 「별부別賦」에서 "바닷가로 쫓겨난 나그네, 흘러와 농음朧陰 지키고 있네"라고 했다. 『동파집』 가운데에 「송유의시送柳宜師」라는 작품이 있는데, 그 작품에서 "다리 부러진 냄비엔 묽은 죽을 데우고, 가지 굽은 뽕나무 아래선 이별주를 마시네. 서생은 남쪽으로 유배 간 나그네 아니니, 이매가 사람 놀래켜 일찍 돌아올 것이라는 걸"이라고 했다. 누구의 작품인지 모르겠다.

---

93 『태백집』에 (…중략…) 있다 : 이백의 「노성북곽곡요상하송장자환숭양」이란 작품은 다음과 같다. "送別枯桑下, 凋葉落半空. 我行懷道遠, 爾獨知天風. 誰念張仲蔚, 還依蒿與蓬. 何時一盃酒, 更與李膺同"

左傳文十八年, 舜臣堯, 流四凶族, 投諸四裔, 以禦魑魅. 注, 魑魅, 山林異氣所生, 爲人害者. 老杜懷太白詩, 魑魅喜人過. 江淹別賦, 遷客海上, 流戍隴陰. 東坡集中, 有送柳宜師詩, 折脚鐺中煨淡粥, 曲腰桑下飮離杯. 書生不是南遷客, 魑魅驚人須早回. 未知孰是.

26. 화광 노인에게 주다

贈花光老

浙江衲子靜無塵	절강의 납자는 고요해 먼지도 없고
箇箇莊嚴服飾新	모두 다 장엄하게 입은 옷 새롭구나.
何似乾明能效古	어찌하면 건명처럼 옛 본받을 수 있나
渠知北斗裏藏身	알겠어라, 북두 가운데 몸 숨긴 것을.

【주석】

浙江衲子靜無塵 : '납자衲子'는 『전등록』에 보인다.

衲子見傳燈錄.

渠知北斗裏藏身 : 『전등록·혜청선사전慧淸禪師傳』에서 "중이 "북두 속에 몸을 숨긴다는 것은 의미가 무엇입니까"라 물었다. 이에 선사가 "구구는 팔십일이다"라 대답했다. 또 중이 문수응진선사文殊應眞禪師에게 "덕산德山 한 고조를 선사께서 친히 부르셨으니, 북두 속에 몸을 숨긴다는 일은 어떤 것입니까"라 묻자, 선사가 대답하길 "해와 달은 하늘에게 함께 빛나며, 어떤 곳이든지 밝게 비춘다"라 했다"라고 했다.

傳燈錄, 慧淸禪師傳, 僧問, 北斗裏藏身, 意旨如何. 師曰, 九九八十一. 又僧問文殊應眞禪師云, 德山一曲師親唱, 北斗藏身事若何. 答曰, 日月同天照, 何處不分明.

27. 화광노인이 증공권을 위해 그려준 수변매의 그림에 쓰다
題花光老爲曾公卷作水邊梅

　　살펴보건대, 중언仲言 왕명청王明淸의 『휘주후록揮麈後錄』에서 "숭녕崇寧 2년, 황태사黃太史는 유배지인 의주宜州에 이르렀다. 이때 외조 증공청曾空靑이 당시黨事에 연루되어 먼저 형주衡州로 떠나게 되었다. 황태사는 머물게 하여 함께 하는 즐거움을 다하면서 서로 수창을 했으니, 황정견이 「형양시정일수녕문시강월서시衡陽侍庭日收寧問示江樾書事」라는　작품을　쓴 경우와 같았다. 외조를 이끌고 오계浯溪에서 노닐면서 중흥비中興碑를 보았는데, 황태사는 시를 짓고 그 아래에 성명을 기록했다. 이에 외조는 황급히 이를 말리면서 "공의 시문이 한 번 나오면 곧바로 날마다 전해지네. 나는 유배객인 처지이니, 어찌 교외로 나가서야 되겠는가. 그대 또한 멀리로 옮겨가야 하니, 채원장蔡元長 당축當軸[94]이니 어찌 이것을 막지 않을 수 있겠는가"라 했다. 황태사가 그 말을 따랐다. 작품 가운데서 다만 "문사가 서로 따랐네[文士相追隨]"라고만 한 것은 외조를 위해서 한 말이다"라고 했다. '공청空靑'은 공권公卷으로 이름은 서紓이다.

　　按王仲言揮麈後錄云, 崇寧三年, 黃太史赴宜州貶所. 是時外祖曾空靑, 坐釣黨, 先徙衡州. 太史留連, 極其歡洽, 相與酬唱, 如江樾書事之類. 率遊浯溪, 觀中興碑, 太史賦詩書姓名于左. 外祖急止之曰, 公詩文一出, 卽日傳播. 某方爲流人, 豈可出郊. 公又遠徙, 蔡元長當軸, 豈可不過爲之防也. 太史從之. 詩

94　당축(當軸) : 관에서의 주요(主要)한 지위를 말한다.

中但言亦有文士相追隨, 蓋爲外祖設. 空靑卽公卷, 名紵.

梅槃觸人意	매화 꽃술은 사람의 마음 자극하려
冒寒開雪花	추위 속에 눈꽃을 피웠구나.
遙憐水風晚	멀리서도 그리워라, 강물 위 바람 잔잔할 때
片片點汀沙	물가 모래사장에서 송이송이 피어난 것이.

【주석】

梅槃觸人意 : 낙천 백거이의 「유화榴花」에서 "향기는 선정에 든 승려를 건드리는 듯하네"라고 했다.

樂天榴花詩, 香塵擬觸坐禪人.

冒寒開雪花 遙憐水風晚 片片點汀沙 : 『영재야화』에서 "형주衡州의 화광 인노花光仁老가 묵으로 매화를 그렸다. 노직 황정견이 이를 보고서는 '마치 살짝 추운 봄날 새벽에 고산孤山의 울타리 사이를 가는 것과 같은 데, 다만 향기가 없을 따름이다"라 했다"라고 했다.

冷齋夜話云, 衡州花光仁老, 以墨爲梅. 魯直觀之曰, 如嫩寒春曉, 行孤山 籬落間, 但欠香耳.